KB123347

1945년 여름

# 1945년 여름

김석범 저 / 김계자 역

보고사
BOGOSA

동국대학교 일본학연구소 번역총서

# 1945년 여름

2017년  4월 27일 초판 1쇄 펴냄
2017년 12월  5일 초판 2쇄 펴냄

**지은이** 김석범
**옮긴이** 김계자
**펴낸이** 김흥국
**펴낸곳** 보고사

**등록** 1990년 12월 13일 제6-0429호
**주소** 경기도 파주시 회동길 337-15 보고사
**전화** 031)955-9797(代)
      02)922-5120~1(편집), 922-2246(영업)
**팩스** 02)922-6990
**메일** kanapub3@naver.com
http://www.bogosabooks.co.kr

ISBN 979-11-5516-635-2  03830
ⓒ 김계자, 2017

정가 13,000원

# 차례

** 일러두기

* 이 책은 『金石範作品集 I』(平凡社, 2005)에 수록된 『1945年夏』을 번역한 것이다.
* 일본어 표기는 외래어표기법에 따르되, 관용적으로 사용되는 것은 그대로 두었다.
* 원문에 '경성'과 '서울'이 섞여 나오는데, 해방 전후의 시대를 고려해 '경성'으로 통일해서 번역했다.
* 본문의 각주는 모두 번역자가 붙인 것이다.
* '대동아전쟁'과 같이 해방되기 전에 일제가 사용한 용어는 그대로 번역해 당시의 시대상이 드러나도록 했다.

# 장화

## 1

어스름한 현관이 먼저 온 손님들의 신발로 가득했다.

저건 뭘까? 문 앞에 서서 구두 벗을 곳을 찾고 있던 김태조(金泰造)의 눈에 오른쪽 벽 신발장 옆에 쑥 나온 이상한 모양의 인간의 두 다리 같은 것이 보였다. 그러나 그 두 다리 같은 것이 가진 이상한 느낌은 이내 사라졌다. 그건 장화였다. 난 또 뭐라고……. 피로에 지친 신발들 속에 우뚝 서 있는 그것은 그 자리에 어울리지 않았다. 갈색 가죽 신발이었다. 방 안쪽에서 마루 장지문 틈새로 새어나와 현관을 비추고 있는 전등불에 반사되어 새 가죽 장화는 더욱 빛나고 있었다. 납작하게 찌그러진 신발들은 빛이 비추지 않는 콘크리트 지면의 어둠 밑바닥에 형태를 숨기고 있어서 빛에 드러난 장화는 점차 분명히 눈에 띄었다. 김태조의 눈 속에서 명확한 형태를 띠게 되자, 난 또 뭐라고…… 로는 끝나지 않았다. 그것은 너무나도 자리에 어울리지 않았다. 여기는 그런 장화 따위가 우뚝 서 있을 곳이 아니다. 여기는 그것이 장화라 할지라도 장화 그 자체를 의심받아 당연한 곳이다. 그러나 이쪽을 향해 종아리가 터질 것처럼 주위의 불쌍한 신발들을 흘겨보며 서 있는 노골적인 모습이 위압적이어서 반발을 불러일으켰다. 김태조는 마치 눈에 보이지 않는 인간이 그 갈색 장화를 신고 우뚝 서 있는 느낌이 들어 턱을 쑥 집어넣었다. 장화는 갈색이라기보다 정강이 부분이 가죽을 일시에 잡아 벗긴 순간처럼 둔탁한 색으로 생생하게 빛나고 있었다. 분명 군화이다.

읍내에 사는 인간이라면 저런 장화 종류는 익숙하게 봤을 테지. 일본도를 늘어뜨려 차고 장화소리를 내며 번화가를 활보하는 젊은 장교가 영화관의 스틸사진 앞에서 멈춰서는 광경을 자주 마주치곤 했다. 만약 학생이 양손을 바지 주머니에 집어넣고 휘파람이라도 불면서 같은 모습을 할라치면 금세 긴 칼을 늘어뜨린 경관이 몰려들어, 비상시국에 너는 무엇을 하고 있느냐고 불량학생 취급을 당할 것이 틀림없다. 장화는 또 뉴스 영화관이라도 들어가서 보면 흑백이긴 하지만 장군들이 신은 영상을 수두룩이 볼 수 있다. 칼을 찬 총리대신이 군화를 신고 활보하던 시절이라 더 그랬을 것이다. 그러나 김태조가 놀란 것은 이런 장화와 나란히 자신의 낡은 신발을 벗어 놓아야 하는 현실이 생각지 못한 조금 뜻밖의 일이었기 때문이다. 여기는 조선인 부락 안이다. 김태조는 갑자기 정신이 들었다. 아니, 실제로 생각에 빠져있다 정신이 들어 말쑥한 다리 두 개가 반들거리는 것을 다시 쳐다봤다. 음, 군화다. 이것은 군화야! 그는 중얼거렸다. 그 중얼거림 속에서 종잇조각 하나가 팔랑거리며 날아올라 장화 위에 딱 멈췄다가 곧 사라졌다. 그것은 한 장의 징병검사통지서였다.

김태조는 오늘 고향 읍사무소의 징병계에서 보내준 징병검사통지서를 받았다. 조선 ××도 ××읍 ……P 소학교 교정―이곳이 집합할 곳, 즉 징병검사를 받을 장소였다. 일시는 1945년 4월 1일 오전 9시로 적혀있었다.

너희들 재일(在日) 반도인 청년들 징병 적령자는 말이야, 일부러 본적지까지 돌아갈 필요가 없어졌다. 알겠어? 너희들은 말이야, 영예롭게 거주지에서 징병검사를 잘 받을 수 있도록 하라고 나라에서 감사하게 은전을 내리셨다. 이것은 일본 관헌의 말이라기보다, 정확히 말하면 고로야마(伍路山) 순사부장이 한 말이다. 특고(特高)[1]의 내선계(內鮮系)에서 협화회(協和會)[2]를 담당하고 있는 고로야마는 늘 양손을 배 앞에 갖다 대고 셔츠와 바지 허리춤 사이로 집어넣으며 이야기하는 버릇이 있다. 그리고는 어이, 너희들, 하고 부르거나 너희들은 말이야, 하는 식으로 개인을 향해 복수로 마구 불러대는 것을 좋아했다. 그는 한 달에 두 번, 1일과 15일에 있는 협화회 훈련일에는 반드시 나왔다. 그리고 결석자 명부를 엄격히 조사했다. 경찰서 앞의 광장에서 '사열'하기도 하고 시국훈화를 하기도 하는데, 조례 단상에서 고로야마는 변함없이 양손을 배 위에

---

1  일본에서 이전에 경찰제도하에 있던 정치경찰로, 특별고등경찰의 줄임말이다. 천황을 암살하려 했다는 대역사건(1910)을 계기로 1911년에 경시청에 특별고등과가 설치되었고, 1928년에는 각 현에 설치되어 전시 중과 패전 직후에 이르기까지 사회운동, 언론, 사상 등을 통제한 경찰기구이다.
2  협화회는 전시하의 일본에서 특고경찰을 중핵으로 조직된 재일조선인 통제 조직이다. 본격적인 전시체제에 들어가면서 부족한 노동력을 동원할 목적으로 조직되어 전시 중에 재일조선인 치안 대책과 황민화를 목적으로 활동한 조직이다.

서 바지춤에 찔러 넣고 건방진 얼굴로 연설을 했다. 그 인상이 기묘하게 빈약하고 천해 보였다. 그런 그가, 너희들은 징병검사를 받으러 본적지까지 일부러 갈 필요 없다고 김태조에게 말한 것이다.

어쨌든 재일조선인 청년 중에 징병적령자는 원칙적으로 거주지, 즉 현 주소지에서 검사를 받도록 의무화되어 있다. 의무가 아니라도 일본의 식민지로 전락한 조선의 산골이나 외딴섬의 본적지까지 바다를 건너가 검사받는 성가신 일을 일부러 하려는 별난 청년도 없었다. 더욱이 징병적령을 19세로 끌어내릴 정도로 전쟁 시국은 서산에 지는 해처럼 열세였다. 게다가 공습이 거세지고 있는 일본 본토에서 조선으로 건너가는 것 자체를 당국에서 위험시하는 시절이다. 물론 김태조의 경우도 현 주소지인 오사카(大阪)에서 검사를 받아야 했다. 그런데 그는 마침내 예외적으로 본적지에서 징병검사를 받을 수 있도록 서류를 받아내는 데 성공해서, 대망의 증거물을 오늘 손에 거머쥔 것이다.

그는 오랜만에 혼자서 히죽 웃었다. 우선은 경찰서 안의 협화회 사무소 책상에 건방지게 앉아있을 고로야마 순사부장의 모습을 비웃었다. 김태조는 담당자인 그에게 부탁해서 본적지에서 검사받을 허가를 얻어낸 것이다.

"음, 들어보니 네 말도 지당하군." 고로야마가 이때는 너희들이라고 말하지 않았다.

"거기까지 생각하고 있을 줄은 몰랐는데, 제법 훌륭하군."

고로야마는 늘 하던 대로 양손을 배 위에서 바지춤에 찔러 넣고 김태조의 애국적인 언사에 연신 고개를 끄덕였다. 황국신민으로서 본분을 완수하기 위해서는 최전선에서 싸우는 제국군인만 한 사람이 없다고 생각한다고 김태조는 고로야마 앞에서 말했다. 군인으로 출정하는 이상, 자신 뒤에 미련이 남을 일은 가능한 없애고 가야 한다. 그래야 비로소 진심으로 황국을 위해 충성을 다할 수 있을 것이다. 고향에는 아버지의 묘가 있다. 그리고 병상에서 신음하는 숙모가 있다. 아이가 없는 숙모는 지금까지 아버지의 묘를 돌봐준 단 한 사람이다. 이것이 마음에 걸린다. 나는 고향에 가야만 한다. 그것이 나라를 위한 길이라고 생각한다. 아버지의 묘에 영예로운 징병검사를 보고하고, 그리운 숙모를 만나 뵙고 나서 고향을 떠나겠다. 그래야 자신이 비로소 마음을 비우고 오로지 나라를 위해 이 한 몸 바칠 수 있을 것이다. 김태조는 이런 이야기를 고로야마에게 했다. 그리고 고향의 숙모가 대필해서 보내준 장문의 편지와 귀향을 독촉하는 세 통의 전보를 보여줬다. 물론 이것들은 미리 숙모에게 연락해서 만들어 놓은 것으로, 내용도 엉터리였다. 숙모는 기력이 정정하다. 자식들은 한 명을 제외하고 각각 제주도에서 조선 본토와 일본으로 돈벌이하러 나가 있었다. 그래도 세 아들의 엄마인 것은 틀림없다. 그러나 아버지 묘에 가서 인사드리느니 어쩌니 말은 했지만, 그런 기특한 기분 따위 애당초 가지고 있지 않은 김태조였다.

고로야마는 얼마나 멍청한가. 감쪽같이 내 함정에 빠지다니. 바야흐로 황군의 일원이 되기 위해 징병검사를 받으러 간다는 말을, 그리고 그 때문에 조선에 건너간다는 논리를 일본의 관헌 누가 의심할 수 있겠는가. 도대체 누가 이런 나를 의심할 수 있겠는가. 도항 증명으로 받은 이 징병검사통지서를 갖고 있는 위력을 누가 부정할 수 있겠는가. 관부연락선에 올라탄 특고도 수상 경찰도 이것을 가진 인간은 신용하지 않으면 안 될 것이다. 이 종잇조각 한 장을 손에 쥔 순간, 김태조는 콧등이 찡 하고 울릴 정도로 가슴속에서 뭉클 복받치는 것이 느껴졌지만, 고개를 흔들어 오만하게 웃으며 자제했다. 단지 한 장의 팔랑거리는 종잇조각이 이제는 국가권력 그 자체로 그를 향해 조선행의 지상명령을 발하고 있는 것이다. 그리고 검사일인 4월 1일까지 늦어도 앞으로 채 두 달도 안 되는 시간 안에 일본에서 영원히 떠나는 거라고 김태조는 생각했다.

그는 일본을 탈출해 조선으로 도항하는 최후의 기회를 이 한 장의 종잇조각에 의탁했다. 우선은 조선으로 건너가자. 이 일은 이제 고맙게도 피할 수 없는 현실이 되었다. 그리고 일본의 지배하에 있는 조국 조선에서 더 나아가 어떻게 해서든 국외로 탈출할 길을 찾아야 한다. 이것이 김태조가 내일부터 실현해야 할 계획이고, 징병검사에 건 목적 전부였다. 김태조는 종이의 질이 나빠 마치 현미빵 껍질 같은 느낌의 종이 통지서를 팔랑거리며 종이에 뜨거운 입맞춤을 반복했다. 그리고 책상 서랍 속에 소중히 넣어두었다. 그저 아무 말도 하지 않고 고개를 끄덕이며 조용히 웃어주시던 늙은 어머니가 이윽고 눈물을 살짝 훔치던 모습이 그에게 사무쳤다.

그런 그의 눈앞에 갑자기 장화가 나타난 것이다. 묘한 마주침이었다. 즈크제의 목이 조금 긴 운동화 위에 몸을 구부리고 있던 김태조는 예기치 못한 긴장감으로 몸을 다잡고 신발 끈을 풀었다. 어둠에 익숙해진 눈에 간신히 잡다한 신발들이 형태를 이루며 눈에 들어왔다. 신발들은 힘든 시국을 반영하는 듯 초라해서 장화를 눈에 띄게 해주는 역할에 지나지 않았다. 김태조는 한쪽 신발 끈을 푼 채 어색하게 장화에 가까이 갔다. 문득 손으로 집어 들어 올려보려고 했다. 그 바람에 왼쪽 어깨가 쿵 하고 부엌 쪽 유리창에 부딪쳤다. 등을 구부리자 드르륵 문이 열리고 여자가 조선말로 말하는 소리가 들렸다.

"어, 손님이 오셨네. 아니, 미쓰야마(光山) 씨 아니에요? …… 아이고, 그 신발 말에요, 크고 이상해서 나도 좀 만져봤는데 별것 아니에요. 일본 군대에 갔다 온 사람이 그걸 신고 왔어요. 일본도를 차고 지금 2층에 와 있어요."

김태조는 낭패한 얼굴로 전투모를 벗고 가볍게 머리를 숙여 인사했다. 이웃에 사는 안면이 있는 아주머니였다. 틀림없이 군화였다. 그녀의 목소리에는 비난은 아니지만 야유가 섞여 있었다. 그는 신발을 벗고 나서 문을 열고 음식 냄새가 배에 스며드는 방으로 들어갔다.

"저, 이보게. 조심하게나. 말이라고 하는 건 어엿한 말투가 있는 거네."

방과 마루방이 이어진 부엌에서 다른 여자가 말했다. 조선옷을 입은 중년 여자가 방석에 털썩 앉아서 도마 위에서 탁탁 칼 소리를 내고 있었다. 억지로 얼굴을 찡그려도 밝은 웃음을 참을 수 없다는 얼굴로 제법 도발적으로 말했다.

"그 뭣 같은 큰 것 말이에요, 도대체 뭐에요? 확실히 말해보라니까요. 오호홋."

"아니, 내가 그런 말을 했던가? 그랬나? 말도 안 돼. 자네도 자네세. 뭘 그렇게 헤프게 웃고 있나. 젊은 총각이나 아가씨도 여기 있다네. 칠칠치 못하게……."

"이건 마치 몽둥이처럼 무거워요. 신발소리만으로도 머리가 쿵쿵 울릴 정도로 크거든요. 밖에서 현관으로 들어올 때 그 큰 소리에 깜짝 놀랐어요……."

"아, 이 아가씨는 뭘 알고 아까부터 킬킬거리고 있는 거야? 어이, 미쓰야마 씨. 그런 장화 따위 아무래도 상관없잖아요. 자자, 2층으로 올라가세요."

뭐가 우스운지 여자들이 계속 웃더니, 나중에는 손으로 입을 가리고 다시 웃었다. 문을 열어놓은 안쪽 정원에 면한 방에서 탁자를 둘러싸고 일고여덟 명이 담소를 나누고 있었다. 그 중에서 어험! 하고 의젓하게 헛기침 하는 소리가 들렸다. 그 소리는 바로 부엌까지 들려 웃음소리가 가라앉을 때까지 계속되었다. 장로급인 듯한 사람이 하는 헛기침 소리는 부엌에서 떠드는 사람들을 나무라는 야단 같았다. 그러자 힐끗 하고 젊은 아가씨가 하는 것처럼 장난꾸러기 같은 표정으로 안쪽 방을 바라본 여자들은 킬킬거리며 소리를 죽였다. 안쪽 방에서 헛기침 신호를 한 노인은 그만큼의 권위를 이 집에서 인정받고 있는 듯했다. 탁자에 둘러앉은 사람들의 대부분은 노인들로, 가볍게 취한 목소리가 조선말로 하는 대화를 즐기고 있는 것 같았다. 모두 이 집과 혈연관계에 있는 사람들이었다. 장로는 매우 가까운 친척임에 틀림없다. 아마 아래층에는 친척이나 가족들이 모여 있을 거라고 김태조는 생각했다.

"아, 뭐야, 삿짱이 있었네."

그는 계단 쪽으로 마루방을 가로질러 가려고 하다가 멈춰 서서 갑자기 미소를 지었다.

"일을 돕고 있군. 수고 많네."

부엌에서 설거지를 하면서 킥킥거리던 젊은 여자의 옆얼굴은 이 집 주인이 경영하는 공장에서 김태조와 함께 일하고 있는 여자 직공으로, 조선 성씨로 이(李)라고 하는 시게야마 사치코(茂山幸子)였다.

"어머, 깜짝 놀랐어요."

사치코가 김태조를 돌아본 순간 실제로 깜짝 놀란 얼굴이 붉게 물들어 있었다. 그녀는 곧 반대쪽을 바라보며 얼굴을 돌리고 말았다. 그녀는 설거지하느라 바쁜 것인지도 모른다. 그녀는 조금 전보다 더 열심히 설거지 식기류 소리를 내면서 같은 곳을 싹싹 문지르며 얼굴을 감추었다.

"미쓰야마 씨 늦었네요……. 사장님에게 야단맞을 텐데. 하지만 하는 수 없죠. 미쓰야마 씨는 야학에 갔다 와야 하니."

"고마워요……. 안주인은 2층에 있나?"

"그래요. 2층에 계시지만……. 아니에요, 그래서 방금 말한 야단맞을 거라는 소리는 거짓말이에요."

간신히 원래의 하얀 얼굴로 돌아갔는지, 다시 이쪽을 향해 얼굴을 돌리고 그녀가 말했다. 얼굴이 아름다웠다. 순진하고 장난기 어린 얼굴이 아름답게 느껴졌다. 조금 전에 복주머니를 묶어놓은 듯이 붉게 물든 얼굴의 긴장된 표정이 더 아름답다고 김태조는 생각했다. 김태조는 마루방을 가로질러 2층으로 올라갔다. 사치코의 시선을 뒤로 하고 엉덩이를 들어 올리면서 2층으로 올라갔다.

"일본 군대에 갔던 사람이 일본도를 차고 2층에 와 있어요."

김태조는 여자의 웃는 목소리에 떠밀리듯 계단을 올라갔다.

꽃과 새를 그린 병풍을 뒤에 세우고 제수(祭需)로 가득한 탁자, 즉 제단이 있는 10첩(疊)³ 안 되는 방이 텅 비어 있었다. 안쪽 창문 옆에 대여섯 명이 탁자와 옆의 화로를 둘러싸고 앉아 있을 뿐이었다. 현관을 메운 많은 구두가 만들어내는 분위기가 여기에서는 느껴지지 않았다. 방 입구에서 외투를 벗은 김태조는 엇? 하고 피부로 느껴지는 무거운 분위기를 느꼈다. 그는 눈앞의 제단을 향해 곧장 나아갔다. 사람들이 이쪽을 바라보는 듯했지만 곁눈질하지 않고 우선은 영혼을 향해 무릎 꿇는 것이 관례이다. 그는 국민복 주머니에서 꺼낸 부의(賻儀)를 제단 앞의 쟁반에 놓고 나서 엎드려 절했다. 눈을 감고 방바닥에 이마가 닿을 정도로 머리를 숙이면서, 김태조는 방에 들어올 때 언뜻 본 몇 사람의 얼굴을 눈동자 안쪽에서 떠올리고 있었다. 한 사람의 군인 모습이 금세 그의 망막에 새겨졌다. 예의 장화 주인이었다.

김태조는 조금 전에 그의 얼굴이 언뜻 보여 놀랐다. 근시의 눈을 가늘게 뜨고 힐끗 옆얼굴을 다시 바라보니, 잘 알고 있는 얼굴이었다. 아니, 저 녀석이……. 옛 친구인 중학 동창생 도요카와 나리히로(豊川成弘)였다. 그를 발견했을 때의 놀라움은 상대방이 어

---

3  일본의 방에 까는 다다미를 세는 단위. 다다미 한 장인 1첩은 약 0.5평 정도이다.

깨를 쳐서 고꾸라질 때의 느낌과 흡사했다. 그러나 그는 곧 자신의 마음을 안심시켰다. 생각해보면 이 집 주인인 도요카와, 즉 이기선(李基善)과 친척인 그가 이기선의 조부 십 몇 주기의 제삿날에 와서 앉아있다고 해서 전혀 이상할 것은 없다. 다만, 아래 현관에서 장화를 봤을 때 김태조는 그가 와 있을 거라고는 생각하지 못했을 뿐이다. 그럼에도 불구하고 절을 두 번 올릴 때 방바닥의 먼지 냄새를 코끝으로 맡으며 그는 그 냄새에 밀리지 않고 똑바로 가슴 속에서 치밀어오는 옛 친구에 대한 혐오감을 억누를 수 없었다. 아니, 그는 억누를 생각도 하지 않고 끓어오르는 채로 내버려뒀다. 그러자 금세 혐오감에 싸여 계단 아래의 장화를 향해 2층 군복의 다리 두 개가 쑥 하고 떨어져 빨려 들어가는 모습이 그려졌다. 다리와 장화는 합체되어 밤의 대로로 나가 군화 바닥으로 큰 소리를 내며 걸어갈 것이다. 귀밑에서 벌써 울리는 소리가 들리는 것만 같았다.

협화회의 청년반장 가네모토(金本), 즉 김영일(金英一)이 있었다. 그의 상사인 협화회 지도원 우메바라(梅原)는 그의 조선 성이 유(柳)였는지 유(兪)였는지 모를 정도로 우메바라 조타로(梅原丈太郎)라는 이름으로 통용되는 사내인데, 그가 둥근 등을 보이며 앉아 있었다. 그리고 도요카와의 아버지가 그 옆에 앉아 있었다. 그 외는 근처에 살고 있는 사람들일 것이다. 이건 완전히 제국군인부터 협화회 간부에 이르기까지 '황국신민'에 열심인 무리들이 다 모여 있지 않은가. 그런데 아래층 부엌에서 시게야마 사치코가 2층에 있다고 한 주인의 모습은 보이지 않았다. 김태조는 아래층 분위기로 생각건대 친척인 도요카와가 2층에 있는 것은 조금 부자연스럽다고 생각했다. 아니, 그 군복으로는 오히려 아래층에 있는 것보다는 역시 이런 무리 속에 끼어있는 편이 어울릴지도 모른다. 게다가 아래에는 노인들이 많지 않은가. 그보다도 당연히 장로들에 들어갈 법한 도요카와의 부친이 2층 이곳에 함께 있는 것이 부자연스럽다고 해야 할 것이다. 아래층 건너편 방에서 와 하는 웃음소리가 등 뒤에서 들려왔다. 그 소리가 텅 빈 이쪽 방을 향해 뛰어들 듯이 울려 퍼졌다. 웃음소리로 추측건대 대부분의 사람들은 건넛방에 있을 것이다.

"야, 오랜만이군."

탁자 앞에까지 와서 김태조는 겨드랑이에 외투와 책 꾸러미, 모자를 낀 채 도요카와에게 말을 걸었다. 문득 악수하려고 손을 내밀 뻔했지만, 그만두기로 했다.

"오, 미쓰야마 아닌가. 앉게."

도요카와는 앉은 채 표정을 바꾸지 않고 말했다.

김태조는 사람들에게 가볍게 인사하고 원탁 건너편의 도요카와를 바라보며 앉았다.

"벌써 일 년이 지났군. 도요카와, 자네 제법 훌륭해졌군."

"오, 고맙네. 자네 일은 잘 되고 있나?"

"응, 고맙네. 뭐 조금⋯⋯."

잘 되고 있냐니, 이 녀석 무슨 말버릇이 이래. 옛 동창생이긴 하지만 나이가 두 살 많은 것을 의식하고 있는 것인가? 아니면 낡은 국민복을 입은 자신과는 마치 신분이 다르다는 의식에서 한 말인가? 보기에도 도요카와는 어른 같은 태도로 앉아 있었다.

"자네는 이제 소위님이겠군. 언제 임명받았나?"

김태조는 일부러 가볍게 물었다.

"음……, 최근에."

이 한마디의 느낌이 매우 무겁게 느껴졌다. 도요카와는 김태조가 자신에 대해 주위 사람들에게 함부로 이야기하는 말투가 마음에 들지 않는 것 같았다. 옛 동창생이라고는 해도 제복을 입은 육군 장교에게 편하게 이야기하는 태도가 싫은 내색이다.

"아, 최근이군요 소위님. 도요카와 소위님은 임명되고 나서 이번이 첫 휴가여서 큰 새처럼 날개를 서서히 펴고 바깥 세계의 공기를 가슴 가득히 숨 쉬며, 오랜만에 양친 곁에서 원기를 기르고 계시는군요. 군관민이 일치단결해 조국방위를 철벽화하는 선두에서 계시니까요."

김태조와의 대화를 피하고 싶어 하는 듯한 도요카와의 기색을 효과 좋은 안테나로 금세 알아차렸는지, 가네모토가 옆에서 끼어들었다.

"아, 그렇습니까?"

도요카와 옆에 있는 가네모토 쪽을 일부러 바라보며 김태조는 짧게 반응하고 입을 다물었다.

김태조는 직경 1미터 2, 30센티미터의 원탁을 덮고 있는 공기가 볼에 딱딱하게 와 닿는 느낌을 받았다. 고인의 가족, 친척이나 지인, 이웃사람들이 한곳에 모여 지내는 제삿날 밤에 늘 있는 담소의 분위기가 오늘밤 여기에는 없었다. 한 달에 술을 세 홉 배급받는 것에 대한 분풀이를 여기서 할 생각도 없겠지만, 사람들은 잔을 연거푸 기울였다. 그러나 뭔가 무거운 속에 깃든 기색이 탁자를 지배하고 있었다. 또 다시, 아니 갑작스러운 기세로 건너편 방에서 웃음소리가 일었다. 그 웃음소리가 탁자의 고인 공기를 비집고 들어와 방에 있는 사람들의 뺨을 고루 스치고 지나갔다. 김태조는 순간 뺨의 근육이 움찔 튀어 오르는 것을 느꼈다. 이윽고 사람들은 그 웃음소리에 재촉이라도 받듯이 모두 상대의 술잔에 술을 따르고 이야기를 하기 시작했다. 도요카와에게 딱 달라붙어 있는 가네모토가 마시라며 도요카와의 술잔에 맥주를 조심스럽게 따랐다. 그리고 코가 연결된 좁은 미간이 갑자기 빠져들 듯 뭔가 안으로 어리는 얼굴로 웃어 보이며, 저기 하고 조심스럽게 말을 꺼냈다. 그는 상대의 눈이 향하는 곳을 따라가며 말을 걸었다. 가네모토는 육군 간부 후보생 지원에 대해 그곳을 나온 도요카와에게 궁금한 것을 물었다. 그는 야간상업학교 학생이었기 때문에 을종(乙種) 간부 후보생 자격을 갖고 있었는데, 전문학교에 입학해서 갑종(甲種) 자격으로 지원하고 싶은 것이 평소 생각이었다. 22세의 그는 사실은 작년 1944년부터 실시된 조선인 징병령에 의한 병역 의무를 면제받았음에도 불구하고, 아니 그렇기 때문에 더욱 지원의 길이라도 찾고 있었을 것이다. 김태조에게는 조금 이해하기 힘든 바보 같기 그지없는, 아니 한심하게 보이는 작태였다.

그때 제단 앞의 장지문이 열리고 주인이 곧장 탁자로 가까이 왔다.

"음, 미쓰야마 군도 와 있었군. 늦었네. 요즘은 공습 덕분에 제사도 빨리 끝내야 해서 말이야. 하하하."

몸집이 큰 주인은 몸을 흔들며 술기운이 도는 웃음소리를 냈다.

"학교 갔다 왔나?"

"예."

김태조는 일단 일어나서 가볍게 인사를 하고 늦어서 미안하다고 덧붙였다. 그는 YMCA 영어학교에 다니고 있었다. 그리고 주간에는 이 집 주인이 경영하는 도요카와 금속제작소에서 일하고 있었기 때문에 주인은 그 고용주이기도 했다. 주인인 이기선은 각종 자물쇠, 바꿔 말하면 건축철물 제조를 20여 명의 종업원과 같이 하고 있을 정도의 이른바 소기업의 사장이다. 그래도 지역의 조선인들 사이에서는 성공한 사람으로 주목을 받고 있었다. 그래서 그의 경제력과 조선인 밀집지역에 속해있는 오사카 시의 동쪽 끝 I지구에 거주하는 동포에 대한 영향력을 경찰이 주시하고 있었다. 경찰은 그를 치켜세워 지역 협화회의 고문으로 만들었다. 이후 협화회의 사무뿐만 아니라 경찰의 방범 관련 일에도 거액의 기부를 하게 했다. 그리고 지역 협화회의 회장을 겸하고 있는 경찰서장 이하의 간부들과 상당히 친하게 지내왔는데, 그렇다고 해서 이기선이 '황민화' 운동이나 '내선일체' 사업에 광신적이었던 것은 아니었다. 굳이 말하자면 적당히 순응했다고 할 수 있다. 김태조는 공장에서 파프레스 앞에 앉아 요즘 2밀리 철판을 열쇠 모양에 맞춰 찰카닥 찰카닥 뽑아내고 있다.

"오늘 밤 B29라는 놈이 공습해 오지 않을까? 할아버지의 영혼이 깜짝 놀랄 테지."

주인은 웃으면서 김태조의 옆에 털썩 앉아 큰 손을 탁자 위에 놓으며 말했다.

"긴 시간 자리를 비워 실례했습니다. 옆방에는 일부러 도쿄에서 와준 고향의 보통학교 시절 친구들이 있습니다……. 도쿄는 굉장하다면서요? 오사카도 오사카지만, 이제 도쿄는 B29의 공습으로 전멸이나 다름없다고들 하던데요. 도쿄가 전멸이라니요……. 음, 그래서 할 일이 없다고 불평하고 있어요. 할 일이 없다는 이야기를 하다 작년에 도박한 이야기가 나왔는데, 도박하다 붙잡힌 이야기에요. 마침 그 날이 12월 8일 대조봉대일(大詔奉戴日)⁴이었으니까 날이 좋지 않았던 거죠. 열 명 정도 모여 철야로 화투를 치고 있는데, 새벽녘에 열대여섯 명의 사복경찰이 습격한 모양이더라고요. 운 좋게 친구는 2층 방을 통해 도망쳤는데, 붙잡힌 사람들은 이 비상시에 반도인 국적(國賊) 놈이라는 혐의를 쓰고 상당히 고초를 겪었다고 하더군……. 옆방에서는 국적이 뭐냐고들 하고 있어요. 하하핫."

주인은 누구에게랄 것 없이 이야기하며 웃었다. 탁자의 공기를 크게 흔들기에 충분한 웃음소리였는데, 그래도 어딘가 내키지 않는 얼굴을 하고 주인은 바로 옆에 있는 도요카와 부친을 향해, "자 형님" 하고 조선말로 말을 걸며 술잔을 채웠다. 그리고 "자, 마셔요, 마셔" 하면서 탁자를 둘러보며 술을 권했다. 반백의 머리가 눈에 띄었다. 이번에는 장로급의 도요카와 부친이 한학자 풍의 엄격한 표정으로 잔을 들었다. 주인도 잔을 들었다. 이는 그가 탁자를

---

4 '대조봉대일'은 태평양전쟁 개전의 조칙이 나온 1941년 12월 8일을 기념하는 날로, 매월 8일을 이 날로 정해 국민의 전의를 고양하기 위해 만들어진 조치였다.

둘러싸고 앉아 있는 사람들의 분위기를 이미 충분히 알고 있기 때문에 의식적으로 한 행동이라고 김태조는 생각했다.

## 2

김태조는 도요카와의 군복 입은 모습을 가까이서 분명히 봤을 때, 볼에서 목덜미까지 소름이 쫙 끼치는 것을 느꼈다. 실제로 그 냄새가 그한테까지 풍기지는 않았지만 훅 하고 코를 찌르는 것 같았다. 소위 계급장, 군복 빛깔, 형태, 일본도에 몸을 단단히 감싼 제국 군인은 압박감으로 김태조에게 육박해왔다. 그는 이것을 뿌리치고 싶은 반발감이 이는 가운데 몸이 다시 긴장되는 것을 느꼈다. 그러면서도 그는 갑자기 도요카와라는 존재 전부를 단숨에 부정할 수 있는 불쾌한 경멸의 힘이 몸속에 먹물처럼 검게 퍼져나가는 것을 충분히 알 수 있었다. 그리고 힐끗 본 순간, 그의 군복 입은 모습 위로 일 년 남짓 전에 밤의 야광 속에 서 있던 도요카와의 모습이 단번에 겹쳐 보였다. 그의 기억에 새겨있는 K대학 예과생이었던 도요카와가 갑종 간부 후보생으로서 입대하는 전날의 환송회 광경이었다. 그리고 이 광경은 다시 환송회장인 도요카와의 집으로 김태조가 찾아가던 모습으로 이어졌다. 몇 년 만에 길가에서 딱 마주쳤을 때 본 도요카와의 뜻밖의 모습을 생각나게 했다.

김태조는 날짜는 잊었지만 재작년 가을 난바(難波)의 번화가 도톤보리(道頓堀) 부근에서 도요카와와 우연히 만난 적이 있다. 도요카와와 동급생으로 다니던 중학교를 3학년 신학기에 그만두고 두세 번 만난 이후 오랜만에 만났다. 김태조는 건너편에서 굽 높은 왜나막신 소리를 달그락 달그락 울리면서 "어이" 하며 가까이 다가온 사람이 도요카와라는 것을 바로 알아차리지 못했다. 가까이서 다부진 몸집의 상대를 올려다봐도 그가 도요카와라고는 잘 믿겨지지 않았다. 그 모습은 너무나 이상했다. 사람들 눈을 의심케 할 정도로 이상하게 변한 모습은 모처럼 만났는데도 무참한 기분이 들게 했다. 도요카와 나리히로, 즉 이성식(李成植)은 흰줄이 둘러쳐진 구제(舊制) 고등학교 예과(豫科) 모자를 귀 밑까지 깊숙이 눌러쓰고 있었다. 그건 그런 대로 괜찮았는데, 그의 몸은 헐렁한 하오리 하카마(羽織袴)[5]에 싸여 있었다. 김태조는 눈을 크게 뜨고 상대방의 맨발 발톱에 낀 더러운 때까지 훑어봤다. 자신 앞에 서 있는 사람은 학생모자만 벗으면 일본의 건달 같은 분위기의 도요카와였다. 도요카와는 자신을 업신여기듯 바라보는 김태조의 시선을 오히려 만족스럽게 받아들였다. 가슴을 펴고 왜나막신을 신은 두 발로 버티고 서 있는 의기양양한 모습은 조금도 기가 죽을 줄 몰랐다. 그 기죽지 않는 태도가 김태조를 더욱 참지 못하게 만들었다. 김태조가 같은 조선인으로서 우정을 느끼고 있었다면 비록 완력은 뒤떨어져도 그때 후려갈겼을지도 모른다. 그러나 김태조는 상대방에게 불끈 솟구치는 화를 비틀어 구부려버릴 정도로 그에 대한 우정의 감정이 없었다. 일본인 학우 서너 명과 같이 있었는

---

5  문양을 넣은 일본 전통복장의 상의와 하의.

데, 기모노 옷차림은 조선인인 그 혼자였다. 두 사람은 스치듯 지나가며 인사할 정도로 서서 이야기하고 헤어졌다. 그는 간부 후보생을 지원해 곧 입대한다고 말했다. 그 다음은 육군예비사관학교, 그리고 소위 부임이라고 자신만만하게 말했다. 그리고 환송회의 일시를 알려줬다. 꼭 오라고 당연한 것처럼 말했다. 세계는 그를 중심으로 돌고 있었던 것이다. 결국 이날의 만남은 김태조를 환송회에 출석하도록 만들었다.

도요카와는 큰 목소리로 동료들과 이야기하면서 사람들 사이로 사라졌다. 김태조는 양 어깨를 으쓱거리며 윗옷 옷자락을 펄럭이며 활보하는 뒷모습을 보며 구토를 느꼈다. 제기랄! 침을 뱉었다. 일본어를 제대로 하지 못하는 부모 앞에서 하오리 하카마를 입은 그는 어떤 얼굴로 무슨 이야기를 할까? 김태조는 검은 연기가 우르르 몰려와 뿜어 나오는 혐오감으로 갑자기 슬픔이 밀려오는 것을 느꼈다. 누가 저런 녀석의 입대를 축하하는 자리 따위에 가겠는가! 저 녀석은 언제 저렇게 변해버린 것일까. 예전에는 저 정도는 아니었는데.

그렇다. 그때는 중학교 3학년 신학기가 막 시작했을 무렵의 영어 시간이었다. 그때 도대체 나는 어떻게 된 것일까? 멍하니 무슨 생각에 빠져 있었던 것일까? 정말로 여성의 성기를 생각하고 있던 것일까? 수세미가 바로 뒤에 와서 내 어깨 너머로 물끄러미 책상을 바라보고 있는 것도 눈치 채지 못했을 정도로 그때 자신은 뭔가를 골똘히 생각하고 있었다. 전차 역 홈에서 자주 만나 서로 시선을 의식하고 있던 까무잡잡하고 귀여운 얼굴의 여학생을 생각하고 있었던 것일까? 만원 전차 속에서 우연히 그녀와 정면으로 몸을 서로 밀치면서 꼼짝할 수 없었던 것은 아마 그날 아침이었을 것이다. 그래서 얼굴을 붉히고 시선을 어디에 둘지 몰라 외면한 채 몸만 뜨거워졌던 그때의 흥분이 다시 살아나는 것 같았다. 틀림없이 그 느낌이다. 내가 창밖에 사람이 없는 텅 빈 운동장으로 시선을 보내면서 보일 듯 말 듯 하면서 좀처럼 보이지 않는 하반신 속의 어둠의 빛을 응시한 것은 그 때문이었던 것이다. 아니, 그렇지 않다. 역시 어느새 잊을 수 없는 것이 되어버린 조국 조선을 생각하고 있었던 것이 틀림없다. 그때 한 낙서가 그랬으니까.

조국, 소년인 그에게 그것은 일본이었다. 조선인이면서 또 일본인과 같은 일본인이라는 묘한 위화감을 느꼈다. 그러나 소년인 그에게 조국은 일본이고, 그의 내면에도 천황이 절대자로 군림하고 있었다. 이 '조국' 일본과 조선인이라고 하는 기묘한 관계에 쐐기를 박은 것이 그의 귀향이라고 할 수 있다. 정확히 말하면, 지금까지 본 적도 없고 머릿속에서만 생각해본 조부의 땅을 방문한다고 하는 말이 맞을 것이다. 고향은 김태조에게 일본인인 자신을, 그리고 조국이라고 하는 말을 의심케 하는 계기를 만들어 주었다. 즉, 김태조가 몇 년 전에 비로소 그 땅을 밟은 고향은 그를 진정한 조국에 눈뜨게 한 안내자가 되었다.

오사카에서 고향인 제주도로 직행하는 '기미가요마루(君が代丸)'라고 하는 수백 톤 급의 정기선이 있었다. 그 배를 타고 가면 세토나이카이(瀬戸内海)[6]를 통과해 현해탄을 건너 부산이나 여수에 들르지 않고 직항으로 가는데도 온전히 나흘간을 움막 같은 삼등선

실에서 보내야 했다. 김태조는 이 배를 탔다. 고향 땅을 한 번이라도 밟아보게 하고 싶다는 어미의 자식에 대한 마음 때문이었다. 나흘째의 항해가 끝나는 날 오후에 김태조는 이상하리만치 사람들의 격정적인 광경을 맞닥뜨렸다. 그때 그는 뱃머리 갑판에 나와 있었다. 여름 하늘이 맑고 파랗게 빛나고 있었고, 바다는 수평선을 또렷이 두드러지게 하면서 넓게 펼쳐져 있었다. 사람들은 태양 바로 아래에서 가까워지는 고향 바다의 갯바람에 뺨을 내밀고 있었다.

"아이고, 한라산이다!"

갑자기 옆에 앉아있던 서른 정도의 남자가 조선어로 소리치면서 뛰어올랐다.

"오, 한라산이 보인다. 한라산이다!"

바라보니 멀리 수평선 위로 검은 점 같은 것이 동그마니 떠 있었다. 그때 김태조가 멍하니 있을 틈도 없이 사람들이 일제히 아아, 한라산이다! 하고 소리치며 모두 일어섰다. 곧 선실에 남아있던 사람들이 갑판으로 나왔다. 그리고 사람들은 마치 해 뜨는 것을 간절히 바라는 것처럼 멀리 고향의 한라산을 바라봤다. 우는 사람도 있었다. 김태조는 이상한 분위기 속에서 순간 혼자 어리둥절해 있었다.

검은 점이 분명 산꼭대기 같은 모습으로 점차 보이기 시작했다. 정상은 큰 파도에 휩쓸리지만 곧 형태를 되찾아 조금 전보다 더

---

6  일본의 혼슈(本州)와 시코쿠(四國), 규슈(九州)에 둘러싸인 니헤(內海).

선명하게 그 모습을 드러내기 시작했다. 그것이 한라산이 아니라고 한다면 근처의 작은 섬 그림자에 지나지 않았을 것이다. 이윽고 김태조를 감동으로 이끈 웅대하고 아름다운 한라산 전체가 눈앞에 보이기 시작했다. 그에게는 사람들의 발작적인 감격이 뜻밖이었다. 그런데 그때, 고향을 떠나 일본에 와있던 사람들이나 어머니가 신에게 기도하는 것처럼 비는 마음으로 늘 이야기하던 한라산이라고 하는 말의 울림이 그에게 되살아났다. 후년에 다시 자신의 의지로 조선으로 건너왔을 때, 바다 위에서 멀리 한라산을 바라보면서 김태조는 그때 외치던 사람들의 마음을 비로소 이해하게 되었다.

고향의 자연은 김태조에게 조선인으로서의 피와 살을 주었고, 잃어버린 조국을 찾아 걷는 영혼을 불어넣어 주었다. 처음으로 마주하는 고향의 웅대한 자연 앞에서 김태조는 할 말을 잃었다. 압도되어 일어설 수조차 없었다. 그림물감처럼 선명한 색채로 물든 고향의 자연 속에서 사람들은 과묵하고 장난스럽고 또 늠름하게 조선어만을 사용하며 생활하고 있었다. 일본에서 조선으로 돌아온 그는 일본어가 통하지 않고 조선어밖에 통하지 않는 세계가 있다는 것을 처음으로 발견한 것이다. 거기에는 민족이라고 하는 지금까지 상상하지 못한 거대한 실체가 끝이 없는 대지처럼 아무 말도 하지 않고 그의 앞에 가로놓여 있었다. 그것은 김태조를 거절하면서, 또 한편으로는 크게 받아들였다. 그리고 그는 조선어를 거의 모르는 자신의 문제를 조금이나마 깨닫게 되었다. 이는 자신이 빼앗긴 것이 있다고 하는 인식이었다. 그리고 다시 개인뿐만 아니라

민족 전체가 빼앗긴 것이 있다고 하는 인식으로 이어졌다. 빼앗긴 것은 다시 되찾아 와야 한다. 이를 고향의 자연이 김태조에게 가르쳐 주었다.

그때 영어시간에 자신은 무엇을 생각하고 있었던 것일까? 고향을 생각하고 있었음에 틀림없다고 김태조는 기억을 떠올렸다. 수염을 기른 영어 교사 수세미 그 자는 국어나 한문 쪽이 훨씬 어울린데 말이야. 그 육군 예비역 중위는 실은 이전부터 나를 눈여겨 보고 있다가 고양이처럼 슬며시 다가왔는지도 모른다. 그런데 이를 자신이 눈치 채지 못하고 있었던 것이다. 도대체 그때 나는 뭘 생각하고 있었을까? 그 위기일발의 순간에…….

그때 김태조는 완전히 전후 분별없이 책상 위에 카드식 영어 단어장을 펼쳐놓은 채였다. 아니, 그뿐이라면 별일이랄 것도 없다. 낙서가, 엄청난 낙서가 장황하게 적혀있는 그 페이지가 때마침 그때 펼쳐져 있던 것이 더 문제였다. 거기에는 우선 Independence가 적혀 있고, 그것이 대문자뿐인 활자체인 것도 있고 소문자의 필기체인 것도 있었다. 게다가 미국의 독립기념일 Independence Day를 흉내 내어 그 뒤에 of Korea로 이어져 있고 freedom 같은 언어도단의 단어도 적혀 있었다.

아뿔싸! 깜짝 놀란 김태조는 쑥 내민 교사의 손을 뿌리치고 단어장을 빼앗듯이 책상 아래로 얼른 감췄다. 교사는 보여 달라고 했지만, 김태조는 응하지 않았다. 야단맞는 소학생처럼 입을 꽉 다문 채 책상 아래에 처박은 양손 안에 카드를 꽉 쥐고 있었다.

영어 교사는 일회용 면도기로 면도를 하지 않으면 얼굴 전체가 수세미처럼 되기 때문에 수세미라는 별명이 붙어 있었다. 그 수세미 교사가 김태조의 어깨를 치며 보여 달라고 다시 말했다. 김태조는 얼굴에서 핏기가 싹 가시는 것을 느꼈다. 새파래진 얼굴 위로 땀이 단번에 솟구쳐 얼굴이 번쩍거렸다. 학우들의 시선이 떼를 지어서 몰려들었다. 그러나 지금 그 정도는 자신의 얼굴에 서린 독기 때문에 산산이 꺾이는 것을 알 수 있었다. 이전에도 『조선사 길잡이』라는 니혼바시(日本橋) 부근의 고서점 거리에서 발견한 흰 표지의 소책자를 갖고 다니다 동양사 시간에 문제가 된 적이 있었다. 그 책은 조선총독부에서 발행한 것으로, 조선인의 황민화정책에 일익을 담당했음에도 불구하고, 그조차도 금기가 되어 있었다. 조선의 역사를 일본인은 지배하기 위해서 알고 있어야 했겠지만, 조선인도 알고 있어야 한다. 김태조가 갖고 있던 그 소책자는 결국 몰수당해 학교 도서관에서 보관했다. 김태조에게는 주의 정도만 주고 가볍게 넘어가긴 했지만, 조선독립 운운 적은 이번 낙서는 그렇게 간단히 끝날 성 싶지 않았다. 수세미는 또한 '전진훈(戰陣訓)'7 선생님이었다. 마침 육군정보국에서 '전진훈'이 공포되고 얼마 안 지나 수세미 선생님은 이의 실천을 즉각 행동으로 옮겼다. '무릇 전진(戰陣)은 황군의 진수를 발휘하고 공격하면 반드시 취하고 싸우면 반드시 이겨 널리 황도를 선포해……'라는 전진훈을 학생들에게 영어로 번역하도록 시켜 교장으로부터 창의성을 칭찬받은 실적이 있다. 일억 총력전을 구가하고 '내선일체'가 진군나

---

7 '전진훈'은 1941년 1월 8일에 육군대신 도조 히데키(東條英機)가 군인으로서 취해야 할 행동규범으로 공포한 훈령이다.

팔을 높이 불어대며 한창 행진하고 있는 중에 비록 낙서라 할지라
도 조선독립 운운하는 것은 말도 안 되는 불령사상이고, 간단히
유치장에 처넣어도 어찌할 수 없는 행위였다.

김태조는 책상 아래 어둠 속에서 펼쳐놓은 카드 한 장을 잽싸게
뜯어놓고 나서 양손에 든 상태로 단어장을 건넸다. 교사는 의심하
는 표정으로 카드를 넘기기 시작했다. 그러는 사이에 김태조는 책
상 속에 찢어놓은 한 장의 카드를 살짝 넓적다리 사이로 마룻바닥
에 떨어뜨린 다음, 그것을 운동화로 짓밟은 채 힘주어 문질렀다.
그 한 장이 분명 문제의 그것임을 기도하면서.

조금 전에 분명히 적은 글자를 카드에서 발견하지 못한 전진훈
선생님은 김태조에게 동요하는 목소리로 "일어나!" 하고 명령했다.
순간, 김태조는 안심했다. 아, 그 한 장을 잘 맞춰서 찢어낸 것이
다. 틀림없이 그 한 장은 지금 자신의 신발 아래에 있다! 자신감을
찾고 발로 카드를 짓누른 채 일어선 김태조는 증거를 없앨 때까지
결단코 책상을 떠나지 않으려고 생각했다.

"찢은 카드 어디 됐어?"

"찢은 것 없습니다."

"정직하게 말해. 왜 카드를 찢었나?"

"찢지 않았습니다."

"그렇다면 왜 단어장을 숨긴 거지?"

"……"

"왜 단어장을 숨긴 거야?"

"……"

"왜 단어장을 숨긴 거냐고 묻잖아."

"부끄러워서요."

"부끄럽다고? …… 음, 어째서 부끄러운 거지?"

"벌바(vulva)라고 낙서가 돼 있어서요."

이 무슨 생뚱맞은 생각인가. 아니, 즉흥적인 생각이라기보다 만원 전차 속에서 제복에 싸여 냄새가 풍기는 듯한 가슴을 밀어붙인 그 여자 탓이다. 아, 성스러운 벌바! 김태조는 필사적으로 소리쳤다. 나머지 일은 내 알 바 아니다. 여기만 벗어날 수 있다면 어떤 창피도 견딜 수 있다고 생각했다. 조선의 한 중학교에서 영어 시간에 벌이 교실에 날아 들어와 윙윙거렸다. 학생들은 입을 모아 벌 봐! 벌 봐! 소리쳤다. 순간 미국인 여교사가 얼굴이 새빨개지며 화를 내고는 교실을 나가버렸다는 이야기가 있다. 김태조는 누군가에게 그 이야기를 들은 적이 있었는데, 그 여교사가 놀란 것은 아무래도 좋다. 지금은 수세미를 속이기만 하면 되는 거다.

"벌바?"

자신의 귀를 의심한 수세미는 앵무새가 따라하듯 얼빠진 소리를 냈다.

"벌바가 뭐야? …… 그 벌바야?"

"예, 그렇습니다. 그렇게 쓴 낙서 맞습니다."

그 벌바라니, 이 무슨 괴이한 말투인가. 김태조는 연타를 가했다. 물론 거짓말이었다. 그렇지만 상관없다. 집에 놓고 온 또 하나의 단어장과 착각했다고 하면 된다. 지금은 오로지 신발 아래에 있는 카드를 없앨 시간을 벌 필요가 있을 뿐이다. 그때 교실에 와

하는 웃음소리가 퍼졌다. 구석에서 누군가 여자아이 목소리를 흉내 내며 벌바! 하고 외쳤기 때문이다. 기세가 꺾인 수세미 선생님은 화를 내며 "정숙! 정숙해! 전원 기립!" 하고 명령했다. 그리고 수업 끝을 알리는 종이 울리는데도 전원 기립한 자세로 놔두고 김태조를 교원실로 데려갔다. 그때 돌아본 김태조는 도요카와와 시선이 마주쳤다. 도요카와는 비스듬히 앞쪽으로 있는 김태조의 책상에 다가가 의자 아래의 마룻바닥에 짓밟힌 상처투성이의 카드를 주워 올렸다. 도요카와는 카드의 내용을 알아차린 것이다.

도요카와는 평소 김태조의 위험한 생각을 좋아하지 않았지만, 그렇다고 해서 반박하지도 않고 그저 묵묵히 무관심하게 보고 있을 뿐이었다. 몽상하는 청소년기에 흔히 있듯이, 갑자기 민족적인 자각을 갖기 시작한 김태조에게 동급생 조선인 학생이 열렬한 생각을 고백할 대상이 되지 못할 이유는 없었다. 어느 날 결심하고 고백한 김태조를 도요카와는 눈부신 것을 보고 있기라도 하듯 바라봤는데, 거기에는 뭔가 공감조차 느껴졌다. 그러나 공감은 오래가지 않았다. 그는 자신의 껍질에서 나오려고 하지 않았다. 도요카와는 음흉하지는 않지만 뱀같이 상당히 신중한 성격이어서, 스스로 군자는 위험한 곳에 가지 않는다고 자조적인 흉내를 낼 정도로 매사에 조심하는 인물이었다. 자못 점잖은 티를 내며 그는 이미 이때부터 인생의 목표를 장래의 고급관리에 두었다. 조선의 도지사 중에 조선인이 몇 명 있다든가 하는 종류의 일을 조사하고, 대학 법학과에서 고등문관시험에 합격할 목표를 갖고 있었다. 도요카와는 고학은 하지 않았지만 그렇다고 해서 집이 결코 유복하지는 않았다. 부모가 일하고, 특히 이미 돈을 벌고 있던 누나들의 원조 덕택에, 즉 일가의 촉망을 받고 공부를 하고 있었다. 그러고 보면 학교에 갈 수 있는 것만으로도 그는 재일조선인 중에서는 엘리트에 속한다고 할 수 있다. 일가족 모두 외아들인 그가 시류에 역행하지 않고 입신출세의 길을 걸어줄 것을 마음속으로 바라고 있다고 해도 무리는 아니었다. 어떤 부모가 피눈물을 흘린 돈으로 자식이 공부한 끝에 조선독립 등의 불온사상으로 형무소행이 되는 것을 바라겠는가. 부모뿐만이 아니다. 도요카와는 스스로 부모의 뜻을 명심해 자신을 지탱하고 있었을 것이다. 그래도 영어시간에 김태조와 나눈 터부에 속하는 일을 함부로 누설하지는 않았다. 김태조는 신문배달을 하고 있었는데 이것으로는 모친과 생활을 해나갈 수 없었기 때문에, 이때의 사건을 계기로 일을 하기 위해 학교를 떠났다.

그러나 이로부터 얼마 지나지 않아 소위 '대동아전쟁'이 일어난 1941년 초여름에 김태조는 이번에는 경찰서에서 곤욕을 치렀다. 이 일은 떠올릴 때마다 마음의 평정이 무너지고 마음속에서 분노와 복수의 푸른 불꽃이 타올랐다. 재일조선인 황민화기관인 협화회에서는 한 달에 두 번 공장이 쉬는 날인 1일과 15일을 학생 이외의 재일조선인 청년에 대한 훈련일로 정해놓았다.

재일조선인은 아침 일찍부터 경찰서 앞 버스길을 가로지른 광장이나 아니면 가까운 공민관에 모여 황국신민으로서 심신 단련을 해야 했다. 시국훈화, 교련, 때로는 햇빛에 멀리 희미하게 보이는 이코마산(生駒山) 정상까지 하루에 오르는 강행군을 하기도 했다.

이러한 어용기관의 강제적인 훈련을 거부할 수 없는데, 김태조는 한두 번 나갔을 뿐 훈련을 빼먹기 일쑤였다. 이러니저러니 구실을 만들어 거의 나가지 않은 것이다. 그러나 구실을 붙이는 데에도 한계가 있다. 이때 반장이 니시하라(西原)라는 청년이었는데, 반의 실적에 영향을 줄 뿐만 아니라 어딘가에서 훈련을 무시하는 듯한 김태조의 태도가 니시하라를 더욱 자극했을 것이다. 김태조는 반뿐만 아니라 지역 전체의 결석 조의 필두에 이름이 올랐다. 당일 호출받은 사람들은 실적이 좋지 않은 결석 조였는데, 그 선두에 김태조의 이름이 있었던 것이다. 니시하라의 각진 얼굴이 한층 험악해져 김태조를 노려보고 있을 것이 틀림없었다. 그는 책상 앞에서 결석한 이유를 변명하지 못하고 우두커니 선 채 있는 김태조의 목덜미를 잡고 갑자기 뺨을 때렸다.

"너희들은 이렇게 해서 경찰이 어떤 사람인지 보여주지 않으면 모른단 말이야. 자, 이쪽으로 와. 너희들 근성을 고쳐놓고야 말겠다!"

구로키(黑木)는 너희들이라는 복수의 호칭을 써가며 김태조에게 욕을 해댔다. 김태조를 혼내는 것이 그 혼자에 대한 것이 아니라는 것을 보여주고 있는 것이다. 그리고 책상 너머로 김태조의 목덜미를 쥔 채 방 한가운데로 끌고 가서 갑자기 크게 업어치기를 해 소년의 몸을 마루 위에 때려눕혔다. 김태조는 저항도 못하고 가볍게 공중을 날아 물건처럼 쿵 소리를 내며 마룻바닥에 떨어졌다. 새우처럼 굽은 등, 허리, 다리 할 것 없이 그의 몸 위를 순식간에 구로키가 가죽신으로 짓밟았다. 김태조는 괴로운 나머지 마룻바닥을 굴렀다. 짧게 자른 머리를 감싼 손을 짓밟고, 손을 뗀 사이에는 머리를 짓이겼다. 몸 위뿐만 아니라 소년의 혼 위에 흙투성이 구두의 발길질이 가해졌다. 김태조는 마치 거대한 벽이 무너져 몸 전체를 압살해오는 순간의 캄캄한 감각으로 비명도 지르지 못하고 몸을 웅크린 채 뒹굴고 있었다.

김태조가 학교를 떠난 뒤 두 사람 사이에는 이미 이와 같이 엇갈리는 체험이 있었다. 그러나 어쨌든 그때 증거를 없애서 김태조의 위험을 구한 사람 또한 도요카와였다. 그런 그가 2, 3년 후에 하오리 하카마를 입은 모습으로 김태조 앞에 나타난 것이다. 이는 김태조에게는 씁쓸한 해후였다. 그래도 그는 환송회 날이 다가왔을 때 예의 카드 건을 떠올리며 I 지역에서 오사카 북단의 다카쓰키(高槻) 시에 있는 그의 집까지 역시 가보기로 했다.

입대를 축하하는 날 밤에, 도요카와의 노모는 뜻밖에 일본의 기모노를 입고 있었는데, 울고 있었다. 일부러 속이 빤히 들여다보이게 차려 입은 늙은 여자의 모습은 묘하게 작고 옴츠러들어 보였다. 그녀는 기모노를 입고 구경거리 원숭이를 닮은 골계적인 인상을 풍기며 눈물을 흘리고 있었다. 도요카와의 아버지가 묵묵히 앉아있는 표정에는 돌아가는 형편에 맡기는 듯한 체념의 기색이 역력했다. 그러나 그의 어머니도 분명 울기는 했지만, 이는 슬픔 때문이라고만 말할 수는 없다. 외아들인 그에게 모든 희망과 미래를 걸었던 모친은 아들을 의심할 줄 몰랐다. 아들이 하는 일 모든 것이 옳은 일이었다. 불학무식의 어머니, 아니 그의 아버지조차도 최고 학부에 적을 둔 아들의 견식에 찬동하는 것으로 충분했다. 그것이 부모의 행복인 것이다. 따라서 부부가 일하는 아들을 위해 분골쇄신하고 있는 것이다. 그런 금은과 주옥의 보배보다 귀한 아들이 지금 군인이 되어 부모 앞에서 사라지는 것이다. 일부러 차려입은 어머니의 모습이 아니라도 눈물이 나올 상황이었다.

도요카와의 넓지 않은 집의 방 한 칸에는 친척, 지인이나 근린 조직의 일본인들이 모여 있었다. 그리고 일본의 학우들이 장지문을 떼어내고 도요카와를 둥글게 둘러싸고 방 안쪽을 차지하고 있었다. 도요카와를 포함한 이들 십 수 명의 학우들은 전원 하카마에 멜빵을 둘러 복장을 단단히 죄고는 일장기 머리띠를 두르고 있었다. 그 풍경은 흡사 결투할 때 조력자 사무라이 패거리들이 한곳에 다 모여 있는 것을 연상시켰다. 그들은 진을 치고 앉아 술잔을 주고받고 일장기 부채를 펼치고는 학교 응원가를 소리 높여 불렀다. 플레이, 플레이 도요카와 나리히로! 하고 계속 손뼉을 치고 다다미를 발로 구르면서 떠들어댔다. 이 학생들 무리는 집 한가운데에서 일종의 쇼를 과시하고 있었다. 이를 지켜보는 별실에 있는 김태조 일행은 관객인 셈이다. 이날 밤도 김태조는 일본인 학우 속에 파묻혀 있는 도요카와와 건강히 지내라는 정도의 간단한 인사를 나눴을 뿐이다. 그리고 사람들 속에 섞여 조선인 가정에서 일어나고 있는 이상한 광경을 관객의 한 사람으로서 보고 있었다. 학생들은 긴 시간 둘러앉아 외부를 차단하고 폐쇄적인 연회를 풀지 않았다. 폐쇄적이고 독선적인 분위기가 점차 커져 취하고, 희롱하고, 곤드라져 한 사람 한 사람의 뜻을 넘어 둘러친 진용 자체가 알아서 빙글빙글 돌고 있었다. 등을 구부려 서로 어깨동무를 한 십 수 명의 무리가 일장기 머리띠를 두른 머리 앞부분만 내밀고 돌았다. 벽에는 큰 일장기 깃발이 드리워 있었다. 나중에는 마치 애꾸눈 괴물 무리가 소동을 피우고 있는 것처럼 보이기도 했다. 빙글빙글 도는 원 안에서 한 사람이 빈 맥주병을 다리 사이에 거꾸로 갖다 대고 젓가락을 탁탁 두드리며 분명 누군가를 뒤쫓는 듯한 모습으로 빙글빙글 돌았다. 그러더니 갑자기 그 남자는 멈춰서서 같은 모습으로 쫓아오는 도요카와와 어깨동무를 하고 취기가 도는 숙연한 목소리로 일본의 대표적인 군가인 "바다에 가면……"[8]을 부르기 시작했다. 합창으로 번졌다. 합창이 계속되면서 단층집 지붕의 천장을 날려버릴 기세로 해군 비행 예과 연습생이 부르는 노래를 불렀다. 군가도 계속 노래하다가, 이윽고 시음(詩吟)으로 바뀌었다. 그러다 완전히 정 반대의 민요풍의 전통적인 노래를 부르는 조합이다. 그야말로 학생들이 야단법석하며 노는 방식이다. 그 풍경은 공허하게 자신을 마구 부추기는 광기 같은 것이었는데, 그러나 하나의 질서를 가지고 있었다. 그 질서의 중심에 도요카와가 있었다. 이를 의식하고 있던 그가 살짝 보여준 비장미 있는 의연한 태도는 그의 어머니를 충분히 울리고도 남는 것이 있었다.

그러는 사이에 김태조는 다다미 위에 펼쳐진 일장기 깃발에 여러 명이 글을 써놓은 곳에 자신도 글을 적어 넣었다. 그리고 천인

---

8 '바다에 가면……'은 일본의 제2의 국가라고 불릴 정도로 기미가요 다음으로 유명한 군가이다. '바다에 가면 물에 잠긴 시체, 산에 가면 풀이 자라는 시체, 천황의 곁에서 죽는다면 아무런 미련 없으리'라는 가사로, 태평양전쟁 당시 출병하는 군인들이 애창한 노래이다.

침(千人針)[9]을 봤다. 흰색 천에 붉은 실로 점자처럼 수를 놓은 한 땀 한 땀의 전통적인 자수와 조선의 노모가 무슨 관계가 있을까. 아니, 그것이 자식을 탄환으로부터 지켜준다고 하니 관계가 있는 것인지도 모른다. 이렇게 해서 일본의 기모노를 입은 조선의 노모는 천 개의 붉은 자수를 사람들한테 한 땀 한 땀 받기 위해 길거리에 서 있었던 것이다.

이윽고 그 천인침이 이 방에 앉아 있는 육군소위 도요카와 나리히로의 복부를 분명 둘러쌀 것이다. 그날 밤 끝없이 야단법석을 떠는 소리를 뒤로 하고 김태조는 도요카와의 집을 나섰다. 그 집으로부터, 그 집의 모든 것으로부터 한시라도 빨리 떠나 인적이 드문 밤길을 달려 역으로 가고 싶었다. 뭔가 참을 수 없을 만큼 분하고 한없이 슬퍼서 견딜 수 없었다. 김태조는 마치 뭔가에 쫓기듯이 계속 달렸다. 그때 이후로 군복을 입은 도요카와 오늘밤 처음으로 만난 것이다.

어쨌든 도요카와 나리히로는 훌륭한 군인이 되었다. 원래 그는 효성이 지극해 부모를 실망시키지 않았다. 그렇다고는 해도 오늘밤 군복 차림으로 나타난 것은 도대체 무슨 심경에서일까. 애초에 조선의 낡은 유교적인 전통을 지켜 행해온 이런 제삿날에 일본 군복에 검을 차고 오다니 도대체 어떻게 된 것인가. 게다가 조선의 예로부터 전해오는 풍습을 잘 알고 엄격히 지켜온 부친이 함께 한 자리이다. 도요카와의 등 뒤로 벽 창가에 칼집 끝이 닿아 자루 부

---

9   출정 병사의 무운(武運)을 빌며 천 명의 여자가 붉은 실로 한 땀씩 천에 매듭을
    수놓아 주는 배두렁이.

분이 앉아 있는 무릎보다 앞쪽으로 튀어나온 모습의 일본도는 소위의 군복 부속물이라고는 하지만 그야말로 이상하게 보였다. 칼자루 부분을 도요카와는 이미 습관이 돼버린 손놀림으로 쉴 새 없이 어루만지고 있었다.

3

고추나 마늘 없이 조리한 쇠고기와 돼지고기 꼬챙이구이, 상어고기 철판볶음, 도미, 조기구이, 달걀과 밀가루 등을 섞어 철판에 지진 전, 마찬가지로 철판에 지진 조선식의 단단한 두부, 산채나물 등, 제사상에 늘 올리는 음식이 탁자 세 개 위에 가득했다. 어제부터 일부러 집안사람들을 시켜 만든 윤기 있는 수제 찐빵, 팥고물을 넣은 찰떡 등이 쟁반에 수북이 쌓여 있었다. 한가운데 있는 탁자 두 개의 촛대에 두툼한 촛불이 전등 빛을 밀어젖히며 기세 좋게 타올라 겹쳐 쌓아올린 과일 무더기에 긴 불꽃 그림자를 드리우고 있었다. 탁자 안쪽에는 '지방'이라고 해서, 위패를 붙여 넣은 검은 칠을 한 상자가 놓여 있었다. 거기에는 붓으로 쓴 해서체로 '현조고학생부군신위(顯祖考學生府君神位)'라고 적혀 있었다. 학생부군이라는 것은 관직이 없는 고인을 가리키는 말로, 옛날에 관직이 있던 선조를 제사지낼 때는 표기가 더 구식이 된다. 예를 들면, '종이품가의대부(從二品嘉義大夫) 호조참판'이라든가, '종삼품통정대부(從三品通政大夫)……', '통덕랑(通德郞)' 등등의 조선시대 위계관직을 지금도 명기해 가문의 자랑으로 삼았다. 이른바 유식자는 종이 위 패를 한번 보는 것만으로, '음, 이 가문은 제법 양반이군'이라든가, '음, 별 거 아니군' 하고 내심 중얼거리는 것을 즐긴다. 종이 위패 앞에 쌀밥을 담은 놋그릇이 두 개 놓여 있었다. 옆에는 같은 금속제의 숟가락과 젓가락이 병풍 쪽을 향해 가지런히 놓여 있었다. 즉, 조부와 동반자인 조모의 영혼이 상 건너편에서 이쪽을 향해 식사를 하고 있는 형상이다. '관혼상제'로 조선인은 집안을 망친다고 하는데, 이들은 이런 일에 쓰는 돈을 아끼지 않는다. 외식권 식당에서 죽 한 그릇 먹으려 해도 줄을 서는 요즘, 조상에게 바치는 음식물 하나도 간단히 손에 넣을 수 있는 것이 없다. 대부분 드나드는 암시장 상인의 손을 거친 것이다. 이것들은 어떤 면에서는 손님에 대한 허영도 있겠지만, 역시 조상의 기일에 대한 주인의 관심 정도를 보여주기에 충분했다.

유교적으로 오래된 전통과 형식주의를 그대로 온존하고 있는 이러한 의식은 한편으로는 그대로 번문욕례(繁文縟禮)로 비하되었다. 그러나 사람들은 긴 타향 생활 속에서 이런 종류의 낡은 생활 양식의 하나를 고집하면서 거기에 나름의 의의를 인정했다. 사람들은 근린 친척들끼리 모여 제삿날 밤을 함께 지새우면서 일본사회로부터 완전히 폐쇄된 상태에 자신들을 둔다. 밖에 있는 일본사회는 '일본인'을 총감으로 두고 '황국신민'화를 강요하는 경찰국가이다. 친척이나 지인이 한곳에 모여 고인의 이야기를 비롯해 고향의 생활, 금기된 조선의 역사까지 이야기하지 않을 수 없는 옛날 이야기 등, 평소에 의식의 밑바닥에 담아둔 일들이 이런 날 밤이면 늘 솟구쳤다. 가장 열심인 달변가는 역시 늙은 노인들일 것이다. 옛날이야기의 세계는 그들의 독무대이다. 사람들은 자신이 모르는 오래 전 세계로 이끌린다. 촛불의 불꽃이 흔들리는 겨울의 기나긴 밤에 일종의 은밀하고 환상적인 분위기를 자아내어 사람들은 고향에서 바람이 세게 불던 날 밤의 제사를 떠올리곤 한다.

전등이 없는 시골 밤은 석유램프 불빛이 닿는 범위가 사람의 시야가 미치는 한계이기도 하다. 석유조차 절약해야 하는 제단이 놓인 온돌방은 촛불의 불꽃이 문틈으로 들어오는 바람에 세차게 흔들렸다. 사람들의 큰 그림자가 벽에서 춤을 추고 불꽃에 붉게 비친 사람들의 햇볕에 그을린 얼굴의 음영이 한층 깊어, 어둠에 싸인 방에서 백의의 얼굴만이 뚜렷이 드러나 반짝반짝 빛났다. 사람들이 멍석 위에 무릎을 꿇고 향을 피운 다음, 어두운 제단을 향해 공손하게 무릎을 꿇고 절을 했다. 실제로 멍석 위에 꼼짝하지 않고 머리를 조아리고 있으면 신기하게도 누군가 살짝 목덜미를 어루만지는 듯한 착각에 빠진다. 김태조도 고향에서 그와 같은 분위기에 빠진 적이 있었다. 영혼이 실제로 있는 것은 아니지만 어렴풋이 종이 위패가 떠 있는 어둠을 응시하고 있으면 마음속에서 뭔가 떨리는 것이 느껴졌다. 거기에는 시간의 통로에서 벗어난 옛날 그대로의 공간이 어쩐지 섬뜩하게 살아남아 숨을 쉬고 있는 듯한 기분이 드는 것이다.

아무튼 제삿날 밤은 일본에서도 어김없이 역사를 거슬러 오르기 시작한다. 제사는 조선시대 말기 무렵에 정착했다. 낡은 부스럼 딱지가 악취를 풍기면서도 거기에는 분명 조선을 지향하는 마음이 있었다. 사람들은 자신이 망국의 백성이긴 하지만 제사를 지내면서 조상과 고향, 그리고 조선을 잊지 않고 있다는 것을 각자 마음속으로 재인식하는 것이다. 시대에 뒤떨어진 이러한 의식이 일본이라는 타향에 있기 때문에 사람들의 마음에 새롭게 불을 지폈다고 한다면, 이는 바로 그 때문일 것이다. 이미 잃어버린 조선을 사람들은 마음속에서 늘 새롭게 기억해야 했기 때문이다.

또한 조선인 사회에서는 기일에 지내는 제사가 생활 속으로 녹아들어간 하나의 관습이 되었다. 부모는 임종이 임박해지면 자신의 사후에 지낼 제사를 걱정한다. 사후에 자신의 기일에 돌아올 곳이 없는 영혼은 저승에서도 안주할 수 없다고 생각하는 것이다. 그러니 조상의 기일에 제사를 지내지 않는 자는 불효 중에서도 가장 불효를 하는 인간 이하의 취급을 받아야 했다. 이 집 주인인 이기선도 특고의 외곽단체로 재일조선인의 '황민화' 기관인 협화회의 고문이지만, 집에 들어가면 이러한 의식을 게을리하지 않았다. 그가 협화회 일을 하는 것과 제사를 지내는 것은 딱히 모순되는 일이 아니다. 이는 또한 동시에 그가 반일이라는 의미도 아니거니와 저항적이라는 의미도 아니다.

즉, 조선인 가정에서 기일에 지내는 제사는 중요한 의미를 갖고 있었다. 이러한 제삿날에 도요카와가 일본 군복을 입고 나타난 것이다. 일본 군복과 조선의 생활양식에 전통적인 뿌리를 두고 있는 제사의식이 어우러질 리가 없다. 더욱이 황색 군복은 본능적으로 경관의 검은 제복을 꺼리는 조선인의 기호에 잘 맞지 않는다. 방에 들어간 순간 김태조는 공기의 흐름이 막힌 것을 느꼈는데, 이는 아마 그 때문일 것이다. 현관에 벗어놓은 신발 수만큼의 사람들은 이미 제단에 무릎을 꿇고 절을 하고 복도를 지나 옆방으로 갔다. 그래서 그들이 있는 건넛방에서는 그런 대로 웃음소리가 일고 전체적으로 활기가 있었다.

"형님, 자 받으시죠."

주인이 조선말로 나리히로의 부친에게 술을 권했다.

"형님, 부모 자식이 동행하는 기분 어떠셨소? 육군소위님과 어깨를 나란히 하고 길을 걷고 전차를 타는 기분이 어땠냐고요? 핫하하. 아주 믿음직스러우시죠? 저도 도요카와 육군소위님과 함께 길을 꼭 걸어보고 싶네요. 음, 나리히로 군. 자네도 한잔 들게."

탁자 위에 고여 있던 무거운 공기는 주인이 오고 나서 조금 흔들렸다. 무거운 분위기가 서서히 풀리기 시작했다. 우선은 나리히로의 부친 얼굴이 흔들거리며 참으로 미소를 금치 못할 상태로 변해갔다.

"형님, 이제 형님은 나이가 들었으니 부귀…… 돈은 별로 남지 않았지만 귀(貴) 쪽을 취하신 거군요. 그게 역시 형님과 어울립니다. 우리 친척 중에서 대학을 졸업하고 육군 장교가 될 인물이 나왔다고 하는 것은 필시 조상의 묘와 땅의 기운을 지배하는 산천의 덕이 아니겠습니까. 조카의 명예는 숙부인 제 명예이기도 하죠. 이는 또한 가문의 자랑이니까요. 단지 형님 혼자만의 자랑이 아닙니다."

주인은 건넛방에서 조심하고 있을 말을 태연히 이야기했다.

"흠, 우리 집안의 종가인 자네가 그렇게 말해주니 나도 고맙네."

주인이 하는 말은 상대방에게 정면에서 불어오는 그야말로 봄바람과 같았다. 도요카와의 각진 얼굴의 주름이 봄바람에 부드럽게 살랑거리다 이내 사라졌다.

"기선아, 너도 잘 알고 있듯이 우리 문중에서는 오랜 동안 벼슬아치가 나오지 않고 끊어졌다. 집안의 혈족이 이를 그야말로 유감천만으로 생각하고 있단다. 그런데 드디어 궂은 일이 걷히고 좋은 일이 돌아왔구나, 을유년에. 올해가 을유년이니까, 벌써 작년이구나. 이렇게 된 것은 갑신년부터야……. 이곳에 동석한 젊은 사람들은 잘 모르겠지만, 땅의 기운을 점칠 방도가 있어서 우리 고향에서는 산천이라고 말하는데, 이는 신라시대부터 내려오는 풍수설에서 온 것이다. 주요 산에서 분기된 청룡백호의 지맥에 둘러싸인 조상의 묘의 지세에 따라 그 자손의 흥망이 결정되는 거지. 작년 갑신년에 겨우 산천의 기운이 우리 가문에 돌아온 듯하네."

나리히로의 아버지는 화로의 잿더미 속에 피우다 만 담배를 집어넣고 화로를 뒤쪽으로 밀쳤다. 이마에 촉촉이 땀이 밴 그는 손수건을 꺼내며 장황하게 말을 하기 시작했다. 본격적인 이야기가 드디어 시작된 것이다. 김태조는 이전의 환송회 때 야단법석을 떨었던 밤을 떠올렸다. 그러자 노경에 접어든 그가 짙은 체념의 기색에 물들어 기댈 곳 없는 표정을 짓고 있던 과거의 모습이 자연스럽게 떠올랐다. 오늘밤 그의 얼굴에는 체념의 흔적도 없이 굳건히 앞을 향해 나아가는 행복한 감정마저 빛나고 있었다.

"인간은 혼자서 할 수 있는 일이 얼마 없어. 즉, 자기 혼자서는 장군이 될 수 없는 거지. 개인을 둘러싼 가운이 있고, 일족의 운이 있고, 국운이라는 것이 반드시 있는 법이지. 요즘은 회사운, 공장 운이라는 것도 있어서 여기에 개인의 운이 합쳐지는 것 같아…….
나는 처음에 아들 놈이 갑종 특별간부 후보생인가를 지원한다고 말을 꺼냈을 때, 솔직히 말해 미쳤다고 생각했어. 그러나 지성이면 감천이라고 하지 않은가. 국가에 보답하는 진심을 보며 내 아들이지만 감동했다니까. 게다가 우리는 세상의 흐름이나 사물의 도리를 분별해야 해. 옛날 중국을 보게나. 몽고도 마찬가지이지만, 한(漢) 민족은 청 왕조 아래에서 삼백 년을 섬겼잖아. 그것이 역사라고 하는 것이지. 안 그러냐, 나리히로? 너도 예전 방식으로 따지자면 과거시험의 무과에 급제한 거야. 우리 고향에서는 몇백 년, 조선 오백 년의 역사를 통틀어 과거급제한 사람이 셀 수 있을 정도로 수십 명에 지나지 않는다. 관직이라는 것은 나라가 있어야 비로소 받을 수 있는 거지. 그 시대에 가문의 영광이 되기 때문에 조상과 가문을 숭배하는 정신을 잃지 말아야 하는 거야. 그러니까 부모나 혈족의 일을 잘 생각해야 해. 무슨 일이든 신중한 것이 제일 중요하지. 섣불리 행동하지 않도록."

나리히로의 아버지는 술잔을 입에 갖다 대고 손바닥으로 입과 턱을 한 번 쓰다듬어 닦아냈다. 도요카와 나리히로 소위는 무릎을 꿇고 자세를 고쳐 앉으며, "잘 알겠습니다" 하고 아버지 앞에서 깊이 머리를 조아렸다.

김태조는 이를 보면서 견딜 수가 없었다. 반사적으로 다른 데로 얼굴을 돌리자, 오른편에서 가슴 언저리까지 흘린 침으로 번들거리며 잠들어있는 남자의 술에 취해 새빨개진 대머리 이마가 눈에 들어왔다. 희미하게 코까지 골기 시작했다. 그는 가족끼리 조그마한 공장을 하고 있는데, 조금 전부터 술잔을 손에서 놓지 않고 혼자서 홀짝홀짝 계속 마시던 중년의 남자였다. 혼자서 가만히 앉은 자세로 꾸벅이지도 않고 잠들어 있었다.

"양천(梁川) 아저씨!"

가네모토가 옆에 있는 우메바라의 등 뒤에서 팔을 두르며, "저기, 아저씨!" 하고 깨웠다. 한 번 비슬거리며 흔들리더니, "아, 고맙네. 고마워. 미안하네" 하면서 머리를 숙이고는 눈을 꿈뻑꿈뻑 뜬 아저씨는 손등으로 침을 닦았다. 옆에서 우메바라가 그다지 청결하지 않은 모습을 신경질적인 눈으로 바라보고 있었다.

"아저씨, 정신 차리세요."

"……아니, 가네모토 아닌가?"

충혈된 눈을 크게 뜨고 탁자를 둘러본 양천 아저씨는 놀란 얼굴을 하고 있다 곧 헤헤 하고 웃었다.

"난 또 누구라고……. 헤헤. 나는 술에 취하면 3초메(丁目)의 지장보살처럼 길가의 전신주에 기대어 꼼짝 않고 잠드는 버릇이 있는데, 지금 보니 전신주가 없군. 그 대신 훌륭한 밥상에 맛있는 진수성찬이 가득하군……."

탁자 주위에서 웃음소리가 일었다. 양천 아저씨는 팔을 뻗어 탁자 위의 주전자를 들더니 자신의 빈 술잔을 채웠다. 그리고는 바로 마셔버리자, 김태조가 주전자를 들고 술을 따라줬다.

"전신주보다 이쪽이 좋지 않은가? 핫하하." 주인이 말했다.

"도요카와 대장한테는 못 당한다니까. 그렇게 비꼬는 말은 참아

주게……. 나도 모르게 깜빡하고 기분 좋게 잠들어버린 걸세." 아저씨가 말했다.

"지금 중요한 이야기를 하고 있는데, 아저씨 잠들면 안 돼요." 가네모토가 말했다.

"아, 그렇군. 그 중요한 이야기 어디까지 한 건가? 어이, 가네모토. 그 이야기 계속해보게. 잘 듣고 있을 테니 말이야."

"나와는 다르군. 도요카와 선생님이 중요한 이야기를 하신 건가?"

"저, 도요카와 선생님."

굳은 얼굴의 우메바라가 마치 시시한 이야기 그만두라는 듯이 두 사람의 이야기를 딱 잘랐다. 깔끔히 차려입은 국민복에 각반을 두른 협화회 지도원인 그는 시종 분별력 있는 듯한 표정으로 조금 전부터 잠자코 팔짱을 끼고 있었다.

"지금 선생님이 말씀하신 것에 저는 이견은 없습니다만, 다만 조금 보충하고 싶습니다. 왜냐하면 지금 도요카와 선생님이 말씀하신 것은 결코 도요카와 선생님이나 우리 협화회의 고문인 이 집 주인 집안만의 문제는 아니니까요. 곰곰이 생각해보면 이는 반도인 전체의 명예와 체면에 관련된 중요한 문제가 아닙니까? 저는 그렇게 생각합니다."

주인 이기선도 사촌형 도요카와 나리히로의 부친에 대해서는 줄곧 조선말로 이야기했는데, 이는 연장자와 하는 대화에서 일종의 예의 같은 것이다. 그러나 우메바라 조타로는 처음부터 사투리 전혀 없는 일본어로 이야기했다. 자신의 사투리 없는 혀의 놀림을 느긋하게 음미하는 입놀림으로 이야기하던 그는 일본인보다도 일본어를 더 잘하는 것을 인생의 신조로 삼고 있는 남자였다. 관동대지진 때 조선인 학살사건이 있었던 이 일본에서 인간답게 살아남기 위해서는 완전한 일본인이 되지 않으면 안 된다는 것이 그의 생각이다. 실제로 이제 막 조선에서 일본으로 건너와 서투른 일본어밖에 못하던 당시 스무 살이 채 안 된 그는 필사적으로 벙어리 연기로 목숨을 건진 과거를 갖고 있었다. 아래턱이 나온 마흔의 남자는 얼굴이 왠지 일본인처럼 이제 막 씻어놓은 채소같이 말쑥하고, 옷자락에 먼지 하나라도 붙어 있으면 손끝으로 정성스레 털어내는 느낌이 이쪽에 전달되었다. 가업을 라디오가게를 하고 있어서인지 일본의 기모노 복장을 한 아내는 하루 종일 가게 앞을 청소했다. 적어도 아침 점심 저녁 하루 세 번은 먼지 하나 날리지 않도록 정성스레 청소하고 정갈하게 물을 뿌렸다. 깨끗한 것을 좋아하는 노파의 몸짓과 다를 바 없지만, 조선인은 불결해 청소도 하지 않는데 자신들은 청결한 일본인과 같다고 이웃 사람들에게 보여줄 증표인 것이다.

"어째서 제가 반도인 전체의 체면과 명예에 관련된 문제라고 말씀드렸냐 하면요, 앞으로 우리의 힘으로 진정한 내선일체의 결실을 맺기 위해서는 역시 도요카와 소위와 같은 존재가 아무래도 중요해지겠죠. 이건 매우 중요한 일이라고 생각하는데, 지금까지 눈칫밥을 먹고 살아온 우리 반도인에게도 이제 드디어 내지 사람들과 마찬가지로 자부심을 갖고 생활할 수 있게 되었으니까요. 내지인과 당당히 어깨를 나란히 하고 일본 국가를 위해 목숨을 바친다……. 아니, 어떤가요? 이는 생각만 해도 몸이 으쓱해지는 것을 금할 길이 없습니다. 어떻습니까? 도요카와 소위님. 이는 양 민족의 융합과 행복을 위해 얼마나 소중한 일입니까."

그리고 가네모토가 옆에서 말참견하려는 것을 거듭 누르고 군복을 처음 착용했을 때 도요카와 소위의 기분이 어땠는지 물었다.

도요카와는 잠시 감탄한 듯이 고개를 깊이 끄덕이면서 우메바라를 직시하고는, 그 말은 정말이지 자신의 핵심을 꿰뚫는 질문이라고 말했다.

"우선 한마디로 말해서, 입대 이전의 제게는 자신은 일본인이면서 반도인이라고 하는 이율배반적인 모순이 있었습니다. 부모가 반도인인 이상 어쩔 수 없는 모순입니다만. 그렇다면 어떻게 할지가 문제인데요, 그래서 저는 내선일체를 추진하는 것 외에 이 모순을 해결할 길이 없다는 확신이 강했습니다. 즉, 양 민족의 일체화, 융합입니다. 이는 현재 실제로 협화회의 간부로서 재일반도 동포의 황민화를 위해 진력하고 계시는 우메바라 씨는 잘 인식하고 계시겠죠. 특히 이번에 전 반도인 장정에 대해 징병령을 시행한 의의는 그야말로 여기에 있다고 강조하고 싶습니다. 국민으로서 조국을 방위할 큰 임무를 내지의 동포와 마찬가지로 맡게 된 영예를 깊이 생각할 필요가 있습니다. 이는 곧 우리 반도인도 드디어 어엿한 일본인이 될 수 있다고 하는 의미입니다. 매우 감격스러운 일이죠……. 지금 나는 내지의 동포 제군을 향해서도 부끄러운 것 없이 당당히 어깨를 나란히 할 수 있습니다. 제 이율배반은 완전히 해소된 겁니다. 그 모순을 구체적으로 해결한 것이 다름 아닌 군복입니다. 물론 조금 전에 말한 대로 제 양친은 반도인

이기 때문에 일본인이라고 해도 역시 무리가 있겠죠. 그러나 우리 세대는 그렇지 않습니다. 이를 넘어야 진정한 일본인이 될 수 있습니다. 말하자면 그것이 군복이라는 겁니다. 나는 학생복을 벗어던지고 군복을 입은 순간 비로소 자신이 일본인이라는 실감이 들었습니다. 가슴이 뜨거워지고 눈물이 뺨을 타고 서서히 흘렀습니다. 이 몸이 군복의 실제 주인이 되고 나서 비로소 일본인으로서 행복감을 절실히 느꼈습니다. 그래서 저는 일본민족과 조선민족이 하나가 되어 대동아공영권의 지도 민족으로서 일본제국의 기초를 반석의 견고함에 놓는 것이야말로 조선민족이 행복으로 가는 길이라는 철학을 더욱 확고히 했습니다. 이제 우리 일억 총국민이 진정으로 전쟁 생활을 철저히 하여 조국방위의 철벽화를 도모하고 지구전으로 싸워내기 위해 한 목숨 바칠 때가 온 겁니다. 그 때문에 군관민이 일치단결을 더욱 강화해야 합니다. 우리 군인은 그 선두에 설 각오를 하고 있습니다."

때때로 탁자를 물끄러미 둘러보고 이야기하는 도요카와의 장교답게 상당히 두터워진 목소리는 자신감을 갖고 탁자에 앉은 사람들을 타이르는 듯한 말투였다. 사람들은 경청했다. 김태조는 자못 심각한 얼굴로 일부러 도요카와의 얼굴을 보면서 몇 번이나 깊이 고개를 끄덕여 보였다. 도요카와는 담배 한 개비를 탁자 위에 통통 두드리며 문득 밀감을 집어 껍질을 까고 있는 김태조를 보고, "미쓰야마 군은 언제 군복을 입게 되는 거야?" 하고 가볍게 미소 지으며 물었다.

김태조 앞의 탁자 끝에는 밀감 껍질이 수북이 쌓여 있었다. 술과 담배를 아직 모르는 그는 탁자 위의 소반이나 쟁반에 담긴 과일 사이에서 떡과 밀감을 꺼내 먹었다. 그가 막 다섯 개째를 먹으려던 참이었다. 하나 더 먹으면 자신을 제외하고 원탁에 앉은 사람들 숫자와 같은 수를 먹게 되는 셈이라는 부질없는 생각을 했다.

"나도 이제 곧 입게 되겠지." 김태조는 웃었다.

그런데 그는 웃는 얼굴이 일그러지지 않았을까 생각될 정도로 내심 허를 찔린 듯해 뜨끔했다. 순간 상대가 형사로 보였다. 그는 다시 애매하게 계속 웃어 보이며, 일각이 여삼추로 기다리고 있는 참에 드디어 봄에 징병검사가 있을 거라고 덧붙였다.

"그는 본적지에서 징병검사를 받게 됐어요. 경찰 쪽에서 지시가 있어서요. 아직 통지는 못 받았나? 미쓰야마 군."

협화회 청년반장인 가네모토는 반의 멤버인 김태조의 사정을 잘 알고 있었다.

"아니오." 김태조는 상대방 목소리에 대한 반동으로 즉각 대답했다. 말하면서 울컥 하고 충동이 올라왔다. '그렇고말고, 물론 받았지. 징병검사통지서 잘 받아서 조선행이 결정됐다' 하고 큰소리로 호통치고 싶은 충동이 강하게 일었다. 그러나 일부러 가네모토를 직시하며 거짓말을 했다.

"아직이에요. 이제 올 때가 됐어요. 나도 이제나 저제나 정말로 기다리고 있는 참이에요."

"음, 본적지라. 미쓰야마 군답군. 자네는 조선을 좋아하니 그거 잘 됐군. ……봄이라고? 봄이면 4월에 검사가 있으니 입대는 9월이 되겠군. 자네는 조선에서 입대할 생각인가?"

도요카와의 말투에는 병졸을 대하는 장교의 자세가 느껴졌다.

"어떻게 될지 모르죠……." 김태조는 상대의 말투에 울컥했지만 결코 어떤 기색도 밖에 내비치지 않으려고 눌러 참으며 말했다.

"일부러 기찻삯 써가면서 가고 싶지는 않지만 하는 수 없지. 징병검사 가는 김에 해놓고 올 일이 있어서. 검사 끝나면 돌아올 거야……. 그때는 자네와 같은 연대라도 입대할까? 핫하하."

"내가 소대장이어도 상관없어?"

"그건 몹시 바라는 바야."

'본적지라, 미쓰야마 군답군. 자네는 조선을 좋아하니……라고? 이 녀석이 설마 내 마음속을 알고 있지는 않겠지?'

부친과 이야기를 시작한 상대의 옆얼굴을 힐끗 보면서 김태조는 돌연 의심이 구름처럼 몰려와 몸이 뻗쳐오르는 것 같았다. 그는 열심히 양손을 펼쳐서 그 구름을 물리쳤다.

'아니, 그런 일은 없다. 말투에 의심하는 인간이 갖는 신중한 애매함이 없지 않은가. 어느새 익숙해졌는지 신중한 남자인 그를 생각해보면 경직된 단정조이고. 음, 이 녀석의 기억에 틀림없이 남아있을 예의 영어 단어장 사건도 애들이 겪는 홍역 같은 것이다, 그런 사상은 이미 졸업했다고 하면 되는 거다. 게다가 나는 도요카와의 입대 축하연에 참가해 일장기에 무운을 빌며 글도 써주지 않았던가. 더욱이 국가의 명령에 따라 본적지에서 하는 검사다. 나는 협화회의 훈련이나 집회에도 잘 나갔고, 지금은 모범적인 청년반원이다. 조선을 좋아한다 운운한 것도 일반적인 이야기를 했을 따름이다. 쓸데없는 생각이다.'

코 밑의 인중 주변이 천천히 땀에 젖어가는 것을 느낀 김태조는 손수건으로 입을 닦으며 꿀꺽 하고 침을 두 번 삼켰다.

김태조는 이런 이야기를 가능한 피하고 싶었다. 대수롭지 않은 도요카와의 질문에도 이제는 숨이 막히는 기분이었다. 오늘 징병 검사통지서 받은 것을 감춘 것도 이야기가 확대되는 것을 막기 위한 것임에 불과하다. 김태조는 원탁의 탁자를 둘러싸고 앉은 사람들 사이라고는 하지만 마음을 터놓고 이야기할 수 있는 공통의 화제가 없었다. 오랜만에 만난 도요카와도 마찬가지이다. 군복에 검을 차고 있는 것은 김태조에게는 적의 모습이었다.

김태조는 어디에도 자신의 마음을 토로할 사람이 없었다. 이미 중학생 시절에 도요카와에게 마음을 열어 보여준 적은 있었지만, 난바에서 자랑스러운 듯이 입은 하오리 하카마 모습이 그 좋은 대답이었다. 학교를 그만두고 나서는 이런 생각을 털어놓을 만큼의 친구가 쉽게 생길 리도 없었다. 공장도 그리고 지역 협화회 회원도 어디까지나 김태조가 겉으로 꾸민 것에 지나지 않았다. 아니, 일본 지배하에 있는 세상 모두가 그랬다. 그러니 격앙된 감정을 침묵을 깨고 폭발시키는 대신에 스스로에게 끝없이 중얼거리는 것만이 자신을 관철시키는 유일한 길이었다. 그는 지금을 무거운 밤의 시대라고 생각했다. 이 어두운 밤길에서 그는 누군가 사람을 찾고 있었다. 뜻이 있는 동지를 만나면 우는 것이 인사가 되겠지. 비운의 조국에 뜻이 있는 동지를 찾아 조선으로 건너갈 생각이었다. 그리고 어둡고 흉포한 시대 속에서 밖으로 나가고 싶었다. 일본 지배하의 조선에서도 밖으로 나가고 싶었다.

그들이 득의양양하게 말했다. 매우 사위스러운 바보 같은 이야기를 묵묵히 듣고, 여기에 박자를 맞춰야 하는 것이 김태조에게 결코 기분 좋은 일은 아니었다. 김태조는 지금 여기에서 조금 숨을 돌려야 한다고 생각했다. 이 방에서 나가고 싶지만 일단 여기에 앉은 이상 그건 불가능할 것이다. 가슴이 답답했다. 돌아보니 제단의 병풍 뒤에 벽시계가 12시에 가까웠다. 제사가 끝나는 자시(子時)에 걸려 있었다. 12시에 제사가 끝나는 '파제' 의식이 행해지는데, 등화관제가 엄격한 요즘에는 이제 슬슬 시작될 것이 틀림없다. 변소에 가려고 생각했다. 오줌이 마렵지는 않았다. 변소라도 가자. 그리고 나오지도 않는 소변을 흘리며 숨을 돌리자. 아무튼 자리에서 일어나 숨을 돌려야 할 기분이었다.


4


시게야마 사치코가 방에 들어온 것은 그때였다. 김태조는 일어서려다 갑자기 그대로 다시 앉았다. 그녀는 새로 온 김태조를 위해 고기와 야채를 접시에 담아 쟁반에 들고 왔다. 그녀는 발그레하게 상기된 얼굴에 미안해하는 표정을 지으며 당혹해했다.

그녀는 김태조와 주인의 사이를 피해 오른쪽으로 비집고 들어오며, "늦어서 정말로 미안합니다" 하고 흥분한 목소리로 말했다.

"미쓰야마 씨, 미안해요. 신경도 못 쓰고……. 밑에서 급하게 다른 일이 있어서 자리를 뜰 수가 없었어요."

그녀는 다시 사과를 하고 김태조 앞의 탁자에 놓인 귤껍질을 정성껏 정리했다. 행주로 닦고 나서 숟가락과 젓가락을 가지런히 놓고, 고기 꼬치구이와 콩나물 무침을 순서대로 놓고 갔다. 그러는 동안 그녀의 일바지 속의 포동포동 살찐 대퇴부가 김태조의 마른 오른쪽 어깨에 닿아 그 감촉이 몸속으로 쑥 들어왔다. 그녀의 미안해하는 표정과는 반대로, 당당하고 조심스럽지 않은 몸의 감촉이었다. 그녀에게 특별한 관심이나 감정이 있을 리 없지만, 오른쪽 어깨가 닿은 순간 움찔한 그의 상반신은 마음과는 다르게 왼쪽으로 도망쳤다. 잠깐 스쳤을 뿐인데 김태조는 깜짝 놀랐다. 그때 그녀의 허리가 멀리 위에 있었다. 허리에서 아래쪽으로 뻗은 대퇴부나 다리도 역시 길었다. 그녀는 살결이 흰 편이어서 몸도 당연 흴 것이다. 김태조는 문득 우연히 그녀의 허벅지가 하얀 것을 발견했을 때를 떠올리며 일바지 속을 투시하듯이 바라보면서 얼굴이 붉어지는 것을 의식했다.

웅크린 맨몸의 허리 주변부터 무릎을 구부려 활처럼 부푼 대퇴부의 흰 빛을 봤을 때의 기억이 지금도 김태조의 눈 속에 아로새겨져 있다. 김태조 일행이 일하는 공장 건물 구석에 변소가 하나 있다. 일터에서 잘 보이는 변소 문은 기름때로 검게 더러워져 있고, 내부는 남녀 겸용의 재래식이었다. 어느 날 예정된 마지막 한 장의 연마 철판을 다 뺄 때까지 소변을 참고 있던 김태조는 기름 투성이 손을 미처 닦지도 못하고 변소를 향해 뛰어갔다. 변소 앞까지 왔을 때, 기계 소음 속에서 여직공들이 아아! 외치는 소리가 들리지 않은 것은 아니지만 그는 재빨리 변소 문을 열었다. 순간 변소 안에서 앗! 하는 비명소리 같은 외침이 들렸다. 문이 곧 열린 것은 안쪽으로 문이 잘 잠기지 않은 탓이지만, 때는 이미 늦었다. 시게야마 사치코가 하반신을 바깥 공기에 다 드러낸 채 쭈그리고 앉아있었다. 바로 조금 전까지만 해도 하반신을 감싸고 있던 노동복의 일바지와 그 안쪽의 것이 같이 내려져 있었다. 실 한 오라기 걸치지 않은 엉덩이부터 통통하게 살쪄 길게 뻗은 대퇴부가 눈부시게 하얘 김태조를 압도했다. 순간 나체의 하반신 윤곽이 선명히 다 보일 정도로 하얗게 눈이 부셨다. 그녀가 즉시 내민 손은 이미 활짝 열린 문에 닿지 못하고 어찌할 수 없는 상태여서 아름다운 얼굴이 순식간에 일그러지며 고개를 숙였다. 외부의 침입자에게 놀란 것은 물론 그녀였지만, 김태조도 깜짝 놀랐다. 그는 숨을 삼킬 새도 없이 문을 쾅! 하고 닫았다.

시게야마 사치코의 다 드러난 하얀 피부가 빛났다. 여자의 살갗에 익숙하지 않은 김태조에게는 그야말로 충격적이었다. 이런 일이 있고 얼마 지나지 않아 그녀가 김태조에게 다가갈 계기가 된 작은 사건이 일어났다.

그 일이 일어난 날 저녁, 장인 기질의 성격이 급한 공장장 구레모토(吳本)가 돌연 여직공들 앞에서 화를 내기 시작했다. 그녀들은 손으로 돌리는 엑센 대 앞에서 각자 일을 하고 있었다. 여러 명씩 마주하고 털썩 엉덩이를 땅에 붙이고 앉은 그녀들은 강선(鋼線)을 용수철 모양으로 잘라내는 작업을 하고 있었다. 벽 쪽의 기둥에는 자명종 시계가 걸려 있었는데, 바로 그 앞에 있는 엑센 대에 시게야마 사치코가 앉아 있었다. 공장장은 시계 앞에서, 즉 시게야마 사치코 뒤에 우두커니 서서 화를 내고 있었다. 시계가 30분 빨리 맞춰져 있었다. 30분이라고 하는 작고 덧없는 도박이 있었던 것이다. 고작해야 30분이라는 것보다, 주형(鑄型)을 만들던 성질이 비뚤어진 공장장에게는 그런 행위가 마음에 들지 않는 것 같았다. 이마에 핏대를 세우며 화를 냈다. 딱히 시계야마 사치코를 겨냥하고 있는 것은 아니지만, 벼락이 그녀의 등 뒤에서 머리 위로 떨어졌다. 처음에는 장난스럽게 입술 사이로 혀를 내밀던 그녀도 마침내 도망갈 곳을 잃고 얼굴이 파랗게 경련이 일기 시작했다. 킥킥거리며 웃으면서 엑센을 돌리고 있던 그녀의 동료들 얼굴에도 똑같이 궁지에 몰린 표정이 번졌다.

이때, 도대체 누구야, 누구냐니까, 하는 공장장의 고함소리에 다시 그녀들이 추궁받는 것을 보다 못해 주제넘게 참견하고 만 것이 김태조였다. 공장의 소음 속에서 공장장이 화내는 소리를 일일이 귀담아 듣고 있던 것은 아니지만, 대략 봐도 알 수 있었다. 김태조는 일을 하다 말고 의자에서 엉덩이를 들어 공장장에게 말을 걸었다. 그러고 나서, 실은 자신이 그만 농담으로 시계바늘을 돌려놓은 것이라고 말했다. 채 사과의 말이 다 끝나기 전에 공장장은 손에 들고 있던 스패너를 공장 바닥에 내던졌다. 그리고는 김태조가 있는 곳까지 큰 걸음으로 걸어와 큰소리로 욕을 했다.

김태조는 무엇보다도 공장장이 욕한 소리 중에, 자네는 여자애의 환심을 사기 위해 그런 짓을 한 거냐고 한 말이 분해서 참을 수 없었다. 이미 화가 나는 정도를 넘어섰다. 전혀 예기치 못한 뭔가 벌컥 하는 기분에 휩싸였다. 어쩌다 바보같이 주제넘게 나섰을까 후회도 했다. 그러나 때는 늦었다. 시게야마 사치코가 김태조와 금세 가까워진 것은 그때부터였다. 김태조는 달라지지 않았다. 달라질 데가 없었다. 장난을 친 장본인이 그녀라는 것을 알고 그녀 대신 자신이 나선 것이 아니기 때문이다. 그는 공장장의 환심 운운하는 말을 자신의 마음속에서 산산조각 내려고 했다. 그건 그렇고, 자신은 왜 그런 시시한 희생심을 발휘한 것일까? 뭔가 보기에 따라서는 거칫거리는 짓을 어째서 한 것인가? 김태조는 스스로도 명확히 설명할 수 없었다. 그저 그 순간 조금 영웅이 된 듯한 감정에 좌우되어 한 행동이었을 뿐이다.

시게야마 사치코가 허리를 굽혀 김태조 앞의 탁자 위에 있는 음식 접시를 채우고 있을 때, 그녀의 어깨 너머로 늘어뜨린 흐트러진 머리카락이 눈앞에서 흔들려 머리와 하얀 목덜미에서 풍기는 냄새와 옅은 화장 냄새의 달콤한 체취가 무겁게 그의 얼굴을 어루만지며 스쳤다.

"시게야마 씨."

돌연 김태조의 왼쪽에서 주인이 그녀를 바라보며 불렀다.

"예" 그녀는 허리를 똑바로 펴면서 대답했다.

"잠깐 인사하시죠. 이쪽은 내 친척 사촌 형님이고, 그 옆이 아들이오……. 핫하하. 그러니까 내 조카인 셈이지. 잠깐 봐도 알겠지만, 상당히 훌륭한 사람이네. ……형님, 이 아가씨는 우리 집에서 일하고 있는데, 매우 다부진 데가 있어. 어떻습니까? 미인이죠. 핫하하."

그녀는 빙긋 웃던 웃음을 일단 마음속에 가라앉히고 도요카와의 아버지에게 인사를 했다. 그리고 보기만 해도 상당히 훌륭한 청년 장교를 주저하지 않고 똑바로 바라보며 말했다.

"일본의 소위님이시죠? 저는 시게야마 사치코입니다. 잘 부탁합니다."

왜 일본의 소위님이라고 말한 것일까? 김태조는 문득 자신의 귀를 의심할 정도로 그 한마디에 덜컥하면서도 또한 감동했다. 왜 육군소위님이라고 하지 않은 것인가? 이는 그녀의 의식적인 말이 결코 아니다. 결코 그녀의 마음속에 민족의식이 있어서 한 말이 아니다. 학교도 마음껏 다닐 수 없을 정도로 가난한 집에서 자라 조선도 모르는 그녀의 마음속에 있는 것이라고는 가난하고 추하다고 일본인에게 계속 무시당해 온 조선인으로서의 굴욕감, 혹은 그로부터의 도피심이 아닐까. 그럼에도 불구하고 문득 나온 그녀의 말은 육군소위님이 아니었다. 어쩌면 그것은 아래층 부엌에서 여자들이 도요카와를 가리켜 일본 군대에 간 사람이라는 등 말하는 것을 듣고 한 말일지도 모른다. 아니, 그 이유로 충분하다. 적어도 어디에 가든 털썩 엉덩이를 붙이고 앉는 것을 좋아하고 농담을 좋아하는 그녀들이야말로 소위 학문은 없지만 늘 조선은 잃은 적이 없었다. '내선일체'와 '황민화'를 강조하는 비상시국에 민족의상을 입고 백주대낮에 당당히 동네를 걸어 다니는 것은 김태조의 모친도 그러했지만 그녀들뿐이다. 이 I구의 조선인 밀집지역을 관할하는 지역 경찰은 그녀들이 조선옷을 착용하는 것을 금했다. 그래도 그녀들은 조선옷을 입고 동네를 돌아다니고 전차를 탔다. 경찰은 재차 타격을 주기 위해 백주에 사람들 면전에서 그녀들의 치마저 고리에 검은 먹물로 X표를 칠해 더럽혔다. 그래도 이상하게 마을에서 조선옷이 사라지지 않았다. 이는 격분한 저항 같은 것이 아니라, 그녀들의 뿌리 깊은 생활의 요구에서 나온 것이다. 그래서 경찰이나 협화회의 힘으로도 어찌할 수 없었다. 시게야마 사치코의 어머니도 마찬가지일 것이다.

그러나 일본의 소위님이라고 말한 그녀의 입술도 이행자(李幸子)라는 자신의 본래의 이름을 말하지는 못했다. 도요카와는 상대를 고작해야 여직공 정도로 봤을 것이다. 유연하게 자세를 취하고 상반신을 움직이지 않은 채 가볍게 인사를 했다. 주인은 마침 시게야마 양이 올라와서 잘 됐다고 하면서 모두에게 우선 도요카와 부친부터 술을 따르도록 그녀에게 말했다. 시게야마 사치코는 주전자를 양손에 들거나 맥주병을 들고 원탁을 돌았다. 도요카와는 자신의 옆으로 그녀가 왔을 때 술잔을 비우고 탁자 위에 소리를 내며 내려놓았다. 그는 그 컵에 맥주를 따르는 그녀의 예쁘지만 노동으로 거칠어진 손을 물끄러미 바라보며 눈을 움직여 손목부터 팔로 올라가며 힐끗 그녀의 얼굴을 쳐다보고는 멈췄다. 그때 술로 물기가 어린 눈빛은 청년의 눈빛이 아니라 끈적끈적하게 뭔가에 흥미를 보이는 성인 남자의 외설스러움으로 빛나고 있었다. 김태조는 그의 시선을 무의식적으로 불타는 듯한 시선으로 보고 있었다. 그는 순간 철렁 하고 가슴속에 울리는 고동에 놀랐다. 뜻밖에 마음속에서 울린 고동소리였다.

"고생 많으시네요. 잠깐 앉지 않겠어요?"

도요카와가 자못 친숙한 듯이 말을 건넸다. 옆에 있던 가네모토도 엉덩이를 들어 올리며 앉으라고 권했다.

"그래, 거기 앉지 그래?"

도요카와를 따라 주인도 같은 말을 했다.

김태조는 갑자기 전신의 피부가 오그라들며 몸이 죄어오는 것을 느꼈다. 돌연 주인을 향해 솟구치는 분노를 느꼈다. 그는 어찌된 셈인지 그녀가 도요카와 옆에 앉지는 않을지 공포감에 완전히 휩싸였다. 일본도 옆에 앉아 술을 따르는 것은 그야말로 작부가 아닌가. 김태조는 아직 앉지도 않은 그녀를 향해 증오의 눈길을 보냈다. 같은 공장의 동료인 그녀가 앉아서 술을 따르기라도 한다면 도요카와에 대한 자신의 내면의 우위성이 흔들흔들 비참하게 무너질 것 같았다. 그는 질투심마저 느꼈다.

"네, 감사합니다."

그러나 그녀는 아래층에 아직 일이 남아있다고 하면서 거절했다. 그리고 대강 술을 다 따르고 나서 곧장 방을 나갔다.

김태조는 안도했다. 자신의 감정이 확실히 얼굴에 드러나는 것이 걱정될 정도로 안도의 한숨을 쉬었다. 김태조는 예전 동급생에 대한 사람들의 상찬 앞에서 완전히 무시되었고, 도요카와 소위를 띄워주는 역할에 지나지 않았다. 그러나 본인은 그 정도로 비참한 것은 아니었다. 분명 도요카와에 대해 칭찬하면서도, 한편으로 문득 사람들의 시선이 자신을 향할 때 어디를 봐야 할지 곤란할 정도의 콤플렉스도 없는 것은 아니었다. 그러나 김태조의 내면에는 이를 뿌리칠 힘이 있었다. 군복의 색, 형태, 눈을 찌르는 계급장의 붉은색과 금색, 빛나는 단추, 일본도. 이 모든 것이 발하는 냄새

속에 푹신하게 몸을 누이고 있을 수 있는 도요카와가 불러일으키는 그에 대한 강렬한 경멸의 의식이 있었다. 그럼에도 불구하고 지금 김태조의 내면에는 분명 경멸하는 도요카와에 대한 질투의 감정이 들어앉아 있었다. 시게야마 사치코가 도요카와를 내치는 태도에 김태조가 호감을 가진 것은 그 때문일 것이다.

그러나 그렇다고 해도 자신의 감정은 도대체 어떻게 된 것일까? 김태조는 스스로에 대해 생각해 봤다. 그는 조금 전에 그녀를 도요카와에게 인사시킨 주인에게 분노조차 느꼈다. 아니, 주인이 아니었다. 주인을 넘어 그녀가 옆으로 왔을 때 마음이 옭죄는 듯한 통증을 느낀 것은 도요카와를 향한 것이었다. 도요카와에게 소개된 그녀가 순간 자신으로부터 쏙 멀어져가는 느낌이 들었다. 이러한 자신의 의외의 감정을 인정하고 싶지 않아서 그는 당황스러웠다. 그녀에 대한 이와 같은 긴장된 감정의 움직임은 지금까지 경험하지 못한 일이다. 그러나 몸 깊숙이 통증을 주는, 아니 뭔가를 떼어놓고 가는 순간의 마찰이 일으키는 뜨거운 통증의 감각은 분명 질투임을 인정할 수밖에 없었다. 그녀가 방을 곧 나갔을 때, 그는 갑자기 그녀가 자신 가까이에 있었다고 하는 기묘한 행복감조차 느꼈다.

그는 도요카와를 경멸하면서도 역시 그의 존재를 강하게 의식했고, 시게야마 사치코에 대해 관심이 없는 척하면서도 결국 그녀에게 어딘가에서 강하게 끌리고 있는 자신을 발견했다. 음, 그럴리가 없는데……. 김태조는 내심 중얼거렸다.

이윽고 파제가 시작된다는 연락에 사람들은 제단이 있는 방에 모여들었다. 아래층 건넛방에서 나온 사람들이 뒤로 물러나고 헛기침을 하며 어르신들이 올라와 먼저 방으로 들어갔다. 사람들은 헛기침을 하면서 뒤를 따랐다. 뒤를 따라 들어와 모두 원탁 쪽을 힐끗 보고는 시선을 거두고 발을 내딛는 것을 주저했다. 사람들은 움직이지 않고 한데 어울려 있어 뒤쪽에서 떼밀리는 것 같았다. 떼밀려 아무렇지도 않게 한 걸음 옆으로 옮기면서 방어적으로 딱딱한 표정을 지으며 제단을 바라보았다. 원탁 주변에는 가장 눈에 띄는 검을 찬 군인을 한 번 본 순간 이미 얼얼한 공기가 방 안에 흘러 유리판처럼 눈에 보이지 않는 벽이 양쪽 사이에 서 있는 것 같았다. 그렇지만 사람들은 힐끗 보고는 모르는 체하며 제단으로 몸을 돌렸다.

거기에는 노골적인 적의도 없고 호기심 어린 눈길도 없는 마치 방관자와 같은 냉담한 침묵이 있었다. 김태조는 그 냉담한 침묵의 눈을 지켜보면서 자신이 군복을 입은 쪽에 편입된 듯한 위화감을 느끼며 꼼짝 않고 서 있었다.

제단 앞에 연기가 피어오르고, 촛대와 같은 금속제 향로에서 향 타는 냄새가 퍼졌다. 어르신들 가운데서 다시 헛기침 소리가 일어 한층 더 침묵의 분위기를 북돋웠다. 사람들은 조금씩 떼밀려 김태조가 서있는 원탁 근처까지 밀려왔다. 밀려온 사람들 끝에 있는 사람의 볼에 우선 보이지 않는 유리판 같은 공기의 벽이 닿아 표정이 굳어졌다. 그래도 역시 사람들은 무관심하게 태연한 척 표정을 지으며 제단을 바라봤다. 제단에는 새로 담아온 술이 놓여 있었다. 주인은 정성스럽게 엎드려 절을 하며 제사를 지냈다. 그리고 손님들이 마지막 한 사람까지 절을 다 하고 나서 종이 위패를 태워 영혼이 저승으로 날아가게 하는 것으로 제사 의식의 일체가 끝났다. 그런데 많은 사람들 중에 여자의 모습이 보이지 않았다. 여자는 제단 옆에는 서 있어도 원칙적으로 신성한 영전에 절은 올릴 수가 없다. 아직도 여자는 부정한 존재로 여겨지고 있는 것이다. 그리고 부정하지 않은 일본의 군복을 입은 자는 절하는 것을 허락받은 이치이다.

도요카와 소위의 부친이 근엄함 그 자체로 제사 의식의 체현자처럼 절을 올리고, 그 자식이 얌전히 바라보고 있는 것을 김태조는 보고 있었다. 일어서 있던 도요카와는 체격이 이전보다 다부진 것이 부친을 닮은 각진 얼굴과 잘 어울렸다. 장교의 관록이 보였다. 그리고 차고 있던 검이 미끄러질 듯이 넓적다리에 대고 쥐고 있는 모습은 군복이 갖는 권위를 의식하는 자의 자세이기도 했다. 그는 부친이 고풍스럽게 절하는 것이 끝나기를 기다리고 있었다. 그리고는 곧 자신이 나설 차례라고 생각하는 듯했다. 그는 검을 찬 채로 제단 앞에 나설 기색이었다.

이윽고 도요카와 소위가 한 걸음 내딛었을 때, 김태조는 조금 당혹스러웠다. 그가 당혹해할 입장은 아니지만 함께 그 뒤를 쫓기라도 하듯이 김태조는 몸이 고꾸라지는 것 같았다. 순식간에 도요카와는 몸가짐을 바로 한 자세로 이미 장교 복장의 등과 흰 목면 양말바닥을 보이며 걷기 시작했다. 실제로 그는 검을 차고 유연히 제단을 향했다. 사람들은 목을 쑥 집어넣고 한 걸음 물러났다. 도대체 무슨 일인가! 그는 일본도까지 내려 차고 조선인 선조의 영혼 앞에 서 있었다.

어리석은 패륜아! 조선의 귀신 앞에서 이 무슨 작태인가! 군복을 벗어라! 칼을 내려놓아라! 깨끗이 맨몸으로 절을 올려라! 제단 뒤쪽의 천장 구석에서 보이지 않는 묘의 커다란 입이 떡 열리고 메아리가 되어 소리가 울려 퍼지는 것만 같았다.

김태조는 금세 오한이 하반신에서 등으로 쫙 올라오는 것을 느끼면서 도요카와의 뒷모습에서 눈을 뗄 수가 없었다. 그는 어슴푸레한 천장 구석에서 메아리치는 소리에 이끌려 도요카와를 향해 욕설을 퍼부을 참이었다. 그러나 정신을 차리고 보니 순간 목이 막혀버려 말이 나오지 않았다. 분명 뭔가 소리치려고 했는데, 입은 무심하게도 반쯤 열린 채 무언 상태 그대로였다.

어헛, 아래를 봐라. 내 조상의 제사에 일본도를 차고 왜놈 군복을 걸치고 절을 하다니. 우스꽝스러운 모습의 사내는 사람 새끼이냐! 와하하! 와하하! 도요카와 뒤에서 사람들이 와 하고 웃는 소리, 바보 같은 놈이라고 큰 소리로 꾸짖는 소리…… 아니, 아무도 웃지도 않거니와 큰소리로 꾸짖거나 욕설을 퍼붓지도 않았다. 대신에 마른 모래처럼 흰색 침묵이 사람들 사이에 털썩 내려앉은 느낌뿐이었다. 사람들은 어이없이 보고 있었다. 어이없어하는 사람들이 화를 내기까지는 잠시 시간이 필요한 것일까. 그러나 사람들은 화를 내지 않았다. 웃지도 못하고 그저 보고만 있을 뿐이었다. 분노를 덮어씌우기는커녕, 제국 육군장교의 계급장과 일본도로 무장한 기분 나쁘게 압박하는 듯한 힘이 느껴지는 노란색 제복을 물끄러미 바라보고 있을 뿐이었다. 게다가 복도 쪽에서는 방에서 비어져 나온 술 취한 웃음소리에 섞여 느긋한 이야기 소리가 들렸다.

이때, 멀리서 사이렌이 울렸다. 은은하게 이어지던 그 소리는 경계경보였다. 에헴! 참았던 기침을 하면서 사람들의 발은 흐트러지고 서로 번갈아가며 밟았다. 갑자기 침묵을 깨고 어두운 하늘에서 울린 기분 나쁜 울림소리는 역시 사람들을 초조하게 했다. 아니, 사람들은 초조하고 묘하게 무지근한 방의 공기를 한순간에 열어준 사이렌 소리에 오히려 안도의 한숨을 쉬었는지도 모른다. 그래도 초조함은 일었다. 한창 이런 의식에 속박되어 있는 중에 사이렌 소리를 꼼짝 않고 듣고 있어야 하는 상황은 사람들의 침착함을 흔들었다. 아래층에서 여자들 소리가 크게 들렸다. 제단 옆에 우뚝 서 있던 주인이 포동포동한 얼굴로 아래층을 향해 말했다.

"옆방 라디오 스위치를 켜 놓았을 텐데, 누구든 좋으니 한 번 확인해주지 않을래요?"

그리고 모든 창문의 검은 방공 커튼을 쳤다. 이윽고 라디오 잡음 속에서 마리아나 제도에서 북상한 적기 한 대가 시오노미사키(潮岬) 부근에서 본토에 침입, 진로를 한신(阪神) 지방을 향하고 있다. 엄중한 경계가 필요하다……고 전파에 싸인 아나운서의 목소리가 들렸다.

아니, 고작 한 대인가! 많은 사람들에 둘러싸여 복도에서 자못 실망한 듯한 목소리가 크게 들렸다. 사람들이 웃었다. 이유도 없이 웃었다. 도쿄는 연일 공습을 당했고, 80대의 B29가 7부대에서 한낮에 한신 지방을 습격한 것은 바로 보름 정도 전이었다. 그때를 생각하면 한밤중의 한 대는 조금 어딘가 부족한 느낌이다. 아니, 그렇지 않다. 이는 대공습이 아님을 지켜본 사람이 쾌재를 부르는 소리이다. 고작 한 대인가! 김태조는 이 말에 마음이 동했다. 몇천 미터의 어두운 상공을 그야말로 단 한 대만이 비상하고 있는 모습은 왠지 고독하고, 또 왠지 유머러스했다. 그것은 '적기'에서 벗어나 묘하게 인간적인 친근감을 자아냈다.

아무튼 이제 일본 전국이 B29의 폭격망 속에 완전히 들어갈 때가 온 것은 사실이다. 1월 중순에는 이세신궁(伊勢神宮)의 외궁(外宮), 도요우케대신궁(豊受大神宮)에 B29의 폭탄이 투하되어 일본 전 국민이 두려움에 떨었다. 신문은 그 모습을 1면 톱으로 전하고 몇 명의 명사 대담을 실었다. 도쿄대학의 명예교수인 어떤 박사는 다음과 같이 말했다.

"대신(大神)은 우리 일본의 신이 아니다. 세계를 낳으신 근본의 신이고, 전 인류의 신이며, 또한 미국의 신이시기도 하다. 미국도 역시 그 은혜를 입고 있는데, 이를 깨닫지 못하고 스스로 신을 더럽히려는 것은 미국인이 진정한 신앙으로 살고 있지 않은 증거이다. 대신은 이번 일로 미국인을 깨우치시고 근본적으로 길을 인도하시려고 할 것이다. 이러한 미국인을 우리 신의 은혜로 철저하게 공격하는 것이 그들을 구제해주는 길이다. 이야말로 그들에게 자신의 신을 철저하게 받들게 하는 길이며, 또한 우리들이 신을 섬기는 길이다."

위의 글은 신문의 표제어에 '자신의 신 모독'이라고 되어 있었다.

아무리 시대가 그렇다고 해도 적어도 조선인이라면 이런 감각에는 편승하지 않을 부류의 담화가 사람을 두렵게 했다. 김태조는 이 기사를 읽었을 때, 웃음보다 새삼 전율을 느꼈다. 그래서 일본은 조선의 경성 남산 정상에 조선신궁을 건립했을 뿐만 아니라, 조선 전국 방방곡곡 제주도 촌락에 이르기까지 아마테라스 오미카미(天照大神)[10]를 제사지내는 신사를 만든 것이다. 김태조의 고향 T면의 면사무소 옆에 광대한 청년훈련장을 만들고 그 동쪽 안쪽에 아마테라스 오미카미 제단을 만들어 매일 아침 일찍부터 촌민을 모아 절을 올리도록 강요했다. 그리고 일본어를 전혀 모르는 노인이나 노파가 섞인 군중 앞에서 일본인 주재소장이나 조선인 면장 등이 시국 담화나 애국심에 대해 한바탕 연설했다. 이런 일을 보면 일본에서 도쿄대학 명예교수의 말은 그다지 이상한 것도 아니다.

도요카와 소위는 매우 침착함을 보이며 정좌했다. 그런데 그때 긴 군도의 끝부분이 다다미에 닿아 분명 무릎을 꿇고 절을 하는데 방해가 될 것을 알고 있었다. 이곳은 신사참배와 같이 선 채로 절을 할 수는 없다. 그는 정좌한 채로 친척 한 사람이 영전에 바칠 술잔에 술을 따라주기를 기다렸다. 그 사이에 고개를 숙이고 있던 그의 턱이 움찔거리며 어금니를 악물고 있는 것을 분명하게 알아차릴 수 있었다. 그는 자신에게는 보이지 않는 등 뒤에서 이질적인 시선들이 집중되어 있는 것을 느꼈던 것이다. 그렇게 느끼고

---

10 일본 천황 가문의 선조신 격으로, 태양신이고 여신이다. 이세신궁(伊勢神宮)에 모시고 제사를 지내고 있는데, 특히 전쟁 중을 다루고 있는 일본의 문화물에서 이세신궁이 언급될 때는 천황 가문이 신으로부터 그 혈통을 이어받아 신적인 존재임을 강조하는 의미로 사용되는 경우가 많다.

있을 것이라는 것을 사람들 또한 알고 있었다. 이제 사람들은 뒤쪽이 무방비한 상태의 도요카와를 향해 거리낌 없이 시선을 모았다. 분노가 깃들어 있을 수도 있고, 경멸의 감정일 수도 있다. 연민일지도 모르고, 조소일지도 모른다. 또 공포일 수도 있는 무수한 눈빛을 쏟아 붓고 있었다. 이상하게도 방 안은 지금까지 없던 매우 엄숙하고 정숙한 순간을 맞이한 기묘한 분위기였다.

이윽고 그는 정좌한 자세에서 서서히 일본도를 풀어 칼집 부분을 쥐고 단단히 다다미 위에 놓았다. 그리고 일어나서 절을 올렸다. 사람들은 침도 삼키지 않고 그 광경을 물끄러미 보고 있었다. 사람들의 얼굴에 희미하지만 미소가 비쳤다. 군도를 풀자 금세 이가 빠진 듯한 모습이 이상하게 우스꽝스러워 쓸쓸해졌다. 검을 차지 않은 경관이 좀 더 나을 것이다. 왜냐하면 순사는 원래 장교처럼 신분이 높지는 않으니까. 군도를 풀어 놓자 정말 이상하게도 금세 장교답게 보이지 않았다. 마치 무장해제를 당한 항복한 병사처럼 보였다. 군도를 다다미 위에 내버려두고 절을 하는 것도 분명 보기 좋은 모습은 아니지만, 군도를 찬 채 절을 하는 것은 더 우스꽝스러울 것이다. 애초에 장화를 벗고 다다미 위에서 흰 목면 양말 바닥을 보이며 칼을 찬 채로 있는 자체가 이상하고, 제삿날 밤에 일본 육군 군복 차림으로 태연히 온 것이 또한 이상하다. 아이가 새로운 완구를 잠시도 손에서 놓으려고 하지 않듯이, 그의 손은 왼쪽 대퇴부에 군도가 닿아있는 감각이 없으면 공허함을 견디지 못하는 것 같았다.

그러나 그가 절을 마치고 다시 군도를 찼을 때, 사람들은 자신도 모르게 마른침을 삼켰다. 결국 사람들은 눈앞의 도요카와를 향해 우스꽝스러움을 비웃을 수도 없고, 그렇다고 예의 없다고 욕할 수도 없었다. 김태조도 마찬가지였다. 사람들이 할 수 있는 일은 그저 바라보고 있는 것뿐이었다. 사람들은 노골적인 적의도 호기심도 없이 마치 방관자처럼 차가운 침묵의 눈으로 보고 있을 뿐이었다. 그러나 도요카와에게는 분명히 등을 찌르는 자신들의 눈빛을 충분히 알게 했을 것이다. 검을 차고 원래 있던 자신의 자리로 돌아왔을 때, 사람들의 시선에 비친 그의 얼굴은 금세 핏기가 사라져 거무스름해져 있었다. 그리고 도요카와가 이를 의식하든 안하든 사람들의 침묵의 차가운 눈빛이 사이렌을 전후해 분명 달라진 것도 사실이다. 사람들은 입술 끝에 조금 전까지 없던 차가운 미소를 짓고 있었다.

파제 의식도 끝나고 이윽고 탁자 주변에 모여서 먹고 마시는 시간이 되었다. 김태조는 새로 차린 탁자에 앉지 않고 외투와 짐을 들고 방을 나왔다. 도저히 남아서 식사를 할 기분이 나지 않았다. 배가 불러서가 아니다. 배가 찢어질 정도로 위에 넣어두고 싶은 치사한 욕구도 있었다. 그러나 파제가 끝난 지금은 억지로 모조리 토해내고 싶은 냄새를 내뿜는 노란색 군복과 함께 한시라도 머물고 있을 수 없었다.

김태조는 귀틀에 앉아 신발을 신고 끈을 매면서 어슴푸레한 현관을 바라보았다. 콘크리트 지면의 어두운 바닥에 잡다하게 뒹굴고 있는 빈약한 신발들 속에서 도요카와의 장화만이 우뚝 서 있었다.

김태조의 어둠에 익숙해진 눈에 점차 잡다한 신발들의 형태가 보였다. 낡은 신발의 뒤축이 무지러져 난파선처럼 크게 기울어 있는 것. 마치 걸레처럼 눌러 찌부러진 운동화. 한눈에 상어 가죽으로 보이는 광택 없는 마분지 같은 신발. 그중에는 암거래로 만들게 한 것 같은 형태를 충분히 갖고 있는 훌륭한 구두도 있었다. 그리고 남녀 왜나막신이 있다. 이곳에 있는 어슴푸레한 조선 여자의 얌전한 흰색 고무신에서 아른아른한 것이 피어올라 순간 그의 마음을 평온하게 했다.

다시 장화를 보고 있던 김태조는 손을 갖다 대려다 그만두었다. 문득, 그 밖의 신발을 내려다보며 우뚝 서 있는 오만한 장화의 모습이 그대로 2층의 도요카와의 마음처럼 보였다. 저 녀석은 장화 모습을 한 마음을 갖고 있는 것인가! 누가 저런 것을 만지겠는가. 저 장화로 맞으면 필시 아플 것이라고 생각하면서, 둔하면서 묘하게 생생한 빛을 발하고 있는 갈색 장화를 관찰하듯이 물끄러미 바라봤다. 발목 패인 곳에서 혹처럼 불룩 솟은 두꺼운 주름의 가죽도 오만했다. 이제 거기에는 그의 마음을 움찔하게 하는 것은 없었지만, 물끄러미 응시하고 있자니 입안에서 계속해서 쓴물이 솟구쳤다. 왜 침이 이렇게 쓴지 생각될 정도로 쓴물이 혓바닥에 고였다.

그는 문득 머리 위에 압박감을 느끼며 현관 천장을 올려다봤다.

어슴푸레한 천장은 아무것도 보이지 않았다. 머리를 푹 숙이고 가만히 계속 보고 있으니, 천장을 넘어 2층의 다다미 바닥이 보였다. 다다미 아래로 지금까지 자신이 앉아있던 원탁 아랫부분이 보였다. 그곳은 현관 바로 위였다. 그리고 원탁 둘레에 앉아있는 사람들이 보였다. 그들은 도요카와 육군소위와, 조선시대 과거에 무과 급제한 것에 빗대어 자식을 칭찬하고 있는 아버지, 열심히 일본인으로 살아가려고 애쓰는 협화회 지도원 우메바라 조타로, 미래의 장교를 꿈꾸는 청년반장 가네모토 에이이치(金本英一)였다. 그들은 예의 군복이 발산하는 노란색 냄새에 싸여 그의 머리 위에 무겁게 얹혀 있었다. 그는 현관에서 경멸하는 것만으로는 간단히 뒤엎어버릴 수 없는 힘을 가진 군복의 압박감을 다시 머리 위에 받으리라고는 생각하지 못했다. 천장에서 바작바작 머리 위로 밀려왔다. 아니, 좁고 어두운 천장이 지금 점점 내려오는 듯한 답답함이 현관을 채우기 시작했다. 지금이라도 쿵! 하고 소리 내며 군복 차림의 도요카와의 두 다리가 장화 속으로 쑥 들어갈지도 모른다.

그는 엉겁결에 일어섰다. 그리고 두 다리 같은 갈색 장화를 양손에 들고 밖으로 힘껏 내던지고 싶은 충동이 솟구쳤다.

아, 빨리 이 집을 나가자. 답답한 이곳에서 빨리 나가자. 밖으로 나가자. 빨리 밖으로 나가자. 코를 찌르는 장화의 땀 냄새 섞인 새 가죽 냄새 때문에 고개를 흔들며 그는 현관문을 열고 어둡고 추운 밖으로 뛰어나왔다.

시게야마 사치코가 현관에 있었다. 오늘밤은 일이 늦게까지 있기 때문에 주인집에서 머무르게 된 그녀는 조심스럽게 잘가라고 인사를 했다.

# 고향

1

 김태조는 이불을 뒤집어쓰고 잠드는 버릇이 있는데 오늘은 이상하게도 바로 누워 머리를 이불 밖에 내놓은 채 잠이 깨었다. 그는 잠시 어두운 천장을 응시하고 있다가 문득 얼굴을 들어 베개 위로 창문 쪽을 바라보았다.

 오른쪽 위층 창에 가로막힌 새벽 어스름 속에서 장작 패는 소리가 분명하게 들렸다. 그는 어딘가를 자꾸만 뛰어다니는 꿈에서 깨어난 느낌이었는데, 창밖의 소리에 마음을 빼앗긴 순간 그 꿈의 형상은 기억의 끝에서 흐물흐물 무너졌다. 창밖의 집들이 늘어선 골목에서 나는 소리는 분명 장작 패는 소리였다. 허식을 용납하지 않는 말라빠진 소리였다. 김태조는 얼굴을 원래 위치로 돌리며 오른쪽 귀를 크게 열고 가만히 수증기가 서린 유리창 쪽으로 기댄 채 있었다. 3월 봄날 치고는 몸속까지 추위가 스며드는 아침이다.

 장작 패는 소리가 계속 들렸다. 긴 밤의 정적을 깨우고 주위의 벽과 창문, 쓰레기통, 그리고 아침 안개를 머금은 지면에 오늘의 첫 소리를 전해주듯 메아리쳤다. 밤새도록 지면과 담장, 벽, 쓰레기통에 들러붙어 있던 침묵이 일제히 일어나 메아리치고 있는 것 같았다. 도끼를 지면에 내던지는 둔탁하고 무거운 소리가 귀가 아니라 가볍게 몸에 전해지는 듯했다. 적당한 장작을 골라내고 있을 것이다. 이윽고 장작이 쫙 갈라지며 그 사이로 도끼가 들어가는 상쾌한 소리가 들렸다. 그뿐만이 아니다. 쩡! 하고 마치 금속성에 가까운 바싹 마른 소리가 튕겨 나뭇조각이 주변으로 튀는 것이 느껴졌다. 그리고 다시 장작 패는 소리가 서서히 반복되었다. 한가로웠다. 평화로운 아침이다. 전쟁 따위 거짓말처럼 느껴지는 아침이었다. 물빛 공기가 잔잔히 흘렀다. 마치 눈에 보이지 않는 물처럼 손바닥에 올려놓고 움직이면 철썩철썩 일렁이는 파도가 되어 부드러운 파동이 몸에 전해지는 것만 같았다.

아, 평화롭구나. 정말로 지금이 전시 중의 아침일까? 김태조는 확인하려는 듯 상반신을 벌떡 일으키려다 그만두었다. 바보. 당연히 전시 중이지 않은가. 며칠 전까지만 해도 경성행 표를 사기 위해 오사카 역으로 사흘간이나 다니면서 줄을 서지 않았던가. 그때 우연히 협화회 지도원인 우메바라를 만나지 않았다면 사흘째 밤부터 철야로 줄을 서야만 했을 것이다. 게다가 예의 B29가 10대나 몰려와 오사카를 공습했을 때는 굉장했다. 분명 전시 중인 것은 틀림없다. 아니, 아니다. 그렇다고만 할 수 없다. 어젯밤까지의 기억에 지나지 않을지도 모른다. 하룻밤 푹 자는 동안 전쟁이 어딘가로 사라져버리는 경우도 있을 수 있다. 그런 일은 동화 속의 세계에서만 일어나는 일이 아니다. 실제로 지금 이렇게 밝아오는 새벽에 평화롭게 장작 패는 광경을 감싸고 있는 고요함 앞에서 전쟁은 보이지 않았다. 분명 그랬다. 김태조는 이런 엉뚱한 생각을 가슴속에 품고 모레 조선으로 출발할 생각을 하고 있었다. 그렇다고 해도 자신의 몸이 곧 현해탄을 건너 조선 어딘가의 공간에 서있게 될 거라는 감각이 아직은 현실감 있게 느껴지지 않았다. 모레라고 하는 날이 가까이 느껴지지 않았다. 모레가 멀리 계속 이동해서 손에 닿지 않을 곳으로 가버리고 자신은 뭔가 정지해버린 시간 속에 남겨지게 될 것 같은 아침이었다. 제비도 지붕의 처마 끝이나 전선 위에서 장작 패는 광경에 맞춰 지저귀고 있고, 밝은 빛으로 가득 찬 아침이다. 김태조는 장작 패는 소리를 들으며 밝아오는 아침의 거짓말 같은 평화로움 속에 누워있는 자신의 존재가 믿기지 않는 기분이었다.

나는 곧 이곳을 떠난다. 이불에서 나와 곧바로 출발한다. 나는 방을 나와 계단을 내려가 밖으로 나간다. 좁은 다다미방의 누추한 곳에 늙은 어머니만 남겨 놓고 떠난다. 나는 익숙해진 길을 걸어 나간다. 아무런 미련도 없이 뒤를 돌아보지 않고 역으로 향한다. 영원히 이곳을 떠나는 것이다. 버스 도로로 나가 서쪽으로 가면 철교가 보이는데, 이를 경계로 건너편 T지구는 일망천리였다. 건물 잔해로 넘실거리는 불탄 들판이 보였다. 동부를 남겨놓고 오사카의 대부분을 전멸시킨 3월 13일의 대공습 권내에 들어가는 지역이다. 잘게 찢긴 전선이 복잡하게 얽힌 전신주가 벼락을 맞은 것처럼 한가운데가 눌려 지면에 떨어져 있고, 새싹이 막 돋아난 가로수는 무참히 검게 말라 버렸다. 아직 불탄 냄새가 남아있는 전차 교차로의 잔해가 비어져 나온 한쪽 도로에 검게 탄 인간의 시체가 마치 불탄 통나무 조각처럼 뒹굴고 있는 것이 보였다. 이런 풍경은 자전거를 끌거나 타고, 혹은 걸어서 옆을 지나가는 통행인의 주의를 끌지도 못할 정도로 드문 풍경이 아니었다. 통나무와 조금 다른 곳이 있다면 흙으로 만든 인형 같은 형체를 갖고 있고, 얼마 안 있어 구더기가 들끓어 백골이 될 것이라는 점뿐이다. 새카맣게 타버린 얼굴의 코나 턱의 살이 벗겨 떨어져 나가고 공기에 드러난 턱뼈가 틀어져 튀어나와 있다. 눈동자도 타서 말라 비틀어져 있다. 검게 그을린 시체는 하나뿐이었지만, 불탄 자리의 잔해와 함께 발로 차면 흩날릴 것 같은 모습으로 아무렇게나 뒹굴고 있는 것이 묘하게 인상적이었다. 그것은 검게 타버린 통나무이고, 검게 탄 잔해이며, 기와, 돌, 양철통, 깨진 유리구슬, 고목, 완전히 타버린 길가의 잡초, 그리고 불탄 자리를 적시는 비…… 다 파 먹히고 부패해 사라진 인체이다. 아니, 아니다. 나는 역으로 가기 위해 집을 나설 참이었다. 시체 한 구가 뒹굴고 있는 불탄 자리에 가기 위한 것이 아니다. 나는 일본을 탈출하기 위해 조선으로, 경성으로 가기 위해 걷고 있는 것이다. 그곳에서 더 멀리, 일본이 지배하는 조선으로부터도 탈출하기 위해…… 아무튼 걸어서 가장 가까운 전철역 홈에 가야만 한다. 아, 경성이여. 그곳이 경성이었을까……. 그의 눈에 어둠의 윤곽이 들어오고, 그 윤곽 속에 흐물흐물 무너져 내린 꿈의 형상이 흔들리는 수면의 그림자처럼 흔들흔들 흐물흐물 형태를 되찾으며 보였다.

그에게 보인 것은 경성역이 바라보이는 길모퉁이였다. 조금 경사진 곳이고 보면 남대문 도로인지도 모른다. 아니, 그렇지 않다.

그는 잠이 깬 지금, 자신이 아직 경성을 사진 외에는 본 적이 없다는 사실을 떠올렸다. 그래서 꿈에서 본 것은 경성이 아닐지도 모른다는 생각이 들었다. 그래도 형태를 되찾기 시작한 곳이 경성인 듯한 꿈을 꿨다. 그는 큰 통나무를 양손에 들고 쿵쿵거리며 땅 위에 구멍을 뚫고 있는 자신을 발견했다. 이 통나무는 김태조가 며칠 전의 대공습 다음날 근처 불탄 곳을 보며 돌아다녔을 때, 검게 탄 시체가 묘하게 단 하나 덩그러니 도로에 아무렇게나 뒹굴고 있던 모습과 닮은 것 같았다. 그의 눈은 새벽녘 기차역에 아무도 없는 홈 가장자리가 보이고, 이어 무슨 이유인지 바다는 보이지 않는데 긴 선착장이 보였다. 필시 부산역일지도 모른다. 그런데 그의 마음은 다른 말을 했다. 그렇지 않다, 절대로 이곳은 경성역이다. 마음속에서 경성역이라고 주장하는 목소리는 절대로 물러서지 않았다. 경성역에 선착장이 있을 리 없는데, 그래도 이곳은 선착장이 있는 경성역이라고 외치고 있는 것이다. 즉 부산역의 모습을 눈으로 보면서도 이곳을 경성역이라고 믿고 있는 꿈속에서, 이곳에 건물을 세우겠다고 마치 토템 조각상처럼 검게 탄 시체 통나무로 지하에 구멍을 파고 있는 것이다. 정신을 차리고 보니 그건 말하자면 장승이었다. 옛날에 조선에서 이정표 대신 길가에 세워놓은 '천하대장군', '지하여장군'의 목상이었던 것이다. 눈을 부릅뜨고 긴 이빨을 드러내고 화를 내고 있는 무서운 얼굴을 보고 김태조는 깜짝 놀라 밀쳐내고 말았다. 바로 그때 지면이 힘없이 털썩 무너지며 발이 미끄러지면서 그는 어두운 구멍으로 추락했다. 이것은 지구 안에 생긴 구멍, 아니 하늘 같은 공간이었다. 그러니까 다시 말하면 밤하늘을 맨손으로 내려가고 있는 것 같았다. 게다가 가속도가 붙어 추락하는 감각이 전혀 불안하지 않았다. 마침내 현기증이 일었다……. 꿈에서 목상이 움직이며 흐물흐물 무너져 내렸다.

김태조는 잠시 하반신을 움직여봤다. 그러자 속옷이 흠뻑 젖어 하복부에 딱 달라붙어 있는 것이 느껴졌다. 아, 결국 ……. 그는 좀 놀라서 반사적으로 왼손 손가락을 그곳으로 뻗어보았다. 상당히 시간이 지난 것 같았다. 이건 뭔가 끈적거리면서도 파삭파삭한 것, 말라가는 풀 병 속에 손가락을 찔러 넣은 느낌이었다. 그는 그때 비로소 탄식이 흘러나왔다. 자신의 몽정의 흔적을 느낀 것이다. 창밖의 골목길 바닥에서 장작 패는 처연한 울림이 동이 터오는 새벽을 확인시켜 주었다. 꿈속에서 물에 젖은 지면을 파고 있던 이상한 모습의 통나무의 물먹은 소리와는 울려 퍼지는 방식이 달랐다. 그는 같은 공장에서 일하고 있는 여직공 시게야마 사치코, 즉 이행자의 자태를 떠올렸다. 그러나 꿈속 그날 밤 공간에는 이상하게도 여체는 조금도 나타나지 않았다. 아니, 음란한 것은 아무것도 볼 수 없었다. 다만 무한한 밤의 추락만이 있을 뿐이었다.

"후훗, 이것이 일본에서 마지막으로 한 몽정인가……."

김태조는 거의 들릴 듯 말 듯한 목소리로 중얼거렸다. 어딘가를 향해 비상해야 한다. 나는 조선을 향해 날아가려고 하고 있다. 출발을 목전에 두고 한 몽정에 묘한 기분이 들었다. 몽정 후에 흔히 느끼는 비참한 기분도 불결함도 느껴지지 않았다. 되레 끈적거리는 하복부의 감촉을 떨쳐내고 두둥실 날아오르는 듯한 상쾌한 몽정의 뒷맛이 느껴졌다. 거듭되는 장작 패는 소리가 창으로 비쳐드는 새벽빛을 받아 한층 마른 소리를 냈다. 아, 이것으로 또 하루가 밝았구나. 그는 고요한 새벽 분위기에 뭔가 시간이 정지한 듯한 착각에 잠시 빠져 있었다. 주변이 점차 밝아지며 방이 환해졌다. 날이 확실히 샌 것 같았다.

그는 분명 이틀 후에 있을 출발을 앞두고 아직 본 적이 없는 경성 속에 서 있는 자신을 상상하면서 조금은 투지를 불태우고 있었다. 그러나 동시에 이렇게 투지가 샘솟는 마음 안쪽에서는 일종의 공허함을 느끼지 않을 수 없었다. 미지의 땅으로 건너가는 것에 대해 느껴지는 두려움과 불안이 마음속에 있었다. 조국 조선으로 건너간다고는 해도 그곳에서 생활할 아무런 뒷받침도 없다. 작년 1월에도 여관에 숙박할 돈이 없어 셔터가 내려진 부산역 눈보라 치는 벤치에서 하룻밤을 지새운 일이 있었다. 고향에서 몇 개월간 보냈을 뿐으로, 결국 경성까지 가지 못한 채 일본으로 되돌아가는 도중이었다. 불심 검문으로 파출소에 연행되었는데, 그는 그때 난로가 붉게 타고 있는 밝은 파출소에서 밤새 심문을 받고 싶다는 생각조차 들 정도였다. 그러나 도항증명서와 짐을 살펴본 후에 그는 다시 추위 속에 남겨진 역의 벤치로 돌려보내지고 말았다.

벽 쪽에 있는 벤치로 돌아온 김태조는 등을 구부리고 오버코트의 깃을 세운 다음, 머플러를 둘둘 감아 찬 공기가 들어오지 못하게 하고는 간신히 잠을 청했다. 아쉬운 대로 얼어붙은 몸을 수마에 의탁하며 추위에서 벗어나려고 했다. 그러자 추위가 몸속까지 스며들어 몽롱해진 머릿속에서, 그곳은 조선인들이 살고 있는 곳이니까 가까이 가서는 안 된다고 마치 유치원 아이에게 훈계하는 듯한 어머니의 매우 투명한 목소리가 들렸다. 조선인이 뭐야? 조선은 조선이야. 일본에 나라를 빼앗긴 불쌍한 사람들인데, 가난하고 더러워. 게다가 매우 무서워. 흠, 불쌍한 사람들이구나. 나라를 빼앗긴 거라면 겁쟁이들이구나. 겁쟁이가 무서워? 많은 사람들은 나라를 빼앗긴 겁쟁이지만, 한 사람 한 사람은 난폭하고 무서워. 음……. 다른 나라를 빼앗은 것이 지당한 일인 것처럼 어머니는 어린 아이에게 알아듣도록 일렀다. 가난하고 더러워. 게다가 매우 무서워……. 무리도 아니다. 직업 하나를 봐도 재일조선인은 일본인이 꺼리는 갖가지 일에 내몰리고 있으니까, 무리도 아니다. 아마 인간의 추악함이 갖고 있는 모든 것이 조선인의 화신으로 된 것이 틀림없다고 생각하고 있을 것이다. 그들에게는 밥반찬은 끊어져도 싸움은 끊이지 않는 생활이었다. 실제로 반찬이 없다고 하는 것이 일상생활에서 단적으로 보이는 것을 보면, 모두 가난이 싸움의 원인이라고 말할 수 있을 것이다. 예를 들면, 김태조가 살고 있는 부락에서도 소란스러운 부부싸움을 자주 볼 수 있다. 머리가 헝클어지고 비명을 지르며 살인자라고 소리치면서 맨발로 밖으로 뛰어나오는 여자. 바깥까지 나오지 않고 현관에 서서 거친 숨소리를 내뱉고 있는 남편을 향해 골목 어귀에 우뚝 서 있는 여자는 조선인이 아니면 할 수 없는 욕을 퍼붓는다. 그러면 남편도 잠자코 있지 않는다. 어떤 때는 결심하고 남의 집으로 도망친 아내를 끌어내 골목에서 때리고 차는 폭력을 휘두른다. 도나리구미(隣組)[11]라고 해도 근방이 전부 조선인만 사는 것은 아니어서 경멸의 눈길로 차갑게 보고 있는 일본인을 볼 때마다 김태조는 부끄러운 생각이 들어 몸이 뜨거워졌다. 저곳은 조선인이 살고 있으니까 가까이 가지 말아라……. 무섭다, 무서워. 무서워……. 눈보라 치는 부산 밤하늘에 목소리가 울려 퍼졌다. 무서운 것은 일본인이야. 태조야, 왜인은 칼붙이를 좋아하는 무서운 사람들이다. 무턱대고 사람을 죽이려고 해. 옛날부터…….

도대체 무엇을 위해 생활의 보장도 없는 미지의 땅에 가서 고생할 필요가 있는 것일까? 떠밀리듯 출발일이 다가오자, 어떻게 된 일인지 주저하는 마음이 이리저리 흔들렸다. 간단히 오사카에서 검사를 받아버릴까? 그리고 뭔가 병이라도 급조해서 을종(乙種)이 되는 방법이라도 생각하는 게 좋지 않을까? 징병검사 며칠 전에 간장을 한 되 정도 마시고 피를 토했다는 이야기도 있지 않은가. 그러나 이것도 몽상에 지나지 않는다. 검사에 합격하면 소집을 기다릴 수밖에 없다. 앞으로 몇 년이 걸릴지 알 수 없지만, 전쟁은 결코 오래 가지는 않을 것이다. 분명 오래 걸리지 않을 것이다. 그러나 일본제국의 패배가 확실하다는 생각이 들면 들수록 또한 일본에 가만히 눌러 앉아 있을 수 없는 기분이 들기도 했다.

어쨌든 본적지에서 받는 검사가 목전에 다가와 있었다. 이를 위한 준비도 이미 끝났다. 남은 것은 조선으로 건너가 그곳에 머물든지, 아니면 고향에 들렀다 경성을 구경하고 다시 일본으로 돌아가는 수밖에 없다. 김태조는 간밤에도 같은 생각을 반복하면서 잠

---

11 '도나리구미'는 일제가 1930년대 전시체제로 들어가면서 주민을 감시하고 명령을 내리기 위해 만든 지역 조직을 말한다.

에 들었다.

그가 조선으로 비상하려고 시도하는 마음의 한쪽 어두운 구석에서는 어머니와 지낸 가난하지만 순수한 생활에 대한 혐오가 강하게 작용하고 있었다. 이것은 또한 자신을 둘러싼 현실의 모든 것에 대한 혐오감이기도 했다. 자신의 주변에 불길한 것을 부정하고 벗어나기 위해서는 꿈을 꾸는 수밖에 없다. 자신을 포함한 재일조선인의 생활 어디에 조그마한 꿈이라도 충족시킬 만한 것이 있겠는가. 여기에서 벗어나는 길은 일본인이 되든지, 아니면 여기에서 벗어날 길을 단호히 찾든지, 둘 중 하나이다. 그리고 그 길은 밖에 내놓고 보여줄 수는 없다. 많은 청년들은 일본인이 됨으로써 자신을 살리는 길을 찾아갔다. 그러나 나는 그러지 않겠다고 김태조는 생각했다. 일본인 앞에서는 어찌해볼 수 없는 일본인이 아니기 때문에 갖게 되는 무력감이나 조선인이라는 콤플렉스를 안고서라도 자신은 그러지 않겠다고 김태조는 생각했다. 그 기저에는 재일조선인들의 비참한 생활에서 오는 일본에 대한 복수심 같은 기분이 깃들어 있다고 해도 좋다. 그에 비하면 조선의 어머니들의 발은 얼마나 단단히 대지를 밟고 서 있는가. 거의 조선어만 사용하고, 조선의 민족의상을 입고 지낸다. 그녀들은 열심히 일하며 타향의 풍상에 기죽지 않고 묵묵히 가정을 지켜왔다. 김태조의 어머니도 예외가 아니다.

"아!"

김태조는 탄식했다. 그리고 이러한 어머니와 곧이어 이틀 밤이 지나면 헤어져야 한다는 사실이 새삼 피부로 느껴졌다.

"태조야, 너 일어나 있었니?"

옆의 이불에서 어머니가 조선말로 말했다.

그녀는 조선어밖에 할 줄 모른다. 일본어를 조금밖에 모르는 탓도 있지만, 그보다도 일종의 생활 습관으로 일본어를 말하지 않는다. 십 년, 이십 년이나 '종주국' 일본에 살면서도 거의 조선어밖에 모르는 다른 조선의 나이든 여자들과 마찬가지로 조선어로만 이야기한다. 그리고 김태조도 잘하지 못하는 조선어로 응대한다.

"어머니도 깨어 계셨어요?"

김태조는 파삭하게 조금 땅기는 듯한 고간과 함께 하반신을 반사적으로 움직이며 양 무릎을 세웠다. 문득 가슴을 누르고 있던 이불을 살짝 들어 올린 순간, 하반신의 어둠 속에서 강한 산성 냄새가 피어올랐다. 그는 당황했다. 곧바로 조용히 이불을 위에서 눌렀다. 그리고 그 이상한 숨 막힐 것 같은 냄새가 어머니의 콧구멍에 닿아 들러붙지는 않을까 두려웠다. 겁이 났다. 일본에서 마지막 몽정인가⋯⋯. 그는 마음속으로 반복했다. 물론 어머니에게 이런 일본어의 중얼거림이 들렸을지도 모른다고 생각만 해도 이상하게 비참한 기분이 들었다. 게다가 한쪽 무릎을 세우고 하반신을 가만히 방어 자세를 취하고 있으니, 젖은 부분을 어머니가 이미 알아차린 것은 아닌지 걱정도 들었다. 나이 든 어머니가 심술궂은 이성(異性)으로 같이 있다고 하는 긴장감이 투명한 막처럼 드리워져 서서히 다가왔다. 그는 한 장 이불의 은폐물에 감사하면서 어머니가 이미 잠이 깨어 있는 목소리를 들었다.

"응, 그래도 요즘은 네 덕분에 잠을 잘 잔단다."

발밑의 앉은뱅이책상 위에 자명종이 곧 6시를 알렸다. 이달 10
일로 도요카와 금속제작소를 그만두고 나서 이미 일주일이 지났는
데, 그의 어머니는 지금까지 일어나던 시각에서 약 30분 지난 6시
에 일어났다. 잠은 이미 깨어 있었다.

"오늘은 고 서방이 힘이 넘치는구나. 장작 패고 있는 사람 고
서방 맞지? 고 서방은 어제도 소의 뇌를 갖다 주더구나. 뇌는 좀처
럼 구하기가 힘들거든……. 그런데 돈도 받으려 하지 않아서 어째
야 할지……. 그리고 너를 남들과 다른 사람이라고 칭찬하더구나."

그는 어머니의 온화한 목소리에 살짝 웃음이 깃든 것을 느꼈다.
아, 어머니는 기뻐하고 계시구나.

"뭐가 다르다는 걸까요?"

김태조는 천장을 바라보며 조금은 일부러 어머니 이야기를 끌
어내려는 듯이 말했다.

"뭐가 다르다니? 그건 네가 조선에 가기 때문이야. 너는 남들과
다른 아이다. 오사카에서 징병검사를 받을 수 있는데, 뭐 하러 무
리해서 일부러 조선까지 가느냐고 묻더라. 요즘 젊은 사람들은 고
향 같은 것은 안중에도 없잖아. 모두 일본이 가장 문명국이고 일
본인이 되는 것이 가장 중요한 일이라고 생각하는 세상인데, 너는
그래도 조선에 간다고 하니……. 그래서 칭찬한 거야. 우는 소리
는 이것으로 끝내겠지만, 엄마는 남들과 다른 것보다 남들 같은
보통이 좋은데……. 보통의 인간이……. 그래서 내 자식이 오래
사는 것이 좋아."

조금 전까지만 해도 김태조의 마음을 채우고 있던 것은 장작을

패는 소리뿐이었다. 도대체 이른 아침부터 누가 장작을 패고 있는 것일까? 그 모습이 이상하게도 투명하게 마음에 떠오르지 않았다. 그런데 이제야 비로소 어머니의 목소리 뒤로 우뚝 서서 도끼를 내리치고 있는 거구의 고 서방, 다카야마(高山)의 모습이 보이는 것 같았다.

"그래요? 다카야마 씨가 그렇게 말했군요."

김태조는 일부러 별로 관심 없다는 듯이 말을 하다 말았다. 그리고 예의 '공십, 공십, 대비, 대비' 선생님을 떠올렸다.

그는 도나리구미의 방공 반장으로, 방공 연습 때 '공습, 공습! 대피, 대피!'를 공십, 공십, 대비, 대비로 일본어 발음을 하는 남자였다. 그것도 긴급사태 발생에 대응하기 어렵게 길게 늘어진 목소리로 "공-십-, 대-비-" 외치기 때문에 전혀 기세가 오르지 않는다. 그런데 그는 의외로 인기가 있었다. 조선인뿐만 아니라, 도나리구미 조장을 비롯해 일본인의 지지도 받고 있었다. 뺨을 실룩거리며 신경질적인 목소리로 톤을 높여 "소이탄 낙하! 소이탄 낙하!" 하고 소리치는 것보다 "소-이탄 낙하-! 소-이탄 낙하-!" 하는 편이 어딘가 사람을 웃게 하는 여유가 느껴진다. 게다가 이 도나리구미뿐만 아니라 동네 방공호 파는 데 그의 손길이 닿지 않는 곳이 없었다. '공십, 대비'의 그가 방공 반장을 하고 있는 이유는 여기에 있다고 할 수 있다. 그는 도나리구미의 호수와 세대수에 맞춰 한 집이나 두 집에 하나 꼴로 선두에 서서 방공호를 계속 팠다. 결국 그의 방공호 파기는 도나리구미의 경계를 넘어 전 읍내까지 이어졌다.

그는 말하곤 했다. '내선일체'라고들 하는데, 방공호 만드는 일이야말로 조선인도 일본인도 구별 없다. 인간을 하나로 만드는 것이다. 집 안에서는 따로 있어도 방공호 안에서는 누구의 목숨도 모두 마찬가지니까. 남자도 여자도, 아이도 노인도, 조선인도 일본인도 모두 똑같은 거지. 지금 세상에서 가장 중요한 것은 적이 하늘에서 공격해올 때 목숨을 지켜줄 방공호야. 목숨은 모두 같아. 인간은 모두 똑같아. 이런 식으로 그는 어느새 방공호 만드는 담당자처럼 말하고 행동했다. 실제로 그가 함께 만든 것은 제법 튼튼하고 모두 덮개가 있어서 지붕에 올라가도 발밑이 꺼지거나 하는 일은 없었다. 소중한 것은 첫 번째도 인간의 목숨, 두 번째도 인간의 목숨이라고 중얼거리며 방공호를 점검하며 돌아다녔다. 언젠가 방공호 안에서 한 쌍의 남녀가 끌어안고 있는 모습을 발견했을 때는 "히잇" 하고 놀라며 손전등을 끄고는, "이 방공호는 특별해. 괜찮을 거야" 하면서 씩 웃고는 조용히 물러간 적도 있었다. 이 다카야마 아저씨와도 이제는 헤어져야 한다. 김태조는 '공십, 대비' 선생님께 칭찬받은 것이 왠지 모르게 기쁘고 마음이 따뜻해졌다.

게다가 다카야마 아저씨가 아무래도 생리적으로 우메바라 조타로를 좋아하지 않는 모습이 또한 김태조의 마음에 들었다. 큰길가에서 라디오 가게를 하고 있는 주인 우메바라는 일본인 상점과 어깨를 나란히 하고 있는 유일한 조선인이었는데, 같은 동포에 대해서는 머리를 꼿꼿이 세우는 반면 일본인에 대해서는 고개를 숙이는 묘한 모습을 보이는 사람이었다. 그만큼 열심히 발돋움해서라도 일본인처럼 행동하지 않을 수 없는 사정이 있을 것이다. 사람들을 대할 때도 짐짓 점잔을 빼고 태도가 겸손하고 예의가 바른데, 일본인 이상으로 일본어를 기억하고 일본인 이상으로 일본인답게 살아온 인내와 순종의 생활이 가져다준 일종의 끈덕진 정신적인 내면화라고 할 수 있다. 이러한 우메바라이기에 암시장에서 쇠고기는 사도 다카야마의 내장 구이집에는 당연히 가지 않는다. 그렇지만 우메바라는 협화회의 지도원이기 때문에 '반도' 동포에 대한 '내선일체'의 교화를 목적으로 일해야 했고, 따라서 당연히 골목 안쪽 귀퉁이에 있는 조선인 집락으로 발길을 옮겨야 했다. 우메바라는 매달 두 번 하는 훈련일에 경찰서에서 열리는 지도원들의 임원회의에는 얼굴을 내밀어도, 동포들 속으로 정겹게 들어오지는 않았다. 우메바라는 어딘가 떳떳치 못한 그림자를 드리우고 있었다. 애초에 이 근처의 조선 아주머니들이 우메바라를 상대해주지 않았다. 그녀들은 그를 조선인으로 생각하지 않는 셈이다. 우메바라가 조선어를 일절 사용하지 않고 유창한 일본어로 종종 이야기할 때면 그녀들은 그의 말을 알아들을 수 없었다.

아, 저 사람은 지도원이면서 사리분별도 못하는 것인가? 우리가 일본어를 알아들을 수 있을 거라고 생각해서 어려운 하이칼라 일본어를 사용하는 것인가? 이것 참! 게다가 일본 기모노를 입고 하루 종일 집 앞을 쓸고 물을 뿌리면서 조선인과 선을 긋고 있는 그의 아내는 또 어떤가. 본래 일본인이라면 모르겠지만, 이러한 우메바라 부부를 아주머니들이 상대해줄 리 없었다.

다카야마도 우메바라를 만나면 안녕하슈, 하고 건성으로 인사하고 날씨가 좋으면 날이 좋구먼, 하면서 형식적으로 인사를 나눌 뿐이었다. 그리고 다카야마는 도나리구미 일을 근방의 일본인이 감탄할 정도로 열심히 하지만, 그 대신에 협화회의 일은 적당히 손을 빼고 하지 않았다. 그래도 그가 도나리구미 일에는 전념했기 때문에 경찰도 트집을 잡지는 않았다. 이러한 다카야마의 묘한 역설이 또한 김태조의 마음에 약간의 감동을 주었다.

"나는 다카야마 씨가 좋아."

김태조가 말했다.

"그 사람은 저자세이지만, 일본인에게 머리를 숙이지 않는 점이 훌륭해. 어머니……. 다카야마 씨와도 헤어지겠네요……. 조선으로 일단 가면 오래 살지 말라는 법도 없으니 오래 있을지도 몰라요. 게다가 조선은 분명 공습도 없을 테고, 일본에 있는 것보다 훨씬 안전할지도 모르죠. 저는 일본에 남아 있는 사람이 오히려 걱정이에요."

"아, 그게 정말이냐? 정말로 부처님의 보살핌으로 조선이 그렇다면 좋겠구나. 그것만으로도 마음이 편해지는구나. 나는 네가 조선에 가는 것을 새삼 반대하지는 않겠다. 조선 속담에 알고 있는 것이 병이고 모르는 것이 약이라는 말이 있다. 누가 반대한다고 네가 말을 들을 애도 아니고……. 사람은 누구든 근본을 알아야 한다고 예로부터 말하잖니? 절의 주지 스님도 젊은 사람이 그렇게까지 생각하고 있는 것은 놀랍다며 경성에 있는 절을 소개해줬으니까 한번 찾아가 보렴. 나는 그것만으로도 기쁘구나. 그렇지만…… 다음에 언제 만날 수 있을지 모른다고 생각하면…… 그만

나도 모르게……."

"아들이 뭐 나 혼자인 것도 아니고 형도 있잖아요. 외롭다고 생각하지 마세요……. 원래 자식은 자라면 점차 부모 곁을 떠나고, 독립해서 어엿한 어른이 되는 거잖아요."

"그건 그렇지. 하지만 부모 마음을 너는 아직 모른다. 너도 애를 키워보면 그때 알게 될 거야. 아, 늙은이가 불평만 늘어놓고 있구나……. 자, 슬슬 밥을 해야겠다."

김태조는 창문과 반대편에 누운 어머니 쪽으로 고개를 돌렸다. 어머니는 누운 채로 조용히 말을 하고 있었다. 무게감이 없는 마치 납작하게 쭈그러든 것처럼 누워있는 모습이 보였다.

"오늘은 좀 천천히 해도 되잖아요. 제가 일하러 가는 것도 아니고. 오늘은 좀 더 이렇게 어머니와 조용히 누워있고 싶어요."

양 무릎을 세운 채 김태조는 살짝 어머니 몰래 더러워진 속옷을 빨아야겠다고 생각하면서 말했다. 아, 곧 이 따뜻한 어머니의 품에서도 멀어져야만 한다.

그녀는 잠자코 있었다. 입을 다문 채 일어나려고 하지 않았다. 책상 위의 자명종 초침이 시각을 재는 소리가 하나하나 눈에 보일 듯이 들렸다. 시계를 보니 6시가 지났다. 옆에 책을 정리해 넣어둔 상자가 보였다. 출발하기 전날인 내일 상자에 아직 다 채워 넣지 못한 책들을 더 넣을 것이다. 늘어놓은 책들이 어둠 속에서 여러 가지 표정을 드러내며 서로 뭔가 중얼거리는 것처럼 보였다. 어쩌면 이 책들도 주인과의 이별을 아쉬워하고 있는지도 모른다. 아래층에서 사람이 일어나는 기척이 느껴졌다. 여주인이 막 일어나 헛기침을 했다. 바깥 골목에서도 여러 가구가 모여 사는 집의 사람들이 아침 인사를 나누는 소리가 들렸다. 이때 유달리 두꺼운 목소리로 마치 금이 간 징을 치는 것 같은 이야기 소리가 들렸다. 똘똘이 할머니일 것이다. 그녀는 거의 매일 아침 옆 마을에서 어린 손자 똘똘이를 데리고 반 시간을 걸어오는데, 오늘도 벌써 모습을 나타낸 것이다. 그리고 그녀는 저녁까지 하루를 이 조선인이 모여 사는 집 어딘가에 들어가거나 김태조의 어머니가 있는 곳에 오기도 하고, 아니면 다른 곳이나 조카가 있는 곳에서 지내다 집으로 돌아가곤 했다. 그러면서 그녀는 하루 종일 일본인 며느리의 욕을 계속 했다. 즉, 아들이 조선인인데 일본인처럼 하고 다니니 며느리가 자신을 바보 취급하는 것은 당연하다고 말했다. 본래 양친의 피는 조선인인데, 아들만 일본인이 된다는 그런 이상한 일이 있겠는가. 이것이 바로 똘똘이 할머니의 지론이다. 이 말에 김태조의 어머니도 찬성했다. 처음부터 나를 조선인이라며 못살게 구니, 이런 조선인 아내가 어디 있겠는가. 조선인 여자는 절대로 부모에게 그런 짐승만도 못한 태도는 취하지 않는 법이거늘. 그런데 왜년(倭女)은 부모를 업신여긴단 말이야……. 도대체가 말이야, 나에게 일본 기모노를 강제로 입으라고 하는데, 어떻게 생각해요? 생각해 보세요. 앞이 찢어진 그런 옷을 입을 수 있겠어? 조선 여자는 무릎을 꿇고 앉지 않으니 그런 옷을 입으면 앞이 다 보일 것 아니오……. 이런 기세로 전날 집에서 있었던 일을 상세히 자초지종을 들려준다. 그것도 이야기 방향이 대체로 정해져 있어서 며느리 험담을 향해 정리된다. 어디서 숨어들었는지 골목에서 잘 듣지 못하던 개가 지면을 기는 듯한 신음소리를 냈다. 이윽고 겁먹은 울부짖음으로 바뀌고 멀리 사라졌다. 똘똘이 할머니에게 쫓겨났는지도 모른다. 그렇다 치더라도 오늘은 여느 때보다 너무 빠른 듯하다. 게다가 혼자 왔는지 손자인 똘똘이의 목소리가 들리지 않았다.

'공십, 대비' 선생님의 장작 패기는 계속되고 있는데, 슬슬 끝날 시간이다. 그는 이따금 아침 일찍 도살장까지 가서 소와 돼지의 내장을 구매해 와서 자전거를 타고 팔러 다니는데, 오늘도 내장을 사러 곧 갈지도 모르기 때문이다. 김태조의 어머니는 그에게 사고 싶은 것을 미리 부탁해놓고 그가 시장에서 돌아오면 소의 뇌를 자주 사왔다. 김태조가 한때 만성적으로 두통이 있어 어머니는 소의 뇌를 참기름에 볶아서 아들에게 억지로 먹이기도 했다.

"똘똘이 할머니가 온 것 같군요."

김태조가 말했다.

어머니는 대답하지 않았다. 그리고는 보기 드물게 정색한 말투로 말을 걸었다.

"저, 태조야……."

그 목소리는 뭔가 생각에 잠겨있는 것처럼 가벼운 탄식이 함께 흘러나왔다.

"너 나한테 섭섭한 것 있지?"

"섭섭한 것이라뇨? 섭섭하다니, 뭐가요?"

김태조는 어머니의 뜻밖의 물음에 무심코 어머니를 바라봤다. 그러자 어머니는 반사적으로 얼굴을 감추듯이 머리를 건너편으로 돌렸다. 살짝 보인 어머니의 얼굴은 큰 귓바퀴가 소용돌이치고 있고 눈가의 움푹 들어간 곳에 살짝 빛나는 것이 배어나 있었다.

"왜 그래요? 눈물까지 흘리고."

김태조는 일단 모르는 척하려다 개의치 않고 말했다. 일부러 어머니의 눈물을 자극하는 듯한 말투였을지도 모른다.

"너는 이제 곧 친척도 아는 사람도 없는 곳으로 혼자 가버리겠구나. 너한테 미안한 생각이 요즘 자주 들어."

"왜 그러는데요? 어머니가 무슨 말씀하시는지 잘 모르겠습니다."

"네가 다 큰 다음에도 자주 때렸으니까. 네가 말대답하는 것이 마음에 걸려서 앞뒤 생각 없이 귀한 네 몸을 때렸으니까……. 내 마음대로 해서 미안했다."

그녀는 마치 참회의 독백처럼 계속 중얼거렸다.

"너는 부모 형제도 아무도 없는 먼 곳으로 가버릴 테지. 이제 오랫동안 만날 수 없다고 생각하니 요즘은……. 이제 우는 소리는 그만할게……. 빗자루로 너를 때렸던 일이 생각나 괴롭구나. 계속 생각이 나서 가슴이 미어져. 귀한 네 몸에 상처 낸 벌로 이 늙은 몸의 살을 칼로 도려내고 싶은 심정이다. 미안하구나. 용서해주라."

어머니는 한쪽 뺨을 숙이고 베개 천으로 눈물을 닦았다. 아들의 출발일이 다가오자 어머니가 어딘가 몰리는 듯한 기분이 전해져 김태조는 가슴이 찡하게 울렸다. 그런데 동시에 이상한 감정이 몰려왔다. 도대체 어머니가 하는 말이 너무 서먹서먹해 현실감이 없었다.

그는 어째서 자신의 어머니가 어느새 타인처럼 되어버린 건지, 소리 내어 웃었다. 웃음소리에 가세하듯 이불 밖으로 양팔을 벌리고 어머니를 바라봤다. 그러나 그 순간에도 어머니는 완고했다. 오그라드는 것처럼 잠자코 있었다.

"그래서 어머니는 밤에 잠도 못 주무신 거예요? 정말 말도 안 돼요."

아들은 작게 오그라들어가는 어머니를 향해 따뜻한 공기라도 불어넣으려는 기분으로 말했다.

"저, 어머니. 그런 말은 자기 아들에게 할 말이 아니에요."

분명 어머니가 자신을 자주 때렸던 일을 김태조는 떠올렸다. 2, 3년 전까지만 해도 어머니는 화가 나면 빗자루나 먼지떨이를 휘두르며 힘껏 때리곤 했다. 늘 엉덩이나 다리를 때렸다. 빗자루의 대나무 손잡이가 부러져 거스러미가 일고 피부가 벗겨질 정도로 때렸다. 너를 키우기 위해 얼마나 고생했는지 아느냐. 응, 이 못된 놈! 편모슬하에서 자라 예의도 모르는 후레자식이 될 테냐? 양반 피를 이어받았으면서 너는 상놈이나 마찬가지다. 이런 말을 듣고 있다가 김태조는 최후에 일격을 가한다. 양반도 상놈도 관계없어요. 누가 낳아달라고 했어요? 아이고, 하느님! 세상에 말로 할 수 없는 것은 없다고 하지만, 네가 그런 말을 하다니. 아이고! 어머니는 절규했다. 그리고는 회초리를 한층 더 높이 치켜들고 휘둘렀다. 물론 조선인이 가난한 생활 속에서 종종 화를 내는 것은 흔히 있는 어떻게 보면 자연스러운 일인데, 무엇보다도 아들이 어머니에게 말대답한 것이 구타의 원인이었다. 모자의 싸움은 억척스러운 어머니가 이것을 일절 허용하지 않아서 일어나곤 했다. 그래도 거기에는 암묵의 양해가 있었다. 무슨 일이 있어도 아들은 부모에

게 폭력을 사용하지 않을 것이라는 사실이다. 그래서 얻어맞은 그
는 어머니를 미워했지만, 그러나 그때가 지나면 묘하게 어머니가
나쁘게 생각되지 않았다.

그런데 난생 처음으로 마치 타인처럼 거리를 두고 어머니가 자
식에게 사과하는 것을 듣고 있자니, 김태조는 웃음이 나왔다. 그
러나 한편으로 생각해보면 그럴 수도 있을 것 같았다. 어머니의 말
은 가슴속에서 통증이 천천히 퍼져가는 힘이 느껴지는 말이었다.

"고맙구나, 고마워."

어머니는 상반신을 천천히 일으켜 일단 이불에 앉았다가 조용
히 한마디 했다. 그리고 다시 원래의 말투로 돌아갔다.

"자, 슬슬 밥을 해야겠구나. 병이 난 것도 아닌데 언제까지 자고
있을 순 없지."

어머니는 이 말을 덧붙이고는 자리에서 일어났다. 사람은 자는
시간 외에는 겨를만 있으면 일을 해야 한다는 것이 그녀의 신조였
다. 하다못해 문밖을 쓸거나 방바닥의 다다미에 걸레질을 하더라
도 인간은 움직여야 한다는 것이 가난한 농가 출신의 그녀가 늘
갖고 있던 생각이었다.

김태조는 특히 오늘 같은 평화로운 아침에 잠시 동안이라도 어
머니와 베개를 나란히 하고 별생각 없이 시간을 보내는 일은 두
번 다시 오지 않을 것 같아서 행복한 기분조차 들었다. 어머니에
게 조금 응석부리고, 어머니와의 거리감을 슬퍼하며, 어머니와 함
께 나눈 마지막 감상이었다. 그러나 곧 아들을 정처 없는 곳으로
보내야 하는 어머니에게는 고통일 수밖에 없을 것이다. 그녀는 자

식의 생각을 모두 이해할 수는 없었지만, 그가 일본에서 빠져나가려 하는 것이 조국의 독립을 꿈꾸고 있는 엄청난 생각 때문이라는 것은 알고 있었다. 이 사실은 분명 그녀에게 고통이었다. 잘못하면 아들을 잃게 되기 때문이다. 그러나 그런 기색을 밖으로 드러내지는 않았다. 그리고 에미 걱정할 것 없다, 네가 가고 싶은 곳으로 가면 된다고 말했다. 그런데 막상 이별의 날이 다가오자 그녀는 평소의 침착함을 잃어버린 것이다.

"태조야, 듣고 있니? 맛없다고 싫다 말고 오늘과 내일은 소의 뇌를 많이 먹어둬라."

그녀는 그것이 아들에 대한 최대한의 요구인 것처럼 주름이 깊이 팬 얼굴에 걱정스러운 눈빛으로 그를 향해 말했다.

김태조는 양념해서 참기름으로 볶은 작은 뇌가 입안에서 형태가 허물어지며 부드럽게 녹아들어가 그다지 느낌이 좋지 않은 혀의 감각을 떠올리며 침을 삼켰다. 소 한 마리에 하나밖에 나오지 않는 어른 손바닥만 한 크기의 뇌는 분명 이 시절에는 귀중한 것이다. 어쨌든 김태조는 출발까지 앞으로 이틀 밤을 남겨놓고 있는 지금, 어머니의 말씀을 뭐든 순순히 따르고 싶은 기분이었다.


2


김태조의 출발 준비는 간단했다. 짐은 보통 크기의 트렁크 하나에 들어갈 정도로 정리했다. 그래서 출발하는 날, 어머니가 걸어서 2, 30분 거리의 가까운 M 전철역까지 따라가며 짐 하나라도 들어주겠다는 구실이 없어질 정도였다. 아마 이때 아들을 위해 만든 도시락 보자기가 그녀의 양손에 들려있지 않았다면, 김태조의 어머니는 바람이 빠져나가듯 손바닥에 느껴지는 공허감을 견딜 수 없었을 것이다.

짐이라고 해도 거의 갈아입을 옷 종류와 새로 나온 갑호(甲號) 국민복 한 벌 정도이고, 책은 일절 들어있지 않았다. 단, 어용학자들이 집필한 『황도철학(皇道哲學)』이나 『황국 이천육백년사』, 『일본신화』, 그리고 『전진훈』 등, 광신적인 서책은 일부러 사들여 트렁크에 넣어두었다. 그 외에, 마침 학기가 끝난 YMCA영어학교 구매부에서 입수한 대학노트 10권도 넣었다. 이 노트는 예전 것과 달라지지 않은 종이 질로 지금은 시중에 돌아다니지 않는다. 한 묶음 5권짜리를 2개 트렁크 바닥에 넣었다.

출발하는 김태조가 마음의 준비를 하는 데 한층 무거운 기분이 들게 한 것은 3월 9일 도쿄, 13일 오사카로 이어진 B29의 대공습이었다. 그건 뭔가 봐야 할 것을 끝내 보고 말았다는 기분이 들게 했다. 조선으로 향하는 그의 내면에 묵직한 것이 들어앉은 느낌이었다. 비참했다. 그러나 검붉게 탄 잔해 위에 쌓인 비참함과 그 자신 사이에는 거리가 있었다. 아니, 자신이 스스로 거리를 두지 않으면 그 비참함을 보고 있을 수 없었다. 설령 그가 집이 불에 타고 육친이 공습의 희생이 됐다고 해도 불에 탄 폐허의 비참함과 자신이 일체가 될 수 없다는 생각이 그의 마음속에 있었다. 김태조가 원하는 일본제국의 패배는 공습으로 집을 잃은 사람, 굶어죽는 사람, 혹은 노방에 홀로 뒹굴고 있는 검게 그을린 시체 위에 시시각각 각인이 새겨져 갔다. 그는 일본이 전쟁을 계속하고 있는 이상은 하는 수 없다고 생각했다. 그리고 그의 내부에서는 일본인이라고 하는 인간과 일본이라고 하는 국가가 아무리 해도 일본이라고 하는 이미지 속에서 하나로 겹쳐졌다. 그리고 도쿄나 오사카 대부분이 괴멸해버리면 이제 일본도 끝장이라는 생각이 공습 다음날 타다 남은 불길이 계속 연기를 피우고 있는 불탄 폐허에서 김태조의 몸을 전율적으로 관통하고 지나갔다. 이런 생각은 그에게 떠날 결심을 한층 자극하는 힘이 되었다.

김태조는 출발 준비를 하는 과정에서 뜻밖에도 경성행 표를 사는 데 고생했다. 오사카 역에서 하루 정도 줄을 설 각오는 했지만, 설마 사흘이나 시간을 잡아먹을 줄은 생각하지 못했다.

오사카 역 주변은 여러 가지 기괴한 위장 색을 칠하거나 온통 시커멓게 칠한 빌딩이 파란 허공에 치솟아 있었다. 길거리에는 피곤에 지친 사람들이 줄줄이 걸어가고 있었다. 전투모부터 각반까지, 그리고 어깨에 축 늘어뜨린 납작한 즈크운동화 주머니. 어느 것이나 낡아 구깃구깃해진 전시 색을 띤 복장은 사람들에게서 이미 개성을 빼앗아버린 듯이 보였다. 개성은커녕, 살아있는 것만으로도 대단한 세상이다. 아니, 그들은 이를 악물고 살아서 전쟁을 이겨내려고 신국(神國) 일본, 일본제국의 영광을 지켜내려고 걷고 있는 것이다. '일억 옥쇄'에 3천만 조선인을 연루시키기 위해 걷고 있다. 종국에는 줄줄 걷지 않고 완구처럼 일제히 달리기 시작할지도 모른다. 그리고 와- 하고 소리치며 죽창을 들고 곧장 광장을 향해 까닭도 없이 돌진할지도 모른다.

아니, 그렇지 않다. 사람들은 역시 상반신을 앞으로 구부리고 줄줄이 걷고 있었다. 사람들도 그들을 받치고 있는 지면도 모두 먼지투성이의 같은 색이다. 거리에서도 사람한테도 색채가 떨어져 나가고 그을려 있다. 하늘만이 맑게 개어 있다. 아, 저것이 하늘색이구나, 하고 말하고 싶을 정도의 색채가 거리에 펼쳐졌다. 그 하늘 아래로 오사카 역 앞을 더러운 연지색 전철이 땅을 울리며 달렸다. 경적만이 묘하게 활력을 띠고 주변에 울려 퍼졌다.

첫날 아침 8시에 오사카 역 창구에 줄을 섰다. 이미 30여 명의 행렬이 줄을 서 있고, 게다가 발매는 11시부터였다. 그런데 여남은 장이 30분도 채 안 되어 발매가 중지되었다. 눈앞에서 쾅 하고 창을 닫아버리자 사람들은 차마 보고 있기 힘들 만큼 절망적인 얼굴로 망연히 창구를 떠나지 못하고 있었다. 그러나 잠자코 있지는 않았다. 안쪽으로 닫힌 창을 두드리며 호통을 쳤다. 창구는 방공용 차단막이 내려져 있어 내부는 보이지 않았다. 순간 창구의 불투명한 차단막 건너편의 넓은 공간이 일종의 신비감과 힘을 감돌게 했다. 지금은 역원도 관헌과 마찬가지로 사람들의 머리 위에 서 있을 힘을 갖고 있다. 창구에 찰싹 달라붙어 있던 마른 중년 여자가, "여보시오, 이 전보 좀 봐줘요. 할아버지가 위독해요" 하고 공허한 목소리로 벽이나 다름없는 창에 대고 말해보지만 소용이 없었다. "할아버지가 위독하다고요. 표를 팔라고요, 제발." 뒷줄에서 자신의 순서로는 표를 살 가망이 없다는 것을 안 사람들이 분풀이라도 하듯이 야유했다. 이러한 소란은 칼 소리 쩔그랑거리며 구내 파출소의 순찰 경관이 다가오자 이내 조용해졌다. 그래도 김태조 앞에서 허탕을 친 사람들은 행렬을 벗어나려고 하지 않았다. 그대로 주저앉아 담배 한 대를 찾아내 불을 붙이는 자도 있고, 멍하니 벽에 기대어 역 밖으로 펼쳐진 하늘을 바라보는 사람도 있다. 행렬에서 혼자 비어져 나와 떠나가기에는 미련이 남은 듯 사람들은 움직이지 않았다. 아니, 이제부터 나아갈 목표가 없는 것처럼 마치 공원 집합소처럼 한동안 줄 서 있는 장소를 떠나지 않았다. 김태조도 그 뒤에 줄을 서서 다른 사람들과 함께 잠시 우두커니 서 있었다. 창구가 곧 열리고 표를 팔기 시작하지 않을까 막연히 기대하며 서 있었다. 그것도 아니면 벌써 지금부터 다음날 행렬을 줄 서 있는 것처럼 우두커니 서 있는 것인지도 모른다.

이튿날도 마찬가지 결과였다. 이틀째도 사흘째도 아직 동이 트지 않은 어두운 M역에서 첫 전철을 타고 가봤지만, 표는 그의 손에 들어오지 않았다. 마침내 서쪽 입구 음침한 분위기의 표 매장 창구를 하염없이 기다리는 것을 단념한 김태조는 정면의 현관을 지나 사람들 속으로 들어가 역장실 문을 두드렸다.

김태조는 문 옆의 책상에서 일어선 키 큰 중년 남자 역원을 무심코 올려다보며 고향의 읍사무소에서 보낸 징병검사통지서를 먼저 보여줬다. 그리고 '군용'이니까 표를 팔아달라고 준비해둔 말을 꺼냈다. 창구에서는 봉투를 꺼낼 기회도 없었다. 역원은 '군용'이라는 말에 우선 김태조를 물끄러미 내려다보며 긴 목을 굽혀 서면을 들여다봤다. 그리고 씩 웃더니 군 공용(公用) 증명서가 별도로 있으니 이것만으로는 처리할 수 없다고 하면서 거절했다.

"역원 아저씨, 부탁할게요. 징병검사는 사적인 목적과 다르잖아요. 그런데 며칠이나 줄만 서서 표를 살 수 없으니 이상하지 않습니까? 군용 증명은 없지만 이 통지가 무엇보다도 증거가 되잖아요."

"몇 번을 말해도 마찬가지에요. 저희는 군 공용의 증명이 없으면 안 됩니다."

역원은 나무인형처럼 꼼짝도 하지 않고 우두커니 선 채 헤벌레한 얼굴로 건들거렸다.

"징병검사는 사적인 용도와 다르잖아요?"

김태조는 그 이상의 준비된 말이 없었다. 그리고 징병검사는 '군용'이라고 거듭 말했다.

"…… 당신이 아무리 말해도 소정의 증명서가 없으면 저희는 곤란합니다. 세상에는 규칙이라는 것이 있으니까요."

역원은 단정적으로 말했다. 그러나 순간 얼굴에 호인 같은 표정이 살아나는 듯했다. 그는 통지서를 들고 등을 빙 돌렸다. 그리고 아무 말도 하지 않고 넓은 역장실의 두 번째 칸막이 건너편으로 검은 제복의 뒷모습을 감췄다. 역원의 상하로 흔들리는 긴 목이 칸막이 위로 보였다.

이윽고 발그레한 얼굴의 제법 살이 찐 키 작은 동년배의 남자가 나왔다. 조금 전의 키다리와는 대조적인 이 남자의 인상이 김태조를 더욱 긴장시켰다.

"당신은 경성이니까 산요(山陽) 본선을 경유하는 조선행 표는 줄을 서서 살 분량밖에 없습니다."

부역장 대리라고 하는 남자는 승차증명서와 징병검사통지서 2

장을 공손히 봉투에 넣어 돌려줬다. 그리고 징병검사라고 해서 특별 취급은 할 수 없다고 말했다.

"저는 조선까지 징병검사를 받으러 갑니다. 징병검사라고요. 어떤 식으로든 손을 써주지 않으면 곤란합니다."

김태조는 문 옆에 선 채 같은 말을 거듭하며 주장했다. 그러나 상대방은 꿈쩍도 하지 않았다. 관헌처럼 검은 제복을 입고 두툼한 가슴을 자신만만하게 내밀면서 말했다.

"당신의 사정은 알겠지만 징병검사라고 특별 취급할 규정이 없기 때문에 별도의 '군용' 증명서가 없는 한 하는 수 없습니다. 게다가 당신처럼 조선에서 징병검사를 받는다면서 표를 내놓으라고 한 예는 지금까지 없었습니다."

입을 크게 벌리지 않고 말하는 모습이 단호했다. 김태조는 밀리고 있었다. 밀리면서 상대의 낮은 어깨 너머로 곤란하다는 시선을 보냈다. 정말로 곤란하다. 벌써 사흘째니까 정말로 곤란했다. 곤란해 하는 김태조의 눈에 '필승보국'이니, '성전완수', 그리고 '절약' 등의 전단지가 붙어 있는 하얀 벽 아래 책상에 고개를 숙이고 일하고 있는 역원들의 모습이 들어왔다. 사람 좋아보이던 조금 전의 키 큰 역원의 조언이라도 바라는 심정이었지만, 그는 더 이상 나오지 않았다. 이제 어떻게 하면 좋을까. 이제 더 이상 여기에 있을 필요도 없다. 그렇다고 이대로 순순히 물러날 수는 없다. 김태조는 징병검사통지서를 다시 한 번 봉투에서 천천히 꺼냈다. 그리고 자못 아쉬운 듯 상대방 앞에 펼쳐보였다. 키 작은 부역장 대리는 담배를 한 대 꺼내 물고 성냥불을 붙였다. 김태조의 통지서에는 눈길도 주지 않았다. 빨리 돌아가라고 하는 신호이다. '징병검사'는 현재 시국에서 최대급의 효용을 발휘할 거라고 기대했는데, 가볍게 취급받은 느낌이었다. 그는 기대를 걸었던 스스로에게 치밀어 오르는 부끄러움을 느꼈다. 그리고 담배연기에 얼굴을 돌리며, '그녀석이라면' 하는 생각이 들었다. 문득 도요카와를 생각해낸 것이다. 그녀석이라면, 그녀석이 갖고 오는 증명이라면 모든 것이 해결될 것이다. 아니, 육군소위님인 그녀석이 입고 있는 노란색 군복 자체가 '군용'으로 버젓이 통할 것이다. 그날 밤 제삿날에 '황국 일본'인이 되는 것을 오로지 바라는 협화회 일행과, 거기에서 우연히 얼굴을 마주친 도요카와 일행을 둘러싸고 있던 기분 나쁜 광경이 떠올랐다. 검을 차고 장화를 신고 찾아온 특별간부 후보생 출신의 조선인 육군소위 도요카와 나리히로. 본명, 이성식. 반도인 장정에게 실시하는 징병검사 시행이야말로 점차 자신들을 어엿한 일본인으로, 내지인과 동등한 인간으로 만들어줄 수 있다고 하는 '황국 일본'을 찬양하는 목소리. 학생복을 벗어던지고 군복을 입은 순간 비로소 자신이 일본인이 된 실감이 들어 눈물을 흘렸다고 하는 조선인 장교 도요카와 소위의 섬뜩한 목소리. 경멸스러운 놈들이다. 그래도 괜찮다. 그래도 상관없으니 도요카와의 두꺼운 모직물로 만든 소위의 계급장이 붙은 노란색 제복이 지금 눈앞에 있기만 하면 역원들의 검은 제복에 냅다 던지고 싶어졌다. 그러면 상대방은 당황해서 차표를 갖고 올 것이다! 이런 생각을 하면서 순간적으로 김태조는 '군용'이라는 이름을 빌려 일본인 위에 등을 펴려고 한 자신이 작게 느껴졌다. 이것이 또한 자신을 깊은 자기혐오

속으로 떨어뜨렸다. 김태조는 뭔가 상대방의 가슴을 찌르는 듯한 말을 한마디 남기고 방을 나오려고 생각했다.

그때였다. "그러니까……" 하면서 두 가닥의 두꺼운 연기를 콧구멍에서 뿜어내며 상대방이 먼저 말을 꺼냈다.

"당신 검사일은 4월 1일이니까, 아직 3주는 남았군요……."

"언제 가든 제 맘이에요."

뭐라고? 4월 1일이니까 아직 3주 정도는 남아 있다니……. 김태조는 화가 났다.

"나는 도중에 경성 친척집에 들러야 해서 곤란합니다. 이런 비상시국에 조선까지 가는 것은 간단한 일이 아니라는 것은 알고 있습니다……. 그런데 제 말을 들어보세요. 저는 징병검사를 받으러 가는 겁니다. 놀러 가는 게 아니라고요. 나라를 위해 일부러 조선까지 징병검사를 받으러 가는 겁니다. 당신들은 징병검사에 대한 인식이 없군요……. 아직 3주나 있다니, 그때까지 매일 이렇게 와서 줄을 서라는 말입니까?"

김태조는 더 이상 가만히 있을 수 없었다. 자신이 싫었다. 그는 무거운 문을 소리를 내며 닫았다. 그리고 문 바깥에 잠시 기대어 심호흡을 했다. 심장이 격하게 고동치고 있었다. 나는 지금 도대체 무슨 말을 하고 있는가. 놀러 가는 것이 아니다, 나라를 위해 일부러 조선까지 징병검사를 받으러 간다, 당신들은 징병검사에 대한 인식이 없다……. 이 무슨 말인가. 나는 '나라'라는 명분을 내세웠다. 아니, 그것은 '천황'이라는 명분하에 일본인인 그들에 대해 인식 부족이라고 고발한 것이다. 이것이 상대방의 가슴을 찌르는 말이었다고 한다면, 자신이 너무 비참했다. 이러한 곳에서 상대를 찌르는 말 따위는 지금의 시국에 있을 리 없다. 게다가 도요카와의 군복 색을 생각해내고 그것에 매달리려고 했다니! 붐비는 사람들의 행렬을 보며 그는 갑자기 자신의 얼굴이 붉어지는 기분이었다. 징병검사, 징병검사, 징병검사. 설령 그것이 하나의 방편이라고 해도 그 주장을 하는, 혹은 주장할 수 있을 때의 일종의 팽창되고 신장된 감각은 순간 혈관에 상처를 입히며 내달리는 열등감이 끓고 있는 탓이 아니겠는가. 그것은 기분 나쁜 점액을 흘리는 말이다. 그는 그 점액의 끈적거리는 빛에 비친 자신의 추한 얼굴을 봤다. 그것은 조선인이라는 것을 숨겼던 과거 자신의 얼굴이다. 아니, 지금도 역시 살아남은 얼굴이었다. 얼굴이 한층 더 추하게 일그러졌다. 마치 흙탕물처럼 흐물흐물하게. 그러자 금세 얼굴 피부가 바싹 죄는 느낌이 들어 영문도 모르는 다분히 자기 자신에 대한 분노가 그의 몸을 충동질했다. 그는 붐비는 사람들 속으로 들어갔다. 나는 이게 뭐라고 소중히 봉투에 넣어서 들고 다닌 것일까. 김태조는 손에 쥐고 있던 서류를 힐끗 바라봤다. 설령 이것이 매우 소중한 수단이 된다고 해도, '도항증명'이 된다고 해도, '징병검사통지서'라고 아름답게 인쇄된 것을 봉투에 소중히 넣어둘 정도의 것은 아니다. 이는 따지고 보면 노예사냥의 통지서가 아닌가! 그는 알맹이만 겉옷 주머니에 넣고 문득 붐비는 사람들 속에 멈춰 서서 봉투를 찢어 땅위에 내동댕이쳤다. 그리고 침을 뱉었다. 자신의 추한 얼굴을 향해 침을 뱉는 기분이었다.

"이제 절대로 봉투 따위에 넣어 소중히 들고 다니지 않겠어!"

김태조는 내뱉듯이 말했다.

볼에 스치는 사람들의 시선도 금세 시들어버리고 둥글게 뭉쳐서 버린 봉투 조각과 함께 날아갔다. 내던진 갈색 종잇조각이 벽에 부딪쳐 튕겼다. 그때 붐비는 사람들 속에 한 남자가 멈춰 섰다. 놀랍게도 그는 우메바라 조타로였다. 김태조는 앗, 하고 작은 소리를 내며 중심을 잃고 흔들렸다 다시 몸을 원상태로 되돌려 멈춰섰다. 순간 거울 앞에서 젠체하는 모습을 남에게 들켰을 때의 견딜 수 없는 수치심이 몸을 감돌아 다시 얼굴이 붉어졌다. 붉어진 순간, 얼굴에서 핏기가 빠져나갔다. 구겨서 내버린 종잇조각의 정체를 상대방이 알아차렸을지도 모른다는 공포감에 그는 순간 꼼짝하지 못하고 우뚝 서 있었다. 이것만으로 김태조는 상대에게 기선을 제압당한 꼴이 되었다. 그는 지면에 뒹구는 작은 종잇조각과 상대방의 시선이 어디를 향하는지 봤다. 만약 우메바라가 돌아보고 종잇조각을 줍기 위해 걸어가기라도 한다면 어떻게 할까. 김태조는 지금이라도 종잇조각을 주우러 달려갈 참이었다.

그러나 전시 분위기를 강하게 풍기는 복장을 입은 우메바라는 자신 쪽으로 날아온 종잇조각에는 눈길도 주지 않았다. 그는 '역장실'이라고 적혀 있는 검은 문패와 김태조의 얼굴을 어색한 듯 비교해 보더니, "오, 미쓰야마 군 아닙니까. 무슨 일입니까?" 하고 늘 하는 정중한 말투로 인사를 하며 가까이 다가왔다. 그리고 안색이 좋지 않다고 하면서, 뭔가 기이한 일이라도 발견한 것처럼 덧붙였다.

"……"

김태조는 순간 이상하게도 말이 막혀 나오지 않았다.

"역장실에서 무서운 얼굴을 하고 나와서……. 미쓰야마 군이어
서 깜짝 놀랐네."

다시 한 번 역장실 쪽으로 시선을 돌리면서 미소 지으며 하는
말투로 봐서 우메바라는 김태조의 대답을 기다릴 것도 없이 상황
을 파악한 것 같은 느낌이었다.

"……미쓰야마 군은 징병검사를 조선에서 받기로 한 겁니까?
음, 그렇군. 그럼 표 때문에 온 것이겠군. 그렇겠지. 고생이 많겠
네. 힘들죠? …… 그런데, 표는 샀는가?"

우메바라는 종잇조각을 보지 못한 것처럼 언급하지 않고 오사
카 사투리를 섞어가며 말했다. 김태조는 우메바라 뒤로 붐비는 사
람들 속에서 밟힌 종잇조각을 시선 끝으로 바라보며 조금 안도했
다. 그래도 우메바라가 그 종잇조각이 징병검사통지서 봉투라는
것을 알고 있을지도 모른다는 걱정이 김태조의 마음에 예리하게
꽂혔다. 김태조는 순간 우메바라의 말을 다음과 같이 해석했다.

'그렇겠지. 너는 조선에서 징병검사를 받는다는 구실로 일본에
서 도망칠 생각인 거지? 어때, 그렇지 않아? 정곡을 찔렀지? 그래
서 표는 샀어? 상당히 힘들지? 그런 표가 쉽게 손에 들어올 거라고
생각하면 안 돼.'

그리고 내면의 목소리에 반발하듯이 간신히 한마디 꺼냈다.

"네, 표는 사실 사지 못했습니다만……."

아, 사실 사지 못했다니, 나는 무슨 말을 하고 있는가. 김태조는
당황해서 다시 말했다.

"차표는 사지 못했지만 괜찮아요. 오늘밤부터 모포를 갖고 와서

밤샐 생각이라서, 일단 되돌아갔다가 다시 나올 생각입니다. 인사가 늦었지만, 어디 가십니까?"

"저기 K동네 협화회 회관에서 오사카 부 단위 회의가 있어서."

우메바라는 턱을 K동네 쪽으로 향해 크게 치켜 올리며 회의가 있다는 말을 강조했다.

"아, 그렇습니까. 힘드시겠네요."

'협화회 회관이라. 라디오 가게 아저씨가 부 단위 회의에 참가하다니, 사는 보람이 크겠군.' 오사카 역에서 북동쪽으로 전철 길을 따라 걸어서 십 분 정도의 K동네를 향해 턱을 치켜 올린 얼굴이 밝게 빛나고 있었다. 뭐가 힘들겠는가. 그런 회의 똥이나 처먹어라. 김태조는 우메바라와 연루되기 싫었다. 그래서 그만 실례하겠다고 인사를 하고 발걸음을 옮겼다.

"미쓰야마 군, 잠깐 기다리게."

우메바라가 불러 세웠다. 돌아보니 우메바라는 아랫입술을 내밀고 역 구내의 높은 천장 한쪽에 시선을 고정시키고, 순간 뭔가 생각하고 있는 표정이었다. 그 표정이 어쩐지 사람의 마음을 붙들었다. 그는 이윽고 주의 깊게 시선을 김태조 쪽으로 돌리고 영광스러운 징병검사를 받으러 가는 장정에 대해 표를 그따위로 파는 것은 괘씸하다고 말했다.

"뭐가 괜찮다는 거야. 표를 그렇게 파는 자체가 이런 비상시에 인식이 부족한 거라고."

우메바라는 얼굴을 찡그렸는데, 목소리에서 화가 느껴졌다. 김태조는 그 소리를 듣고 조금 전까지 그에 대해 품고 있던 걱정이 연기처럼 사라지는 것을 느꼈다. 동시에 방금 전에 역장실에서 자신이 말한 인식부족이라는 말이 문득 가슴속에서 날을 세우는 느낌이었다. 그건 부끄럽고 불쾌한 말이었다. 우메바라의 마음속에서 나온 실감 있는 말은 같은 말이어도 김태조의 방편에 지나지 않는 말과 달랐다. 적어도 조선인이 입에 담을 말은 아니었다. 김태조는 긍정도 부정도 아닌 애매한 목소리로 고개를 끄덕이고, 그만 돌아가겠다는 뜻으로 우메바라에게 등을 돌렸다. 그런데 우메바라는 그를 역장실 쪽으로 같이 가자고 재촉했다. 그리고 금세 진지한 표정을 짓고 앞서서 걸어가 문을 두드렸다. 김태조는 조금 전 자신의 비참한 교섭 양상이 눈에 보이는 듯해 몸이 굳어졌다. 그때 우메바라가 문을 열고 막 들어갔다. 우메바라의 행동은 다짜고짜 김태조를 끌어들이는 힘을 갖고 있었다. 거기에서 벗어나려는 힘보다 열어버린 문 안의 인력이 더 강했다. 당혹감과 수치심으로 볼이 붉어졌다. 다시 역원들의 차갑고 눈부신 시선 속에 자신의 얼굴을 들이밀었다.

그런데 믿을 수 없을 정도로 일이 간단히 진행되었다. 우메바라는 언짢은 얼굴로 살찐 붉은 얼굴을 한층 부풀리며 나온 부역장 대리를 향해 협화회 관계 명함을 내밀고 공손히 신사처럼 이야기를 꺼냈다. 그러자 군 공용의 증명이 필요하다고 조금 전과 같은 대답이 돌아왔다. 우메바라는 사투리 없는 유창한 일본어로 상대방의 말을 즐기듯이 받아넘겼다.

"이보시오, 그 규칙이라는 것은 잘 알겠습니다. 알고말고요. 그런데……. 음, 그런데 말이오, 어느 역이든, 특히 오사카 역처럼 중앙의 역에서는 말이오, 역장님의 개인 재량으로 자유롭게 할 수 있는 분량의 표가 있을 거예요. 당연히 있고말고요. 다른 역에 있는 것이 오사카 역에 없을 리가 있나……. 표가 없을 리 없잖습니까? 그렇지 않소? 게다가, 여보시오. 적어도 이런 국가비상시국에 영광스러운 징병검사를 받으러 가는 길 아니오? 그것도 멀고 먼 반도까지 일부러 가서 받는다고 하잖아요. 근처로 물건을 사러 가는 부대나 고향에 돌아가는 사적인 용도와 똑같이 취급받는대서야 규칙이랄 것도 없겠죠. 이건 말도 안 되는 겁니다. 그렇지 않습니까? 지금의 국가비상시에 창의적으로 궁리해야 한다고 자주 말하잖아요. 본래 징병검사 통지가 군 공용의 증명이 되지 못한다고 하는 것이 이 비상시국에 무엇보다도 이상하지 않습니까? 물건 사러 가는 것과 똑같이 취급하고 이상하다고 생각지 않는 것이 애초에 잘못된 겁니다. 이래서는 시국에 대한 인식부족이라는 말을 들어도 할 말이 없는 거죠. 역장님을 직접 뵙고 싶지만, 그 전에 관할 경찰서에 전화해서 바로 군 공용의 증명을 받을까요?"

우메바라는 이래서는 곤란하다는 듯이 조금 탄식하는 말투로 일단 말을 끊었다.

"……그렇게 막무가내로 이야기하면 저희가 곤란합니다. 저희도 나름의 규칙이 있어서 어떻게 할 수 없어요……."

맥주통 같은 단신의 부역장 대리가 붉은 혈관이 드러난 눈으로 잠자코 우뚝 서 있는 김태조 쪽을 노려보았다. 김태조는 몸이 움츠러드는 것 같았다. 부역장 대리는 규칙만을 앞세웠는데, 더 이상 어찌할 수 없어진 모양이었다. 역장을 만나거나 전화를 하지도 않고 잠시 동안 입씨름을 계속하고 있는 사이에, 이런 막무가내는 곤란하다, 이런 일은 이번 한 번만 허용되는 특례다 운운하며 상대는 깨끗이 꺾였다. 그리고 징병검사통지서를 갖고 안으로 사라졌다.

"실례 많았습니다."

밖으로 나온 김태조는 인사를 하면서 복잡한 기분이었다. 만난 것은 우연이었지만 생각지도 못한 우메바라의 도움을 받게 되었다. 김태조는 그의 친절이 조금 당황스러웠다. 헤어질 때 다시 감사 인사를 하려고 생각했다. 우메바라는 김태조의 어깨에 손을 얹으며 말했다.

"젊은 사람이 든든하게 나라를 지켜줘야지. 나라를 위해 애쓰는데 내지인에게 질 수는 없지."

그가 도와준 것도 '애국'주의에서 나온 것이 틀림없다. 그러나 문득 이 모범적인 일본인도 사실은 자신과 마찬가지로 조선인이라고 하는 감개가 서서히 김태조의 마음을 그늘지게 했다. 그리고 일본인이 아닌 일본인에게 불끈불끈 증오가 끓어올랐다. 일본인 이상으로 일본인처럼 행동하는 존재라고 하는 것은 군인 만능의 요즘 같은 시절에 군인보다도 군인답게 행동하는 존재 이상으로 꼴사나웠다. 그런 그가 차표를 사줬다고 생각하니 김태조는 피곤이 확 몰려왔다.

김태조는 역장실 안에서 우메바라와 계속 거리를 두고 방관자의 입장에 서서 그가 역원과 실랑이 하는 것을 보고만 있었다. 군 공용의 증명을 가져오라고 우메바라가 어디까지 버틸 수 있을 것인지, 즉 우메바라의 체면이 망가지는 것을 내심 바라고 있었다. 우메바라가 아무리 주제넘게 참견해도 하는 수 없다는 사실을 알려주고 싶었다. 한편, 이와는 반대로 맥주통 같은 부역장 대리가 우메바라 앞에서 멋지게 굴복하는 모습을 지켜보고 싶기도 했다. 어쨌든 김태조는 복잡한 기분으로 개찰하지 않은 빳빳한 차표를 손에 쥐게 되었다.

게다가 우연히 다른 사람의 힘으로 차표를 손에 쥐고 보니 조금 전까지 자신이 교섭했을 때 심각했던 기분이 이상하게 느껴졌다. 마치 어이없이 다리를 후려친 것처럼 우스꽝스럽기조차 했다. 그렇다고 고생하지 않고 차표를 손에 넣을 수 있어서 조금 전까지의 자신을 우스꽝스럽게 볼 수 있는 지금의 자신에게 진실미가 있다고 말할 수 있을까? 그렇지 않을 것이다. 이 사실을 어떻게 해석해야 할지 김태조는 알 수 없었다. 다만 오늘밤을 지새우지 않고도 표를 얻었다고 하는 손에 분명히 느껴지는 감촉이 축 피곤에 지친 생각 속에서 소름 끼칠 정도로 실감 있게 느껴졌다. 그의 마음 한구석에서 하룻밤 고생하면 차표를 살 수 있을지도 모른다고 생각했던 안이함이 쓰라렸다.

집을 나왔을 때와 마찬가지로 전철로 돌아가려면 주요 출입구에서 반대쪽으로 가야 했다. 거기에는 일장기에 '축 출정', '무운장구(武運長久)'의 붉은색 문자가 새겨진 깃발이 여기저기 펄럭이고 있었다. 술렁거리는 사람들 속으로 중앙 입구를 통해 들어가야 했다. 그것이 싫었다. 새빨간 일장기가, 그 하얀 바탕이, 깃발의 붉은색 글자가 견딜 수 없이 싫었다. 주요 출입구 근처까지 가니 붐비던 사람들이 뜸해지고 역전 광장이 잘 보였다. 건너편으로 정류장의 전철 옆구리가 보였다. 그는 앞을 향해 똑바로 걸어갔다. 그러나 동시에 뒤쪽에 있는 역장실 안에서 가짜 '제국군인 초보'를 연기했던 또 하나의 자신의 모습을 보았다. 그것은 결코 자랑스러운 모습은 아니었지만, 왠지 금세 베일이 벗겨지고 흐뭇하게 보였다. 아니, 흐뭇하게 생각하고 싶었는지도 모른다. 자신도 조금은 연기를 했으니 그렇게 생각하고 싶었는지도 모른다. 김태조는 거기에 또 하나의 자신이 있는 것처럼 돌아보았다. 그런데 그때 중앙 입구 주변에서 와 하고 군중의 함성과 술렁거리는 소리가 폭발했다.

"만세!"

"만세!"

사람들이 외치는 함성 소리가 오사카 역의 높은 천장에 부딪쳐 산산이 메아리치며 김태조의 귀까지 들렸다. 그는 순간 당황해서 멈춰 섰다. 그리고는 도망치듯, 아니 뿌리치듯 전철 정류장을 향해 달려갔다.

이렇게 해서 그는 사흘째에 생각지도 못하게 조선으로 가는 차표를 손에 넣을 수 있었다.

김태조는 누구의 배웅도 받지 않고 잠깐 어디 가는 듯한 차림으로 집을 나서고 싶었지만, 결국 어머니가 가까운 M역으로 배웅을 나왔다. 이렇게 되었는데도 어머니와 함께 한가하게 걷는 것은 오히려 고통이었다. 트렁크를 들고 나온 이상은 역까지만이라도 혼자서 걸어가는 편이 기분이 개운하게 정리될 것 같았다. 그러나 이제 가면 언제 만날 수 있을지 모르니 무턱대고 어머니를 돌아가라고 할 수는 없었다. 암시장에서 산 쌀로 찰진 주먹밥을 만들고 귀한 계란 프라이를 넣어 두 끼 분의 도시락을 만들어준 어머니에게 그만 돌아가라고 차마 말할 수 없었다.


## 3

망막한 지평선을 향해 펼쳐진 검붉게 불탄 폐허가 파란 하늘을 저주하고 있었다. 잔해가 물결치는 땅 전체에 녹슨 처참한 녹물을 내뿜는 색이었다. 빌딩 잔해도 땅에 돌출한 잔해의 거대한 누적일 뿐이다. 길이 슬플 정도로 똑바로 뻗어 있고 점점이 검은 그림자가 된 인간이 움직이고 있다. 바짝 말라버린 피처럼 무참한 색을 뿜으며 땅에 습기를 가져올 강물이 흐르고 있다. 아쉬운 대로 그나마 하늘의 푸른빛이 드리워져 있다. 맑게 개어 한층 투명한 만큼 공허한 푸른빛이다.

홈을 나온 만원 기차 차창으로 멀리 남쪽을 바라보면서 김태조는 콧방울이 벌름거릴 정도로 찡하고 가슴에 밀려오는 것을 느꼈다. 오사카 역 주변의 몇 개의 빌딩은 피해를 면했지만 사막 가운데 작은 수풀 같은 정도였다. 나무들 사이로 사막이 끝없이 넘실거리는 모습밖에 보이지 않는 황량함은 면하지 못했다.

오사카여, 너는 불타고 말았구나. 어두운 밤에 천공에 타오르는 불의 장막을 네 위에 푹 덮어버렸다. 김태조는 하늘과 땅이 함께 불을 뿜고 있는 동안에 자신의 머리 위로 불덩어리가 떨어지지 않을까 걱정하면서 어두운 밤을 태우는 장대한 불길을 향해 외쳤다.

"오사카여, 타올라라! 타올라라, 오사카여!"

그리고 생각했다. 늘 보던 익숙한 오사카 역에서, 많은 사람들과 함께 많은 조선인을 집어삼키고 계속 토해낸 오사카 역에서 나는 출발한다. 내 시선의 흔적이 길모퉁이에 새겨져 있다. 지금껏 계속 살아온 이카이노(猪飼野)와, 지금 어머니를 남겨두고 떠나온 K동네를 둘러싼 오사카에서, 조선인의 숨결이 사라지지 않는 오사카에서, 다른 이름으로 대판(大阪)으로 불리는 네게서 나는 떠난다. 너를 향해 나는, 오사카여 타올라라, 하고 외쳤다.

김태조는 홀로 길 위에 목탄처럼 뒹굴고 있는 검게 그을린 사체를 봤고, 그 후 얼마 지나지 않아 생판 모르는 '이오지마 옥쇄(硫黃島玉碎)'를 3월 16일자 신문이 전해주었다.

기차 도카이도(東海道) 선은 이미 거듭된 공습의 여파로 부정기적으로 운행하는 열차가 많았다. 김태조가 탄 11시 시발 시모노세키(下關) 행은 10분 정도 늦게 홈을 출발했다. 그래도 산요(山陽) 선은 아직 순조로운 편이었다. 그는 2시간 정도 전부터 줄을 서서 남쪽 좌석을 확보했는데, 발차시각에 승강구 가까이까지 사람들이 넘쳐나 만원이 되었다. 벌써 다음 역에서 사람들이 탈 경우 대혼란을 예상하게 했다. 김태조는 진행방향으로 등을 향하고 창가에 앉았다. 오른쪽 창밖을 스치는 순간의 광경도 놓치지 않고 눈앞에 펼쳐지는 광경을 바라볼 수 있는 위치였다. 시야에 펼쳐지는 오사카의 불탄 폐허에서 지평선 너머 하늘을 향해 말라비틀어진 핏빛을 계속 뿜어내면서 일렁이는 너울을 바라보며, 한편으로는 인간의 죽음과 비참함을 생각하고 있자니 그는 가슴이 아파왔다.

"아, 저토록 많이 타버렸구나. 일망천리에 아무 것도 남아있는 것이 없네."

통로에 놓인 짐 끝에 살짝 앉아있던 한 남자가 감탄하는 듯한 목소리로 말했다. 그는 발차시간이 다 되어, "정말 죄송합니다"라고 하면서 짐꾸러미를 창으로 밀어붙이고 여자 같은 둥그런 몸을 밀어 넣으며 차에 올라탔다.

"나는 M구에서 불에 타서 집을 잃었는데, 짐은 대부분 시골로 보내놨기 때문에 다행이에요. 그쪽은 어떠셨어요? 무사했습니까?"

옆에 앉은 남자의 묻는 말에 김태조는 다시 생각난 듯이 말했다.

"뭐, 목숨은 건졌습니다. 살아 있으면 어떻게든 되겠죠. 그렇지만 M구라고 하면 백화점이나 영화관이 잇따라 늘어서 있지만 군수공장은 하나도 없잖아요. 그런데 비싼 폭탄을 지나치게 많이 뿌렸군요. 적자난 것 아닐까요? 사실 한번 보세요. 아무것도 없잖아요. 그놈들 귀축(鬼畜)이라고 하는데, 정말이에요. 너무 지나치다니까요."

김태조는 창문 밖을 바라보았다.

창으로 불어오는 바람이 거세졌다. 기차가 기적소리를 한층 날카롭게 울리며 귓불이 흔들릴 정도로 질주를 예고했다. 김태조 앞의 좌석에 불룩하게 앉아있는 갈색 줄무늬의 일바지를 입은 중년의 둥근 얼굴을 한 여자가 정면으로 불어오는 바람에 얼굴을 찡그리며 그를 곁눈질했다. 마침 김태조도 신경이 쓰여 창문을 닫자고 말을 꺼내려던 참이었다. 두 사람은 발돋움해서 유리창 아랫부분의 버팀 용수철을 잡았다. 양쪽에서 용수철을 잡고 호흡을 맞춰 유리창을 내렸다. 그런데 어깨를 펴고 있던 두 사람이 맥이 빠질 정도로 중량감 없게 드르륵 내려왔다. 그것도 밑 빠진 물동이처럼 바람이 들어와, 이윽고 손을 뗀 용수철은 쨍 하고 위세 좋은 소리를 내며 원래의 위치로 돌아갔다. 보니 유리가 깨진 채 끼워있지 않았다. 바람은 닫힌 유리창 없는 창을 통해 정면으로 여자의 얼굴로 불어왔다. 허탕 친 표정으로 김태조는 "아니, 이게 뭐야!" 하고 자신도 모르게 웃음이 나왔다. 바라보니 여자도 냉랭히 웃고 있었다. 김태조와 시선이 마주치자 얼굴이 비뚤어지며 일그러졌다.

"여보시오, 산요 본선은 제대로 된 창문의 기차가 없을 겁니다. 요즘 세상에서는 태워주는 것만으로도 고맙다고 생각해야 할 거예요."

조금 전 통로에서 짐 위에 앉아 있던 남자가 전투모를 깊숙이 고쳐 쓰며 말했다.

김태조가 여자에게 물었다.

"불편하시면 자리 바꿀까요?"

중년의 여자는 웃지도 않고 턱을 끌어당기며 말했다.

"아니요, 괜찮습니다."

여자는 머리를 숙여 인사했다. 김태조는 붙임성 없는 아주머니라는 생각이 들면서도 그대로 보고 있을 수는 없었다. 김태조는 주위 사람들에게 동의를 얻어 이중창문 장치가 되어 있는 빛 가림막 쇠살문을 내렸다. 그러자 비로소 여자는 다시 웃으며 말했다.

"정말 감사합니다."

주위는 금세 그늘이 지고 바람이 가는 쇠살문 틈으로 들어왔다. 여자는 연신 몸부림쳤지만 더 이상 그녀를 직격할 정도의 힘이 바람에 실려 있지는 않았다.

쇠살문이 김태조 주위의 좌석 창문뿐만 아니라 여기저기에서 소리를 내며 닫혔다. 통로 건너편 창의 쇠살문은 무참하게 망가져 구멍이 뚫려 있었고, 빛이 그곳으로 집중되어 바깥 경치가 줄무늬로 스치며 흘러갔다. 옆의 유리창으로 멀리 롯코(六甲)의 요지부동의 산지가 보였다. 쇠살문 그늘에 김태조는 머리를 기댔다. 건너편의 중년 여자도 마찬가지로 얼굴에 바람이 불어오고 있을 것이다. 방공 수건을 꺼내 쓰고 있었다. 좋은 생각이었다. 목 언저리를 감싸면 바람도 그리고 담배연기도 들어갈 틈이 없을 것이다. 통통한 하얀 얼굴을 엿보고 있는데, 조금 전보다 훨씬 젊게 보였다. 김태조는 그 통통한 얼굴에 어울리지 않게 의젓하지 못한 태도를 보고, 비록 자신의 웃음소리가 거슬렸다고 해도 그녀의 조금 전 태도는 그다지 좋은 느낌을 주지 못했다. 김태조는 이 여자가 만약 자신이 조선인이라는 사실을 안다면 어떤 반응을 할지 생각하며 눈을 감았다. 뻔뻔스럽게 남보다 좋은 자리에 앉아있다든가, 아니 어떻게 이렇게 품위 없이 웃을 수 있느냐든가, 자신이 생각지도 못한 감정이 나올 것이 틀림없다. 김태조는 어이가 없어져 몸 안까지 전해오는 기차의 진동과 한결같이 회전을 계속하고 있는 기차 바퀴의 울리는 쇳소리에 마음을 맡겼다. 마음은 열차와 함께 달렸다. 열차는 경쾌한 리듬으로 자신의 출발에 대해 인사를 해주고 있는 것처럼 생각되었다. 그가 앞으로 8시간 남짓 몸을 기대고 있을 좌석은 딱딱한 나무 의자로 허리가 꾀었지만, 젊은 김태조에게는 별 고통이 되지 않았다.

눈을 감아도, 또 쇠살문으로 바깥 광경이 차단되어도 역시 오사카 역을 빠져 나오니 남쪽 지평선을 향해 펼쳐진 불탄 폐허가 보였다. 지금이라도 눈을 뜨면 쇠살문 너머로 펼쳐진 광경이 분명히 보일 것이다.

불타오르던 한밤중의 오사카의 광경과 다 타버린 후에 백주에 펼쳐진 공허함. 하늘의 파란빛이 지독하게 공허했다. 의자 구석에서 열차의 리드미컬한 진동에 몸을 맡기고 있던 김태조는 문득 귀 옆에서 낮은 노랫소리가 들리는 것 같아 눈을 떴다. 노래는 귀 아래쪽에서 들려왔다. 과거에 겹쳐 있던 두터운 시간의 층을 통과해 흔들리는 열차에 기대고 있는 몸속에서 노랫소리가 되살아 왔다. 그것은 리드미컬하고 경쾌한 곡에 맞춰 부르는 조선어 노래였다. 어릴 적 형인 태명(泰明)이 자주 부르던 것을 들었던 기억이 난다. 지금은 오사카에서 군수공장 최말단의 하청을 하는 작은 동네 공장을 운영하고 있는데, 열예닐곱 때부터 노동운동에 열중해 몇 번이나 유치장의 냄새나는 밥을 먹어온 태명이었다.

노래의 대강의 뜻을 보면 다음과 같다. '도쿄는 지진으로 무너져 지금은 조선이 제일이다. 일본 오사카의 위압적인 왜놈들아. 천만, 억이 산다고 잘난 척 마라……' 그 노래가 관동대지진을 풍자해서 만들어진 것이라는 사실을 김태조도 알고 있었다. 소학생인 그는 이 노래를 좋아해 큰 소리로 자주 부르곤 해서 형이나 어머니에게 야단을 맞곤 했다. 쇠살문 너머로 보이는, 아니 눈을 감아도 보이는 오사카의 불탄 폐허, 그리고 도쿄의 불탄 폐허도 역시 마찬가지일 것이다. 김태조는 금세 몸을 벌벌 떨면서 살짝 입안에서 혀를 세워 '도쿄는 지진으로 무너져 지금은 조선이 제일이다……' 밖으로 소리를 내지 않고 속으로 흥얼거렸다. 눈가가 움푹 팬 삼각형 눈으로 무의식적으로 사람을 쏘아보듯이 가까이 있는 일본인의 동작을 한차례 응시했다. 기차는 다시 울부짖듯이 기적을 울렸다. 돌진하는 바퀴소리에 맞춰 가볍게 입술을 움직이며 소리를 밖으로 밀어내 보았다. 그래도 옆 사람에게 들리지는 않는다. "일본 대판의 위압적인 왜놈들……. 지금은 조선이 제일이다……." 조선이 제일이다, 조선이 제일이다, 조선은 독립해야 한다, 조선이 제일이다……. 혈관이 금세 거품을 내며 맥박이 빨라졌다. 숨 쉬기 어렵게 가슴이 죄어오는 듯했다. 그는 후 하고 숨을 내쉬고 다시 눈을 감았다. 그리고 그 짧은 가사에서 전율이 느껴지는 내용을 몇 번이고 반복했다.

분명 내가 소학교에 들어가기 전의 일이었다. 형이 체포되는 것을 눈앞에서 본 것은……. 노래 리듬에 맞춰 집 뒤쪽으로 흐르는 시냇물 건너편 언덕 일대에 펼쳐진 푸른 목장이 감은 눈에 되살아났다. 그날 아침은 추웠는데 목장이 아직 초록빛이던 때라 아마 분명 가을이 끝나가는 무렵이었을 것이다. 경찰에 쫓겨 거의 집에 들르지 않던 형이 어느 날 밤 남몰래 돌아와 어머니를 기쁘게 했다. 형인 태명은 그날 밤 잠을 자고 갔다. 그러나 그는 미행당하고 있다는 사실을 몰랐다.

다음날 아침 일찍 태조가 뭔가 무서운 목소리에 잠을 깨보니,

옆방에서 자고 있던 태명이 유리창을 열어젖히고 안쪽 문을 부수고 뛰쳐나갔다. 그는 마치 몸놀림이 가벼운 짐승처럼 수 미터나 되는 강 건너편으로 뛰어갔다. 녀석을 잡아라! 놓치지 마! 현관에서 흙 묻은 신발로 들어온 여러 명의 사복경찰이 고함치며 쫓았다. 태명은 건너편 언덕으로 뛰어올라가 도망을 쳤다. 그런데 이미 거기에는 여러 명의 사복 경찰들이 진을 치고 있어서 그는 그 자리에서 붙잡히고 말았다. 어린 태조는 무서움에 그저 떨면서 울고 있었다. 이 개 같은 놈!, 내 아들이 무슨 나쁜 짓을 했다는 거냐, 사람이라도 죽였냐, 도둑질을 했느냐! 외치면서 사복형사의 발에 매달려 그들에게 발길질을 당하면서도 조선어로 울부짖는 반미치광이 상태의 어머니 모습에 무서움보다 그야말로 놀라고 말았다. 나중에 알았는데, 그때 김태조의 어머니는 벌써 일어나 집 바로 옆에 있는 수도에서 쌀을 씻고 있었다. 김태조의 집은 막다른 골목의 안쪽에 위치해 있는데, 밤이 하얗게 샐 무렵, 문득 골목 입구에 수상한 사람의 그림자가 두세 개 뭉쳐있는 것을 봤다. 이미 몇 번인가 체포된 경험이 있는 아들의 어머니는 살짝 움직이는 그림자만으로도 그들이 형사라는 것을 바로 알 수 있었다. 그녀는 깜짝 놀라 그저 아이고! 태조 형아! 하면서 태명이라고 부르는 대신에 간접적인 호칭으로 집에서 자고 있는 아들에게 위급한 상황을 알렸다. 어머니가 외치는 소리를 듣고 태명은 이불을 박차고 일어나 바로 뒷문을 통해 집을 뛰쳐나갔다. 완전히 날이 샌 하늘 아래에서 이슬을 머금고 빛나는 목장의 초록빛이 인상적이었다. 그 초록빛 속에서 형에게 수갑이 채워졌다……. 김태조는 그때 생각을 하자 금세 가슴이 답답해져 노래를 그만두고 눈을 떴다. 어느새 이마에 땀이 맺혀 있었다.

밤 8시 반 경에 상당히 늦게 기차가 시모노세키에 도착했다. 혼잡한 기차에서 해방된 사람들은 마치 화물열차에서 와르르 방출된 짐처럼 기차에서 내렸다.

등화관제를 하고 있는 기차 홈은 제법 혼잡했다. 연락선을 향해 가는 사람은 홈에서 바로 연결되어 있는 선착장 연락 통로 쪽으로 가야 한다. 사람들 무리 속에서 김태조는 이제 드디어 배에 탄다고 생각하니 머릿속이 으드득 삐걱거릴 정도로 신경이 곤두섰다. 코트를 입고 있는데도 추운 것인지 몸속부터 계속 떨렸다. 관부연락선을 타는 것이 처음이 아닌 그는 승선할 때 조선인에게 들러붙는 어쩐지 불쾌한 기분을 알고 있었다. 그것은 배를 탈 때뿐만 아니라 내릴 때도 마찬가지고, 8시간 배를 타고 있는 동안에도 조선인 승객을 감싸고 있던 불안감이었다. 긴 홈은 아직 혼잡했지만 누가 붐비는 속 어딘가에서 가만히 눈을 번득이고 있을지 알 수 없다. 살짝 다가와서 어디까지 가는지, 표와 도항증명서를 보이라고 말할지도 모른다. 아니면 잠자코 있다 뒤에서 탁 하고 어깨를 두드릴지도 모른다. 어쩌면 살짝 손을 어깨에 걸쳐올 수도 있다. 김태조는 섬뜩해져 자신도 모르게 뒤를 돌아보고 싶은 충동을 간신히 눌렀다. 무슨 바보 같은 짓인가! 그는 코트 단추를 풀었다. 그리고 국민복 상의 주머니에 소중히 넣어둔 징병검사통지서를 꺼내 펼쳐봤다.

일시 : 1945년 4월 1일 오전 9시.

집합장소 : ××도 ××읍 ……P소학교 교정.

××읍사무소 병사계(兵事系)…….

차표 발매가 끝난 타원형 스탬프가 찍혀 있었다. 군 공용에 준한다고 오사카 역장실에서 우메바라가 교섭한 결과 찍어준 도장이다. 아, 신세를 지고 말았군. 아니다, 징병검사를 하러 가기 위한 것이지 않은가. 당연한 일일 뿐이다. 그렇지 않다. 우메바라의 일본에 대한 충성심이 내가 일본을 탈출하는 것을 도와준 격이다. 이것만 있으면 문제없다. 그는 씩 하고 가볍게 웃음을 흘렸다. 무엇을 겁내고 있는가. 바보같이. 지금 시국에 이 이상의 도항증명서가 어디에 있다는 말인가. '제국군인'의 일원이 되기 위해 징병검사를 받으러 가는 것을 누가 막을 수 있겠는가. 도대체 누가 나를 의심하겠는가. 내 가슴을 열고 심장이라도 집어내지 않는 한 마음속에서 숨 쉬고 있는 비밀을 어찌 알겠는가. 그는 징병검사통지서에 감사의 입맞춤이라도 하고 싶은 기분을 누르고 천천히 주머니에 다시 집어넣었다.

조선, 어쩌면 만주, 거기에서 다시 중국 대륙으로 향할 것이다. 일본인이라고 바로 알 수 있는 면상의 사람들 사이에 끼어 김태조는 줄지어 움직이며 길을 서둘렀다. 줄은 선두의 상황에 따라 나아가기도 하고 멈추기도 했다. 연락 통로의 창 너머로 드문드문 명멸하는 등화관제 하의 등불이 바람에 흔들리듯 빛나고 있었다. 항구도시답게 바다에 거꾸로 흔들려 빛나고 있는 야경이 순간 젊은이의 가슴을 아프게 찔러 감상적인 기분을 끓어오르게 했다.

어머니가 한 말이 생각났다. 소중한 네 몸을 때렸다, 너는 친척도 아무도 없는 먼 곳으로 가버릴 작정이구나. 소중한 네 몸에 상처를 낸 벌로 늙은 내 살을 칼로 도려내고 싶을 정도다. ……하지만 부모의 기분을 너는 아직 모를 거다. 자식을 키워봐야 비로소 알 수 있는 거야. 김태조는 며칠 전 밤에 몽정으로 하반신을 더럽힌 날 아침에, 아니, 장작 패는 소리에 날이 밝아오는 조용하고 평화로운 아침에 했던 어머니의 말소리를 곱씹었다. 그 목소리는 뭔가 빛나는 입자처럼 그의 앞을 스치고 지나갔다. 아, 나는 상당히 먼 곳에 왔구나, 하는 생각이 들었다. 시모노세키 근처가 먼 곳이라고 할 수는 없지만, 그래도 이상하게 제법 먼 곳으로 온 느낌이었다. 그리고 간밤에 어디에서 구했는지 고기와 계란 등을 집에 들고 온 시게야마 사치코, 즉 이행자가 어머니와 함께 밥 짓는 것을 돕고 있던 뒷모습이 떠올랐다. 한 달 정도 있다 돌아오겠다는 그의 말을 듣고 그녀는 밝은 목소리로 다음에 돌아오면 어머니와 셋이서 동물원에 가자고 말해 어머니를 웃게 만들었다. 왜 그때 동물원 이야기를 꺼낸 것일까? 오사카 덴노지(天王寺) 동물원에는 맹수들이 죽어 아무것도 없다는 이야기를 듣고 장난친 것일까? 어머니 앞이라서 한 이야기는 아닐 것이다. 정말로 내 어머니와 함께 갈 생각이었을 거라고 김태조는 생각했다. 꼭 동물원에 가자는 것은 아닐 것이다. 동물원이 있는 공원에 갈 생각이었던 것이다. 아이라면 손을 잡고 가듯이. 그녀가 돌아간 후에 어머니가 말했다.

"사치코는 착한 애구나."

어머니의 이야기는 기대하는 것이 있는 듯 보였다.

"응, 그래요?"

"좋은 애 같아. 너는 그렇게 생각하지 않니? 얼굴도 예쁘고, 마음씨도 고운 것 같고."

"그래서 어떻다는 거예요?"

어머니는 혹시 내가 그냥 이대로 일본에 남는다면 그녀를 며느리 삼고 싶은지도 모른다. 아, 잘 있어라. 나는 떠난다. 조선으로. 조선으로 간다. 사람들이 다리를 놓는 방식으로 만들어놓은 긴 마루 통로를 통통 울리면서 걸었다. 구두를 질질 끌면서 걷는 사람도 있고, 종종걸음으로 뛰거나 숨을 헐떡거리며 짐을 들고 뛰는 사람도 있었다. 너무 앞으로 몰려서 오그라든 뱀의 배가 뒤쪽으로 다시 펴면서 나아가듯 간신히 긴 행렬을 빠져나와 선착장으로 나왔다. 선착장은 넓었다. 바다 위를 건너는 긴 복도처럼 연락 통로가 흔들렸다. 선착장의 나무로 붙인 바닥이 불안정하게 삐걱거렸다.

선착장의 높은 천장에 달린 조명은 등화관제 하의 현재 상황을 생각하면 그렇게 어둡지 않았다. 그러나 거대한 몸체를 바싹 붙인 연락선의 우현 중앙부의 트랩을 건너가니 승선구 주변은 한층 밝게 빛나고 있었다. 그 강렬한 빛의 흰색이 주위의 조심스러워하는 빛을 당혹시키는 것만 같았다. 그 때문에 한층 더 배 전체의 윤곽이 배경의 어둠에 침몰해 6천 톤급의 배의 거대한 그림자가 마치 환영의 성처럼 우뚝 솟아 보였다.

음, 역시 있구나, 있어. 놈들이 있다! 승선구의 밝은 빛 아래에는 배의 내부 조명과 선착장에서 비추고 있는 조명이 교차해 밝은 빛을 비추고 있었는데, 죽 뱃전을 따라 늘어선 검을 찬 헌병이 열 명 넘게 줄지어 서 있었다. 그리고 승객들의 줄 양쪽에는 사복형사 무리, 즉 특고나 수상경찰 무리가 대략 어림잡아도 스무 명 남짓 서 있었다. 사복경찰 중에 트랩을 바쁘게 오가는 자가 있었다. 김태조는 침을 꿀꺽 삼키고 이 광경을 바로 눈앞에서가 아니라 멀리 20미터 정도 되는 거리를 두고 천천히 관찰할 수 있는 행렬 안에 자신이 서 있는 것에 만족했다. 만약 그가 선두에 서 있었다면 멈춰 선 순간 그들의 독기 품은 눈빛에 포위되어 숨이 막혀버릴 것이 틀림없었다.

행렬이 앞으로 움직여 트랩으로 나아갔다. 드디어 배에 올라타는구나, 하고 생각한 순간 김태조는 싸늘한 식은땀이 지금 막 닦은 마른 이마에서 뿜어 나오는 것을 느꼈다. 바닷바람이 이마를 식혀줬다. 김태조는 왼손에 표와 서류를 들고 뒷모습을 보이며 트랩을 올라가는 사람들을 뒤따라갔다. 트랩 위의 갑판 주변에 밝은 광선이 사람들 모습을 환하게 비추어 그림자를 씻어내고 있었다. 사복경찰이 여러 명 꼼짝 않고 서서 진을 치고 있었다. 트랩 입구의 검표하는 곳에서 일단 멈춘 줄은 한 사람 한 사람 끊어진 상태로 배에 올랐다. 짐꾸러미를 든 일바지 차림의 여자는 발걸음이 꽤 익숙해 보였다. 잠깐 근처에 다니러 가는 것처럼 간단히 조선을 왕래하고 있는지도 모른다. 트랩을 올라 갑판 왼쪽의 어슴푸레한 계단을 내려가니 삼등선실이 있었다. 선창에 가까운 곳이었다. 오른쪽은 더 위를 향해 계단을 올라가면 전망실로 이어지는 일등실과 이등실이다. 계단을 따라 올라가면서 이쪽을 내려다보듯이 돌아보는 사람도 있었다. 그들은 이른바 특권층에 속하는 사람들로, 일단 선실에 들어간 후에 다시 갑판에 나와 밖을 바라볼 여유가 있는 사람들이었다. 김태조와 같은 사람들에게는 상상할 수 없는 세계이다.

김태조는 표를 보여주고 트랩의 경사진 곳을 밟았다. 공중에 뜬 트랩을 다 오른 그는 선원의 지시를 기다릴 것도 없이 왼쪽 삼등 선실로 내려가는 계단을 향하면서, 오른쪽의 로비로 보이는 입구 근처에 진을 치고 있는 사복경찰의 모습을 눈여겨봤다. 얼굴 어딘가에 지적인 인상이 느껴지지 않았다. 이미 그는 선착장에서 줄을 섰을 때 전투모를 조금 뒤로 젖혀 쓰고 전신에서 힘을 뺀 모습으로 어딘가 멍한 인상으로 보이도록 신경을 썼다. 그리고 아무 일도 없다는 듯이 시치미를 떼고 삼등선실 계단 구멍을 향해 나아가며, 사복경찰이 겨누어 쏘아보는 시선을 자신의 얼굴에서 떼어버리려고 헤벌쭉 멍청한 모습으로 살짝 입을 벌리고 있었다. 김태조의 곤두선 신경은 몸의 오른쪽 절반과 오른쪽 뺨을 푹 찔러오는 무서운 시선을 견뎌내고 있었다. 그가 트랩에서 선실 입구까지 8, 9미터 거리를 총총걸음으로 좁혀 갑판 절반까지 걸어갔을 때였다.

"본적이 어디야!"

마치 강한 라이트에 정면으로 쏘인 순간의 직격탄 같은 힘이 실린 날카로운 목소리가 오른쪽에서 일직선으로 날아왔다. 김태조 앞을 걸어가던 승객의 모습은 이미 선실 계단에 하반신이 가려진 상태였다. 김태조도 앞사람을 따라가려고 하던 참이었다. 그는 '아, 올 것이 왔구나' 하는 생각이 들었다. 아마 초침이 째깍 하는 단지 그 정도의 1초도 지나지 않았을 일순간에 그의 머릿속을 전광석화처럼 몇 가지 생각이 스치고 지나갔다.

본적이 어디야! 오사카입니다. 오사카는 안 돼. 자, 오카야마(岡山) 근처로 해두자. 아니야, 어디로 할까. 오카야마 현입니다. 잘되면 그대로 2, 3미터 앞에 있는 선실 속으로 사라질 수 있다. 안돼, 안 돼. 만약 그렇다 해도 의심을 받게 되면 나중에 너무 귀찮아진다. 오카야마 현의 어디야! 이렇게 물어보면 어떻게 하지? 당당히 말하면 괜찮을 거야. 그 정도는 만반의 준비를 해놓았다! 신기한 일이었다. 그는 나중에 이때의 일을 떠올리고, 인간은 이토록 찰나의 헤아릴 수 없는 짧은 시간에도 여러 가지 생각을 머릿속에서 이리저리 할 뿐만 아니라, 일정한 판단을 내릴 수도 있다는 사실에 그 스스로 감탄했다.

"조선입니다."

그는 날아든 목소리를 듣고 그쪽으로 얼굴을 돌리며 대답했다. 대답은 곧 간발의 차이로 나온 듯이 명쾌했다. 아마 1초도 걸리지 않았을 것이다. 트랩에서부터 같은 걸음걸이로 두세 걸음밖에 나가지 못했기 때문이다.

"너, 이쪽으로 와!"

제기랄, 들킨 건가. 아니, 아니야. 그렇다고 해도 딱히 달라질 것은 없다. 그는 내심 오만하게 웃었다. 그러나 매우 고분고분한 표정으로 로비의 입구를 향해 갑판의 딱딱한 마루를 밟고 갔다. 원칙적으로 조선인이 일본에서 조선으로 건너가는 경우는 도항증명서가 필요 없기 때문에, 애초에 불러 세울 이유는 없다. 물론 일본인의 경우는 조선에 오고갈 경우 모두 도항증명서 따위 애초에 필요 없었다. 조선인인 경우만 일본으로 건너가기 위해서는 도항증명서를 신청해놓고 나서 몇 개월, 때로는 반년 혹은 일 년은 걸려야 간신히 받을 수 있었다. 지금 김태조를 불러 세운 것도 단지 그가 조선인이기 때문이다. 조선인의 경우는 반드시 선착장이나 역에 진을 치고 있는 특고들이 증명서 소지 유무에 상관없이 불러 세워 심문을 했다.

"행선지는?"

툭 튀어나온 광대뼈가 가는 눈의 평평함을 강조하는 듯한 얼굴의 중년 남자가 가방을 마루에 놓고 표와 징병검사통지서, 도항증명서를 펼쳐 보인 김태조에게 물었다. 김태조는 문득 이 남자가 조선인과 닮았다는 생각이 들었다.

"경성입니다."

"뭐, 경성?"

"예."

"자네, 징병검사 받으러 가는 건가?"

사복경찰이 김태조에게 서류를 받아 들고 들여다보며 물었다.

"예."

"징병검사 장소는 제주도다. 경성은 왜 가는 거냐?"

"경성에는 친척이 살고 있으니까 징병검사를 받기 전에 인사하려고 들르는 겁니다."

김태조는 숨 돌릴 사이도 없이 거짓말을 계속했다.

"게다가 저는 아직 경성을 잘 몰라서 친척이 경성 구경도 시켜주기로 했습니다."

"경성 어디야?"

"종로구 안국동이라는 곳입니다."

김태조는 결코 거짓말이 아니라는 듯이 분명히 말했다. 안국동은 그의 어머니가 다니는 오사카의 절 주지가 가보라고 한 절의 주소였다. 아무런 연고도 없는 보도 듣도 못한 경성에 가고 싶어 하는 아들이 마음 쓰인 어머니가 무심코 주지에게 이야기해 소개받은 곳이었다. 그런데 그 주지는 우연히 경성에 있는 선학원(禪學院)이라는 절의 주지를 알고 있었다. 주지는 김태조를 불러 그냥 알고 지내는 사이로 친한 관계는 아니라면서 종이에 주소를 써주었다.

"잠깐, 이쪽으로 와봐."

사복경찰이 옆의 동료에게 부탁하는 듯한 눈짓을 하며 김태조를 데리고 로비 안으로 들어갔다. 입구에서 잠깐 돌아본 김태조의 눈에 잇따라 선실로 들어가는 사람들의 모습이 보였다. 그리고 그중에는 포로를 바라보는 눈빛으로 자신을 보고 있는 듯한 얼굴도 있었다. 로비의 입구로 들어서자 구석에 책상을 설치한 흰색 벽의 대기실이 있었다. 그곳에 사복경찰이 멈춰 섰다.

"직업은?"

"공장에서 일하고 있습니다."

"공장? 무슨 공장?"

"자물쇠 공장입니다."

"자물쇠 공장? 너는 거기에서 뭐하는 사람이냐?"

"직공입니다."

"직공?"

"예, 그렇습니다."

사복경찰의 남자는 양손을 배 위에서 셔츠와 바지 허리띠로 쥔 사이에 집어넣고 가만히 김태조의 얼굴을 들여다봤다. 바늘로 찌르는 것처럼 불쾌한 눈을 두껍게 덮고 있는 눈꺼풀이 경련하듯이 실룩실룩 움직였다. 김태조는 문득 지역 경찰의 특고 내선계(內鮮系)에서 협화회를 담당하고 있는 고로야마(伍路山) 부장을 떠올렸다. 그가 딱 같은 모습을 하고 건방진 태도로 훈련장 조례 단상 위에서 조선인 청년을 향해 시국 훈화를 했을 때의 모습이 떠올랐다. 고로야마는 전혀 훌륭해 보이지 않고 오히려 빈약하고 천한 인상을 주는 사람이었다. 이 사복경찰도 천한 인상은 마찬가지인데, 그러나 사복경찰은 요즘 같은 시국에서는 드러내놓고 무서운 권력을 휘두르는 촉수 자체였다. 잘못 만졌다가는 끝장이다. 도망칠 방법이 없다. 게다가 사방의 흰색 페인트로 칠한 벽이 반사되어 김태조는 안정감을 잃었다. 이 흰색 빛이 반사되는 속에서 바늘처럼 탐색하는 그 눈은 도대체 무엇을 찾고, 원하고, 또 무엇을 꿰찌르려고 하는 것인가. 문득 그가 조선인일지도 모른다는 생각이 들었다.

그는 김태조에게 우선 손을 내보이라고 말했다. 김태조는 소름이 끼쳤지만 순간적으로 조금 거칠고 울퉁불퉁한 오른손을 내밀었다. 그래도 아직은 가냘픈 손이라서 노동자의 손으로는 도저히 보이지 않았다. 그러나 손가락 끝과 손바닥에는 프레스에 대고 자물쇠 형태로 찍어내기 위해 철판 작업으로 만들어진 생채기나 베인 상처 흔적이 공장 일을 그만두고 열흘 지난 지금까지도 손 전체에 남아 있었다. 손가락 안쪽이나 손바닥 피부도 물론 딱딱했다. 김태조는 사복경찰이 내민 종이에 근무처 공장의 소재지와 이름을 쓰면서, 실은 공장의 현장은 올해 들어오면서부터 일했고 작년까지는 사무실에서 일했다고 아무렇지도 않은 듯이 말을 바꿔 해두었다. 그런데 이것은 사실이 아니다. 그는 계속 현장에서만 일했다. 그러나 현장에서 일한 셈치고는 가냘픈 손이 의심받을 것 같았다. 조금이라도 문제가 되면 이들은 무슨 낌새를 챌지도 모른다. 대답을 하지 않고 우뚝 서 있던 남자는 트렁크를 책상 위에 올리고 열어보라고 명령했다.

트렁크를 책상 위에 올려놓으며 김태조는 내심 안도의 숨을 내쉬었다. 그는 이때를 기다리고 있었다. 트렁크 속 내용물은 조사할 필요도 없었다. 이 순간에 대비해 일부러 채워 넣은 서적이 들어있기 때문이다. 어서 살펴보라는 듯이 트렁크 안의 내용물을 전부 책상 위에 꺼내 늘어놓았다. 사복경찰은 다시 한 번 트렁크 안의 주머니를 살펴보고 나서, 책상 위에 내놓은 것을 손에 들고 살펴봤다. 철학책답게 A5판의 묵직한 『황도철학』과 간단한 장정의 『황국 이천육백년사』, 그리고 『전진훈』, 그 외에 『일본신화』 등도 있었는데, 그의 시선이 이들 책속으로 빨려 들어갔다. 상대방은 책을 한 권 한 권 손에 들고 팔랑팔랑 페이지를 넘기면서 '호-'와 '흠-'을 교대로 신음소리를 냈다. 그러면서 곳곳에 그어 놓은 붉은 선 옆의 몇 행을 묵독하는 듯했다.

김태조는 기류지인 오사카가 아니라 조선에서 징병검사를 받을 수 있도록 허가를 받기 위해 고로야마 순사부장을 향해 말한 것과 똑같은 애국적인 말을 추격을 가하듯 열의를 담아 이야기하기 시작했다. 황국신민으로서 본분을 다하기 위해서는 제일선에서 총을 들고 싸우는 제국군인이 되는 것이 좋다고 생각한다. 그리고 군인으로서 출정하는 이상 자신의 뒤에 마음에 걸리는 일은 될 수 있는 대로 남기지 말아야 한다. 고향에는 아버지의 묘가 있다. 아버지의 묘에 영광스러운 징병검사 보고를 드리고, 고향과 경성에 있는 친척들도 찾아뵙고 마음을 비운 다음 자신은 황국을 위해 충성을 다하고 싶다고 말했다. 이윽고 사복경찰의 평평한 눈에서 어둡고 험상궂은 표정이 사라지고, 희미하게 입 주변에서 긴장이 풀어지는 것을 김태조는 놓치지 않았다.

"음, 과연 그렇군."

사복경찰은 고로야마 순사부장이 경찰 협회회의 사무소 책상에서 감탄한 것과 똑같이 고개를 끄덕였다. 그리고 다시 『황국철학』을 손에 들고 감탄하듯 말했다.

"흠, 이 기히라 다다요시(紀平正美) 선생 책을 용케 손에 넣었군."

그는 이 책에 관심이 있는 듯 페이지를 넘겨보고 책을 덮은 다음에는 양손에 들고 비추어보며 옅은 물색 장정의 책 전체를 바라봤다.

"귀중한 책이다. 소중히 간직하도록."

그는 이렇게 말하고 책을 책상 위에 올려놓았다. 그리고 이번에는 5권이 한 묶음으로 된 노트를 들고 금세 표정이 딱딱해져 물었다.

"이 노트는 뭐냐?"

무슨 목적으로 노트를 사용하는가 묻고 있는 것이다. 그는 직업

상 무슨 일이든 의심부터 하고 보는 모양이다. 게다가 조선인은 본시 노트를 들고 공부할 필요가 없다고 생각하는 듯했다. 그는 귀한 책 『황도철학』을 봤기 때문에 금세 기분이 나빠져 버렸는지도 모른다.

김태조는 조선에서는 물자가 내지 이상으로 부족해서 노트도 입수하기 힘들 것이 틀림없다. 그래서 한 권씩이라도 사람들에게 주고 싶고, 또 자신도 쓸 생각이라고 말했다. 그리고 상대방의 수중에 있는 노트를 눈으로 가리키면서 덧붙였다.

"필요하시면 그 노트 드릴까요?"

상대는 조금 당황한 듯이 조금 수동적으로 표정이 굳어졌다.

"호, 그래도 괜찮겠나?"

실제로 이런 종류의 잉크 얼룩이 묻지 않는 질 높은 노트는 이제 문방구점에 나오지 않는다. 김태조는 일이 의외로 잘 진행되는 듯이 느꼈다. 그는 우쭐해져 말했다.

"괜찮습니다. 5권이나 있으니까요……. 만약 기히라 선생님의 책을 갖고 있지 않으시면 ……. 자, ……저는 읽었으니까 드리겠습니다."

"뭐? 기히라 선생의 책을……? 그래도 괜찮겠나?"

상대는 노트 단계에서는 웃었는데, 금세 『황도철학』에 기세가 눌렸는지 모처럼 나온 웃음을 거두고 말았다. 귀한 책이니까 소중히 하라고 방금 막 말한 참이 아닌가. 김태조는 연타를 가했다.

"다시 읽고 싶을 때는 도서관이라도 가겠습니다. 받아주세요."

"흠, 그런가? 미안하네."

사복경찰이 간신히 누런 이를 드러내며 천하게 웃었다. 그러나 일단 손에 든 노트와 『황도철학』을 곧 책상 구석에 난잡하게 어지럽혀 있는 짐 너머로 쿵 하는 소리를 내며 던졌다.

김태조는 그야말로 선뜻 노트와 책을 내줬다. 한 묶음의 공책과 책은 이렇게 해서 특고의 손아귀에서 주인을 해방시키는 데 힘을 보탰다. 짐을 트렁크에 정리해 넣고 그곳을 나온 김태조는 특고의 손에 의해 더럽혀진, 어쩌면 그 아이들 손에 넘어갈지도 모르는 한 묶음의 대학노트에 감사하면서 삼등선실 계단을 내려갔다. 짐이 가벼웠다. 『황도철학』 한 권이 없어진 이유로 매우 가벼워진 느낌이었다. 기분이 시원했다.

유도 연습장 같은 넓은 선실은 이미 사람들로 꽉 차 있어서 앉을 데가 없었다. 그는 구두를 신은 채 통로 옆, 즉 다다미방과 통로가 경계 지워진 나무틀에 엉덩이를 붙이고 앉아 트렁크를 옆에 놓았다. 후 하고 깊은 숨을 토해냈다. 이제 선내는 안심하고 있어도 된다. 기쁨이 차올라 오면서도 피곤에 지친 느낌이 몸속에 퍼졌다. 그는 지금 자신이 내려온 계단 쪽을 바라봤다. 삼등선실 어슴푸레한 계단을 올라온 바로 그곳에 밝은 빛을 드리운 트랩이 있으리라곤 생각되지 않았다. 그것은 멀리 멀리 떨어져 있어서 어딘가 다른 항구의 배에 걸쳐진 트랩처럼 흰색으로 칠한 손잡이가 어두운 밤 건너편에 떠 있었다. 그것은 육지와 멀리 떨어진 곳의 배 안에 있는 느낌이었다. 이것으로 조선으로 가기 위한 관문은 돌파했다. 이튿날 아침이 되면 조선반도의 남쪽 현관에 배가 도착해 있을 것이다. 그리고 부산 선착장에서 헌병이나 사복경찰의 엄격한 경계가 있다고 해도 이미 시모노세키에서 승선했다는 사실이 보장이 된다. 방심은 금물이지만, 우선은 괜찮다. 그는 문득 오사카 역 구내에서 화난 나머지 찢어서 버린 징병검사통지서 봉투와 우메바라가 떠올라 혼자 쓴웃음을 지으며 입을 실룩거렸다.

하루에 한 대, 야간운항만 하는 연락선은 10시 넘어 어두운 현해탄을 향해 출항했다. 어두운 밤에 울려 퍼지며 산산이 흩어지는 기적 소리는 도대체 누구를 대신해서, 그리고 누구를 향해서 고하는 이별의 신호일까? 김태조는 생각했다. 잘 있어라, 일본이여. 내일 아침 6시에 나는 조선에 도착할 것이다.


# 4

시모노세키에서 관부연락선으로 부산에 상륙한 이래, 그는 완전히 조선 세계에, 그리고 조선어 세상에 싸여 지냈다. 기차 안에서, 길거리에서, 집 안에서, 공원, 노천시장의 혼잡하고 붐비는 곳에서 모두 조선이 흘러넘쳤다. 경성은 옛날 성문이나 궁전을 남겨둔 채 거리의 분위기와 고전적인 지붕이 뒤로 젖혀진 조선식 가옥의 처마가 늘어선 모양이나, 일본인이 피해서 지나다닌다고 하는 조선인 거리의 종로통 혼잡한 가운데 한 사람 한 사람의 움직임이 그를 흥분시켰다. 경성은 김태조가 예전에 고향에서 경험한 조선과는 달랐다. 이곳에는 시골사람이 경성에 올라온 이상의 것이 있었다. 조선의 역사를 이해하려고 하는 사람이 느낄 수 있는 흥분이 있었다. 이곳은 고향과 다르게 뭔가 전체적으로 그에게 힘을 전해 주었다. 일본어와 일본인, 그리고 그들과 한패인 조선인이 무서운 권력과 무력을 배경으로 활보했지만, 그것은 어딘가 물에 뜬 기름 같은 느낌이었다. 조선어는 우선 사람들의 가정에서, 골목길에서, 사람들의 감정 속에 엄연히 살아있었다. 김태조가 생활하게 된 절은 마치 살균장치라도 되어 있는 것처럼 조금의 일본어도 들어갈 틈이 없었다. 물론 여기에서는 라디오조차 조선총독부의 어용방송으로 돼버려서 저주스러운 조선어가 흘러나오고 있지만, 그래도 생생하게 흘러나오는 조선어를 들으며 김태조는 감격했다. 잔 나뭇가지가 조선어로 바람에 속삭이고, 이름도 모르는 작은 새는 조선어로 지저귀고, 개도 고양이도 조선어로 이야기하고 있는 것 같았다. 그리고 아가씨는 조선어로 사랑 노래를 불렀다.

경성역 앞에서 무리지어 일거리를 찾고 있던 지게꾼을 거절하고 트렁크를 자신이 들고 우뚝 서 있던 그는 돔의 좌우에 작은 첨탑이 얹혀 있는 2층짜리 예스러운 팥색 경성역 건물을 몇 번이고 올려다봤다. 역의 현관 위에 끼워진 시계 바늘이 4시 10분을 가리키고 있었다. 아침 8시에 부산역을 출발해 광궤철도를 달린 급행열차는 정각 오후 4시에 경성에 도착했다. 그는 이것만으로도 일본과 조선의 차이를 알게 된 기분이었다. 일본의 지배체제는 엄격해서 경성도 가는 곳마다 전시 분위기가 넘치고 전시 분위기를 풍기고 다니는 인간이 활보했다. 그러나 전쟁의 참화로부터는 훨씬 멀리 떨어져 있는 느낌이었다. 사람들의 복장으로 봐도 이곳에서는 공습에 대한 배려는 보이지 않았다. 어딘지 모르게 여유가 있었다. 역을 뒤로하고 다시 몇 번이나 건물을 돌아보며 그는 문득 사나흘 전에 일본에서 꾼 꿈을 떠올리고 혼자서 웃었다. 꿈에서는 분명 이 역전 근처에서 검게 그을린 사체의 통나무 같은 것을, 아니 '천하대장군'의 목상을 안고 열심히 지면에 구멍을 뚫고 있었다. 그는 조금 회롱거리며 발을 구르면서 구두바닥으로 지면을 두드려봤다. 지면은 딱딱했다. 꿈에서는 살짝 무너지면서 발밑에 커다란 밤의 공간이 생기는 지면이었다.

언제 가까이 다가왔는지 지게꾼 한 명이, "여보시오" 하면서 말을 걸어왔다. 이유도 없이 움찔거리며 돌아보자, 조금 전에 개찰구 주변에서부터 집요하게 쫓아오던 나이 들고 키 작은 지게꾼이었다. 여보시오, 이것은 말을 걸 때 하는 말이다. 검게 더럽혀진 주름투성이의 얼굴을 한 남자는 씩 웃으며, "여보시오, 어디로 가십니까?" 하고 조선어로 말하며 다가왔다. 그리고 좋은 여관을 안내해주겠다고 했다. 김태조는 일본에서 온 것을 들키지 않으려고 신경 쓰고 있었는데, 상대는 이미 눈치 챈 것 같았다. 그는 반사적으로 그곳을 벗어나려고 했다. 그러자, 짐을 실으세요, 다리가 저리실 거예요, 제가 운반해드리죠, 이런 말을 하면서 갑자기 트렁크에 손을 갖다 댔다. 놀란 김태조는 무슨 짓이냐고 그의 손을 뿌리쳤다. 그러나 상대는 태연히 응수했다.

"헤헤, 여보시오. 나는 지게꾼이오, 지게꾼. 당신의 무거운 짐을 조금 운반해드릴 지게꾼이라고요. 발이 저리면 못 걷잖아요."

이곳은 역전의 붐비는 곳이지만 사람들은 곁눈질을 하면서 개의치 않고 스쳐 지나갈 뿐이었다. 김태조는 이 사람들 속에 있다는 생각만으로 이상하게 목소리가 크게 나오지 않았다. 뭔가 큰 소리로 화내고 싶은데 사람들을 의식하면 할수록 조선어가 생각만큼 나오지 않았다. 아니, 순간적으로 사람들이 모두 이 노인과 한패인 것처럼 생각되었다. 그는 어쩐지 발로 차면 간단히 뒤집혀버릴 것 같은 노인에게서 도망치듯이 노면 전차 정류장 쪽을 향해 뛰기 시작했다. 그때 붐비는 사람들 건너편으로 때마침 전차가 들어오는 것이 보였다. 종로 방면 전차였다. 그는 쫓기는 사람처럼 뛰어서 전차에 올라탔다.

오사카에서는 시전(市電)이었는데, 경성은 부전(府電)[12]이었다. 전차 안은 사람들로 붐볐다. 때마침 학교 파하는 시간이기도 해서 꽃처럼 환하게 웃음 지으며 까불고 떠들면서 조선의 여학생이 잔뜩 올라탔다. 전차는 곧 움직이기 시작했다. 김태조는 창밖으로 시선을 보내면서 붐비는 사람들 속에 노인의 모습이 사라져 가는 것을 보고 있었다. 전차 안은 소란스러웠다. 아니, 조금 당황스러울 정도로 흥겨운 분위기였다. 이 음울한 시국에 그녀들은 매우 밝고 젊음 자체로 아름다웠다. 교복을 입은 그녀들은 그저 오로지 수다 떠는 일에 여념이 없었다. 그가 뒤에서 밀려서 그녀들의 풍요한 몸들이 무리지어 있는 곳으로 더 들어갔을 때, 그녀들의 수다가 그의 귓가 바로 옆에서 화려하게 춤을 추었다. 뭔가 학교 선생님의 험담을 재미있게 이야기하고 있는 것 같기도 하고, 이제 곧 봄방학이니까…… 운운하는 이야기 같기도 한데, 잘 알아들을

---

12 일제강점기에 경성은 '경성부(京城府)'였기 때문에 경성의 전차를 '부전'으로 칭한 것임.

수 없었다. 단편적으로 주워듣기는 했지만 그의 조선어 실력으로는 빠른 말을 따라갈 수 없었다. 그러나 그건 아무래도 좋았다. 그에게는 말의 내용을 넘어 그 아름다운 억양의 파고가 일렁이는 회화가 끊이지 않고 흘러가는 것이 그대로 멋진 음악이 되어 들렸다. 경성에서 들리는 조선어는 이다지도 아름다운 말인가. 그저 눈을 크게 뜨고 망연히 듣고 있을 뿐이었다. 지금까지 들은 적이 없는 조선어였다. 그것은 전차 안에서 생각지도 못한 꽃이 피고 냄새를 발하고 수다가 연주하는 음악을 타고 눈에 보이지 않는 요정이 전차 가득히 춤추고 있는 것 같았다. 전차가 여학생으로 만원이 되는 것은 흔히 있는 일이다. 일본에서도 늘 경험했던 일이다. 그러나 지금은 조선의 여학생뿐이고, 게다가 조선어 회화만으로 전차가 메워진 것을 보는 것은 그로서는 처음이었다. 순간 모든 일을 다 잊고 그저 기쁨에 부푼 생각으로 멋진 입술을, 빛나는 이를, 반짝이는 눈동자를 바라보고 있었다. 이렇게 흡족한 마음으로 사람의 얼굴과 마법 같은 말을 내놓는 입술을 본 적이 있었던가. 아, 자신이 비로소 경성에 왔구나 하는 실감이 느껴졌다. 일본에서 조선으로, 지금 현재 '일본제국'의 한 지방 도시로 전락했다고는 하나 내 조국의 '수도', 경성에 나는 드디어 왔다는 생각이 들었다. 그는 행복감에 가득 차서 깊은 숨을 내쉬며 생각했다.

장난꾸러기 여학생들의 생생하게 반짝이는 눈빛이 반사적으로 그늘져 김태조 쪽을 향했다. 생각지 못한 시선이었다. 생각지 못한 만큼 그녀들에게서 시선을 뗀 순간, 그는 자신이 거절당한 것으로 생각되었다. 사람의 시선을 쑥 빨아들여 버릴 것 같은 그녀

들의 깊숙한 눈에 쏴 하고 가시가 돋았다. 그때 비로소 김태조는
자신이 전차 안에 있다는 것을 깨달을 수 있었다. 그는 그녀들의
뭔가 마법처럼 아름답게 입이 움직이는 것을 보고 완전히 매료되
었다. 여학생들이 의아하게 느끼는 것도 무리는 아니었다. 그가
멍하니 그저 그녀들의 얼굴을 빤히 바라보고 있었기 때문이다. 그
는 만원 전차 속에서 몸을 비틀며 얼굴을 차창 밖으로 내밀었다.
얼굴이 붉게 물들기 시작했다. 차창을 향한 시선에는 아무것도 보
이지 않았다. 김태조는 차창의 흔들림에 맞춰 자연스럽게 그녀들
로부터 멀어졌다. 아, 나는 지금 무엇이든 잊고 그녀들의 얼굴을
보고 있었구나. 그저 멍하니 보고 있었어. 그렇고말고, 나는 마냥
바라보고 있었던 것이다. 바보처럼 입도 벌려 보았다. 조선어를
알아듣지 못하는 나는 그녀들을 그저 바라보고 있는 것 외에는 달
리 할 일이 없었다.

　전차 밖으로 사진에서 본 적이 있는 남대문이 보였다. 담쟁이덩
굴에 덮인 성문이 지금 비로소 육안으로 들어왔다. 전차는 왼쪽으
로 꺾이면서 성문 옆을 꾸불꾸불 돌아 바퀴소리를 삐걱거리며 앞
으로 나아갔다. 그는 전차 창에서 멀어지는 성문의 모습을 좇으며
삐걱거리는 바퀴소리를 계속 듣고 있었다. 금속성이 심한 마찰음
이 마음을 쥐어짜며 서둘러 공허한 감정의 소용돌이를 일으키고는
통과해 지나갔다. 성문이 시야에서 사라졌다. 그러나 그 소리는
이내 그녀들과 함께 있다고 하는 행복감을 밑바닥에서부터 무너뜨
렸다. 자신이 추구해온 동포들로 가득한 경성 한복판의 전차 안에
서 처음으로 알게 된 넘을 수 없는 단절을 알리는 소리였다. 그는

자신이 어지간한 일이 없는 한 그녀들의 세계 안으로 발을 들여놓을 수 없을 것 같은 생각이 들었다. 다시 바람처럼 공허한 기분이 체내를 통과해 지나갔다. 여보시오, 어디로 가십니까? 여보시오, 도대체 당신은 어디로 가는 겁니까? 나는 지게꾼이오, 지게꾼.

그러나 생각해보면 자신을 거절하는 이곳에야말로 조선의 실체가 있다고 해야 하지 않을까. 자신처럼 조선어, 즉 자신의 나랏말도 변변히 모르는 사람을 바로 허용한대서야 거기에 자신이 추구한 조선이 있을 리 없다는 생각이 들었다. 자신을 간단히 허용해주지 않은 조선을 향해 스스로 다가가지 않으면 안 된다. 종로 교차로 바로 앞에서 전차를 내릴 때까지 그는 계속 생각했다.

목적지 안국동은 화신백화점이 있는 종로 네거리를 북쪽으로 똑바로 가니 의외로 찾기 쉬운 곳에 있었다. 조선식 가옥이 밀집해 있는 주택가였다. 안국동 입구의 언덕길을 잠시 올라갔다. 이윽고 왼쪽으로 선학원이라는 목조 간판을 발견했다. 굳게 닫힌 건물의 대문을 두드릴 때, 자신은 지금 조선의 문을 두드리고 있다고 스스로에게 열심히 일깨웠다.

이윽고 쪽문이 열리고 노승 한 명이 나왔다. 가는 얼굴에 볼이 단단해 보이는 얼굴로, 눈에 예리하고 그윽한 인품이 가득한 노인이었다. 노인이라고 해도 예순은 되어 보이지 않았다. 허리를 똑바르게 펴고 서 있는 모습이 어딘가 사람을 위압하는 힘을 갖고 있었다. 머리를 바싹 짧게 잘라내고 남은 반백의 두발을 한 모습이 이른바 완전한 삭발이 아니어서 인상적이었다. 김태조는 오사카의 조선 절의 주지에게 들은 대로 절 주소와 사람 이름을 쓴 종잇조각을 보여주며 유대현(柳大鉉) 선생님이 계신지 물었다.

"당신은 누구시오?"

상대는 김태조의 복장과 트렁크를 천천히 바라보며 무게감 있는 조선어로 말했다.

"볼일이 있어 일본에서 지금 막 도착했습니다."

그는 대답했다.

"유 선생님은 지금 안 계신데, 무슨 용건입니까?"

그는 조금 말을 더듬거리며 마음대로 나오지 않는 조선어로 이야기했다. 경성은 처음이고, 친척도 아는 사람도 없고 오늘밤 묵을 곳도 없으니 될 수 있으면 잘 곳을 청하고 싶다고 말했다. 절은 지나가는 사람들이 숙소나 먹을 것을 청하는 경우에는 거절하지 않는다는 것을 들은 적이 있다. 노승은 유 선생님을 찾아온 이유가 숙소를 청하기 위한 것뿐이냐고 물으며 인품 있어 보이는 눈으로 가만히 김태조를 관찰했다. 그가 고개를 끄덕이자 노승이 들어오라고 했다. 그리고 유 선생님은 지방에 가 있어서 당분간 안 계시지만, 오늘 밤 하루 묵을 편의는 봐주겠다며 노승은 낮게 깔린 목소리로 말했다. 매달릴 생각으로 문을 두드린 조금 전의 주먹에 느껴지던 대문의 단단함을 노인의 배려가 풀어주는 것 같았다. 그는 깊이 감사드리며 쪽문으로 들어갔다.

동쪽으로 향한 대문으로 들어서자, 오른쪽 정면에 창고가 있고 그 앞에 경내에 면한 남향의 본당 건물이 서 있었다. 본당과 나란히 오른쪽 날개처럼 돌출한 지붕 낮은 주방 건너편에서 빙 둘러 왼쪽으로 절을 둘러싸고 있는 돌담이 길게 뻗어 있는 것이 보였다. 돌담은 절을 한 바퀴 돌아 대문 있는 곳에서 끊겼다. 대문을 들어가면 바로 왼쪽이 사무소인데, 김태조는 우선 이곳으로 안내를 받았다. 사무소 건물에서는 석양을 가로막고 주방 옆으로 우뚝 솟아있는 느티나무 거목이 보였다. 마치 절을 덮어버릴 듯한 기세로 거대한 우산 같은 모양을 하고 있었다. 올려다보기만 해도 등골이 싸늘해지는 냉기가 가슴에 전해졌다. 김태조는 사무소 건물 안의 대문 옆에 지어놓은 거의 사용하지 않은 듯해 보이는 가늘고 긴 온돌방에 묵었다. 이곳에는 밥을 짓는 삼식(三植)이라는 소년이 혼자 있었다.

노승을 사람들은 기(奇) 선생님이라고 불렀는데, 다음 날 점심 지나서 그가 방으로 찾아왔다. 경성에서 하룻밤을 보내긴 했지만 김태조는 앞으로의 일을 걱정하고 있었다. 호출을 기다리든가 뻔뻔하다고 생각되겠지만 자신이 먼저 노승에게 말을 꺼내 새롭게 상담을 해보는 것 외에는 방법이 없다고 생각하며 혼자서 궁싯거리고 있었다. 우선 오늘밤은 어떻게 하면 좋을지, 그리고 내일은 또 어떻게 할지, 이런 생각을 하고 있을 때 마침 그가 찾아왔다.

"태조 있는가?"

사무소 입구에 있는 디딤돌에 서서 그의 이름을 부르는 노승의 목소리가 들렸다. 김태조는 놀라 일어섰다. 장판에 엎드려 자고 있던 삼식이도 그 목소리에 새우처럼 튕겨 일어났다.

"웅, 웅……."

방에 들어온 노승은 황송해하고 있는 두 사람을 향해 턱을 치켜 올리고 고개를 끄덕였다. 그리고 삼식이를 바라보며 말했다.

"삼식아, 너는 잠깐 밖에 나가 있거라."

삼식이가 알겠다고 대답하고 곧장 원숭이처럼 잽싸게 등을 구부리고 방에서 나갔다.

기 선생님은 금세 방 안에 형성된 딱딱한 분위기를 풀려는 듯 황송해하는 김태조를 향해 편히 앉으라고 권했다. 그리고 주름은 눈에 띄지만 군살 하나 없는 다부진 얼굴을 똑바로 들고 조용한 목소리로 김태조에게 물었다.

"하룻밤 머물게 해준 것 때문은 아니지만, 조선까지 온 볼일이라는 것이 무엇인지 말해줄 수 있겠소? 어떻소? 이런 시국에 바다 건너 잘 모르는 경성까지 처음 여행을 온 것은 뭔가 이유가 있을 법한데, 별 문제 없다면 말해주지 않겠소?"

"네……."

김태조는 잠시 침묵하면서 머릿속에서 조선어로 '징병검사'라는 말을 찾아내 몇 번이고 반복했다. 그리고 나서 대답했다.

"징병검사가 있어서, 그래서 왔습니다."

"호, 징병검사?"

노승은 의외라는 듯이 반응을 보이고, 이런 일은 잘 보지 못한 일이라며 웃었다.

"음, 징병검사라. 그리고 보니 그럴 나이군……. 음, 징병, 징병. 왜 이런 험한 시국에 일부러 조선까지 와서 징병검사를 받으려고 하는가? 흔하지 않은 일인데."

노승이 자신을 바라보는 날카로운 눈이 금세 호기심과 함께 분명 호감의 빛을 발하고 있는 것을 김태조는 놓치지 않았다. 그리고 금세 '징병검사'라는 말에 살을 에는 듯한 부끄러움을 느꼈다. 어깨를 으쓱거리며 오사카 역의 역장실이나 관부연락선에서 말했을 때와 완전히 어감이 달랐다. 이곳에서는 '징병검사'라는 말을 사용하고 싶지 않았다. 그리고 이마에 식은땀을 흘리며 더듬거리는 조선어로 말을 이어 붙여, 징병검사를 받는 김에 고향에 갔다가 경성을 구경하고 싶었다고 대답했다.

"그 검사일은 언제인가?"

"4월 1일 오전 9시입니다."

"음, 일주일 남짓 남았군. 여유 있게 온 게로군……. 그래서 검사가 끝나면 일본으로 돌아갈 생각인가?"

"…………"

김태조는 곧바로 말이 나오지 않았다. 그래도 왠지 여기에서는 정직하게 말하는 것이 좋을 것 같은 직감이 들었다. 그래서 가능하면 경성에 돌아와 소집될 때까지라도 조선에 머물고 싶다고 말하려고 했다. 그러나 순간 그는 아직 잘 모르겠다고 대답했다.

"아직 모르겠다고? 음, 그것 참 재미있는 대답이군. 모르겠다는 말은 어떤 식으로든 행동할 수 있는 여유를 자신이 갖고 있다는 뜻일 테지? 음, 경성은 생활하기에는 인정미 없는 닳아빠진 사람들이 사는 곳이오. 하하하. 젊은이는 매사에 무모한데, 그것도 때로는 괜찮지. 검사 날까지 여기에 머물러도 좋소……. 그동안에 경성구경을 해두는 것도 나쁘진 않겠지."

"예?"

정좌하고 있던 김태조는 자신의 귀를 의심했다. 무릎을 세우려고 상반신을 앞으로 쑥 내밀었다. 다시 한 번 상대방의 말을 확인하고 싶을 정도였다. 이윽고 감동의 파도가 그의 가슴에 밀려와 퍼졌을 때, 아 하고 자신도 모르게 외치고 싶은 충동에 몸을 맡기고 김태조는 노승의 얼굴을 물끄러미 쳐다봤다. 노승은 아마 습관인 것 같았다. 조금 왼쪽으로 경련된 느낌의 입술 끝을 비틀며 미소를 지어 보였다. 그런데 자칫 빈정거리는 것처럼 보일 수 있는 경련된 느낌의 그 미소가 지금은 한층 음영이 드리워진 상냥한 미소로 보였다.

그로부터 일주일 지난 어느 화창한 봄날, 김태조는 절의 경내를 둘러보고 있었다. 정원에 심어놓은 철쭉이 빽빽이 돋아 있는 초록빛 수풀 속에서 호젓이 비치는 담홍색 꽃이 피기 시작했다. 김태조는 옆에 놓인 나무의자에 걸터앉았다. 그때 김태조는 정원에 아름답게 피기 시작한 꽃처럼 희망에 부풀어 있었다고 해도 과장이 아니었다. 하다못해 며칠간이라도 경성에 안심하고 있을 수 있다는 감사의 기분이 마치 사랑에 빠진 사람처럼 그의 희망을 한층 밝게 만들었다. 나중에 어떻게 해서든 조선에 정착해서 살면 되는 거다. 그리고 그 사이에 일본이 지배하는 이 조선으로부터도 탈출할 방법을 찾아보자……. 김태조는 이른바 일종의 낭만적인 꿈을 꾸고 있었다. 일본 오사카의 관할경찰에서 김태조는 고로야마 순사부장을 향해 일부러 제주도에서 징병검사를 받게 된 최대의 이유로 든 것이 우선 아버지의 묘에 성묘한다는 것이었다. 제국군인이 되어 출정하는 이상 자신의 뒤에 미련이 남을 만한 일은 가능한 없애고 가야 한다. 그렇게 해야 진정으로 황국을 위해 충성을 다할 수 있다. 아버지의 묘에 영광스러운 징병검사 보고를 하는 것은 자신의 마음을 비워서 오로지 나라를 위해 자신의 한 몸을 바치는 길로 이어질 것이라고 말했다. 그때 했던 말을 떠올리며 김태조는 쓴웃음을 지었다. 애초에 그는 그럴 생각 따위 전혀 없었다. 설령 고향에 간다고 해도 아버지의 묘에 성묘할 생각은 없었다. 한라산이 솟아있는 고향 땅이 그대로 아버지의 묘를 감싸고 있다고 생각하면 그것으로 충분하지 않은가. 뭘 새삼스럽게 성묘할 것까지 없다. 게다가 아버지의 묘는 한라산의 산봉우리가 이어진 기슭 먼 곳에 있다. 아니, 가까이 있다고 해도 자신은 가지 않을 거라고 생각했다. 그것이 목적이 아니라고 그는 완고하게 생각했다.

이와 같은 일을 생각하고 있을 때, 기 선생님이 찾아와서 김태조의 옆에 앉았다. 기 선생님은 그동안 경성 어디어디를 구경했는지 잡담을 시작하며, 문득 '하상 조'라는 이름을 들어본 적이 있는지 물었다.

"하상 조?" 김태조가 되물었다.

"그래요."

하상 조……. 하상 조……. 하상이라는 것은 하상(河上)이고, 조……는 혹시 조(肇)일지도 모른다. 조국(肇國)의 조이니까, 이는 조(肇)라고 조선어로 발음한 것인지도 모른다는 생각이 들었다.

"저, 가와카미 하지메를 말씀하시는 겁니까?"

김태조는 가와카미 하지메만 일본어로 발음하고 다른 말은 조선어로 말했다.

"그래요, 가와카미 하지메를 말하는 거요."

기 선생님은 가볍게 고개를 끄덕였다. 뒤틀린 듯한 입 주변이 살짝 웃음으로 퍼지는 것을 김태조는 뭔가 자신이 인정이라도 받은 것인 양 기뻐하며 바라보고 있었다. 동시에 무엇보다도 기 선생님과의 사이에 하나의 묵계와 같은 것을 가지게 되었다는 직감이 그의 마음을 행복하게 했다. 왜냐하면 기 선생님과 이야기할 계기를 만든 가와카미 하지메에 대해 많은 것을 알고 있는 것은 아니지만, 그가 일본의 마르크스주의 경제학자로 그 이름이 결코 시국에 연동한 것이 아니라는 정도는 알고 있었기 때문이다. 징병검사를 사흘 앞두고 내일 경성을 출발해야 하는 시점에서 나눈 대화였다.

이렇게 해서 김태조가 제주도의 징병검사장에 나타난 것은 검사 당일인 4월 1일 아침이었다. 그는 우선 징병검사를 받아놓기로 했다. 제삿날 밤에 도요카와 녀석이 말한 것처럼 검사를 받고 나서 징병되기까지는 아마 반 년 정도의 여유가 있을 것이다. 앞으로의 행동은 그 사이에 생각해서 구체적으로 정해야 한다고 생각했다. 그래서 그는 트렁크를 절에 그대로 둔 채 이곳으로 왔다.

제주도를 찾은 것은 반년 만이었다. 고향의 자연은 몇 번을 봐도 처음과 같은 흥분을 그의 마음속에 안겨 주었다. 목포에서 배를 타고 파도에 흔들리는 갑판 위에서 새벽녘 멀리 수평선에 정상부터 단아한 자태를 보이기 시작하는 한라산이 그를 흥분시켰다. 망막한 바다 건너편에 비로소 작은 점으로 보이기 시작한 한라산이 점차 크게 다가왔다. 시간이 지나면서 잔설이 아침 햇살에 반짝여 험준한 정상부터 풍성한 산중턱을 타고 넓게 퍼진 한라산의 광대한 저변이 전체적으로 보였다. 새들이 서서히 날아 올라왔다. 이윽고 섬이 점차 가까워지면서 이제 그 모습이 시야에 다 들어오지 못하고 좌우로 끝없이 펼쳐졌다. 넓게 펼쳐진 한라산의 웅대한 모습이 보는 사람을 압도했다. 바람은 변함없이 '제주삼다' 중에 바람이 많다는 이름에 걸맞게 강하게 불어왔다. 제주해협의 성난 파도는 어금니를 드러내고 크게 흔들리는 연락선 갑판까지 춤을 추며 덮쳐왔다. 문을 연 순간, 삼등선실에 흩날리는 파도의 포말도 큰 파도를 도려내어 일렁이고 울부짖는 바람소리도 뱃전을 두드리는 파도소리도 그에게는 모든 것이 반가웠다.

김태조는 정각 9시 전에 교문에 일장기가 걸린 검사장이 있는 소학교 교정으로 들어갔다. 검사장은 항구에서 걸어 수 분 거리에 있었다. 연락선은 7시에 도착했다. 그는 즉시 성내의 이웃마을에 살고 있는 숙모 집에 들렀다. 숙모는 조카의 도착을 반겨주었다. 그리고 돼지고기와 생선요리를 내어주면서 긴 여행길의 고생을 위로해 주었다. 김태조는 몹시 배가 고프던 참이었다. 허리띠를 조금씩 강하게 죄어 견뎠지만, 기분이 나빠질 정도로 공복상태였다. 어제 아침에 경성의 절에서 식사를 하고 난 다음부터 여행하는 동안 꼬박 하루를 아무것도 먹지 못했다. 그는 하루 정도 밥을 먹지 않는 것이 특히 불합격이 되기 위한 방법이 될 수도 있다고 생각할 만큼 징병검사를 가볍게 여긴 것은 아니지만 그래도 1킬로그램이라도 체중을 줄이고 싶었다. 스스로 자처해서 합격선을 넘기 위해 노력할 필요는 없기 때문이다.

이러한 이유로 숙모가 모처럼 차려준 아침밥상을 김태조는 젓가락도 대지 않고 먹지 않았다. 숙모는 놀란 눈치였다. 김태조는 숙모에게 이유를 설명했다.

"이웃집 아들은 식량도 없는데 요 며칠 동안 밥을 밀어 넣어 체중을 늘리겠다고 하더라. 같은 상황인데 여러 마음가짐이 있구나."

숙모는 눈물을 뚝뚝 떨어뜨리며 말했다. 김태조는 인사를 마치고 곧장 숙모 집을 나왔다. 그리고 도중에 성내에 살고 있는 숙모의 아들을 찾아갔다. 사촌형은 읍사무소 서기, 즉 하급관리인데, 그래도 이 섬에서는 이른바 엘리트 계층에 속하는 편이었다.

그런데 김태조는 여기에서도 아침식사를 하라고 권유를 받았다. 권유를 받았다기보다 찾아간 때가 마침 식사 중이었던 것이다. 그래도 숙모 집에서 먹고 왔다고 하면 아무 문제도 없을 것을 있는 그대로 말해버리고 말았다. 그러자 시골 관청의 관리인 사촌형은 아마 깜짝 놀란 모양이었다. 갑자기 안색이 새파래지더니 표정이 흔들렸다. 그리고 김태조를 미치광이라고 호통쳤다.

"이건 완전히 미치광이 짓이야. 건방지게 밥을 먹으면 체중이 는다고? 지금이 어떤 시국인지 너는 알고 있냐. 두 번 다시 그와 같은 말을 입에 담지 마라. 다시 하기만 하면 그때는 이 집을 마음대로 드나들 수 없을 거다."

사촌형은 이렇게 말하며 자신도 아침밥을 먹지 않고 자리에서 일어섰다. 모처럼 아침식사를 준비해준 형수가 중간에서 잘 수습해줬지만, 마치 전염병 환자라도 접촉한 것처럼 휙 하고 밖으로 나가버렸다.

김태조는 실망했다. 이 집을 출입하지 못하게 하겠다니 무슨 말인가. 얼마나 드나들었다고 저러는가. 사촌형의 부인인 형수가 그의 성격이 원래 저렇다며 위로해 주었다. 김태조는 자신이 아침밥을 먹지 않은 것은 다른 이유가 있어서가 아니라고 형수에게 사과했다. 그리고 자신이 역시 경솔했다고 생각하면서 사촌형 집을 나왔다.

징병검사가 있어서인지 아니면 일요일이라 그런지 모르겠지만, 성내 마을의 좁은 통로에는 외출 허가를 받은 듯한 일본 헌병들이 인가를 들여다보며 아침 일찍부터 돌아다니고 있었다. 일본군 기지나 비행장은 이 섬의 동남단 모슬포에 있었는데, 병대가 이미 성내까지 흘러넘쳤다. 작년에 왔을 때는 그다지 볼 수 없었던 광경이다.

P소학교 교정은 김태조와 동년배의 청년들로 가득해 삼사백 명은 되는 것 같았다. 병대가 주위에 무리를 지어 교정 구석에 임시로 설치된 몇 개의 텐트 속에서 검사 준비가 이루어지고 있었다. 아직 정렬 전의 상태인 청년들은 주위의 군인들을 의식해 조금 긴장한 분위기였다. 그래도 각자 그룹을 만들어 잡담을 나누었다. 그들은 모두 이 지방 출신으로, 이른바 나름대로 얼굴을 알고 지내는 동료 사이의 허물없는 편한 충족감이 있었다. 그러나 김태조는 그렇지 못했다. 여기에서도 뭔가 바람에 몸을 드러내고 있는 것처럼 타관 사람에 대한 시선을 느꼈다. 일본에서 일부러 기차를 타고 또 배를 타고 찾아온 사람은 아마도 김태조 외에는 없을 것이다. 고향까지 멀리에서 찾아와서 고향의 청년들 사이에 같이 서

있지만, 그는 타관사람으로서 혼자 입을 다물고 서 있을 수밖에 없었다. 그는 장이 꼬이는 듯한 격한 공복감을 견디고 있었다.

점호와 훈시가 끝난 다음 검사가 시작되었다. 제1검사실로 향하는 복도에 늘어선 긴 줄이 만들어졌을 때 뒤쪽에서 체격이 다부진 갑종 합격 그룹에 들어갈 듯한 청년이 김태조를 향해 물었다.

"당신은 아무래도 제주도 사람이 아닌 것 같은데, 어디에서 왔소?"

몸을 절반쯤 뒤쪽으로 비틀어 굽히고 있던 김태조는 제주도가 아니라면 누가 여기까지 오겠냐고 응수해주고 싶었지만 일본에서 왔다는 한마디만 조선어로 대답했다. 제주도 사람이 아닌 것 같은데 어디에서 왔냐고 아무렇지도 않게 묻는 말이 그의 가슴을 찔렀다.

"일본?"

그는 앵무새처럼 일본이라는 말을 따라하며 되물었다. 그리고 조금 가벼운 말투로 말했다.

"그것, 고생 많았겠습니다. 당신은 보기 드물게 고지식한 사람이군요."

"아버지 제사가 있어서 겸사겸사해서 온 겁니다."

김태조는 일본어로 말했다. 실제로 아침 교정에서는 일본어가 조선어 회화에 제법 생기를 더해주는 것처럼 사용되었다. 김태조는 문득 상대방에 대한 반발심이 일어 일본어가 튀어나온 것이다. 그리고 그의 내심에서는 어눌한 조선어로 말을 해서 결점을 드러내고 싶지 않아 예방책을 깔아놓은 것이다. 스스로 원해서 찾아온 조선에서 조선어를 모른다는 이유로 비굴한 감정에 빠지고 싶지 않았다. 그와 동시에 일부러 일본어를 사용해서 이러한 사실을 숨기려 하는 자신이 더욱 싫게 느껴졌다.

"그렇군. 제사가 있었군. 그런데 제사도 일본에서 지낼 수 있어요. 일본에 있는 동포는 모두 일본에서 제사를 지내고 있으니까요."

뒤에 있던 청년은 자신도 일본어 정도는 할 수 있다는 것처럼 일본어로 이야기했다.

"요즘 같은 때에 돈을 들여서 일부러 일본에서 찾아오다니, 당신은 분명 보기 드문 사람이오."

상대는 그저 보기 드문 사람이라고 생각하고 있을 뿐인지, 아니면 뭔가 의도가 있는 것인지 알 수 없지만, 그의 말에는 현지인이 갖는 강함이 배어 있었다. 그에 비하면 김태조는 뿌리 없이 떠 있는 풀 같았다. 일본을 거부하고 찾아온 조국 조선에서도 그는 떠 있는 풀과 같았다.

"당신은 제주도가 처음이오?"

"처음은 아닙니다……."

"누구야! 조용히 해!"

교실 하나 정도 건너편 복도의 검사실 입구에서 감독 병사가 호통 치는 소리가 들렸다.

김태조는 이때 이 일본 병사의 호통치는 소리조차 기분 좋게 들렸다. 자꾸 말을 걸어오는 상대방을 더 이상 응대해주고 있기 싫었다. 상대를 계속 해주고 있는 것은 점점 자신을 타관사람으로 사람들 앞에 드러내 보이고 있는 꼴이었다.

검사는 빨리 진행되었다. 어지간한 장애인이나 병약한 자가 아닌 한 "황송하게도 천황의 슬하에 부르심을 받아 일시동인(一視同

仁)[13]의 성은에 보답하기" 위해서 영광스러운 제국군인이 되는 것은 어려운 일이 아니었다. "황송하게도 천황의 슬하에" 운운은 기미가요부터 시작해 행하던 아침 교정에서 조회할 때 자주 듣던 말로, 조례대에 서서 장화 위에 몸이 실린 것 같은 모습으로 자세히 들여다보면 단신의 근시 눈을 가늘게 뜨고 대위 계급장을 달고 있던 늙은 군인이 한 말이기도 했다. 바야흐로 '대동아전쟁' 시국은 신령이 깃든 황국의 영토에서 숙적을 격멸할 단계에 이르렀다. 조국 방위를 위해 중대한 이번 가을에 일억 국민이 빠짐없이 분발해 천업을 익찬하지 않으면 안 된다. 그대들은 황국신민으로서 신념을 투철히 하고 황군의 본의를 체득함으로써 조국 방위의 철벽화를 도모하고 성전(聖戰)을 완수하기 위해 명예로운 제국군인이 되어 신민으로서의 의무를 철저히 하자…… 운운하며 한바탕 훈시를 늘어놓곤 했다. 그때 문득 김태조는 오사카에서 지냈던 제삿날 밤에 조선인 육군소위 도요카와 나리히로가 '조국방위의 철벽화' 운운했던 말이 떠올랐다. 그리고 이제는 적 앞에서 수세에 몰린 자가 하는 말이 묘하게 부합하는 것이 인상적이었다. 일억옥쇄(一億玉碎)를 해야 하고, 이를 위해 일억의 국민이 모두 군인이 되어 성전 완수의 탄환을 피해가기 위해서는 조금 장애가 있더라도 즉시 병졸로 징집될 것이다. 이러한 분위기 속에서는 불합격자는 폐인 외에는 없다.

　이렇게 해서 징병검사는 상당히 민첩하고 기계적으로 진행되었

---

**13** 일본인과 조선인에게 똑같이 평등하게 인애(仁愛)를 베푼다고 하는 말로, '내선일체(內鮮一體)'와 같이 일제강점기에 식민지 조선인 동화정책을 위해 내세운 명분이었다.

다. 팬티 하나만 걸친 김태조는 정면의 벽에 다다미 세 장분 정도의 엄청 큰 일장기를 옆으로 길게 드리운 검사장에서 앉은뱅이저울에 올라가 차려 자세를 취했다. 체중을 기록하고 다음으로 신장, 가슴둘레를 기록했다. 그리고 하얀 커튼 속에서 성병 유무를 검사하기 위해 고간을 힘껏 잡아당기는 바람에 비명을 지를 뻔했다. 줄을 지어 한 바퀴 도는 데 한 시간도 채 걸리지 않았다.

옷을 다 입은 김태조는 어쩐지 희미하게 가슴이 두근거리는 것을 느끼며 다음의 시력검사장으로 향했다. 그곳은 중대 하나 정도의 병사가 진을 치고 있는 곳인데, 교정을 지난 곳에 있는 동쪽 건물 중에서 의외로 좁은 대여섯 평 정도의 방이었다. 그는 가슴 속에서 증기처럼 희미하게 흔들리고 있는 묘한 불안감을 느꼈다. 그것은 근시 탓인지도 모른다. 그의 시력은 반드시 안경을 써야 할 정도는 아니었지만, 전신주의 전선이 몇 가닥인지 복수로 펼쳐져 폭넓게 보이거나 맑게 갠 밤하늘의 아름다운 달의 윤곽이 몇 개나 동그라미가 겹쳐 보일 정도로 불편한 난시였다. 그는 이렇게 된 이상 자신의 눈이 안경을 쓰지 않으면 2, 3미터 앞도 알 수 없을 정도였으면 좋겠다고 생각했다.

"자네는 병사가 될 때까지 체중을 단련시켜 놓도록!"

조금 전 검사실에서 야단을 맞은 명예로운 53킬로그램인데, 여기에 눈까지 나쁘다면 혹시 하는 기대가 내심 인 것도 사실이다. 어딘가에서 요행을 바라는 듯한 섣부른 기대가 일었다. 그런데 그의 철저하지 못한 생각이 갑자기 자신을 불안하게 만들었다.

입구에서 정면으로 창이 보이는 방으로 들어가자 왼쪽 벽에 시

력표가 붙어 있고 창가 구석에 군복 위에 흰옷을 겹쳐 입은 검사
관 두 사람이 나란히 책상에 앉아 있었다. 그리고 그 옆에서 한쪽
팔을 허리에 대고 시력표의 기호를 막대 끝으로 갖다 대고 있는
남자도 군복 위에 흰옷을 입고 있었다. 네다섯 명이 무사히 시력
검사를 끝낸 후에 김태조의 차례가 되어 그는 시력표에서 수 미터
거리의 지정된 곳에 섰다.

이마가 좁고 눈이 부석부석한 느낌의 검사관은 햇볕에 탄 근육
질의 탄력 있는 얼굴을 하고 있었다. 그는 갑자기 시력표의 0.6인
지 0.7인지 정확하지 않게 그 언저리를 가리켰다. 그런데 0.6 선은
무난히 넘을 수 있었는데, 0.7 주변부터는 문자도 동그라미 기호
도 모두 눈 속에서 혼란을 일으키기 시작했다. 순간 그 안에서 문
득 기대가 섞인 묘한 불안감이 일었다. 눈 속의 혼란은 한층 더
깊어졌다.

"이것."

"……고(ㄱ)"

자못 진지하게 눈가리개를 더 세게 눈에 갖다 대면서 발돋움하
는 듯한 모습으로 '고(ㄱ)'라고 말했는데, 틀린 모양이었다. '니(=)'
였는지도 모른다. 한쪽 눈의 검사가 끝났을 때 갑자기 가슴이 두
근거리는 것을 느꼈다. 의식적으로 시력을 떨어뜨릴까 하는 생각
이 머리를 스치고 지나갔지만, 이미 검사관의 험악한 목소리가 들
렸다.

"이것."

동그라미 쪽을 가리켰다.

"오, 오른쪽."

아, 연극은 곧 들통이 나고 말았다. 검안경으로 조사하면 곧 알 수 있지 않은가. 간신히 숨을 가다듬고 김태조는 마음속으로 중얼거렸다.

"좋아. 이것."

검사관이 0.8 주변을 가리켰다.

"……아래."

"잘 봐라!"

"……아래입니다."

검사관은 순간적으로 험악한 시선을 시력표에서 김태조 쪽으로 돌렸다. 그리고 다시 차례대로 시력표 위를 막대 끝으로 두드리듯이 소리를 냈다. 이제 "이것" 하는 신호도 하지 않았다. 김태조는 정말로 혼란이 일었다. 거의 대부분을 틀렸다. 그러나 틀리면서도 전혀 얼굴에는 실망의 기색을 내비치지 않았다.

"너, 정말로 보이지 않는 거냐!"

"예."

"예라니, 무슨 말이야!"

시력표에 막대기 끝을 갖다 댔다.

"……잘 모르겠습니다."

"모른다고?"

"예, 잘 모르겠습니다."

"다시 한 번 말해봐라."

"예, 정말로 모르겠습니다."

"뭐라고? 정말로 모르겠습니다?"

검사관이 으르렁거렸다. 그리고 성큼성큼 다가와 김태조의 바로 앞에서 다리를 벌린 채 장승처럼 우뚝 버티고 선 자세를 취했다.

"차렷! 서 있는 자세가 왜 이 모양이야!"

반사적으로 차려 자세를 취한 김태조의 왼쪽 뺨에 순간 뜨겁게 달군 인두를 갖다 댄 것처럼 통증이 지나갔다. 방 안에 울리는 뺨 때리는 소리가 살을 파고들며 파열했다. 실컷 얻어맞은 김태조의 몸은 크게 오른쪽으로 흔들려 두세 걸음 비틀비틀 비척거렸다. 그리고 다시 턱이 날아갈 정도로 김태조의 오른쪽 뺨을 후려쳤다.

"너, 여기가 어딘 줄 알아!"

그 순간 비로소 김태조의 전신을 공포가 뚫고 지나갔다. 지금 눈앞의 뭔가 거대한 물체가 자신을 발견하고 우르르 엄습해 오는 듯한 공포를 느꼈다. 그는 퍼뜩 정신이 들었다. 말도 안 돼! 김태조는 생각했다. 지금이라도 뭔가 하지 않으면 안 된다……. 분명 어딘가에서 조사관을 자극하는 순종적이지 않은 태도를 보였음에 틀림없다.

"예, 저는 충성스러운 제국신민입니다!"

그는 있는 힘껏 지금 자신을 압살하려는 거대한 물체를 한마디로 막아내기라도 해보려는 듯이 외쳤다. 그는 오직 그 한마디를 말했을 뿐이다. 직립부동의 자세를 취하고, 저는 충성스러운 제국 신민입니다! 하고 빗나간 외침소리를 지른 그의 코에서 돌연 피가 뿜어 나와 턱을 타고 줄줄이 두 갈래로 나뉘어 한 줄기가 마루에 떨어졌다. 그것은 생각해볼 것도 없이 그야말로 이곳을 어디라고 생각하느냐는 질문에 대한 대답으로는 앞뒤가 맞지 않는 기묘한 것이었다. 그러나 그 충성스러운 제국신민입니다! 하고 외친, 논리를 비약해버린 격렬한 기백에 상대는 오히려 충성스러운 조선인의 마음을 인정했는지도 모른다. 검사관은 조선인이 허둥대는 태도가 우스웠는지 경멸하는 듯한 쓴웃음을 지어보이며 말했다.

"이쪽으로 와!"

검사관은 앞장서서 검안실 팻말이 걸려있는 옆방으로 들어갔다. 김태조는 따라 들어가 암실 중앙에 있는 검안경 앞에 앉았다.

어둠 속에서 검안경의 돌출한 끝부분을 눈에 끼고 있는 사이에 양 볼이 타서 눌어붙는 듯한 통증이, 밑바닥에 묻혀 있던 아픔이 되살아났다. 지금 양 볼에 뜨겁게 타오르는 통증은 이제 육체적인 통증을 넘어섰다. 이것은 그에게 저는 충성스러운 제국신민입니다! 하고 체내에서 솟구치는 기세로 절규한 굴욕감으로 타오르는 통증이었다. 이 통증의 밑바닥에서 마찬가지로 굴욕감에 싸여 견디기 어려웠던 통증의 기억이 되살아났다. 그 통증은 지금 검안경 렌즈의 하얀 어둠을 통해 안구 안이 아니라 마음의 내부를 응시하고 있을 상대의 눈 속에 하나의 형태가 되어 서로 겹쳐졌다. 그 큰 모양이 안구를 노출시킨 검안경의 돌출된 끝부분을 통해 눈 속으로 침입해 들어올 것만 같아서 김태조는 코피로 끈적거리는 손수건을 주머니 속에서 꽉 쥐면서 갑자기 뒤쪽으로 턱을 잡아당겼다. 그러나 눈은 자유롭게 움직이지 않았다.

"움직이지 마!"

암실의 어둠 속에서 외침소리가 들렸다. 김태조는 상반신이 경직되어 안구가 튀어나올 정도로 눈을 확 떴다. 그리고 숨을 죽이고 렌즈의 반짝이는 하얀 어둠을 노려봤다. 너, 여기가 어딘 줄 알아! 예, 저는 충성스러운 제국신민입니다!

"눈을 더 크게 떠!"

이쪽으로 와! 검사실로 와! ……자, 이쪽으로 와. 너희들은 이렇게 해서 경찰이 어떤 사람인지 본때를 보여주지 않으면 모른단 말이야. 너희들 근성을 엄한 규율로 바로잡아 주겠다! 어느새 특고의 구로키(黑木)가 검안경에 눈구멍을 밀어붙이며 들어왔다.

"움직이지 마!"

오사카 지역 경찰 속 협화회 사무소의 모습이 눈이 바래버릴 듯한 하얀 어둠의 렌즈 속으로 비쳤다. 그때 방 안에는 십 수 명의 청년들이 있었다. 나는 아직 소년이었다. 우리들은 벽을 따라 나란히 서있고, 제일 먼저 선두에 내가 서 있었다. 그리고 그때 자신은 죽을 정도로 두들겨 맞았다.

렌즈 건너편 어둠 속에 구로키의 일그러진 거무칙칙한 웃음이 퍼졌다가 이내 사라졌다. 그때 나는 뼈가 부러질 만큼 얻어맞으면서도 한마디도 충성의 말을 토해내지 않고 잠자코 협화회 방을 나왔었다. 그러나 지금은 다르다. 뺨을 두 번 얻어맞고, 저는 충성스러운 신민입니다! 하고 외치는 소리를 지르고 말았다. 무서웠다. 한 마디 변명도 못 하고 무서움에 습격당한 것이다. 암실의 어둠 속에서 입술을 굳게 깨문 그는 울고 싶었다. 슬프기 때문이 아니다. 눈에 검안경의 돌출한 끝부분을 들이밀어 책형을 당하는 것 같은 위치에서 미동도 할 수 없었다. 충성스러운 제국신민이라고 비명을 지른 자신이 견딜 수가 없었다.

암실에나 나와 석방된 김태조는 얼마 안 있어 징병검사 결과를 전달받았다. 제2을종합격─. 당연한 수순이었다.

제2을종합격. 옛날 같으면 병종 보통이라고 해야 할까. 이로써 아무렇게나 많이 만들어버린 조제품 중의 한 사람이 추가되었다. 겨우 이런 결과를 얻기 위해서, 검사장의 마룻바닥에 몇 방울이나 피를 흘리기 위해서 나는 여기까지 찾아왔던가. 작년부터 이날을 위해 준비해온 것을 생각하니 그는 그야말로 가슴이 찡하게 울렸다.

김태조는 화장실에 가서 끈적거리는 손을 씻고 세수를 했다. 손수건으로 손을 닦자 핏덩이가 녹아 오히려 손이 더러워졌다. 손수건을 물로 씻었다. 물을 짜낸 손수건을 손에 들고 그는 소변통 앞에 서서 오줌을 싸면서, 후 하고 깊은 숨을 토해냈다. 이것은 안도의 한숨이고 원망이 깃든 한숨이었다. 갑자기 배 안쪽이 쥐어짜는 듯이 경련이 일고 설사를 할 것 같았다. 하복부를 얻어맞은 것도 아닌데 급격히 똥이 마려웠다. 도대체 하루 점심 저녁 아무것도 먹지 않은 허기진 배 상태가 아니던가. 마음껏 뺨을 얻어맞은 탓에 아무래도 하복부에 영향을 준 것 같았다.

김태조는 소변통 맞은편에 있는 변소 문을 열고 들어갔다. 어슴푸레한 곳에서 멍하니 쭈그리고 앉아 있자니 코를 찌르는 강한 냄새도 점차 약해지고 기분이 안정되는 것 같았다. 변소 냄새 속에 앉아있는데도 불구하고 다시 휴, 하고 심호흡을 했다. 긴장이 풀려 몸 깊은 곳부터 무거운 피로감이 뿜어 나오는 것만 같았다. 그러나 그는 생각했다. 그렇다, 이 정도의 제재로 끝난 것은 아직 다행이라고 해야 할까? 혹시 놈들이 내 마음의 편린이라도 냄새를 맡았더라면 나는 지금쯤 오체 온전하게 이런 곳에 쭈그리고 앉아있을 수 없을지도 모른다. 설사 정도에 그치지 않았을 것이다. 헌병대로 가야 했을지도 모른다. 나는 태평하게 혼자 우쭐해져 있었던 것이다. 그놈들의 무서움을 몰랐던 것이다. 그걸 생각하면 김태조는 비록 을종이긴 해도 징병검사를 끝낸 지금은 누구 하나 거리낄 것 없는 합법성을 획득한 듯한 기분이 들었다. 지금은 오로지 천황의 부르심을 받아 소집일을 기다리는 몸 이상의 대의명분이 어디에 있겠는가.

그런데 김태조는 아무렇지도 않게 변소 구석에 있는 헌 신문지를 집어 들고 본 순간, 금세 가슴의 고동이 심하게 요동치는 것을 느꼈다. 그는 반사적으로 팔을 펴고 다시 한 번 변소 판자문 열쇠를 확인하고 문을 걸어 잠갔다. 몸은 쭈그린 자세 그대로 마치 조각상처럼 경직되어 있었다. 김태조는 정신이 번쩍 들어 긴장이 풀리려는 것을 다시 죄어 맸다. 설사는 금세 끝났다. 방심해서는 안 된다. 적어도 이 소학교, 아니 검사장 문을 나갈 때까지는 아주 조금의 거동에도 이상한 곳을 보여서는 안 된다.

찢어진 헌 신문에는 천황의 사진이 실려 있었다. 그 사진은 전쟁으로 말미암아 피해를 입은 도쿄의 전쟁 피해지를 천황이 측근들과 함께 돌아보고 있는 사진이었는데, 그뿐이라면 딱히 문제될 정도의 것은 아무것도 없었다. 김태조가 놀란 것은 급격한 심장의 고동으로 숨쉬기 힘든 가운데 마치 어제의 일처럼 몇 년 전에 어느 날 변소에서 있었던 일이 떠올랐기 때문이다. 그것은 처음으로 고향의 자연을 접한 다음에 일본으로 돌아간 무렵인 분명 가을이었다. 김태조는 재래식 변소에 앉아 있었다. 아래 항아리에서 무수히 많은 구더기가 움직이는 것이 보이는 변소에 쭈그리고 앉아 있었는데, 주변에 헌 신문이 아무렇게나 놓여 있었다. 문득 눈에 들어온 헌신문의 일면 기사에 천황과 황후의 사진이 큼직하게 실려 있는 것이 보였다. 뭔가 국경일에 관한 기사가 실린 신문이었다. 어쩌면 '천장절(天長節)'[14] 사진이었는지도 모른다. 김태조는 반쪽을 점하고 있는 엄청 큰 두 사람의 사진을 물끄러미 계속 들여다보고 있었다. 어렸을 적부터 학교에서 황국신민으로서 교육을 받았고 '어진영'을 신성불가침한 것으로 교육받았다. 변속 속에 버려진 신문지라고는 해도 그 사진은 아직 보는 사람을 위협해오는 일종의 힘을 갖고 있었다. 그 사진은 배후에 예를 들면 천황폐하라고 하는 단 한마디 말로 사람을 직립부동의 자세를 취하게 하는 신비로운 힘을 감추고 있었다. 그는 용변을 다 본 후에도 변소 속에서 잠시 그대로 꼼짝하지 않고 쭈그려 앉아 있었다. 그리고 숨을 죽이고 신문의 사진을 노려보았다. 그러나 생각해보면 단 한 장의 헌 신문에 지나지 않는 것을 왜 벌벌 떨며 보고 있는가? 어째서 이 변소 속의 헌 신문에 구속되는 것일까? 그는 문득 뭔가 마음속에서 꿈틀거리는 것을 느꼈다. 불령한 내부에서 웃음소리가 희미하게 자신을 엿보고 있는 것 같았다. 그와 동시에 어차피 헌 신문이니까 신경 쓸 것 없다고 '천황'에 대한 연약한 해명을 해보았다. 김태조는 다시 한 번 변소 문을 안에서 단단히 잠그고 마치 자위를 도모할 때처럼 밀실 상태 속에 자신을 놓아두었다. 그리고

---

14 '천장절'은 현존하는 일본 천황의 생일을 가리킨다.

마침내 '천황 황후'의 사진 부분을 찢은 헌 신문을 에잇 하고 자신의 엉덩이에 갖다 댔다. 그 순간 몸이 두둥실 가볍게 떠오르는 것 같았다. 이것은 격한 고동을 동반한 부상(浮上)이었다. 헌 신문의 사진은 이윽고 변소통 속으로 떨어졌다. 동시에 김태조는 뭔가 자신 속에서 자신을 넘어서는 것이 눈앞에서 뛰어오르는 듯한 느낌이 들었다. 변소에서 나온 후에도 그는 잠시 동안 두둥실 몸이 공중에 떠 있는 느낌에서 벗어날 수 없었다.

그때의 에잇! 하고 자신을 뛰어넘는 순간의 기합 같은 것이 지금 되살아나 김태조는 부들부들 몸을 떨며 신문을 응시했다. 그렇다. 나는 그때부터 달라졌다. 드디어 자신을 넘어설 수 있는 계기를 그때의 변소 안 헌 신문이 갖다 준 것이다. 나라는 인간은 그때 변소 안에서 결정되었다. 나는 충성스러운 제국신민입니다! 비록 조금 전에 가슴을 도려내는 노예의 말을 토해냈다고 해도, 아무튼 자신이 여기까지 온 것은 이미 그때 변소에서 결정된 것이다. 나를 향해 미치광이라고 부를 테면 어디 불러봐라. 두 번 다시 출입하지 말라고 할 테면 해봐라. 멋대로 말하게 그냥 내버려 두겠다. 조금 전 병대에서 있었던 두 번의 구타는 언젠가 되갚아줄 때가 있겠지. 언젠가 이 제주도에서 그들이 나갈 때가 있을 것이다. 그 어슴푸레한 변소 안에서 했던 결의가, 일본 천황을 부정한 소년의 결의가 분명 미치광이의 결의가 아닌 것이 되는 때를 위하여 앞으로 나아가야 한다. 아, 이 무슨 바보 같은 말인가. 나는 충성스러운 제국신민입니다! 그러나 심각하게 생각할 것 없다. 그 눈속임 덕분에 나는 지금 여기에 쭈그리고 앉아 있을 수 있는 것이다. 곧

이 검사장을 나가고, 또 제주도에서도 나갈 수 있는 것이다.

김태조는 응시하고 있던 신문을 그대로 뭉쳐 변소 구멍 속으로 내던지듯 떨어뜨렸다. 그리고 칵 하고 가래를 뱉었다. 그때 오사카 역의 역장실 앞에서 징병검사통지서 봉투를 뭉쳐 내던진 것처럼. 나는 지금 당신을 엉덩이에 대고 흥분하던 때를 이미 넘었다. 자신 속에서 간신히 자신을 뛰어넘을 계기를 만들었던 그때 처음으로 비상하던 경험만으로 충분하다. 이제 와 새삼 그런 헌 신문의 사진에 구애될 필요는 없다. 김태조는 이마에 땀이 배어나온 채 어슴푸레한 변소에서 주위에 신경을 쓰면서 밝은 바깥으로 나왔다.

그는 운동장을 건너 교문을 향했다. 검사를 끝낸 청년들의 웃음소리가 교정에 들렸다. 갑종합격이라고 서로 소리 높여 이야기하고 있는 자도 있었다. 왜 그들은 웃고 있는 것일까? 그래, 웃고 싶은 자는 웃으면 된다. 김태조는 교문을 나와 일단 멈춰 서서 한라산을 올려봤다. 찡 하고 속이 끓고 눈물이 솟구칠 것만 같았다. 그는 구름을 어깨에 감고 푸른 하늘을 향해 하얀 은빛을 발하는 웅대한 한라산 산정을 계속 바라보며 걸었다. 아, 고향의 산이여. 나는 이 고향 안에서도 낯선 사람이다. 이 가련한 낯선 사람의 혼을 자연의 품속으로 안아주길!

김태조는 한걸음이라도 가까이 한라산에 다가서려는 듯 마을 중심부를 향해 걸어갔다. 지금은 하루라도 빨리 경성으로 돌아가 경성의 생활 속에 뿌리를 내려야 한다. 그렇게 해서 앞으로의 길을 찾아야 한다. 어쨌든 하나의 큰 일이 여기에서 일단락되었다고 김태조는 생각했다.

# 방황

## 1

김태조는 몸이 마를 대로 마른 상태로 병원을 나왔다.

퇴원하기 직전이 되어서야 그는 겨우 목욕하는 것을 허락받았다. 거울 속에 비친 얼굴이 맨몸 위에 올라탄 유령 같은 표정을 짓고 있었다. 입욕은 조금 감개무량한 느낌이었다. 완전히 살이 떨어져 나가버린 듯이 뼈만 앙상해 물을 털어내는 것조차 힘이 들어 젖은 채로 몸 전체를 물끄러미 훑어봤을 때의 기분이 바로 그랬다. 오랜 시간 고열과 땀으로 들러붙을 대로 붙은 때가 국수가락처럼 줄줄 벗겨지며 떨어진 다음에는 얇은 종이 같은 주름투성이 피부밖에 남지 않았다. 대퇴부의 살을 손가락으로 집어서 잡아당기자 피부가 마치 물을 머금은 수건처럼 주름지면서 길게 손가락이 움직이는 대로 늘어졌다. 인간이 노쇠하든가 쇠약해져서 죽기 직전에는 이에 가까운 상태의 몸이 되는 것일까. 이런 생각을 하고 있으니 퇴원의 증거인 입욕하는 자체가 매우 기뻤다. 뜨거운 물속에서 거의 울고 싶어질 지경이었다. 게다가 며칠 전부터 몸이 자주 경직되었을 때 생명이 하복부에서 충실히 위쪽으로 치고 올라오는 듯이 느끼게 해준 고간의 물건이 지금 뜨거운 물속에서 다시 일어났다. 손으로 잡으니 힘 빠진 손에 오히려 힘을 더해주는 느낌조차 들었다.

옛날에, 아니 옛날이 아니다. 동네 공장에서 한 경험이니까 불과 2, 3년 전의 일이다. 오사카의 동네 공장에서 함께 일한 중년의 직공이 경멸하듯이 입에 담은 말이 있었다. 소년 시절에 서당에서 한문을 「소학」까지 읽은 것이 자랑거리인 예스럽고 고지식한 기질의 그가 그때 어떤 계기로 화를 냈는지 모르겠지만 동료 직공을 향해 목욕할 때 물건이 서는 것은 개라고 말한 적이 있었다. 김태조는 그 말에 자신이 매우 부끄럽게 생각돼 목욕탕에 갈 때마다 탈의장의 큰 거울 앞에서 거의 공포심을 느끼며 그 직공을 떠올렸다. 그러나 지금의 김태조는 혼자 욕조 속에서 그런 상태가 되었으니 개가 되고 싶은 기분조차 들었다.

창에 반사되는 아침 햇살을 받아 은색으로 빛나는 물방울이 눈이 부셨다. 수증기가 생명의 영위처럼 보이기도 했다. 생각해보면 고열에 신음하면서 환각이나 헛소리 등의 신경증상을 일으키며 침대에서 떨어졌을 뿐이 아닌가. 며칠간이나 오줌이 막혀 복부가 부어올라 한때는 절망적이라고 생각되었다. 요도에 긴 고무관을 몇 번이고 삽입해 오줌을 유도했지만, 살갗을 푹 찌르는 듯한 격심한 통증만 느껴질 뿐, 오줌은 좀처럼 마음대로 나오지 않았다. 간호사의 부드러운 손가락 사이로 고간의 물건이 부끄러운 듯 그저 축 처져 있을 수밖에 없었다. 그런 일이 몇 번이나 계속되었다. 지금 욕조 속에서 똑바로 선 물건을 내려다보고 있으니 이상한 기분이 들었다. 목욕을 끝내고 퇴원 수속을 마쳐 병원에서 해방된다고 하는 보장이 없다면 이 입욕은 매우 비참했을 것이다. 아마 자신의 몸을 직시할 수 없었을지도 모른다. 퇴원한다는 보장이 있기 때문에 비로소 그는 비참한 몸뚱이를 바라보면서도 오히려 자신이 매우 아슬아슬한 고비에서 구조되었다는 생의 실감 같은 것을 느낄 수 있었다.

실제로 갑자기 고열과 한기로 드러누웠을 때 그것이 설마 입원이라는 생각지 못한 상황으로 이어지리라고는 생각지 못했다. 이 삼 일 자고 나면 나을 거라고 생각했는데, 증상이 심해지면서 두통과 요통을 수반했기 때문에 감기치고는 조금 악질이라고 생각하고 있는 정도였다. 사흘 째 아침에 절 앞의 언덕길을 올라간 곳에 혜인의원이라는 간판을 내건 한의원으로 기(奇) 선생님이 그를 데려갔다.

"아, 기 선생님. 잘 오셨습니다."

조선어로 정중히 두 사람을 맞이한 의사는 불그스레한 큰 얼굴에 육중한 몸의 마흔 살 가량의 남자였다. 두 사람은 절친한 사이로 보였다. 기 선생님은 딱히 인사도 하지 않고 그저 고개를 끄덕이며 잠자코 진찰실로 들어갔다.

김태조는 침대에 누워 체온을 재면서 의사의 질문에 조선어로 대답이 막혔는데, 의사가 일본어로 응답해줘서 조금이나마 구제받은 느낌이었다. 기 선생님은 이러한 응대를 늘 하는 것처럼 조금 일그러진 미소를 띠고 옆에서 듣고 있었다. 의사는 사람의 얼굴을 들여다보고 커다란 손에 김태조의 손목을 올려 맥박을 쟀다. 그런데 갑자기 뭔가 감춰둔 것을 폭로하기라도 하듯이 김태조의 왼쪽 팔의 상의 소매를 걷어 올리며 말했다.

"선생님, 이것 보세요. 나와 있습니다."

"음—."

이를 들여다보고 있던 기 선생님은 잠자코 마른 침을 삼켰다.

김태조가 머리를 들고 들여다보니 자신의 노출된 하얀 팔에 무수한 피를 머금은 붉은 반점이 모기에 물린 흔적처럼 부스럼이 되어 팔 가득 퍼져 있었다.

"이게 뭡니까?"

조선어로 김태조가 물었다.

"음, 김 군은 아무래도 발진티푸스에 걸린 것 같소."

상대방이 조선어로 말했다.

"……발진티푸스? 발진티푸스가 뭡니까?"

김태조는 침대에 상반신을 일으키고 힘을 내 물었다. 발진티푸스. 처음 듣는 병명이었다. 티푸스라는 것은 장티푸스 등에 있는 것처럼 전염병은 아닌지 걱정되었다.

"발진티푸스인지 어떤지 아직 단정할 수 없지만."

의사는 환자의 질문에는 대답하지 않고 말했다.

"지금부터 곧 병원에 가서 진단을 받아야 합니다."

기 선생님은 심각한 표정으로 그저 혼자 고개를 끄덕이고 있을 뿐이었다.

김태조는 절반쯤 해가 비추기 시작한 언덕길을 고꾸라질 뻔하며 내려갔다. 전방에 떠오르듯 육박한 인가의 펼쳐진 지붕의 표정이 침묵을 가둔 거북이 등처럼 딱딱했다. 발진티푸스, 발진티푸스, 티푸스, 티푸스, 장티푸스……. 김태조는 눈앞이 어질어질했다. 열에 뒤흔들려 현기증이 이는 가운데 뭔가 시야를 가로막는 것이 연기처럼 나풀거리는 것 같았다.

김태조는 이렇게 해서 한의사의 소개장을 들고 경성역 근처의 S의전 부속병원에 갔다. 하늘이 새카맸다. 지금까지도 하늘을 우러러 자신의 작은 존재의 의지를 새처럼 날려 보내고 거기에 의탁해 왔거늘, 하늘은 넓게 반짝이며 지금은 자신을 거부했다. 그는 S병원에서 그대로 총독부 서쪽의 효자동에 있는 전염병원까지 실려 갔다. 그리고 생사의 틈바구니를 빠져나와 간신히 오늘 퇴원하게 된 것이다.

김태조는 요 며칠 동안 점차 회복되면서 퇴원할 날을 애타게 기다렸다. 전에는 죽음의 냄새가 어느 정도 배어 있던 침대에 가만히 몸을 뉘여 부드러운 감촉에 빠져서 퇴원할 날을 손꼽아 헤아렸다. 가족이나 친구, 애인이 있는 것도 아니다. 그저 병원이라는 곳에서 한시라도 빨리 벗어나고 싶었다. 더욱이 입원 전부터 이미 윤기 있는 새싹을 피우기 시작한 호랑가시나무 화분이 성장한 모습을 보고 싶었다.

하루에 몇 번이고 병원 옥상에 올라가서 출소를 기다리는 수인처럼 바위의 표면을 드러낸 험준한 산에 둘러싸인 아름다운 경성 거리가 펼쳐진 모습을 멀리 바라봤다. 한없이 깊고 푸른 맑은 하늘을 크게 호를 그리며 비상하는 새의 상쾌함이 심호흡하는 가슴에 스며드는 것 같았다. 점심시간에 옥상에 올라와 무리지어 있는 간호사들의 얄밉게 생각되던 얼굴이 눈부실 정도로 아름답게 반짝이고 있었다.

그는 옥상에서 동쪽을 바라보는 것이 습관이었다. 그곳에서는 옛 왕궁인 경복궁 정면을 가리고 서 있는 조선총독부의 거대한 석조 건물이 보였다. 그 뒤쪽으로, 즉 북쪽으로 삼각형 모양으로 우뚝 솟은 삼각산이라고도 불리는 북악산 기슭에 이르기까지 숲이 있고, 그 사이로 경복궁의 크고 작은 누각이 기와지붕을 쳐들고 있었다. 더 멀리 보면 도심에 뜬 초록색 섬처럼 보이는 숲이 초여름 햇빛을 받아 그 안에 창덕궁의 고전적인 건물들이 아지랑이에 흔들리며 서 있었다. 그가 돌아갈 절은 이들 중간지대인 안국동에 있었다. 그리고 경성의 거리 모습이 뭔가 담백한 장밋빛으로 반짝였다. 자신이 병원 건물에서 한 걸음만 나가면 양손을 벌리고 포옹해줄 것 같은 기분이 들었다.

그날 아침도 옥상 난간에 기대어 넋을 잃고 생각에 잠겨 있던 그는 문득 엉겁결에 부웅 하고 방귀를 뀌었다. 생각해보면 이것은 장의 활동을 증명하는 기쁜 증거였다. 그는 방귀소리에 이끌리듯 남쪽 거리 가운데에 우뚝 솟은 남산의 완만한 산용을 보았다. 언젠가 징병검사를 받고 돌아온 사나흘 후였는데, 기 선생님과 정상의 남산공원에 올랐던 때가 떠올랐기 때문이다. 거기에서 두 사람 모두 아무 말도 하지 않고 조선총독부 쪽을 가만히 바라보고 있었다. 그때 기 선생님은 주위까지 울릴 정도로 방귀를 뀌었다. 대체로 승려는 사람 앞에서 방귀 뀌는 것을 아무렇지도 않게 생각하는 구석이 있다. 기 선생님은 자신이 뀐 큰 소리를 수반한 방귀에 뭔가 생각난 듯이 히죽 웃음을 띠고 한시를 한 수 가르쳐주겠다고 했다. 그리고 이조시대의 방랑시인 김삿갓이 읊은 시라고 하면서 시구를 들려주었다.

'南山第一峯放糞 香震長安十萬戶'

김태조에게 내민 수첩에 활달한 필적으로 적혀 있었다.

남산제일봉방분……. 남산 정상에서 똥을 싸니, 그 향기가 경성 천지를 흔드는구나. 정말로 그랬다. 경성 안에는 왕궁이 있었구나. 김태조는 아무도 없는 옥상에서 조선총독부의 석조 건물 쪽으로 엉덩이를 돌리고 팬티가 찢어질 듯이 다시 한 번 방귀를 뀌어보려 했지만, 결국 방귀는 나오지 않았다. 그리고 그는 병원 옥상에서 혼자 웃었다. 한 목숨을 건진 그의 마음에는 자신의 동작을 웃을 만큼의 여유가 생겼다.

드디어 병원 현관을 나선 순간, 눈이라도 멀 것처럼 햇빛이 눈부시게 빛났다. 같은 빛인데 옥상에서 봤던 빛과 비교도 안 되었다. 마치 오전의 햇빛이 눈에 보이지 않는 망이 되어 자신의 몸을 둘러싸고 공중에 사뿐히 내던진 것처럼 부드럽고, 더욱이 뭔가 손에 닿는 감촉으로 잡을 수 있을 것만 같았다. 그러나 다리 힘이 약해져 오래 걸을 수는 없었다. 노면전차에 올라탔을 때도 가만히 앉아 있을 수 없을 정도였다. 병원에서 해방된 기쁨이 아직 공중에 떠 있었다. 종로를 향해 조선총독부 앞을 전차가 통과해 광화문 거리 쪽으로 빙 돌았을 때, 철문 양 옆에 총을 들고 서 있던 일본병 보초의 우락부락한 표정이 뭔가 애교 띤 모습으로 생각될 정도로 재미있었다. 그는 그때 적대자와도 손을 흔들며 인사를 하고 싶은 기분이었다.

종로 네거리에서 전차를 내렸다. 볼의 살이 빠지고 눈이 깊게 패여 금방이라도 병자임을 알 수 있는 얼굴을 하고 보따리를 들고 있는 것은 그다지 좋은 모습이 아니었다. 그러나 그는 병원 침대에서 해방된 기쁨을 봄날 햇살 속에서 음미하며 화신백화점 옆길을 천천히 걸어갔다. 보자기라고는 해도 세면도구와 셔츠 등 갈아입을 옷, 그리고 경성 고서점에서 산 문고본, 일본의 어떤 인도주의 문학자가 쓴 인생론이 한 권 들어 있었으니 짐이라고 할 정도는 아니었다.

김태조는 안국동으로 들어가는 언덕길을 추억에 잠겨 올라가면서 절 건물보다 먼저 눈에 들어오는 느티나무 거목을 올려다봤다. 느티나무가 한 그루 우뚝 서 있는 것만으로 주변 풍경이 바뀌어 보일 정도로 울창하게 초록색 나뭇가지를 겹치면서 맑은 하늘로 솟구쳐 있었다. 서늘한 나무 그늘을 떠올리며 약 한 달 만에 쪽문을 빠져나온 그는 우선 기 선생님을 찾아갔으나 부재중이었다. 대신 삼식이가 맞아주며 한두 마디 건넸다.

"어서 돌아오세요. 바빠서 문병도 못 갔습니다."

그러나 마치 아침나절에 외출해 저녁에 돌아온 것처럼 별로 마음이 담겨있지 않은 인사였다.

완만한 언덕길이었지만 역시 피곤했다. 그는 사무소 건물 안의 대문 옆에 있는 온돌방에 짐을 내려놓고 잠깐 자리에 누웠다. 생각해보면 감개무량한데, 그러나 지금은 병원 침대 이외의 장소에서 처음으로 피곤한 몸을 뉘일 수 있는 것만으로도 행복한 기분이었다. 그런데 5분도 채 지나지 않아 그는 갑자기 일어섰다. 뭔가 생각이 떠오른 것이다. 그리고 사무소 건물을 나와 바로 왼쪽의 거의 맨땅이 보이지 않을 정도로 담쟁이덩굴에 덮인 돌담 쪽으로 걸어갔다. 그 주변은 우물가가 있어서 검은 지면에는 이끼가 파랗게 끼어 있었다. 그러나 돌담 아래에 조금 전에 생각난 느티나무 정원수를 보니 무참하게 시들어 있었다. 그가 경성에 온 다음에 산 것이었다. 고향 한라산에 그 나무가 많아서 어딘가 갑옷과 투구처럼 딱딱한 모양의 잎이 달린 나무를 마을에서 우연히 발견하고 사서 들고 왔다. 그러나 지금은 완전히 시들어버려 잎이 떨어진 시든 가지에 거미줄이 쳐 있고 거기에 간신히 걸려 남은 갈색 시든 잎 하나가 대롱대롱 매달려 흔들리고 있었다. 화분의 흙이 말라 딱딱하게 갈라진 틈이 몇 개나 보였다. 김태조는 죽은 화분을 보고 어쩐지 마음이 에이는 것 같았다. 삼식이가 하다못해 2, 3일에 한 번이라도 신경을 써 주었더라면 타서 눌어붙은 듯한 색을 남기고 이렇게 무참하게 시들지는 않았을지도 모른다. 조금 전 삼식이가 인사했던 것을 떠올렸다. 김태조는 가여운 생각이 들어서 등을 구부리고 화분을 조금 들어 올려봤지만, 즉시 원래 자리에 내려놓았다. 고작 이렇게 했을 뿐인데 간신히 붙어 있던 마지막 시든 잎 하나가 가볍게 흔들리며 떨어지고 말았다.

　돌담과 지금 나온 사무소 사이는 좁고 막다른 골목이어서 오래된 목재나 돗자리, 녹슨 함석판 등이 쌓여 있었다. 그는 슬며시 그곳을 들여다봤다. 그러자 지면에 뒹굴고 있는 다듬잇돌만 한 돌위에 더러운 팬티 같은 것이 뭉쳐있는 것이 보였다. 아무래도 자신의 것인 것 같았다. 분명히 그랬다. 다만 그것이 왜 거기에 있는지 기억이 분명하지 않았다. 혹시 열이 나서 몸져누워 있을 때 아마도 세탁할 것을 다른 사람 눈에 띄지 않아 그곳에 방치해뒀는지도 모른다. 김태조는 뭉쳐진 그것을 만져 보았다. 그런데 집어 들어 올리려고 한 손가락에 무게가 느껴졌다. 뭔가를 싸 놓은 것 같았다. 뭔가 싶어 뭉친 것을 펼쳐보니 그 안에 움푹 들어간 속에 뭔가 인간의 주먹 크기의 형태로 움직이고 있는 창백한 생물체가 있었다. 그리고 크게 눈을 뜨고 보고 있는 그의 눈에 점차 세부적인 모습이 보였다. 그것이 한 알 한 알 꿈틀거리는 이가 덩어리로 뭉쳐 있다는 것을 알아차린 순간, 김태조는 거의 방어적인 자세로 뒤로 몸을 젖혔다. 몇백, 아니 몇천 개의 쌀알 크기의 이가 무리를 지어 뭉쳐있는 전체가 또 하나의 전혀 이질적인 생물 형태를 취해 서서히 움직이고 있었다.

도대체 무슨 일인가. 자신을 전혀 예기치 못한 입원으로 몰고 간 불길한 이가 지금 다시 속옷 위에 군생하고 있다니. 완전히 가공할 만한 그로테스크한 생명의 번식력이었다. 기이한 형태의 생명력의 구가라고 해야 할 것이다. 그는 모처럼 퇴원해서 기쁜 마음에 기대고 있던 자신의 몸이 정면에서 박살이 나는 듯했다. 그리고 기분 나쁜 상태를 넘어 섬뜩하게 소름 끼칠 정도로 등골을 뚫고 지나가는 것에 엄습당해 망연히 그 자리에 우두커니 서 있었다.

"오, 태조야. 돌아왔구나. 잘 왔다. 잘 돌아왔어."

갑자기 뒤에서 들려온 목소리에 놀라 돌아보니 외출에서 돌아왔는지 기 선생님이 서 있었다.

"예, 점심 전에 돌아왔습니다."

낭패한 김태조는 그로서는 매우 정확한 발음의 조선어로 대답하고 길을 양보하는 것처럼 한 걸음 물러섰다. 그리고 새롭게 퇴원 인사를 했다.

"음, 다행이야. 가능하면 병원까지 마중가고 싶었지만 시간이 안 맞아서. 아무튼 잘 왔네."

기 선생님은 웃으면서 김태조의 마른 어깨를 가볍게 두드렸다. 그리고 김태조가 등 뒤로 감추고 서 있는 이의 무리 쪽으로 일부러 목을 길게 빼고 바라봤다.

"그건 자네 것인가? ……음, 과연. 상당히 장관이군."

가까이 다가온 기 선생님은 이가 떼를 지어 있는 모습을 잠시 보고 있었다. 그러나 역시 담담했다. 군살 없는 단단한 볼이 움직일 기색도 보이지 않았다. 그저 김태조를 보고 조용히 수도 옆에 비치된 소독수를 가리키며 말했다.

"저걸 뿌리는 게 좋을 거야."

김태조는 몹시 당황스러웠다. 이떼가 소독수를 뿌리는 것으로 전멸할지 어떨지는 모르겠지만 반사적으로 하라는 대로 한 것은 그 때문이었다. 이가 휩쓸려 떠내려가지 않도록 하기 위해 세면대 가득 소독수를 서서히 뿌리자, 이떼가 서서히 뭉쳐진 무리에서 떨어져 데굴데굴 구르며 바르작거렸다. 소독수는 팬티 천에 깊이 스며들어 돌을 적시면서 간단히 지면으로 흘러 떨어졌다. 세면대가 텅 비자 이 대수롭지 않은 동작이 어쩐지 불안하게 미온적인 것으로 느껴졌다. 기 선생님만 보지 않았다면 이 이떼 무리에 더 철저하고 가차 없는 보복 조치를 취했을지도 모른다. 그러나 기 선생님 앞에서는 선택의 여지가 없었다. 옅은 소독수 정도로 다 죽겠는가. 눈앞에 끈적끈적 젖은 팬티 위를 기어 다니는 이를 보면서 평평한 콘크리트 위에 이놈들을 전부 떨어뜨려 놓고 벽돌로 짓이겨버리고 싶은 충동이 마음속에서 치밀었다.

"뭘 그렇게 놀랄 일은 아니야. ……자네는 두 번 다시 발진티푸스에 걸리는 일은 없을 테니. ……이의 일생은 약 한 달이라고 하더군. 알에서 어미 이로 될 때까지 약 열흘은 걸려. 20일 정도면 암컷은 알을 낳고 죽지만, 한 번에 200개에서 300개를 낳는다고 하니 암컷이 10마리 있다면 수천 마리의 이가 태어나는 셈이지. 절에서 불에 태워 냄새를 풍길 수도 없고, 나중에 흙 속에 파묻어버리는 것이 좋겠네."

기 선생님은 의외로 가볍게 웃으며 말했다.

그렇군, 흙 속에 묻는 방법이 있었군. 김태조는 웃음이 나오려고 했지만 얼른 참았다. 애초에 소독수를 끼얹으라고 명령한 것이 자신의 부주의에 대한 힐책이었다는 것을 눈치 챘기 때문이다.

"지금 경성뿐만 아니라 조선 전체에 병균을 가진 이가 범람하고 있네. ……이떼가 창궐하고 있는 것은 전쟁 진행상황과 충분히 관계가 있는 현상이라고 할 수 있어. 전쟁 상황이 좋지 않다는 것을 반영하고 있다고 봐도 좋겠지."

기 선생님은 순간 밝지만 일그러진 듯한 복잡한 표정을 지었다.

"올해 발생률은 상당히 심한 것 같더군. 5월 1일부터 10일까지 열흘 동안에 천이백여 명이 입원했으니. 백여 명이 사망했다고 신문에서 봤네. 1월부터 4월까지 7천여 명, 작년 같은 기간에 비해 4배에 가깝다고 하네. 이것으로 봐도 전쟁 상황이 점점 안 좋아지고 있다는 것이겠지……. 자네는 그 속에서 이리저리 밀려온 거네. 정말로 고생 많았네."

"발진티푸스가 유행하는 것도 일본이 패할 징조입니까?"

"함부로 말할 수는 없지. 일본이 어떻게 패하겠는가. 적어도 그들은 신의 땅 일본이라고 하지 않던가."

기 선생님은 주변을 둘러보면서 농담이라는 것을 누구나 알 수 있는 말투로 이야기하고 소리 내어 웃었다.

"그런데 제법 볼 살이 빠졌군. 어깨도 뼈가 앙상하고. 퇴원은 했지만 앞으로가 중요하네. ……잠시 시골에라도 가 있는 것이 좋겠네."

김태조는 어떻게 대답해야 좋을지 몰라 그저 황송하게 고개를 끄덕이고 있었다. 지금 그의 쇠약한 몸을 채워주기 시작한 생의 충실감 같은 것이 시골에라도 가 있는 것이 좋겠다고 기 선생님이 아무렇지도 않게 한 말에 한층 더 지지를 받는 것 같아 김태조는 감정이 북받쳤다. 의지할 데 없는 경성에서 그것도 전염병원에서 생사의 갈림길 속에 내던져졌던 그에게 이러한 감정은 단순히 감상적인 것이 아니었다.

기 선생님은 중절모를 쓰고 두루마기를 입고 있었는데, 삭발에 가까운 반백의 머리를 남기고 머리카락을 바싹 깎지 않은 것이 다른 스님과 달랐다. 김태조는 예순 가까운 연령에 비해 군살 없이 단단하고 탄력 있는 그의 홀쭉한 얼굴을 뒤돌아보며 간신히 "예"라고 대답하고 머리를 숙였다. 기 선생님은 승려인데 왜 그런지 그다지 절에 가까이 다가가려 하지 않았다. 김태조가 입원해 있을 때 두세 번 병문안을 왔는데, 병실 문이 어느새 열리고 거기에 단단하게 미소 짓고 있는 얼굴로 조용히 서 있는 그런 사람이었다.

"강원도 철원을 알고 있겠지? ……철원에서 금강산 행 철도를 갈아타고 가면 네 번째인가 다섯 번째 역 근처에 작은 절이 있네. 사람 사는 마을에서 떨어져 풀이 우거진 곳이지. 조금 안정이 되면 잠시 동안 그곳에서 체력을 회복하는 게 좋겠네."

경내로 나온 기 선생님은 나란히 걷고 있는 김태조를 바라보며 말했다.

"그곳에서는 금강산이 보입니까?"

그는 순간적인 충동에서 물어봤다. 금강산 행 철도라는 말에 그저 반사적으로 질문이 나온 것이다. 일만이천 봉의 기암절벽이 환영처럼 우뚝 치솟아 있어 다이아몬드 마운틴으로 세계에 알려져 있다고 하는 금강산의 멋진 이름은 식민지의 아들인 김태조의 젊은 마음을 충분히 흔들 정도의 위력을 갖고 있었다.

"금강산이 보이냐고? 금강산은 안 보이네."

기 선생님이 웃었다.

"금강산은 더 멀리 있지. 조선의 중간 허리부분을 횡단해서 멀리 태백산맥 너머 바다에 이르는 곳이야. 왜 금강산을 이야기한 거야?"

"…………"

"금강산에 가보고 싶은 건가?"

"…………"

그는 잠시 후에, 예, 하고 낮은 목소리로 끄덕였다. 금강산 이름을 말한 것은 특별히 가보고 싶어서가 아니다. 문득 입으로 나온 말이었다. 그러나 식민지로 됐어도 여전히 남아있는 신령스러운 공간에 가보고 싶지 않은 조선인은 없을 것이다. 김태조도 언젠가 갈 수만 있다면 가보고 싶다고 생각해왔다.

"당연하지. 무엇보다도 우리나라의 산이다. 고래로 신선이 산다고 하는 영산(靈山)이라고 불리는 산이지. 언젠가 곧 갈 수 있겠지."

우리나라의 산이라고 한 그 흔한 말이 왠지 김태조의 마음을 강하게 울렸다. 그러나 그 말은 퇴원의 기쁨을 음미하고 있는 지금의 그의 마음에 그림자 하나를 드리웠다. 그것은 그가 입원 중에 품게 된 떳떳하지 못한 생각 탓임에 틀림없었다.

수풀 우거진 시골에 가 있으라고 한 고마운 배려의 말을 따르는 것이 지금은 김태조의 마음에 생긴 그 떳떳하지 못한 생각을 실행하지 않는 길이 될 수도 있다. 물론 잠시 동안 요양이 필요하다는 것은 그의 몸이 잘 알고 있고, 이를 거부할 이유는 어디에도 없었다. 그토록 청년의 의지로 불타올라 고생해서 일본에서 조선으로 탈출했는데, 이번에는 거꾸로 일본을 향해 다시 돌아갈까 내심 생각하고 있던 참이었다. 김태조는 이런 떳떳하지 못한 생각이 들면서, 이는 곧 조국 조선의 태동을 느껴보고 싶어 찾아온 자신을 배신하는 것이라고 느꼈다. 죽음의 냄새가 점차 옅어지기 시작한 병실에서 싹튼 이러한 생각은 극도로 쇠약해진 몸과 마찬가지로 비참하게 그를 흔들었다.

그다지 넓다고 할 수는 없지만 유치원 운동장은 넉넉히 될 정도로 넓은 경내의 서쪽 담장 주변은 거의 느티나무로 그늘져 있었다. 저녁 무렵이 되자, 느티나무가 사무소 건물의 툇마루에 서로 마주보는 모습으로 서 있었기 때문에 사무소에는 석양빛이 비추지 않을 정도였다. 그늘을 통과해 빠져나갈 때 서늘하게 냉기에 싸인 툇마루 냄새가 두 사람의 몸을 감쌌다. 절의 본당 건물이 눈앞에 보였다. 깨끗하게 씻긴 입구의 돌계단이 햇빛에 반짝이고 있었다.

기 선생님은 본당과 주방 사이에 있는 승방 입구로 곧장 나아갔다. 절의 식당이나 좌선에 사용되는 큰 장판지가 깔린 방도 그곳으로 들어가는데, 그 안쪽은 김태조도 들어가 본 적이 없어서 승방이 어떻게 되어 있는지 잘 몰랐다. 승방 입구에서 문득 얼굴을 내밀고 삼식이가 당황해하다가, 곧 자세를 다시 하고 "어서 오세요" 하면서 정중히 인사를 했다. 기 선생님은 가볍게 인사를 하고 구두 바닥의 모래 씹는 소리를 남기며 조용히 승방을 향해 걸어갔다.

인사를 하고 나서 경내에 남은 김태조는 한 아름 반은 되어 보이는 느티나무 그늘에 들어가 나무 밑동에 앉아 등을 기댔다.

그곳에서는 바로 정면에 사무소가 있는 건물 전체가 보였다. 사무소 건물 왼쪽, 즉 김태조가 묵고 있는 방과 접한 곳에 대문이 있고 옆으로 가로지른 빗장이 녹이 슬었는지 움직이지 않았다. 그 옆의 쪽문이 꽉 닫혀 있어서 담장처럼 외부는 차단된 상태이다. 그리고 창고가 늘어서 있고, 본당 건물이 앞쪽으로 밀려나와 사무소와 경사진 건너편의 위치에 서 있었다. 사무소 왼쪽에는 예의 소독수 용기를 비치해놓은 우물가 수도가 있고, 그 옆의 높은 돌담이 절을 남쪽에서 빙 둘러싸고 있었다. 방금 전에 소독수를 끼

없은 이의 무리는 돌담 옆의 골목에서 죽어 있거나 혹은 아직 꿈틀거리고 있을 것이다. 아, 저놈들을 땅속에 묻어야 하는데…….

김태조가 이런 생각을 하고 있을 때, 그의 시선이 쪽문 쪽으로 빨려 들어갔다. 열어놓지 않은 쪽문 건너편에 누군가 절을 찾아온 사람의 모습이 틈새로 보였다.

"실례합니다. 실례합니다……."

주먹을 단단히 쥐고 대문을 두드리는지 똑똑 하는 소리가 점점 커졌다. 한 청년이 문 건너편에 서 있었다. 요즘 세상에 대문을 주먹으로 두드리는 고풍스러운 인간이 어디에 있을까. 그때 기 선생님이 어디에 있다 나왔는지 경내를 가로질러 대문 쪽으로 걸어갔다. 오랜만에 듣는 대문 두드리는 소리에 내심 의아해하며 쪽문을 열고 엄하게 사람을 응시하는 시선으로 누구냐고 물었다. 볼품없이 트렁크를 손에 들고 서 있던 청년은 어눌한 조선어로 멀리 일본에서 찾아왔다고 했다. 그러고 보니 일본인 같은 얼굴을 한 기묘한 청년이었다.

이렇게 해서 김태조는 기 선생님이 열어준 쪽문을 통해 경내로 들어오게 된 것이다. 그로부터 3, 4개월도 지나지 않은 지금 자신의 마음은 저 쪽문 너머로, 그리고 다시 일본을 바라보고 있는 것이다…….

아, 싫다 싫어. 김태조는 고개를 가로저으며 하늘을 우러러보면서 일어섰다. 가만히 하늘을 우러르고 있으니 주위가 어두워지며 현기증이 일 정도로 거무스름해 보이는 푸르고 깊은 속에서 마치 무수한 빛의 파편이 흘러 떨어지는 것 같았다. 그는 공허한 마음에 기쁨이 스며들어 퍼지는 것을 느꼈다. 역시 나는 살아남아 저 쪽문을 빠져나와 돌아왔다. 그리고 내게 독기를 심어준 이의 무리를 흙 속에 묻어버리는 것도 가능하다. 그는 약해진 몸 깊은 곳에서 그래도 역시 위로 향하는 생명력이 서서히 올라오는 것을 느낄 수 있었다.

그렇다. 기 선생님이 말씀하신 대로 수풀 우거진 시골에 가서 요양하고 있으면 체력도 회복될 것이다. 체력만 회복되면 이 약한 마음도, 또 일본으로 도망치려던 약자의 마음도 회복될지 모른다. 순순히 시골에 가 있자. 김태조는 경내 가득 넘쳐 떨어져 있는 6월의 태양빛을 쐬며 생명의 충실감을 느꼈다. 그리고 이의 무리를 흙속에 파묻기 위해 걸어갔다.

## 2

절 사무소의 건물 툇마루에서 책상다리를 하고 있던 김태조는 기둥에 몸을 기대고 멀리서 천둥치는 소리를 멍하니 들으며 흐린 하늘을 바라보고 있었다. 퇴원하고 일주일이 지났다. 이제 2, 3일만 있으면 수풀 우거진 시골로 출발할 것이다.

다시 멀리서 천둥치는 소리가 울렸다. 북악산인가? 아니, 그보다 멀리 북한산 근처에서 번개를 몰고 오는 구름이 걸려 있었다. 멀리서 천둥치는 소리가 어딘가 이상하게 산 너머에서 울고 있는 것 같았다. 살짝 또 다시 억눌러놓은 일본 오사카의 이코마(生駒)

산의 이어진 봉우리가 머릿속을 스치고 지나갔다. 늙은 어미의 얼굴이, 아니 모습이 지나갔다. 그리고 연기를 뿜어내며 작렬하는 전장의 포성 울림. 전쟁, 전쟁이다. 독일이 항복하고 오키나와(沖繩)에 미군이 상륙했다. 언제 끝날지 모르지만 이제 그다지 오래 걸리지 않을 전쟁이 아직 계속되고 있다. 그러나 주위는 적막하고 소리 하나 들리지 않는다. 들리는 것은 멀리서 천둥치는 소리와 참새가 지저귀는 소리뿐이다.

북쪽 하늘은 납빛으로 빛나면서 묘하게 밝았다. 경성 분지는 이제 6월 말로 공기는 푸른빛이 투명하게 비쳤다. 슬슬 장마 전에 한 차례 비가 올 것 같았다. 그러나 북쪽 하늘은 본당의 기세 좋게 뒤로 젖힌 지붕에 가로막혀 보이지 않았다. 북한산 바위의 깎아지른 듯이 솟아있는 험준한 산용이 구름 속에 녹아버릴 것만 같았다. 하늘을 가르고 있는 지붕의 처마에 점점이 참새가 두 마리 나란히 고개를 서로 기울이며 울지도 않고 머물러 있었다.

납빛으로 빛나는 흐린 하늘을 바라보며 김태조는 그때도 하늘이 묘하게 어둡게 보였다는 생각을 했다. 하늘이 푸른빛으로 반짝이고 있는데 연기에 가린 듯 어두워 보이지 않았다. S병원에서 발진티푸스 진단을 받은 채 환자 수송차로 전염병원으로 실려가 침대에 누운 후에도 한동안 수송차 안의 어둠이 눈앞에 아른거려 떠나지 않았다. 3층의 동쪽 창밖으로 펼쳐진 하늘은 분명 파랗게 맑게 개어 있는데, 묘하게 시야를 흐리게 하는 검은 막 같은 것이 걸려 있어 걷어낼 수 없었다. 난생 처음으로 한 입원을 놓고 청년이 흔히 하기 쉬운 로맨틱한 생각을 할 상황이 아니었다. 지금 생각해보면 자신이 격리되어 실려 간 "전염"병원 자체가 목숨을 죽음의 신의 손에 맡기는 무덤이었다.

김태조는 도대체 자신이 경성에 와서 한 것이 무엇인지 멍하니 생각해봤다. 그리고 경성이 도대체 어떤 곳인지 생각해봤다. 분명 당초에는 비록 일주일이든 한 달이든 경성에 있을 수 있는 것만으로도 큰 기쁨이었다. 중국으로 넘어갈 것을 생각해도 아무튼 경성에 자리 잡고 살아야 했다. 그러므로 김태조는 징병검사를 받고 경성으로 돌아와 그대로 조선에 머물고 싶다고 하는 자신의 희망을 확인한 기 선생님에게 절에서 안정을 찾는 것이 좋다는 말을 들었을 때 자신은 행복한 인간이라고 생각했다. 단 기 선생님은 기식하고 있을 수는 없으니까 절의 일을 하라고 했다. 그는 절에 있을 수 있게 해준다면 어떤 일이라도 할 생각이었기 때문에 이 제안을 기꺼이 받아들였다.

그런데 기 선생님이 말한 일은 절의 사무원을 하는 것이었다. 사무원이라고 해도 아침부터 책상에 앉아있기만 할 뿐, 이렇다 할 일이 딱히 있는 것은 아니다. 절에는 일본어를 충분히 잘 하는 사람이 없어서 종종 외부의 관할 관청 등에서 일본어로 걸려오는 전화나 한 달에 한 번 꼴로 갑자기 찾아오는 총독부 직원을 응대하는 데 김태조의 일본어가 도움이 된다고 하는 정도의 사무였다. 그리고 자잘한 일로 주방 관계의 전표 정리나 배급 물자의 장부 기재 등이 대부분이었다.

이렇게 해서 마침내 경성 한가운데의 이 절에서 정착한다고 생각했을 때 일고여덟 평의 텅 빈 사무소 책상에 살짝 끼어있던 먼지의 얇은 막조차 느티나무 가지 사이로 비치는 햇빛에 하얗게 비쳐 묘하게 부드럽고 아름답게 보였다. 정연히 정돈된 사무소에 살짝 쌓여 있는 먼지의 막이 이상하게도 오히려 청결하게 생각될 정도로 정적을 느끼게 했다. 아무튼 한산한 사무소에서 일을 하면 되었다. 그는 매일 사무소 마루를 걸레로 닦고 정면의 유리문도 흐린 곳 없이 신경 써서 사무소 전체를 반짝반짝하게 닦았다. 그래도 반짝거리는 사무소의 밝은 빛보다 무슨 연유인지 털어서 다 흩어지기 전에 살짝 막을 친 먼지 이미지가 정적의 분위기와 중첩되어 그의 마음을 끌어당겼다.

절에 정착한 김태조는 시간이 나면 경성 시내를 걸어 다녔다. 전시 분위기에 싸인 경성의 외피 밑바닥에서 어떻게 해야 생생한 경성을 찾아낼 수 있을지 알 수 없었지만, 그는 그저 이를 감지해 보려고 노력했다. 김태조는 절에서 한 걸음만 나가면 그곳은 친구도 지인도 없는 땅이었다. 그런데 이곳이 조국 조선이라고 생각하니 젊은 마음이 부풀어 올랐다. 구 왕궁을 구경하고 파고다공원에 가서 총검을 찬 보초가 서 있는 조선총독부 앞을 의식적으로 통과해 지금은 폐쇄된 구 동아일보나 조선일보 사옥이 남아있는 태평통으로 걸어갔다. 그리고 거기에서 지금 전성기를 누리고 있는 총독부 기관지 경성일보 건물을 옆으로 보면서 지나갔다. 혼초(本町)의 일본인 거리를 미움과 일종의 그리움의 기묘한 모순된 감정이 혼합된 느낌을 음미하며 걸었다. 그리고 남산에 올라 봄 아지랑이 밑에 흔들리는 경성 시내를 내려다봤다. 그런데 이윽고 정신을 차리고 보면 어느새 시선이 가만히 빨려 들어가는 것이 북악산 기슭에 서 있는 조선총독부의 거대한 흰 벽의 건물이었다.

뭔가를 숨기고 있는지도 모를 경성의 거리였지만, 김태조 앞에서 그 외피를 벗을 리는 만무했다. 그러나 경성의 거리는 몇 겹이나 싸인 외피를 두르고 있고, 일억 본토 결전을 선동해 히스테릭하게 혹심한 외피를 걸치고 있음에도 불구하고 어딘가 김빠진 안정된 고요함을 갖고 있는 것처럼 생각되었다. 예를 들어 일단 이 절 안에 들어가 문을 닫으면 시내와 절연한 듯이 더욱 조용해져 전쟁의 그림자는 사라져버린다.

이 절이 있는 일대의 안국동은 원래 남쪽으로 언덕을 내려간 곳에 펼쳐진 경성의 중심가의 하나이다. 즉 조선인 거리인 종로통에는 거의 일본인을 접근하지 못하게 하는 조용함이 있었다. 한낮의 도로에 면한 상점가에 늘어선 집들이 어둠 깊은 곳에서 조용한 시선으로 바라보고 있어 이것이 일본인의 몸과 의복을 관통해서 찌르기 때문이다. 이것은 침묵이 만들어낸 가시이다. 일본 본토와는 달라서 경성 곳곳에, 그리고 조선 곳곳에 살고 있는 대다수의 인간은 이 땅의 사람인 조선인이다. 이들이 잠자코 있는 무표정의 용모가 경성 시내의 또 하나의 요령부득의 용모를 이루고 있었다. 이 절이 선사(禪寺)이기는 하지만 승려들은 무엇을 묵상하고 있는 것인지, 식사 이외는 입을 다물고 있었다. 이것만으로도 전쟁의 그림자 같은 것은 절 안으로 슬며시 들어올 수 없었다. 굳이 말하자면 일체의 침묵, 아니 묵상의 형태 자체가 전쟁의 그림자라고 말할 수 있을 것이다. 이렇게 해서 전혀 모르는 곳이었던 경성 안에 있을 곳을 정한 김태조의 마음은 충실함으로 차 있었다.

그러나 이 충실한 마음의 풍요로움은 이윽고 경성 생활을 알아가면서 조금씩 줄어들기 시작했다. 경성에 뭔가를 감추고 있을지도 모를 딱딱한 등껍질은 너무 견고해 김태조는 손톱도 넣을 수 없었다. 아니, 뭔가를 감추고 있다는 것은 김태조가 그 숨겨진 실체에 대한 감촉을 갖고 있는 것이 아니라, 그의 막연한 상상에 의한 것일 따름이었다. 뭔가 실체를 만질 수 있다면 모르겠지만, 그럴듯한 감촉도 없이 눈에 보이는 경성의 모든 것이 일본 이상으로 전시 분위기가 철저해 신들린 듯한 현실을 발견하는 것은 괴로웠다. 전시하의 식민지이고 보면 당연한 일인지도 모른다. 그러나 일본에서 도망쳐온 자의 눈에 비친 경성의 분위기는 이상했다. 즉 경성이 조국 조선의 '수도'라고 하는 사실은 김태조의 관념 속에 아름다운 이미지에 지나지 않는 것으로, 현실은 여전히 일본 제국의 침략의 아성이고 중추부였다. 경성에는 달콤한 소년의 꿈을 의탁할 곳이 없었다. 경성의 생활은 의식이 있는 자에게는 일본 이상으로 가만히 숨을 죽이고 있어야 한다는 사실을 김태조는 서서히 알게 되었다.

예를 들면 일주일에 최소한 한 번 동네 모임의 애국반, 즉 도나리구미 단위로 행해지는 '연성(鍊成)'이 있었다. 이것이 싫었다. 연성이라는 것은 조선인이 훌륭한 '황국신민'이 되기 위해 행하는 여러 가지 단련을 의미하는 것으로, 갖가지 직장이나 동네 모임으로 편성되어 있었다. 그 모임에서 편성된 반 단위의 모임은 이른 아침에 모여 신사참배를 한다. 절에서는 아침 일찍 일어나기 때문에 이른 아침의 모임은 고통이 되지 않았지만, 몸단장을 전시 색으로

제대로 하고 대오를 정비해 이른 아침에 남산의 조선신궁이나 경성호국신사로 향하는 것은 힘들었다. 신사에 도착하면 경내의 청소를 깨끗이 했다. 대나무 빗자루의 흔적이 줄 모양으로 남을 정도로 쓸어야 한다. 그리고 「황국신민서사(皇國臣民ノ誓詞)」를 제창한다.

'하나, 우리는 황국신민이며 충성으로써 군국에 보답한다. 둘, 우리 황국신민은 서로 신애(信愛) 협력하여 단결을 굳게 하자. 셋, 우리 황국신민은 인고단련의 힘을 길러 황도를 선양하자.'

「황국신민서사」 제창이 끝나면 '성전(聖戰) 완수'와 '황국 장병의 무운장구'를 기원했다. 김태조는 합장한 다음 배례할 때 치는 손뼉 소리가 경내에 울려 퍼지는 것을 듣는 것이 견딜 수 없이 싫어서 돌연 "바보 같은 놈!" 하고 외치며 대열에서 뛰쳐나가고 싶은 충동을 몇 번이나 느꼈다. 게다가 반드시 시국훈화를 하는 군인이 있고 그렇지 않을 때는 동네 모임의 책임자가 한바탕 이야기를 떠드는 것이 형식적인 절차였다.

이러한 형식은 어느 것이든 내용이 없었다. 예를 들어 어느 날 늙은 육군대위의 훈화에 다음과 같은 이야기가 있었다.

"……바야흐로 반도에는 예전부터 메이지(明治) 천황께서 말씀을 내리신 바와 같이 일시동인(一視同仁)의 성은이 남아 구석구석까지 빠짐없이 비춰주고 계신다. 특히 작금의 대동아전쟁을 하고 있는 때에 반도는 사람도 물건도 정말로 중요한 역할을 해왔다. 그러나 이제 대동아전쟁은 태평양 전시상황을 중심으로 가장 혹독한 국면으로 이행해 이의 귀추 여하는 황국의 전도에 지대한 영향

을 가져올 것이다. 올 가을 들어 일억 국민이 모두 분연히 떨치고
일어나 신민으로서의 의무를 투철히 하고 천자가 나라 다스리는
일을 익찬하고 받들어 많은 오랑캐들이 모조리 굴복하니 신묘한
기운은 그야말로 지금이로다……."

대체로 위와 같은 분위기였다.

도대체 「황국신민서사」라고 하는 것은 일본에서 들어본 적도 없
는데, 여기에서는 조석으로 제창하고 있다. 신들린 상태는 본거지
인 일본이 아니라 조선에서 극에 달해 있는 것 같았다. 그에 비하
면 일본에서 한 달에 2번 협화회의 훈련을 받는 것이 더 낫게 여겨
졌다.

어느 날 김태조는 아침부터 고서점을 돌아다녔다. 절에서 가까
운 종로 뒤쪽의 고서점 거리에서 우연히 조선어로 번역된 제정 러
시아의 단편소설을 발견했는데, 한자가 들어 있지 않고 조선어 글
자만으로 되어 있어 펄럭펄럭 넘기며 보기만 해도 간단히 읽을 수
있을 것 같지 않았다. 그러나 조선어 공부도 할 겸해서 그는 이백
페이지 채 안 되는 작은 책자를 1엔 20전이나 주고 샀다. 그리고
더 멀리까지 발길을 옮겨 일본인 거리인 혼초 거리에 들어가 고서
점 몇 집을 구경하며 걸었다. 그는 네 번째에 들른 고서점에서 소
형 영일사전과 먼저 들른 어떤 가게에도 있었는데 중국어 입문서
를 발견하고 구입하기로 했다. 각각 70전과 80전이어서 주머니를
탕진하면 나중에 허전해질 것 같았다. 그는 책에 쌓인 먼지를 입
으로 불어서 털어내고 어슴푸레한 가게 안쪽의 계산대 쪽으로 갖
고 갔다. 영어사전을 산다고 하는 것만으로도 조금 긴장되는 느낌

방황 **191**

이었다. 그러나 요즘 같은 시국에 이런 종류의 책을 구입하는 것을 좋지 않다고 한다면, 책을 파는 가게는 어떻게 되겠는가. 실제로 여기뿐만 아니라 어느 고서점에도 이런 종류의 서적이 대부분 있다고 하는 사실은 이들이 금서가 아니라는 증거가 아니겠는가.

'아, 나는 쓸데없는 일을 신경 쓰고 있구나.'

김태조는 이런 생각을 하면서 2권의 책을 겹쳐 카운터 위에 놓았다. 쉰 살은 된 듯 보이고 머리 꼭대기가 소용돌이치듯이 둥글게 벗겨진 중년의 주인이 연필로 적힌 책 뒤표지의 가격을 보고 나서 신문지로 2권을 함께 싸주었다. 그리고 고무줄을 꽉 매어주면서 혼자 중얼거리듯 말했다.

"손님은 앞을 보고 있군요. 얼마 못 가 이런 책도 없어질 테니까요."

김태조는 순간 무슨 말인지 알아듣지 못하고 "예?" 하고 짧게 반응을 보였을 뿐이다. 사실, 상대방이 말하는 의미는 알아들었다. 알아들었지만 갑자기 고서점의 계산대에서 듣기에는 너무 의외의 말이어서 당황한 것이다. 그는 깜짝 놀라 반사적으로 상대의 얼굴을 다시 쳐다봤다. 평평하고 달리 특별한 것이라곤 어디에도 찾아볼 수 없는 둥근 얼굴의 쉰 살 남자가 입가에 엷은 미소를 띠고 두 개째의 고무줄을 십자로 묶고 있는 중이었다. 도대체 이 아저씨는 무슨 말을 하는 것인가! 김태조는 책값을 지불하면서 말했다.

"글쎄요, 뭘 말씀하시는 건지. 저는 전혀……."

김태조는 애매한 웃음을 보이며 아무것도 모르는 척 태연히 가게를 나왔다. 계산대에 등을 돌리고 가게를 나가는데, 순간 그는 강한 힘으로 심장을 꽉 쥐어짜는 듯한 통증을 느꼈다. 갑자기 심장의 고동이 심하게 뛰기 시작했다. 가게를 나와 골목을 돌았을 때, 그는 눈 끝에 돋보기를 걸치고 장부를 적고 있을 것 같은 가게 주인의 모습을 상상하며 조금 안도했다. 그리고 마치 쫓기고 있는 것처럼 서둘러 봄비는 사람들 속으로 섞여 들어갔다.

'일본이 패배할 것이라고 말하고 있는 거야, 그 서점의 아저씨는!'

그는 순간 가슴에 뜨거운 것을 느꼈다. 그러면서 동시에 정반대의 생각이 치밀었다.

'아니, 저놈은 거미다. 나는 거미줄에 걸린 벌레일지도 모른다. 그리고 종국에는 덥석 먹혀버릴 것이다……'

뒤를 돌아보고 남산당 서점 간판을 확인한 김태조는 두 번 다시 저 서점 앞은 통과하지 않겠다고 결심하면서 남산 쪽으로 길을 빠져 나갔다.

조선신궁 참배길로 만들어진 산꼭대기에 이르는 넓고 훌륭한 돌계단을 다 올라갔을 때는 화창한 날씨 때문인지 몸이 완전히 땀에 젖어 있었다. 신궁 경내에는 '필승 기원'을 비는 단체나 잡다한 사람들과 일장기가 무리지어 있었다. 그는 무엇보다도 무리를 지어 칼을 찬 군인들의 인솔을 받으면서 신사참배를 하고 있는 '학도 출진'의 조선인 학생 대열이 보이지 않아 안도했다.

'도대체 무엇 때문에 조선인이 경성을 한눈에 내려다볼 수 있는 남산 정상에 올라와 조국을 침략한 일본의 신들, 아마테라스 오미카미(天照大神)나 메이지 천황에게 빌지 않으면 안 된단 말인가.'

김태조는 아무도 보는 사람이 없다면 소변이라도 갈겨주고 싶은 심정으로 경내를 벗어나 남산공원 북단까지 걸어갔다. 그곳에서 험준한 바위산에 둘러싸인 분지 속에 아지랑이가 피어오르는 경성 거리 모습을 잠시 동안 가만히 내려다보았다. 그리고 옆의 관목 사이로 나 있는 돌멩이 박힌 좁은 골목을 돌아 내려가 산기슭의 미사카(三坂) 길 주변으로 나왔다. 동네 상점이 늘어서 있는 사이의 적당한 언덕을 더 내려가자 길이 평탄해졌다. 김태조는 경성역 쪽으로 갈 참이었다.

언덕을 다 내려가자 곧 오른쪽에 경성역이 보이는 전차 거리가 나오고 시야가 탁 트였을 때, 김태조는 급히 소변이 마려웠다. 주위에 적당한 장소를 찾아봤지만 보이지 않았다. 눈앞에 전신주 그늘이 있다고 해서 곧바로 개처럼 전신주에 대고 볼일을 볼 수도 없다. 그는 참고 전차 거리를 건넜다. 그리고 경성역을 향해 걸어가면서 머리는 역의 공중변소를 생각했다. 역이 가까워지면서 점차 사람들로 붐비는 속에 국방색 일바지 유니폼이 한층 더 눈에 띄는 젊은 여자들 무리가 보였다. 여학생처럼 보였다. 일고여덟 명이 각각 메가폰을 잡고 높고 날카로운 소프라노 톤의 목소리로 외쳤다. 그는 그녀들 쪽으로 가까이 갔다.

"지금부터 묵념 시간입니다. 여러분, 묵념 준비를 해주세요. 성전 완수와 전선에서 싸우는 황국장병의 무운장구를 기원하기 위해 묵념 준비를 해주세요. 여러분, 자, 묵념 시간입니다."

그녀들은 ××동네 청년단 여자부의 녹색 완장을 차고 있었다. 이런 선전대를 보는 것은 처음이었다.

역 현관에 붙어 있는 시계를 올려보니 12시 2분 전을 가리키고 있었다. 김태조는 큰일이라고 생각했다. 시계가 빠른 것이 아니라면 이제 곧 사이렌이 울릴 것이다. 이런 생각을 하는 것만으로 그는 거의 오도 가도 못할 지경으로 당황했다. 12시에 사이렌이 울려 퍼지면 사람들은 일제히 1분간 묵념을 올려야 한다. 사람들은 이 시각에 일체의 동작을 정지해야 하는 것이다. 싸움을 하고 있는 사람은 싸움을 멈추고, 식사를 하고 있는 사람은 목구멍에 밥알을 밀어 넣은 상태라도 일어나야 한다. 즉 12시의 이 순간에는 조선 땅 위에 있는 사람은 누구든 묵념을 하고 있는지 어떤지 감시하는 역할의 관헌을 제외하고는 일제히 일어나 필승의 기원을 해야만 한다.

손목시계를 차고 있지 않은 그는 이미 12시가 다가와 있는 사실을 몰랐다. 지금이라도 공중변소에 뛰어들어가 몸을 감추기에는 시간이 너무 촉박하다. 사이렌이 울린 순간 꼼짝도 못하고 비록 1분간이라지만 머리를 숙이고 있는 것은 유쾌한 기분이 아니었다. 게다가 오늘은 날카로운 소리로 외치는 필시 일본인과 조선인의 혼합부대인 듯한 여자청년단원들의 예고까지 있지 않은가. 김태조는 여느 때보다 더 오늘은 싫은 생각이 들었다. 그는 문득 역 구내를 노려보고 이미 사람들이 멈춰 서서 붐비던 움직임이 점차 둔화되어 가는 사이에 변소를 찾아 서둘렀다. 그런데 변소 입구에는 이미 같은 생각을 한 것인지 사람들로 차 있었다. 그런데 바로 그때 건너편에서 칼을 번쩍이며 경관이 다가왔다.

사이렌이 울렸다. 사이렌은 당연히 예상은 했지만 돌연 울려서 그를 깜짝 놀라게 했다. 가장 가까운 곳에서 들리는 것은 경성역 건물 위에서 울렸다. 사이렌은 총독부 건물에서, 경성부청에서, 백화점에서, 군사령부에서, 학교에서, 공장에서, 관청에서…… 일제히 울려 퍼졌다. 순간 붐비던 사람들의 움직임이 일제히 멈추고, 소음도 사라졌다. 주위는 무서울 정도로 소리가 잦아들고 기묘한 공백의 시간이 전 도시에 퍼졌다. 사람들은 각자 멈춰 선 장소에서 서로 머리를 맞대기도 하고, 엉덩이를 맞대기도 하고, 옆을 보기도 하면서 몸의 방향만은 자유로이 하고 있었지만 한결같이 머리를 숙이고 있었다.

'뭐가 무운장구라는 것인가! 아, 오줌을 싸고 싶다. 오줌을 싸고 싶어.'

김태조는 마음속으로 중얼거렸다. 1분간만 멍하니 참고 있으면 금세 지나가는 일이다. 이런 일에 쓸데없이 반항심을 불태울 필요는 없다. 이런 때는 자칫 잘못해서 목을 움직이거나 주위의 상황을 살펴보려고 하지 않고 가만히 있는 것이 상책이다. 어디에서 누가 보고 있을지 모른다. 일단 눈을 감고 있지 않으면 묵념이 되지 않으니까 눈은 가만히 감고 있어야 한다.

그때 "이놈!" 하며 경관 같은 사람이 호통치는 소리에 김태조는 깜짝 놀랐다.

"이봐, 이놈!"

문득 눈을 치켜뜨고 쳐다보니 보따리를 손에 들고 개찰구 쪽에서 나온 듯한 한 노인이 두리번거리며 우뚝 멈춰 선 인간 기둥 사이를 걷고 있었다. 아마 시골에서 이제 막 상경한 노인 같았다. 호통을 치고 있는 상대가 자신이라는 것을 눈치 못 챈 노인은 이윽고 혼자서 멈춰서 신묘한 얼굴로 주위를 둘러보기도 하고 머리를 숙인 사람들의 얼굴을 들여다보았다. 지방에서도 정오의 사이렌은 울리지 않을 리 없는데, 조금만 시골로 더 들어가면 더 이상 그 소리는 들리지 않을지도 모른다. 게다가 시골에서는 역 구내에 가득 들어찬 인간이 마치 마법에 걸린 듯이 그 자리에서 움직이지 않은 채 머리를 숙이고 있는 이상한 광경은 본 적이 없을 것이다. 노인은 달려온 경관에게 후두부를 제압당해 억지로 예를 올리는 꼴이 되었다. 그러나 아직 그 이유를 모르는 것 같았다. 머리를 똑바로 들고 경관 쪽을 돌아보려고 했다. 그 사이에 묵념이 끝나고 멈춰 서 있던 사람들이 움직이기 시작했다. 노인 옆에서 코 밑에 수염을 조금 기른 한 중년 남자가 조선어로 말했다.

"영감, 인사를 하라고 하잖아요."

그리고는 붐비는 사람들 속으로 사라졌다. 그러자 노인은 경관을 향해 꾸벅 하고 인사를 했다. 그래도 경관은 이쪽으로 오라며 노인을 데리고 가버렸다.

김태조는 어두운 기분으로 역 앞에서 종로행 전차를 타고 돌아왔다.

그는 전차 안에서 뭔가 금세 질식할 것처럼 숨이 막혔다. 차 안에 붙은 '고쿠고(國語) 상용'이라는 전단지에도 아랑곳하지 않고 사람들은 조선어를 사용하고 있었다.

'조선인에게 조선어는 국어가 아닌데, 도대체 저건 어떤 말을 가리키는가!'

그러나 조선어 회화에는 처음 경성역에 내려 여학생들로 만원인 전차 속에서 경험한 마치 지상의 것이라고는 생각되지 않았던 그때의 반짝임은 이제 그의 눈에 비치지 않았다. 여학생들의 귀여운 입술에서 흘러나온 말이 아니어서가 아니다. 조선어라고 해서 그것만으로 아름답다, 그리고 일본적이지 않다고 말하는 것은 로맨틱한 몽상에 지나지 않는다는 것을 김태조는 경성에 오고 나서 알게 되었다. 현실은 그렇지 않았다. 눈에 보이는 한 모든 곳에서 조선어는 변형되면서 일본어 이상으로 '황국신민'화 정책을 위해 봉사하고 있었다. 강제 폐간을 모면한 유일한 조선어 신문 『매일신보』는 『경성일보』에 뒤떨어지지 않는 신들린 논조로 조선어를 매우 추한 말로 만들어 버렸다. 일본어라면 모르겠지만 조선어로 아마테라스 오미카미나 '만세일계' 일본의 천황을 삼가 두려워하며 우러러 받들며, 예를 들면 '하시다'나 '계시다' 등의 일본어를 최대급의 조선어 경어로 표현했다. 그리고 마침내 '현인신(現人神)[15]' 천황을 위해 목숨을 바치라는 것은 어떻게 된 것인가. '고쿠고 상용'으로 조선어의 숨통을 죄면서, 한편에서는 아직 여명을 보전하고 있는 조선어에 대해서는 말의 내부에서 변질을 일으켜 타격을 가하고 파괴하려고 하고 있다. 더욱이 12시 묵념과 같은 것은 일본에서는 하지 않고 있다. 김태조는 일본에 있을 때보다 한층 더 자신을 서서히 죄어오는 경성의 답답한 분위기에서 벗어날 수 없었다. 물론 그러면 그럴수록 꾹 참고 견뎌야 하지만, 역시 그가 꿈꿔

---

**15** 1945년 이전까지 일본의 천황을 신격화된 존재로 표현한 말이다. 패전 후 쇼와(昭和) 천황은 신격을 부정하고 천황이 인간임을 선언했으나, 이는 사실 천황을 절대적인 군주가 아닌 상징적인 존재로서 이미지 변신을 시켜 전쟁책임문제로부터 천황에게 면죄부를 주기 위한 일본과 미연합군의 합작의 결과라고 할 수 있다.

온 경성과 실제로 체험한 경성은 차이가 있었다. 직접 체험한 경성의 현실은 혹독했다.

김태조는 세 권의 책 꾸러미를 소중이 옆구리에 끼고 피곤해져 안국동 언덕길을 올라갔다. 쪽문으로 들어간 김태조는 본당 앞에서 기 선생님과 뭔가 이야기를 나누고 있는 어떤 남자를 발견하고 깜짝 놀라 멈춰 섰다.

그 남자는 조선옷을 입은 기 선생님과는 대조적인 모습을 하고 있었다. 순간적으로 일본에 있는 우메바라 조타로를 떠올렸을 정도로 전투모를 쓴 머리부터 각반을 둘러싼 발끝까지 전시 색으로 몸을 단단히 꽉 싸고 있는 남자는 힐끗 김태조 쪽을 어두운 시선으로 훑어보는 것 같았다. 그 남자는 눈썹 언저리까지 전투모를 깊숙이 눌러쓰고 있었기 때문에 눈동자의 움직임이 모자 차양에 가려 잘 보이지 않았다. 그 남자는 요시다(吉田)가 틀림없었다. 요시다는 기 선생님에게 들었는데 총독부 학무국의 말단 조선인 관리로, 한 달에 한 번 용건도 없는데 고양이처럼 쪽문을 지나 '인사' 하러 들르는 것을 의무처럼 여기며 드나드는 사람이었다. 김태조는 이 남자와 필요 이상의 말을 일절 하지 말고 주의하라는 말을 들은 적 있다.

김태조는 멈춰 서서 기 선생님에게 인사하고 좌측에 있는 사무소 건물 쪽으로 돌아가려다 역시 주저했다. 본래라면 일본어를 할 수 있는 자신이 그를 응대해야 하기 때문에 그대로 본당 앞으로 나아가야 할 터인데, 반사적으로 발이 반대쪽으로 향하고 말았다. 그러나 기 선생님은 그를 불러 세우지 않았다. 무슨 이야기를 하고 있었는지 알 수 없지만, 기 선생님은 조선어로 이야기하고 요시다 쪽은 일본어로 이야기하고 있었다. 이 기이한 느낌의 회화는 비뚤어진 소리를 내며 맞물리는 녹슨 톱니바퀴 같았다. 그러나 대화 소리가 삐걱거리기는 해도 적어도 기 선생님도 일본어를 어느 정도 알고 있는 게 분명했다. 사무소에 올라간 김태조는 미닫이문 하나를 사이에 두고 구분된 자신의 방에 들어간 다음, 경내에 면한 장지문에 옆얼굴을 갖다 대고 귀를 기울였다. 그리고 문득 생각해봤다. 이 남자는 12시 사이렌이 울리면 어떤 표정과 모습으로 묵념을 할까?

"……지금 그 청년은 처음 봤습니다만, 언제부터 여기에 있는 겁니까?"

요시다는 발음에 조금 사투리가 섞여 있었지만 매우 정확한 일본어로 말했다.

"음, 저 청년이 언제부터 여기에 살고 있냐고? 여기에 있다고 하는 것은 좀처럼 단정적으로…… 어찌 알겠소, 하하핫."

기 선생님이 조선어로 말하며 웃었다.

"그는 징병검사를 요전 날 받고 지금은 소집이 오는 것을 기다리고 있는 참이오. 일본에서 왔는데 이 절과 인연이 있는 청년이네. 소집이 올 때까지 여기에 머무르게 될 거야."

"아, 내지에서 왔군요. 내지에서도 징병검사를 받을 수 있을 텐데 어째서 일부러 조선까지 온 걸까요?"

"그는 기특한 청년이오. 아버지 무덤에 성묘도 할 겸 일본에서 왔다고 합니다."

"아, 성묘를 겸해 온 거군요. 정말 마음 씀씀이가 기특하군요……. 그가 이 절에 인연이 있다는 것은 승적에 들어있다는 뜻입니까?"

"승적은 없네. 일본에서 온 지 얼마 안 됐소."

"아, 그렇습니까……. 그런데 선생, 조선도 일본이니까 본토를 내지라고 부르는 것이 좋다고 생각합니다만……."

"……조선은 이 땅의 이름이고, 일본도 또한 그 땅의 이름이오. 일본인은 내지인이고 일본인은 아닌 건가? 중학생한테 말하듯이 그런 지적은 하지 않는 게 좋소."

기 선생님은 적당히 응대하고 요시다를 돌려보냈는데, 서로 동시통역을 하면서 나누는 대화는 기 선생님이 일본어를 몰라서는 할 수 없는 대화였다. 다만 기 선생님이 요시다와 같은 조선인과 일본어로 이야기하지 않는 것은 결코 일본어를 모르는 것이 아니라 일본어를 이야기하고 싶지 않은 때문이라고 김태조는 생각했다. 그 후에 다시 요시다가 절로 찾아와서 김태조와 만나 이야기를 나누었는데, 결코 이빨을 보이지 않고 속으로 억누르며 분명하지 않은 목소리로 이야기하는 음침한 인상을 주는 남자였다. 그는 조선식의 발끝이 갈라지지 않은 버선을 신고 있는 탓도 있어서 걸어도 발소리가 나지 않는 것이 한층 더 그런 인상을 강하게 했다. 게다가 그는 조선어를 잘 알고 있는 것이 분명한데, 조선어 따위는 태어났을 때부터 관계가 없다는 듯이 절대 사용하지 않는 것이 생리적인 혐오감조차 불러일으켰다.

그는 의식하면 할수록 경성의 현실이 답답하고 숨이 막힐 것만 같았다. 단적인 이야기로, 오사카 역 홈을 메운 일장기나 만세 소리를 들으며 병대가 출정하는 풍경과 경성 역전을 메운 일장기에 환송을 받는 조선 청년의 출정 풍경이 같아서는 안 된다. 그는 당초의 목적이 그랬던 것처럼 어떻게 해서든 중국으로 갈 길을 찾아야겠다고 새삼 다짐했다. 그렇게 해서 일본 지배하의 조선에서 벗어나지 않으면 안 된다. 그러나 그가 일본에서 조선까지 탈출한 것은 그런대로 괜찮았다 쳐도, 중국으로 탈출하는 것은 그 이상의 어려움이 따를 것이다. 도대체 어떤 준비와 계산이 자신의 의지에 뒷받침되어 있는가. 거의, 아니 아무것도 준비된 것은 없다. 분명 오사카 중앙도서관에 계속 다니면서 나카노시마(中之島) 하천이 흘러가는 것을 바라보며 틈만 나면 빌려온 중국 대지도를 펴놓고 지리를 조사하거나 중국 관련된 책을 몇 권인가 읽은 적은 있다. 그런데 그 정도로 뭐가 가능할까. 중국어는 물론이고 충분한 예비지식과 인간적인 연결이 없는 상태로 중국으로 간다는 것은 너무 무모하고 유아적인 공상에 지나지 않는다. 물론 김태조로서는 중국과의 인간적인 연결은 조선에서 지내는 생활을 통해 찾아야 한다는 막연하긴 했지만 나름의 지향이 있었던 것은 사실이다. 적어도 무거운 밤의 시대에 뜻 있는 사람들끼리 만나면 우는 것이 인사인 비운의 조국에서 뜻 있는 자를 찾아온 이상 누군가를 찾아야만 한다. 그러나 그가 공상하듯이 로맨틱한 형태로는 입원까지 2개월 사이에 이런 인간관계를 찾을 수는 없었다. 현실이 공상처럼 주관적인 것이 아니라는 것을 그는 깨닫지 못했던 것이다. 그래서 만난 사람이 절의 노승이었지만, 청년끼리의 고뇌나 품고 있는 뜻을 서로 밝힐 수 있는 동료의식과는 먼 느낌이었다.

그래도 김태조는 자신의 비밀을 누군가에게 털어놓고 조금이라도 넓은 세계로 나가고 싶은 마음이 간절했다. 그는 이렇게 해서 경성의 현실에서 도망치고 싶은 기분이 고양되어 기 선생님께 중국에 가고 싶다고 고백한 것이다. 노승이 '하상 조(河上肇)'를 알고 있냐고 물어봤을 때, 그는 자신이 조국의 독립을 꿈꿔온 사실과 징병검사를 받으러 온 진짜 목적을 이야기했다. 그러나 기 선생님은 놀라지 않았다. 그저 음, 하고 눈을 감고 잠시 침묵하고 있었다.

"기특하군. 일본에서 자란 자네가 이 험한 시대에 조국을 찾아왔다고 하는 그 뜻이 정말로 고맙네."

이윽고 기 선생님은 텅 빈 그러나 밝고 윤기 나는 사무소의 오래된 소파에서 엉거주춤 일어나면서 말했다.

"나는 자네가 이 절의 대문을 두드리며 더듬거리는 조선어로 하룻밤 머무르게 해달라고 했을 때부터 심상치 않은 사람이라고 느꼈어. 자네를 여기에 머물게 한 것도 유(柳) 선생님과 상담한 결과인데, 자네 얼굴에 숨겨진 뜻 때문이라고 할 수 있겠지. 그러나 그와 같은 것은 앞으로 나에게도 일절 말해서는 안 되네."

김태조는 가슴속에 담아둔 말을 처음으로 토해낸 흥분으로 볼이 발그레하게 붉어지며 밝게 반짝거렸다. 그의 마음은 공상에 잠겨 있을 때의 어쩐지 불안한 심정보다 그런 생각을 자신이 하고 있다는 것을 자랑과 자부심으로 여겨 한껏 부풀어 있었다. 그리고 자신은 중국으로 탈출하고 싶다고 조금 우쭐해져 말했다.

"지금 뭐라고 말했지? …… 음, 중국으로 간다고?"

"예, 중국에 갈 생각으로 왔습니다."

경내를 비춘 낮의 햇빛이 반사되어 투명한 유리문은 통과해 사무소 안을 밝게 비췄다. 김태조와 마주 앉은 노승은 왼쪽에 보이는 사람이 없는 경내를 주의 깊게 바라보다, 문득 주방 입구에 나타난 삼식이의 모습을 발견하고는 김태조 쪽으로 얼굴을 돌리고 물었다.

"음, 중국……. 중국은 뭘 하러 갈 생각인가?"

"예, 일본은 곧 패망할 거라고 생각합니다만, 그래도 아직 2, 3년은 계속 싸울지도 모릅니다. 저는 중국 충칭(重慶)에 조선 임시정부가 있다고 하니 그곳을 찾아갈 생각입니다."

"전쟁이 아직 2, 3년 계속된다는 것은 뭔가 근거라도 있는 이야기인가?"

노승은 조금 일그러진 미소를 보이며 한층 더 엄격한 눈빛을 지어 보였다.

"…… 그저 왠지 모르겠지만 그럴 것 같습니다."

"왠지 모르겠다는 걸로는 안 되네. 자네는 가볍게 중국을 입에 담지만 그곳은 자네가 상상하는 그런 곳이 아니라네. 말하자면 경성에 숨어들어온 어린애와 같은 꼴이야. 음, 그건 그렇고, 중국에 가는 데 얼마나 준비가 된 건가?"

김태조는 대답할 말이 없었다. 무슨 준비가 되어 있단 말인가. 간신히 얼굴에 땀을 흘리며 이제부터라도 루트를 찾고 싶다고 말하자, 노승은 강한 어조로 눈을 부릅뜨며 김태조를 나무라듯 말했다.

"어헛, 나는 진지하게 이야기를 듣고 있었는데 자네는 무슨 말을 하는 건가?"

노승은 김태조의 막연한 계획이 어처구니없다는 듯이 웃었다.

"설마 젊은 사람이 호기심에서 하는 말은 아닐 테지? 어디서 들었는지 모르겠지만 도대체 충칭의 한국임시정부라고 하는 것이 어떤 건지 자네 알고 있는가? 아무것도 모르고 있군. 그러면서 가볍게 입에 담다니. 그건 그렇고, 충칭이 도대체 어디라고 생각하고 있는가? 지도를 펼쳐보면 알겠지만, 땅끝이네. 한두 번 죽는 것으로는 그곳에 도달할 수 없을 거야. 목숨이 몇 개나 있어도 부족해. 두 번 다시 그런 이야기는 하지 말게. 알겠는가. 중국까지 갈 것도 없네. 압록강을 넘는 것도 어려워. 어린 애도 아닌데, 자네는 무슨 말도 안 되는 일을 생각하고 있는가. 말도 안 되는 이야기야. 안 되고말고! 자네는 잠자코 이 절에서 가만히 있는 것이 좋아. 앞으로 그런 이야기는 일절 입에 담아서는 안 되네."

"아……."

김태조의 머리는 무참하게 일그러졌다.

"여보게, 알겠는가? 조선 속담에 등에 업은 아이에게 길을 물어보라는 말이 있지. 자네는 길을 모르고 있네. 현실은 자네가 머릿속에서 엮어온 꿈같은 곳이 아니야."

김태조는 상반신을 똑바로 곧추 세우고 이야기하는 노승의 엄한 자세에 압도되어 순간적으로 움츠러들고 말았다.

지금 생각해보면 얼굴이 뜨거워진다. 그는 애초에 계획이랄 것도 없었지만, 자신의 계획이 공상이라는 것을 모르는 것은 아니었다. 그러나 단순히 공상이라고 치부해버리는 것은 동시에 자신의 존재를 뒤엎어버리는 것이기도 했다. 그는 조선에 와서 자신의 생각이 얼마나 유치하고 무모했는지 정신이 들었다. 이것이 자업자득이라고 해도 그에게 깊은 실망감을 안겨준 것은 사실이다. 그는 상상의 세계로 비상한 자신이 무참히 두들겨 맞고 살벌한 현실로 되돌려 보내진 느낌이었다.

그러던 참에 발진티푸스에 걸린 것이다. 며칠간이나 고열에 계속 시달리는 동안은 죽음의 신이 날뛰고 그에 저항하는 생명의 한결같은 발버둥질만이 그가 할 수 있는 전부였다. 그런데 겨우 위기를 벗어났을 때부터 그는 자신을 잃어버리기 시작했다. 퇴원의 기쁨이 동시에 퇴원 후의 생활에 자신감을 보증해주는 것은 아니다. 부질없이 무너져 내렸다. 그리고 그 틈을 타고 아마 어린애처럼 바란 탓이겠지만 어머니가 양손을 벌리고 밀어 헤치며 그의 마음속으로 들어온 것이다. 그렇다고 해서 이제 와서 새삼 일본으로 돌아간다는 것은 도대체 어떻게 된 것일까? 그것도 기 선생님을 향해 나는 일본에 가고 싶다고 말할 수는 없다. 애초에 조국 조선의 독립을 바라며 육친을 버리고 돌아가지 않을 결심으로 일본을 떠나왔다고 기 선생님에게 말한 체면이 있지 않은가.

시골로 가자. 수풀 우거진 시골로. 김태조는 흐린 하늘을 올려다봤다. 뭔가 물방울이 손등에 떨어진 것 같았는데, 착각이었다. 피부가 경련을 일으켰는지 모른다. 가볍게 살랑거리는 바람 탓인지도 모른다. 비가 내릴 듯하면서도 좀처럼 내리지 않았다. 하늘을 떠받치고 있는 거인처럼 우뚝 솟은 느티나무의 몇 만 잎사귀가 우거진 속에 지저귀는 참새 소리가 저녁노을을 짙게 비춰냈다. 아니, 어쩌면 비가 억수로 쏟아질지도 모른다. 문득 생각나서 본당의 지붕에 잠시 전까지 머물러 있던 두 마리의 참새를 찾아봤는데, 거기에는 한층 그림자가 깊은 처마의 끝자락이 하늘로 뻗어 있을 뿐이었다. 바람이 불어왔다. 슬슬 비가 내릴지도 모른다. 세상의 흙먼지가 춤을 추는 6월의 경성 거리를 적셔줄 비가 내릴지도 모른다. 그는 비를 기다리는 심정이었다.

# 3

뱀 한 마리가 초가지붕의 처마에 매달려 방 안에 누워있는 김태조를 엿보고 있었다. 뱀은 탄력 있는 몸뚱이를 쑥 하늘로 치켜 올리고 구불거리는 낫 모양의 굽은 목을 가만히 치켜든 채 자고 있는 김태조를 들여다보고 있었다. 해를 끼칠 생각은 없어 보였다. 이미 두세 번 꿈속에서 만났기 때문에 김태조에게는 낯익은 뱀이다. 뱀이 흔들흔들 마치 그네처럼 몸을 흔들며 반동을 붙여 움직이는 모습이 익살스러웠다. 김태조는 꿈속에서 잠들어 있었는데 무슨 연유인지 뱀의 움직임이 감은 눈을 통과해 이상하게도 선명하게 잘 보였다. 아, 뱀이 곧 날겠구나. 이런 생각을 하고 있는데 과연 짐작한 대로 뱀이 휙 소리를 내며 처마 끝에서 지면으로 뛰어내려 김태조 옆을 지나쳐서 경내 지면을 스르륵스르륵 기어 어딘가로 들어가 버렸다.

무수한 뱀이 병원 복도를 마치 강물을 헤엄치듯 기어 다니며 김태조가 입원해 있던 병실, 전염병원 동측 3층 125호실 문을 굽은 목으로 똑똑똑 노크하고 문을 열고 쑥 안으로 모습을 감췄다.

김태조가 안으로 들어가자 예전의 병실은 지하로 연결된 깊은 구멍으로 더 이상 아무 것도 보이지 않는 무색의 공간이었다. 이곳을 마치 낙하산 부대의 일원처럼 공중을 헤엄쳐 서서히 구멍 속으로 뛰어내렸다. 깊은 구멍의 바닥에 발을 모으고 서자 그곳은 보기 드문 당초무늬 커튼이 바람을 품고 나부끼고 있었다. 커튼 너머로 수풀 우거진 초원이 넓게 펼쳐져 있었다. 이곳은 낯익은 마을에서 조금 떨어진 곳으로, 주변에 작은 절이 있었다.

그런데 수풀 우거진 초원 속에 보였다 안 보였다 하면서 간호사와 어느새 친해졌는지 평소와 달리 안경을 쓴 낯선 모습의 기 선생님이 함께 뒤쫓아 오고 있었다. 40도를 넘는 직사광선이 비추는 속을 열심히 달리면서 자신은 아직 죽지 않을 거라고 김태조는 생각했다. 그런데 어째서 안경을 쓴 기 선생님이 자신을 쫓아오고 있는지 이상했다. 힘이 다한 김태조는 수풀에 쓰러진 채 열에 시달리며 외쳤다.

"나를 죽이지 마!"

하늘에 삼각형으로 빛나는 것이 무수히 보였다. 무수한 삼각과 사각의 가위 자국도 없는 하얀색 새 종잇조각의 환영이 그의 머리 위에 펼쳐진 공간을 채웠다. 마치 밤에 무수히 빛나는 삼각의 거대한 별이 반짝이는 것처럼 그의 이마 위에서 반짝였다. 이것은 분명 병원 침대에서 본 환영이었다. 이윽고 풀숲에서 기어 나온 뱀들이 김태조의 사지를 마치 수술대 위에 올려놓고 동체를 둘둘 말아 붙들어 매기라도 한 것처럼 그는 대지 위에서 꼼짝 못하고 누워 있었다. 햇빛이 작열하는 가운데 40도를 넘는 고열에 시달리는 그의 망막에 생겨나 반짝이는 것은 삼각과 사각이 각축하는 무수한 기하학 모양의 빛이요, 물을 향한 한없는 욕망의 외침이었다.

'아, 나는 꿈을 꾸고 있구나. 병원에 입원해 있던 꿈을 꾼 거야.'

김태조는 서늘한 장판이 깔린 방에 누워 수풀 속에 누워 있던 꿈속의 자신을 떠올리며 중얼거렸다.

'아, 나는 초원 속에서 쫓아오는 사람들에게 붙잡히고 말겠군.'

김태조는 허공의 한구석을 응시했다. 풀숲에 쓰러진 자신은 결국은 붙잡히고 말 것이다. 낯선 중년의 간호사가 섬뜩한 말을 했다.

호호호, 얼굴 모양이 마치 왜인(倭人) 같아요.

간호사는 남자 같은 말투로 말했다.

아니야, 아니야. 나는 왜인이 아니야.

아니라고? 뭐가 아니라는 거예요? 완전히 왜인과 똑같은데.

아니야, 아니야. 누가 왜인이라는 거야.

아니야, 아니야. 너는 왜인이야. 왜인과 똑같다니까. 귀여운 얼굴을 하고서.

귀밑에서 분명하게 숨 쉬는 소리가 들렸다.

아니야, 나는 왜인이 아니라니까.

뭐가 아니라는 겁니까. 당신은 왜인이에요. 내 여동생은 열다섯의 나이에 죽었는데, 왜인 지주에게 강간당해 목을 매고 죽었죠. 벌써 십 수 년도 전의 이야기예요. 당신은 왜인이에요. 왜인과 똑같은 얼굴을 하고 있다니까.

"아니야, 나는 왜인이 아닙니다. 조선 사람입니다."

열심히 항변을 계속하는 김태조의 목소리는 꿈속과 똑같은 형태로 현실로 옮겨 왔다. 그는 이중의 꿈에서 한꺼번에 깨어났다. 그러나 방 안은 너무나 어두워서 아무것도 보이지 않았다.

"호호호, 얼굴 모양이 마치 왜인 같아요……."

어둠 속에서 귓가에 분명히 살아있는 인간의 따뜻한 숨소리가 살짝 스쳤다. 그는 몸을 움직여보려 했지만 움직여지지 않았다. 이미 경직된 듯이 움직일 수 없었다. 조용히 옆의 어둠 속에서 무거운 그림자가 서서히 덮쳐 왔다.

김태조는 계속해서 꿈을 꾸었다. 이곳은 기 선생님에게 추천을 받아 찾아온 곳이다. 마을에서 좀 떨어진 수풀 우거진 절의 풀숲에서 열기가 강하게 풍겼다. 그는 같은 꿈을 두세 번 계속해서 꾸었다.

경성에서 북쪽을 향해 약 80킬로미터, 강원도 철원에서 금강산 철도로 갈아타고 다시 산속을 향해 2, 30킬로미터 거리를 김태조는 기차를 타고 찾아갔다. 기차도 아니고, 전차도 아닌 묘한 신음소리 같은 이명이 들렸다. 전차처럼 생긴 디젤차가 거의 텅 빈 채로 달리고 있었다. 이윽고 단선의 레일 옆에 상자를 갖다 붙여놓은 것처럼 조그맣게 붙어 있는 작은 무인역에서 그는 내렸다. 수풀이 우거졌다고 들은 대로 사람 키만큼이나 무성히 자란 수풀 속에 역이 숨어 있어 얼핏 봐서는 보이지 않을 정도였다. 레일이 반사되는 빛조차 풀에 가려 멀리까지는 비치지 않았다. 초원 속을 달리는 단선의 철도는 사막을 달리는 단선의 레일보다 7월의 태양 아래에서 삭막하게 보였다. 두통을 일으킬 것 같은 수풀에서 풍기는 열기는 풀이 심하게 내쉬는 숨소리이고 숨의 번민이다. 이 여름의 냄새를 하늘에 확산시키며 가까이에 있는 작은 산을 둘러싸고 초원은 정신이 아찔해질 정도로 멀리 펼쳐져 있었다.

멀리 동쪽 햇빛에 옅은 남색으로 희미해지며 그림자놀이처럼 비치는 것은 태백산맥일지도 모른다. 금강산은 저 멀리 건너에 있다. 그곳에서 금강산이 보입니까? 언젠가 물었던 질문이 얼마나 바보 같았는지 새삼 느껴져 쓰러질 것 같은 수풀 속에서 김태조는 혼자 얼굴이 붉어졌다. 그 붉은 얼굴조차 수풀을 헤치고 볼이나 귓가에 닿는 풀잎 끝의 감촉이 느껴지는 것 같았다. 묘하게 기분이 좋았다. 그리고 약해진 몸의 혈관에 자연의 정기를 주입하는 힘이 느껴졌다. 김태조는 멀리 태백산맥의 연봉을 바라보며 금강산 철도라는 이름의 선로를 계속 달렸다. 그리고 종점인 내금강역까지 가지 못하는 것이 유감스러웠다.

작은 구릉의 기슭에 스무 호 정도 모여 사는 촌락의 외곽에 있는 절을 찾아갔을 때 적토의 경내에서 서너 마리의 닭이 한가로이 먹이를 쪼아 먹고 있는 것을 보고 그는 기분이 좋았다. 김태조는 그 중 한 마리를 잡아먹고 싶은 충동이 순간 일었지만 웃으며 뿌리쳤다. 기 선생님의 소개장을 드릴 주지는 절에 없었다. 대신에 초가지붕의 안채에서 마을사람으로 보이는 몇 명의 여자들과 잡담을 하고 있던 아랫배가 튀어나온 중년의 여자가 자리에서 일어서 걸어왔다. 머리를 조선식으로 뒤쪽으로 묶어 딴 모습으로 봐서 여승은 아니고, 이 절의 관리인 같았다.

주지는 금강산 본사(本寺)에 출타 중이었기 때문에 며칠간 절에 없다고 했다. 소개장의 취지는 주지 본인이 돌아와도 인정해 줄 것이다. 일부러 경성에서 이런 벽지까지 온 이상은 일주일 정도의 체류는 어려운 일이 아니다. 경성과 달라서 전등도 없고 산속이나 다름없는 쓸쓸한 곳이라서 젊은 사람의 마음에 맞을지 어떨지 모르겠다. 그러나 건강을 위해서는 좋을 것이다. 이렇게 말하면서 안채 옆의 작은방을 내주었다. 그녀는 친절했다. 듬직한 체구의 마흔 정도 되어 보이는데, 홑눈꺼풀의 찢어진 긴 눈으로 가만히 사람을 쳐다보는 것이 어딘지 모르게 기 선생님, 아니 무녀 같은 인상을 주었다.

김태조는 마음이 동하지 않았지만 절을 지키고 있는 그녀에게 이끌려 마을 여자들 사이로 비집고 들어가게 되었다.

곡물뿐만 아니라 말이라고 하는 것도 그 땅에서 태어나 만들어 지는 것이다. 그는 감정이 솟구치면서 그런 생각이 들었다. 말은 전답을 경작하는 노동과 같아서 대지에서 길러져 나오는 것이라는 생각이 김태조의 마음을 죄어 왔다. 마을 여자들 사이에서 흥겹게 오가는 경성말에 상당히 가까운 토착의 조선어는 그녀들의 육체와 도저히 떼려야 뗄 수 없는 점착력을 갖고 안채 안 사람들을 서로 묶어주고 있는 것 같았다. 이곳에는 타인을 밀쳐내는 탄력이 있었 다. 김태조의 약한 조선어로는 이 땅에 뿌리 내린 말이 만들어내 는 힘찬 공간으로 도저히 비집고 들어갈 수 없었다. 농부들의 볼 살이 빠진 단단한 얼굴, 고원의 작열하는 태양에 단련된 무두질한 가죽 같은 피부, 물건을 만드는 데 단련된 큰 손과 구두 같은 뒤꿈

치의 발. 그 풀이 뿜어내는 열기와 같은 토지의 숨결이 깃든 말로 이야기를 걸어오면 김태조는 가슴이 철렁했다. 자신의 약한 조선어로 사고하는 빈약한 말의 공간은 곧 무너지고 만다. 그러나 무너지면서도 저절로 무너지면서도 이 땅의 풀이 뿜어내는 열기와 함께 날아오르는 하나하나의 말을 놓치지 않으려고 양손으로 붙잡고 자신의 말 주머니에 집어넣으려 했다. 그녀들은 웃으면서 그가 조선어를 잘 모르고 있고, 경성이 아니라 멀리 일본에서 바다를 건너 찾아왔다는 사실을 알고 서로 얼굴을 마주하며 납득했다. 그들은 고개를 끄덕이더니 모두 김태조 쪽을 향해 잠시 동안 가만히 그를 바라보며 웃었다. 그 웃음이 어떤 의미인지 타지 사람인 그로서는 바로 알 수는 없었다. 그렇군, 알고 보니 그 총각의 얼굴은 왜인 같다고 어떤 여자가 두툼한 입술을 내밀고 속삭였다. 김태조의 귓가에 맴맴 하고 매미 우는 소리가 들렸다. 왜인 같다. 왜인 같다. 왜인 같다……. 왜인이다……. 저 사람은 왜인이다……. 세상에 그악하다고 하는 것은 왜인을 가리키는 말이야. 내 영감은 늘 말하곤 했어. 도둑질을 할 거면 나라만 빼앗고 끝냈어야지. 다른 나라 땅만으로는 성이 안 차서 그 나라 사람들 성까지 빼앗다니, 세상에 보기 드문 그악한 인종이 왜인이다. 저 사람은 왜인 같아. 왜인 같다고……. 절의 본당 지붕을 덮고 뻗은 팽나무 가지들이 바람에 살랑이고 무수한 매미 소리가 일제히 사방에서 떨어져 내렸다. 묘하게 디젤차의 울림소리 비슷한 엔진소리가 들렸다.

이렇게 해서 순식간에 김태조의 얄팍하게 겉만 조선인처럼 꾸민 도금은 마을 여자들 앞에서 드러나고 말았다. 그는 농부들의 조야한 힘 앞에서 옷이 벗겨진 처녀처럼 자신의 맨몸을 의식했다. 늠름해 보이는 여자들이 자신 위에 올라타고 자신은 연약한 여자인 듯한 착각에 빠져 수동적인 자세가 된다. 뭔가 자신이 진짜 왜인으로 바뀌어 은밀한 형태의 복수를 당하고 있는 듯한 착각에 빠졌다. 작열하는 하늘을 안고 찌는 듯한 풀의 열기가 충만했다. 그러나 김태조가 그녀들을 되받아칠 수 있는 것은 아무것도 없었다. 반항심도 일지 않았다. 묘하게 자신이 지배당하는 듯한 느낌을 받았다.

김태조는 무녀 같은 여자와 함께 경내를 청소할 때 '쓰레받기'를 집어달라는 말을 듣고 그것이 쓰레받기라는 것을 못 알아들어 멍하니 있었다. '쓰레기를 담는 것'이라고 말해주면 알아들을 수 있는데, 쓰레받기라는 명사는 몰랐다. 동사와 형용사도 많지만 알아들을 수 없다. 그래서 왜인 같다……는 목소리가 그녀의 무언의 몸에서 방사된 듯 발하는 것이 느껴졌다. 아, 그 얼굴 모양이 왜인 같다. 왜인 같다…….

"아니야, 나는 왜인이 아닙니다. 왜인처럼 보여도 왜인이 아닙니다."

어둠 속에서, 왜인 같다…… 호호호, 왜인 같다…… 하는 어둠 속 목소리를 향해 김태조는 항변했다.

"당신은 왜인과 똑 닮았어. 귀여운 얼굴을 하고."

"아니야, 저는 왜인이 아닙니다. 조선 사람입니다."

"조용, 조용. 당신은 왜인이야."

귓가에 풀의 열기처럼 사람의 숨결이 뜨겁게 느껴지며 왜인 같다는 목소리가 따라왔다.

"조용, 조용. 잠잠, 잠잠."

이윽고 옆의 어둠속에서 조용히 엄습해오는 그림자가 부드러운 실체로 느껴지기 시작했다. 어둠 속에서 문득 목욕할 때 발기하는 것은 개라고 했던 그야말로 이 장소에 어울리지 않는 말이 떠올랐다. 경직된 물건을 이미 타인이 손에 쥐고 있는 것을 알 수 있었다. 그는 여자처럼 거부했다. 그러나 거부하는 힘이 어둠 속으로 녹아들어 갈 것만 같았다. 대신에 어둠처럼 힘이 덮쳐 왔다.

"쉿, 조용, 조용. 잠잠, 잠잠."

김태조는 어둠을 뚫고 물건을 내려다봤다. 이윽고 손가락이 어둠속 그림자의 실체를 더듬었다. 빠져들 것 같은 구멍이 대지에 있는 것이 아니라 어두운 하늘에서 내려온 모자처럼 자신에게 덮쳐오는 것을 느꼈다. 안채 옆에 작고 서늘한 흙벽 냄새가 나는 장판 깔린 방이었다. 밝은 닿을 듯 말 듯한 별빛만이 비추고 있었다.

김태조는 잠에서 깨어났다. 그런데 이상하게 여자가 하는 대로 몸을 맡기고 있을 수밖에 없는 비몽사몽 중이었다. 머리 심까지 적시는 강한 풀의 열기가 콧구멍에 닿아 몸부림쳤다. 큰일이라고 깨달았지만 그때는 이미 모든 것이 한창 움직이고 있었다.

그리고 어둠 속에서 왜인 같다…… 왜인 같다…… 뜨거운 숨소리가 귓가에서 들렸다. 그는 같은 꿈을 반복해서 꾸고 있다는 사실을 깨달았다. 귓가에 계속해서 숨소리가 울렸다. 그러나 이미 현실적으로 살아 움직이고 있는 그 목소리의 주박을 아무리 몸부림쳐도 벗어날 수 없었다. 그는 어둠 속의 그녀의 목소리가 명령

하는 대로 따랐다.

얼마 전까지만 해도 조선의 시골에서는 조혼으로 12, 3세의 남편을 연상의 새댁이 무릎에 끌어안고 오줌을 싸게 했다고 한다. 물론 과장도 있겠지만 밤일의 초보를 가르친다는 말은 사실일지도 모른다. 그런 것과는 다르지만 지금 김태조는 자신 안에 있는 '왜인' 때문에 그녀의 주문에 걸려들어 몸이 경직된 듯 자유를 잃어버렸다. 양쪽 눈을 짙게 적시는 어둠 속에서 지배하는 힘을, 반항할 수 없는 주박의 지배를 받아들였다.

그리고 길게 찢어진 홀린 듯한 눈매의 그녀는 왜인에게 복수라도 하는 것처럼 어둠속에서 왜인 같다……, 왜인 같다……고 숨을 죽이고 계속해서 주문을 외며 공격해왔다.


4


김태조는 정확히 일주일 쩨 되는 날 그곳을 떠났다. 사실은 2, 3일 지났을 때 벌써 돌아가고 싶었다. 도착한 다음 날부터 안정감을 잃고, 이후의 시간은 기 선생님이 말한 대로 일수를 채우고 있었던 것에 지나지 않았다.

그는 처음 온 날부터 수풀이 우거져 하늘과 천지 사이에 가로막혀 있는 것이라곤 아무것도 없고 풀의 열기만이 타오르는 속에서 자신이 '왜인'이라는 착각에 빠져들었다. 실제로 귓가에 왜인 같다, 왜인 같다……고 뜨거운 숨결을 불어넣는 목소리가 계속 들려 스스로 자신이 왜인이라고 생각될 정도였다. 적어도 자신의 마음속에는 '왜국'과 '왜인'을 거부하고 일본에서 일부러 조선까지 온 것인데⋯⋯. 조선인 중에서 '내선일체', '신주불멸(神州不滅)'을 외치며 '황국신민'화에 분주한 무리가 전염병에 뒤지지 않을 기세로 창궐하는 세상에 자신은 일본에서 조선으로 찾아온 것이다. 그럼에도 불구하고 수풀 우거지고 하늘과 천지 사이에 풀의 열기로 타오르는 이 땅의 조선 농촌의 아낙들 속에서 마침내 자신이 왜인이 아니라고 철저히 항변할 만한 것을 그는 아무것도 갖고 있지 않았다. 그녀들 앞에서는 침묵은 항변이 되지 않았다. 이렇게 해서 흰색 맷돌 같은 엉덩이를 털썩 땅에 내려놓고 아랫배를 내밀고 앉아 있는 이 땅의 여자들에게 자신이 '왜인과 똑같다'는 사실을 묵묵히 인정해버린 꼴이 되었다. 안채 옆의 작은 방 어둠 속에서 무녀가 계속 중얼거리고, 그녀가 강요하는 대로 그는 일본인이 되어 농락당했다. 그 은밀한 복수를 그는 받아들일 수밖에 없었다. 그는 철원을 향해 달리는 금강산 철도 안에서 창밖으로 보이는 끝없이 펼쳐진 초원도 또 자기 자신도 모두 표백되어 버린 듯한 기분이 들었다.

이것은 또한 구두 같이 단단하고 큰 맨발로 조선의 대지가 짓밟히고 있다는 느낌이었다. 어찌할 수 없는 무력감이 오장육부에 스며들었다. 그것은 어디까지나 자신의 뿌리인 조선의 대지에 두들겨 맞은 듯한 무력감이었다. 두들겨 맞으면서 묘하게 충실감 같은 것이 느껴졌다. 이 충실감이 무서웠다. 자신을 아무것도 아닌 것으로 만들어버리는 듯한 충실감이 무섭게 느껴졌다.

철원에서 경원선으로 갈아탔는데, 세 사람이 앉을 수 있는 좌석을 가진 광궤의 차안은 통로까지 사람들로 가득했다. 5월 1일부터 '방공복장'을 입지 않은 사람은 승차할 수 없도록 철저히 하고 있는 탓인지 차 안을 메운 인간의 외피는 누구든 시국 색으로 빈틈없이 칠해져 있었다. 그는 신문지를 깔고 통로에 앉았다. 그리고 무릎을 세운 위에 팔짱을 끼고 그 사이로 머리를 숙이고 눈을 감았다. 피곤했다. 자고 싶었다. 회전하는 기차 바퀴의 리드미컬한 울림이 문득 왜인 같다…… 왜인 같다……를 반복하고 있는 것처럼 들렸다.

그는 비몽사몽 중에 머리를 흔들었다. 상냥하게 들리는 주문소리에 이끌리듯 잠깐 졸았다. 아니야, 아니야. 나는 왜인이 아니야. 뭐가 아니란 말이냐. 왜인과 똑같이 귀여운 얼굴을 하고서……. 너는 그것을 눈물지으며 인정했잖아……. 그는 선잠에 들었다가 전신이 끈적끈적한 액체로 되어가는 용해감에 젖어 그 두터운 밤의 무게가 되살아나는 것을 느꼈다. 그 깊고 아무것도 보이지 않는 초원의 밤 깊은 곳에서 김태조의 혼은 떨고 있었다. ……이 밤의 깊은 곳에 빠져 왜 자신은 일본으로 가려고 하는 것인지 생각해봤다. 왜인이 아니라고 열심히 저항하면서 왜 일본으로 가려고 하는가? 너는 '왜인'이 되어 일본인 대신에 조선의 여자들에게 은밀한 복수도 받지 않았느냐. 너는 무녀와 같은 여자 앞에서, 그리고 구두와 같은 크고 단단한 맨발의 농촌 아낙네들 앞에 엎드려 있지 않았느냐. 왜인 같다…… 왜인 같다…… 중얼거리는 목소리만이 밀려왔다. 서서히 자신 위로 엄습해 오는 어두운 그림자 너머로 오사카에서 헤어진 이행자가 공장 변소에 쭈그리고 앉아 새하얀 하반신 맨살을 드러내고 있던 모습이 떠올랐다. 바로 지척에 그녀가 보이는데 손은 닿지 않았다. 이번에 일본으로 돌아오면 당신 어머니와 셋이서 동물원에 가요. 동물원, 동물원, 교토(京都)의 마루야마(円山) 동물원…… 오사카의 덴노지(天王寺) 동물원…… 동물이 없고 우리만 있는 동물원. 우리만 있는 동물원에 가는 것이 아니다. 이행자의 하얀 허벅지를 쳐다보려는 것이 아니다…… 가늘고 길게 째진 홀린 듯한 눈매의 그녀는 조선의 대지를 대신해서 그를 빨아들이며 왜인 같다……고 그를 밀쳐냈다. 빨아들여졌다 다시 밀쳐내진 진폭의 틈바구니에 자신이 떨어져 있는 것을 김태조는 느꼈다.

요란스럽게 울리는 기적 소리에 그는 머리를 들었다. 잠이 들지는 않았지만 잠시 졸았던 것 같다. 이윽고 창밖으로 정오 조금 지난 무렵의 햇빛에 흐린 경성을 둘러싸고 있는 험준한 산들이 보였다. 종착역 경성이 가까워지면서 조선의 상징이라고 할 대도회지가 김태조의 마음을 무겁게 누르기 시작했다. 그는 아직 보이지 않는 경성 시가를 산 건너편으로 바라보면서 일반적인 도회지라는 것을 생각해봤다. 관념적으로 이곳이 우리 조국의 땅이고, 총검으로 덮인 '황국' 일본의 외피는 언젠가는 반드시 벗겨져 내버려진다고 해도 매일의 실생활에서 한 걸음 잘못 발을 디디면 그곳에 굶주림과 무자비가 쩍 하고 입을 열고 있을 것이다. 속담에도 있듯이 살아있는 인간의 눈알도 뺀다고 하는 닳고 닳은 사람들의 도시 경성이었다. 일본제국의 침략의 근거지였다. 김태조에게 경성은 영양실조의 몸을 건강한 몸으로 회복시키는 것이 우선은 어려운 곳이기도 했다.

휙 날아가 버릴 뻔한 생명의 초침이 간신히 이어져 남아있기는 하지만 이대로는 정말로 당할지도 모르지 않은가. 어떻게 해서든 살아남아야 한다. 설마, 이제 와서 경성에서 객사할 수는 없지 않은가……. 우선은 먹어야 한다. 하다못해 생명에 팽창감을 줄 수 있는 먹을 것을 가끔은 섭취하고 싶다. 아, 이런 때에는 어머니가 계신 곳에서 응석을 부리고 싶다. 닭 한 마리를 통째로 먹고 싶다. 그는 공복을 느꼈다.

도대체 뭘 위해 조선에 온 것인가.

경성역에서 갈아탄 종로행 노면전차 속에서 그는 중얼거렸다. 지금까지 몇 번이나 반복한 자문이었는데, 대답은 얻지 못했다. 마치 발진티푸스에 걸리려고 온 것이나 매한가지였다. 몸도 정신도 젖은 수건처럼 무너지기 위해 온 것이다. 전차는 더러웠다. 차가 전체적으로 더럽고 유리창에 들러붙은 모래먼지가 며칠이나 닦아내지 않은 것처럼 보였다. 더욱이 차 아래쪽에 대는 판자가 깨진 채 있는 모습도 어쩐지 보기에 좋지 않았다. 차 안에 가죽 대용으로 달아놓은 시커멓게 더럽혀진 목면 손잡이는 조금만 흔들려도 뜯어질 것 같고 실이 풀려 있었다.

창틀에 붙은 '아버지도 아이도 손자도 계속하자. 결전이다', '일억 국민 모두 적 격멸의 일번기(一番機)[16]', '국민 한 사람 한 사람이

---

16 하루 중 처음으로 출발하는 항공기를 가리킴.

참입대(斬入隊)[17] 등의 전단지에 적힌 문구가 조선총독부의 기관지인 경성일보에 입선으로 뽑힌 표어이고 보면, 뭐라 말할 수 없을 정도로 속이 빤히 들여다보이는 것들이다.

축 늘어져 지친 몸으로 자리를 차지하고 앉아있던 그의 눈에 건너편 좌석의 머리 위에서 흔들리고 있는 가죽 손잡이 대용 줄이 뭔가 완전히 풀이 죽은 자신의 모습처럼 보였다.

흔들흔들 흔들거리는 줄과 같은 존재인 나. 무녀와 같은 여자에게 내쳐진 왜인 같은 나. 왜인 같다……. 왜인 같다……. 병이 난 덕분에 나는 뭔가 음란한 냄새가 깃든 풀의 열기가 천지에 가득 찬 고원지대의 오지로 간 것이다. 왜인 같다……. 말도 안 돼. 하하핫. 바보 같이……. 내가 왜인 같다고! 내가 왜인이라고! 말도 안 돼……. 나는 무엇을 위해 수풀 우거진 시골까지 간 것인가. 병이 난 후의 요양을 위해 간 것인데, 오히려 심신 모두 비참하게 얻어맞고 돌아온 꼴이라니. 수풀 우거진 시골에 가서 체력만 회복되면 이 약한 마음도 일본으로 도망치려고 하는 약한 자의 마음도 나을지도 모른다고, 그때는 그렇게 생각했다. 그러나 결과는 얻어맞고 더 심해진 꼴이라니. 그것은 무서운 흡인력을 갖고 있었다. 차 안에서 일본인을 봐도, 아니 일바지 차림을 보기만 해도 마치 이명처럼 왜인 같다…… 왜인 같다…… 하는 주문이 고막에 쨍쨍 울렸다. 기차 방송에서 역 이름을 '경성'이라 하지 않고 '게이조'[18],

---

17 칼을 휘두르며 적진에 뛰어드는 병사를 가리킴.
18 경성의 일본어 발음.

'게이조' 하는 일본어 발음 소리에도 왜놈 같다……가 되살아났다. 수풀 우거진 시골에서 자신에게 지긋이 쏟아지던 홀린 듯한 눈의 집요한 시선을 경성의 사방에서 김태조는 느꼈다. 어딘가 사람들의 시선이 닿지 않는 먼 곳으로 가버리고 싶었다. 그가 문득 눈을 감자 어둠 속에서 무녀 같은 여자 목소리가 들려왔다. 그는 깜짝 놀라 눈을 뜨고 자신도 모르게 양손으로 귀를 감쌌다. 차창 밖으로 오후의 햇살에 드러난 거리가 스치고 있었다.

일주일 만에 쪽문을 열고 절 안으로 들어온 김태조는 경내의 구석에서 빡빡 깎은 머리를 햇빛에 드러낸 모습으로 풀을 베고 있는 삼식이를 발견했다. 그는 가까이 다가가 뒤에서, "수고 많네" 하고 말을 걸었다. 삼식이는 목에 타월을 두르고 이마에 구슬땀을 흘리며 일하고 있었다. 김태조의 인사말에 돌아본 그의 얼굴과 표정은 마치 사람을 무시하는 듯했다. 김태조라는 것을 알고 눈을 치켜뜨고 한 번 쳐다봤을 뿐, 어서 오라는 말도 하지 않았다. 뒤돌아본 반동으로 겨우 입에서 "아" 정도의 짧은 소리가 새어나왔을 뿐이다. 그리고 고개를 조금 숙였을 뿐이다. 그리고는 등을 돌리고 외면하고는 조금 전보다 더 열심히 풀베기를 시작했다.

김태조는 기분이 나빴지만 처음에는 무슨 일이 있는지 사정을 잘 몰랐다.

'흠, 이 녀석이 어린 주제에…….'

삼식이의 근성을 알고 있는 그는 나중에 도우러 오겠다는 말을 남기고 사무소가 있는 건물 쪽을 향하고 앉아 툇마루에서 각반을 풀었다.

삼식이는 틈만 있으면 절을 나와 영화 보는 것을 좋아하는 소년
이었다. 풀베기하느라 영화를 볼 수 없는 것이 기분이 좋지 않은
이유 중의 하나인지도 모른다. 「스가타 산시로(姿三四郎)」[19] 등의
일본영화를 보고 와서는 가타오카 지에조(片岡千惠藏)나 고스기 이
사무(小杉勇) 등의 배우에 대해 득의양양하게 이야기했다. 일본에
서 온 김태조보다 이것저것 더 많이 알고 있어서 이것이 삼식이를
우쭐하게 만들었다. 고향의 시골에서는 돈이 없어 영화관 변소 치
는 구멍으로 몰래 들어가 시치미 떼고 영화를 봤다고 한다. 그런
데 구두나 옷 등에 붙은 분뇨 냄새가 점차 퍼져 마침내 관객에게
멱살을 잡혀 현관까지 끌려 쫓겨났다는 경력을 갖고 있다. 아무튼
틈만 있으면 어딘가 두리번거리며 쾌활한 표정으로 경성 번화가를
돌아다니는 소년이었다.

삼식이는 이마가 좁고 치켜 뜬 눈과 얇은 입술이 조금의 틈도
없는 인상을 주는 소년이다. 또 제법 부지런한 일꾼이기도 하다.
그런데 요즘 갑자기 김태조에 대해 노골적으로 싫어하는 말과 행
동을 하기 시작했다. 김태조는 지금까지 삼식이 혼자 쓰던 방에
동거인으로 침입한 꼴이었다. 그러고 보면 절에서는 이 열네 살의
연령은 차치하더라도 2, 3년 전에 왔다고 하는 실적의 무게가 있
다. 김태조가 올 때까지는 예를 들어 사무소를 열거나 쉴 때의 관
리나 경내의 청소도 거의 삼식이 혼자 손으로 다 했다. 그런데 김
태조가 온 다음부터 사무소는 완전히 삼식이의 손에서 멀어졌고

---

19 도미타 쓰네오(富田常雄)의 동명의 소설을 원작으로 한 영화로, 1943년 3월 25일에
공개되었다. 구로사와 아키라(黑澤明) 감독의 데뷔작이다.

경내를 청소해야 하는 고생도 반감했다. 자신들이 기거하는 방 청소도 먼저 일어난 삼식이가 밥을 짓고 조식 준비를 하고 있는 사이에 김태조가 해버렸다.

그런데 이러한 상황이 김태조의 발병과 입원으로 오래 가지 않은 것이다. 퇴원하고 나서도 김태조가 일하는 양은 이전만큼 기대할 수 없었다. 삼식이의 태도 변화의 원인은 아무래도 이 지점에 있는 것 같았다. 즉, 지금은 자칫하면 김태조의 존재가 이전과 다르게 품이 들어가는 귀찮은 식객이 될 수 있다고 생각하는 것 같았다. 생각해보면 퇴원해서 돌아왔을 때 삼식이의 태도는 냉담했다.

김태조는 웃으면서 아무래도 경성 한구석의 이 작은 방에도 머무르기 힘들게 되었다는 생각이 들었다. 그는 이곳에 오고 나서 산 가방을 장판 위에 내려놓았다. 방에 들어가자 피곤해져 그 자리에 쓰러질 것 같았다. 땀이 밴 양말 냄새가 방에 퍼졌다. 발을 씻을 마음도 나지 않았다. 그는 국방색의 반팔 셔츠를 벗어던지고 서늘한 장판 바닥에 누워 뒹굴었다. 긴장에서 해방되어 돌아왔는데 마치 등이 벌써 바닥에 빨려 들어가 버릴 것처럼 자리에서 일어날 수 없었다. 경내에 면한 장지문 건너편에서 풀베기를 하고 있는 삼식이의 모습을 신경 쓸 필요가 없다면, 그대로 다리가 빨려 들어가 끈적거리는 어둠을 안고 잠 속으로 떨어질 것 같았다.

아, 앞으로 어떻게 하면 좋을까……. 앞일에 대한 생각이 사탕처럼 맥없이 형체를 알 수 없게 녹아내렸다. 빈약한 몸에서 생각이 독립하지 못하고 몸이 움직이는 대로 다리를 빼앗겨 끌려 들어갔다.

그는 머리 뒷쪽에 끼고 있던 양손 팔꿈치를 그대로 펴면서 천천히 일어났다.

삼식이는 우물가 돌담 근처에서 일을 하고 있었다. 낮의 빛이 움직임을 쉬지 않고 척척 잡초를 베고 있는 삼식이를 보여주었다.

"더운데 고생 많네. 나도 도울게."

"아, 김태조 씨군요. 피곤할 텐데 도와주지 않아도 됩니다. 이제 슬슬 끝나가고 있는 참입니다."

아이치고는 제법 어른스러운 말을 썼다.

"그런 말 말게. 나도 그렇게 피곤한 건 아니니까."

"정말이에요?"

"물론이지."

"자, 그럼 부탁해요."

삼식이의 목소리가 밝게 튕겼다. 예기치 못한 당혹스러울 정도의 밝은 목소리가 김태조를 오히려 감동시켰다. 그의 목소리가 현실적인 것보다 소년의 무방비한 솔직함으로 더 강하게 느껴졌기 때문이다. 그는 창고에서 가져온 낫을 들고 삼식이와 나란히 웅크리고 앉았다. 그리고 삼식이의 익숙한 손놀림을 따라 잠시 일을 했다. 삼식이가 말을 걸었다.

"김태조 씨, 미국의 비행기가 왔을 때 하얀 조선옷을 입고 있으면 기총소사를 당하지 않는다는데, 정말입니까?"

"⋯⋯⋯⋯⋯"

김태조는 할 말이 없었다.

"글쎄⋯⋯. 그렇지 않을 거야. 그렇다면 모두 조선옷을 입으면 될 테니까."

"그건 총독부가 허락하지 않아요. 그런 말은 역시 유언비어구나……."

"유언비어지……."

김태조는 단정적으로 말을 받아냈다. 유언비어는 유언비어지만 여기에는 이미 반일적인 의도가 엿보였다.

"그뿐만이 아니에요. 요즘 이런 이야기가 있어요……. 한밤중에 백발의 노인이 나타나 살짝 그 집의 소년을 불렀대요. 그리고 앞으로 자신이 하는 말을 네가 알고 있는 사람 모두에게 말하라고 한 거죠. 네 나이 숫자만큼 숟가락으로 쌀을 재서 떡을 해먹어라. 그러면 징용은 피할 수 있을 거라고 이야기해줘라. 그런데 이 말을 들은 소년이 자신만 살짝 그 말대로 따르고 아무에게도 가르쳐주지 않은 거예요. 그러자 그 소년의 모습이 마침내 이 세상에서 사라져버렸다는 이야기예요."

"음, 그것 참 재미있는 이야기 아닌가……. 도대체 어디에서 그런 이야기를 들었어?"

"어디든 밖에 나가면 모두 소곤소곤 이야기하고 다녀요."

"그래?"

"모르는 사람은 김태조 씨 혼자 아니에요? 시골에 가 있었으니 무리도 아니지만."

"그럴지도 모르겠군……. 그건 말이지 자신만 좋으려고 했다가 벌을 받았다는 이야기군……."

"나는 김태조 씨에게 제대로 말했죠? 나에게도 징용이 올까요? 떡을 해서 먹어두려고 생각하고 있어요."

"유언비어야."

김태조는 조선총독부에서 유언비어를 단속하는 담당 관리처럼 말했다. 그리고 웃으면서 덧붙였다.

"절에 틀어박혀 있으면 괜찮아. 번화가를 어슬렁거리면 들개잡이처럼 꽉 물고 데리고 갈지도 모르지만."

"뭐, 괜찮아요. 나는 백발노인의 말처럼 떡을 해서 먹어둘 거니까……. 김태조 씨는 징용에 안 가나요?"

"자네는 새삼스레 무슨 말을 하는 건가? 나는 징병에 가야 하네. 징병검사를 받으러 멀리 일본에서 현해탄을 건너 왔으니까. 징용갈 때가 아니라고."

"아, 그랬던가? 이쪽은 제국군인님이라는 거군요. 그럼 다시 일본으로 돌아가는 건가요?"

"음, 돌아가야지……. 일본에는 가족도 있고……. 자네한테도 여러 가지로 신세를 졌네."

김태조는 이렇게 말하고 나서 후회했지만, 때는 이미 늦었다. 신세를 졌다는 말은 보통 헤어질 때 하는 인사말인데, 이런 말을 삼식이에게 한 것은 실수였다는 생각이 들었다. 기 선생님의 귀에라도 들어가면 어떻게 될까……. 일본으로 돌아가겠다고 가볍게 입을 놀리지 말았어야 했다. 그런데 이상하게도 이때 등 뒤에서 자갈을 밟고 걸어오는 구두소리가 들렸다. 돌아보니 중절모를 쓴 기 선생님이 이쪽을 향해 걸어오고 있었다. 김태조는 순간 뭔가 현실적인 감각이 씻겨 나가는 듯했다. 시골의 풀숲 열기 속에서 반복해서 꿨던 꿈이 떠올랐다. 중년의 간호사와 함께 기 선생님이 자신을 쫓아왔을 때 안경을 쓴 모습이 떠올랐다. 호호, 왜인 같다…… 왜인 같다…… 귀여운 얼굴을 하고……. 그리고 마치 기 선생님 뒤에 숨어서 뭔가 불륜을 저지른 것 같은 착각에 빠졌다. 김태조는 급히 일어나 인사를 하는 바람에 빈혈을 일으켜 비슬거리며 몸이 크게 흔들렸다.

기 선생님은 순간 창백해져서 식은땀을 흘리기 시작한 김태조의 얼굴을 보며 뭘 둘이서 함께 풀베기를 하고 있냐고 꾸짖었다. 그러자 낫을 지면에 놓고 똑바로 선 삼식이가 손을 비비며 떨기 시작했다. 삼식이는 자기가 부탁한 것은 결코 아니다, 피곤할 테니 절대로 하지 말라고 말했는데 말을 듣지 않고 무리하게 일을 도와줘서 실은 곤란하던 참이었다고 거의 울 것 같은 표정으로 말했다. 순간적으로 분위기를 눈치 채고 한 말은 암묵의 동의를 김태조에게 강요하고 있었다.

그는 순식간에 머리를 돌릴 수 있는 소년의 임기응변을 보고 당황스러웠다.

아, 삼식이는 이런 데가 있는 소년이구나. 김태조는 문득 징병검사에서 돌아와 이 절에 눌러 살게 된 지 얼마 지나지 않았을 때를 떠올렸다. 둘이서 경성역까지 선학원 앞으로 온 수하물을 받으러 간 적이 있었다. 보통의 쌀가마니 정도의 크기로 불전이 들어 있었는데, 등에 짊어지면 묵직한 게 의외로 무거웠다. 종로 1가 교차로에서 전차를 내려 화신백화점 옆길에서 안국동을 향해 걸어갔는데, 그때 수하물은 김태조가 등에 짊어지고 있었다. 보기 흉해지게 대신에 갖고 간 밧줄로 묶어 등에 짊어졌다. 거기서부터 짐을 지고 걷기에는 절까지 상당히 거리가 있다. 이윽고 조선식 주택가인 안국동에 들어서 언덕길을 올라가 슬슬 절의 산문이 왼쪽에 보이는 곳까지 왔을 때였다. 삼식이가 교대해서 이번에는 자신이 짐을 지겠다고 말을 꺼냈다. 조금만 더 가면 되니 괜찮다고 말하자 언덕길이니 이번에는 자신이 짊어지고 가겠다며 마치 재촉하듯이 가던 길을 멈춰 섰다. 김태조는 짐을 땅에 내려놓았다. 무거운 짐을 내려놓으니 몸이 붕 떠오를 것처럼 가벼웠다. 그런데 한편으로 뭔가 씁쓸한 기분이 마음속에 퍼졌다. 공연히 의심하는 것인지도 모르겠지만, 경내로 들어가면 절 사람들이 보고 있을지도 모르기 때문에 삼식이는 자신이 짐을 짊어지고 경내로 들어가고 싶었던 것이다. 이런 삼식이의 의도를 상상하고 있으니 그에 대한 이미지가 아무래도 청결한 느낌으로는 생각되지 않았다. 어른은 할 수 없는 소년만이 가질 수 있는 단순한 냉혹함인지 모르겠지만, 불쾌한 기분마저 들었다.

지금 기 선생님 앞에서 불필요한 변명을 하는 모습은 김태조에게 그때 노상에서 했던 소년의 싸늘한 모습을 생각나게 해 더욱 기분이 좋지 않았다. 타산적인 경성 같은 식민지의 도회지에 살다 보니 나이는 어린데 벌써 빈틈이 없어진 것인지도 모른다. 아니, 그는 지금 이런 일보다 시골의 풀숲 열기 속에서 들려온 중얼거리던 주문을 떠올렸다. 그 은밀하고 음란한 비밀스러운 목소리가 기 선생님의 귀에 들리지 않을까 두려웠다. 자신이 풀을 베고 있는 것은 물론 삼식이 탓이 아니라고 김태조는 기 선생님을 향해 말했다. 그리고 소년 혼자 남겨놓고 그 자리를 떠나는 것이 마음에 걸렸다.

김태조가 일본으로 돌아가고 싶다고 기 선생님에게 터놓고 말한 것은 그로부터 얼마 지나지 않아서였다. 삼식이 입에서 어떠한 형태로 기 선생님에게 전달될지 알 수 없었다. 후회했지만 말해버린 이상 하는 수 없다. 하다못해 삼식이보다 선수를 쳐서 직접 기 선생님에게 이야기하는 수밖에 없었다. 시골에서 막 돌아와 기 선생님을 신경 쓰게 하는 고백은 해서는 안 되는데, 삼식이와의 일이 하나의 계기가 된 것은 사실이다. 그는 이렇게 해서 궁지에 몰려 막다른 곳까지 왔다. 물론 그건 농담이라고 취소할 수도 있을 것이다. 그러나 그렇게 되면 동시에 일본으로 돌아가는 것을 취소할 수밖에 없다. 어떤 식으로든 김태조는 일본으로 돌아가기 위해 기 선생님에게 고백을 해야 했다. 왜인 같다…… 왜인 같다……는 비밀 주문의 무수한 촉수가 그의 두개골 안을 휘젓는 느낌이 계속 들었다. 김태조는 시골에서 있었던 일을 기 선생님에게 이야기했다. 기 선생님의 깊은 곳에서 빛나는 눈빛이 자신의 숨겨진 비밀스러운 부분에 도달하는 것을 두려워하면서.


# 5


　기 선생님에게 그동안 있었던 일과 지금 자신의 생각을 고백하고 나자, 김태조의 마음은 칼로 도려내는 듯한 공허감이 생겼다. 그는 절에 가만히 있을 수 없었다. 원래 이렇다 할 일이 딱히 없는 절의 사무소 업무이긴 하지만, 그래도 저녁 해질녘이나 12시 사이

렌이 울릴 때 나다니지 않도록 시간을 봐서 마치 걸으면서 생각을
정리하는 것처럼 시내를 걸어 다녔다. 남산에 올라갔다. 거기에서
방랑시인 김삿갓의 시를 떠올리고 언젠가 기 선생님이 주변을 신
경 쓰지 않고 방귀를 뀐 일을 떠올렸지만, 웃음이 쓸쓸이 나왔을
뿐이다. 아래를 내려다보니 분지 안의 경성 거리가 초록색 공기에
가려 반짝이고 있었다. 그리고 마른 햇빛을 여러 가지 모양으로
반사하는 울퉁불퉁 솟은 바위산의 모습이 한층 더 마음을 아프게
했다. 일본으로 돌아가면 소집을 기다리는 수밖에 없을 것이다. 아
니, 이제는 어디로든 탈출하는 것은 불가능하다. 소집이 오면 오는
대로 '출정'할 수밖에 없다. 총 쏘는 방법을 배워두는 것도 쓸데없
지는 않을 것이다. 그리고 군대 안의 생활 조건 등은 하라는 대로
할 수밖에 없다. 김태조는 총을 든 보초가 서 있는 조선총독부 돌
문 앞을 긴장하며 통과해서 이전에 입원했던 효자동 전염병원 건
물이 보이는 곳까지 가보았다. 그곳에서 3층 동쪽에 자신이 입원해
있던 병실 창문이 보였다. 병원의 창문 모양이 화장터의 소각로처
럼 보였다. 묘한 기분이 들었다. 저곳에서 간신히 목숨을 부지하고
퇴원했지만 뭔가 화장터에 직결되는 듯한 냄새가 낮은 콘크리트
건물에서 풍겨 나왔다. 무덤 구멍을 간신히 빠져 나온 듯한 느낌이
었다. 시체를 화장하는 회사가 비밀리에 병원을 경영하면 어떻게
될까……. 그는 부질없는 생각을 했다. 분명 불꽃같은 열기에 당하
기는 했지만 병원을 빠져나왔는데, 지금 다시 일본으로 돌아가려고
마음먹을 정도로 김태조는 처참히 무너져버린 자신이 비참했다.
    그리고 종로 거리를 똑바로 서쪽에서 동쪽으로 걸었다. 무의식

중에 이곳이 조선인 거리라는 이유로 끝에서 끝까지 걸었다. 종로, 종로, 종로. 무슨 이유인지 종로를 걷고 있으면 기 선생님이 떠올랐다. 지금쯤 기 선생님은 어디에 계시는 것일까? 거의 절에 앉아 있지 않는 기 선생님은 언젠가 김태조의 질문에 자신은 절 밖을 돌아다니며 일을 한다고 대답한 적이 있다. 즉 설법 등을 맡아 각지를 돌아다닌다는 것이다. 또 처자식을 놔두고 중국에 십 몇 년간 살다 왔다고 들은 적이 있다. 김태조는 그 이상 기 선생님을 의심하지 않았지만, 아무튼 그로서는 정체를 알 수 없는 사람이었다. 물론 선사(禪寺)이기도 해서 독경으로 사람을 속이려고 하지도 않았다. 때때로 시국의 동향에 조금 의견을 낼 정도의 관심을 보일 뿐이었다. 그리고 이마저도 극도로 억제하고 있음을 알 수 있을 정도였다. 기 선생님은 지금 어디를 걷고 있는 것일까? 혹시 종로 근처에서 딱 마주치지는 않을까? 김태조는 내심 걱정하면서 걸음을 옮겼다. 가와카미(河上) 운송주식회사라고 국방색의 천에 하얀 페인트로 쓴 트럭이 전차 도로를 지나갔다. 가와카미…… 하상(河上)이다. 하상……. 자네는 '하상 조'를 알고 있냐고 기 선생님이 자신에게 물었던 말이 새삼 생생하게 되살아났다. ……음, 당신은 일본 학자인 '하상 조'라는 사람의 이름을 들어본 적이 있는가? 김태조는 그로부터 한 달 정도 있다 중국으로 도망가고 싶다고 고백했는데, 그때 칼날이 선 듯한 기 선생님의 눈빛을 지금도 잊을 수 없다. 나중에 알았는데 그때 어조 강하게 자신을 질책한 것은 기 선생님 자신이 중국을 돌아다닌 경험이 있기 때문에 그 무서움을 알고 있어서 그런 것이 아닐까 생각했다.

종로 거리의 종점은 동대문이다. 동대문 차고 부지가 펼쳐진 주변의 비포장도로에 피어오르는 먼지를 뒤집어쓰며 김태조는 노천시장의 붐비는 속으로 들어갔다. 지금 사람들 틈에서 이리저리 밀리고 있는 것이 오히려 뭔가 자학적이면서 마음이 편안해지는 느낌이었다. 아마 사복경찰은 어딘가에 숨어있을지도 모르지만, 일본인의 모습이 보이지 않는 붐비는 사람들이 일본으로 다시 돌아가려는 자신의 약한 마음을 더욱 비참하게 만들었다. 그리고 일본에 돌아가겠다고 고백했을 때 기 선생님의 긴 침묵이 일본에 가서는 안 된다는 의미임을 이 붐비는 사람들 속에 있으니 한층 더 무게감 있게 느낄 수 있었다.

곡류나 잡곡 등의 통제 식품은 물론 보이지 않았지만, 조선의 떡 등이 좌판 위에서 팔려 나갔다. 아마 돼지 껍데기도 섞여 있을 것이다. 뭔가를 끓이는 냄새가 코를 찔렀다. 그의 발이 이끌리듯 한 아름의 철제 냄비를 설치한 좌판을 둘러싼 사람들 사이로 비집고 들어갔다. 그리고 한 그릇 가득 게걸스럽게 먹어치웠다. 땀이 상반신을 적셨다. 그리고 어린애 머리만 한 크기로 묶어서 매달아 놓은 마늘꾸러미와 새빨간 고춧가루, 건어물을 늘어놓은 가게 앞에서 멈춰 섰다. 그 마른 대륙풍의 냄새가 일본으로 가려고 하는 그의 마음을 조금 감상적으로 만들었다. 수제 대나무바구니 등의 일용품은 물론이고, 이 도시에 어울리지 않게 조선식 짚신을 파는 등 재미있는 구경거리가 많았다. 아마 교외에서 소매업자들이 물건을 구하러 오는 모양이다. 김태조는 녹두가루로 만든 떡을 좌판 앞에서 하나 먹어치우고 다시 붐비는 사람들 속으로 들어갔다.

미로처럼 골목이 교차하고 있는 곳에 판자로 담을 둘러치고 그늘에 '관상'이라고 쓴 빈약한 간판이 보였다. 도화지 크기의 낡은 베니어판에 빛바랜 먹물 흔적이 간신히 남아 있는 정도의 간판으로, 담에 기대어 걸려 있었다. 땅 위에 큰 목면 보자기가 깔려 있고 그 위에 몇 권인가 황색 표지에 조금 얼룩진 조선식 철을 한 책이 두 줄로 늘어서 있었다. 김태조도 자주 본 적이 있는 책으로, 운세를 보는 토정비결(土亭秘訣)이나 창랑결(蒼浪訣) 등의 문자가 적혀 있었다. 구깃구깃한 오래된 책이었다. 보자기 너머로 닭머리처럼 마른 노인이 가만히 앉아있는 모습이 낡은 책들과 닮은 데가 있었다. 자세히 보니 노인은 눈을 반쯤 뜨고 긴 곰방대의 굽은 끝을 응시하고 있었다. 그리고 마치 자고 있는 것처럼 연기를 뻐끔 뻐끔 들이마셨다. 자신의 눈앞에 멈춰 서 있는 김태조의 그림자를 알아차린 것 같았는데, 이내 모르는 척하고 같은 동작을 계속했다. 이쪽에서 이야기를 꺼내지 않는 한 스스로 나서서 손님을 부르거나 하지 않을 낌새다.

김태조는 상대의 귀를 배려해서, "부탁합니다" 하고 조금 큰 목소리의 조선어로 말을 걸었다. 경성에 정착할 수 없었다. 그래서 오사카에 돌아가서 의지할 곳을 어떻게든 찾고 싶은 기분이었다.

노인은 눈을 치켜뜨고 청년을 가만히 바라보더니 이윽고 곰방대를 입가에서 떼어냈다. 그리고 옆에 놓인 돌 모서리에 통통 하고 곰방대의 머리 부분을 두드려 재를 털어냈다.

노인은 서 있는 김태조의 전신을 한 번 노려보고 이번에는 손을 잠깐 내보이라고 했다. 김태조는 자세를 구부리고 손을 내밀었다.

노인은 천천히 골동품 같은 안경을 썼다.

"음."

손과 얼굴을 비교해보더니 손을 놓고 노인은 닭머리 같은 주름투성이 얼굴을 손바닥으로 쓰다듬으며 말했다.

"눈썹이 진하니 청수미(淸秀眉)요, 높은 뜻은 콧날에 나타나고 눈에 쥐의 관상이 있으니 총명하구나. 그런데 1엔과 1엔 50전 두 가지가 있는데, 뭘로 할 거요? 손금과 관상을 합쳐 당신 인생을 종합해 운수를 보면 1엔 50전이야."

노인은 얼룩지고 흐린 안경을 벗으며 작고 교활한 눈으로 상대를 바라보며 말했다. 그 목소리가 마치 사용하지 않는 오래된 풀무에서 흘러나오는 공기처럼 먼지 낀 냄새조차 났다. 금액을 제시하자 김태조는 기가 눌린 듯 1엔 쪽을 택했다.

"음, 당신에게는 이윽고 고목에 꽃을 피우고 열매를 맺게 할 운세가 돌아올 상이 있네……."

노인은 습자지 한 장을 꺼내 작은 모필로 뭔가 한문을 쓰기 시작했다. 동풍해빙(東風解氷), 고목봉춘(枯木逢春). 승룡승호(乘龍乘虎), 변화무쌍(變化無雙). 오미지월(午未之月), 사다변화(事多變化)……. 그리고 이를 풀어서 말했다.

"음, 동풍이 얼음을 녹이고 고목이 봄을 만난다. 용에 오르고 또 호랑이를 탄다. 그 변화가 비할 데가 없다. 오미지월, 즉 5, 6월에 일의 변화가 많겠구먼……."

김태조는 1엔 분의 본전을 찾으려고 신중하게 듣고 있었다. 김태조는 몹시 예스럽고 고풍스러운 조선어와 습자지에 적어준 문자를 중첩시켜 보고 있으려니 뭔가 큰 뜻을 얻을 수 있었다. 이것만으로도 어려운 조선어를 알아들은 듯한 기분이 들어 기뻤다.

그는 자신이 여차여차한 볼일이 있어 일본에서 왔는데 곧 일본으로 다시 돌아가려고 생각한다고 말하고, 손금이나 관상에 뭔가 그와 관련된 것이 나타나 있지 않은지 물었다.

"만리타향에서 고국에 왔는데 왜 다시 그곳으로 돌아갈 필요가 있는가? 당신의 고목에 꽃을 피우고 열매를 맺게 할 운세라는 것은 다시 말하면 이 선조가 살았던 토지에 있어야 가능한 일이야……."

노인은 급히 목소리를 낮추고 말을 계속 이었다.

"일본은 지금 하늘이 찢겨 거대한 불덩어리가 연일 밤마다 떨어지고 있어. 지축이 흔들려 대지가 연기를 뿜고 포효하고 있지 않은가……."

노인의 말에는 단지 마을의 관상가답지 않은 울림이 깃들어 있었다.

가서는 안 돼! 기 선생님의 한마디가 침묵의 저편에서 귓가에 울려왔다. 수풀 우거진 시골에서 괴로워하던 풀의 열기 속에서 왜인 같다…… 왜인 같다…… 주문이 되살아났다. 혼잡한 사람들이 빽빽이 돋은 큰 풀처럼 흔들리며 싸움과 술렁거림의 밑바닥에서 호호호, 왜놈 같다…… 왜놈 같다…… 목소리가, 남자와 여자의 목소리가 부글부글 거품내면서 지면을 기어 올라왔다. 노인의 작은 두 눈이 늙은 쥐를 닮아 사람을 들여다보듯이 빛났다. 금방이라도 웃음이 터져 나올 것만 같았다. 김태조는 닭처럼 생긴 관상을 한 노인의 입에서, 당신은 왜인이라고 하는 한마디가 튀어나오지는 않을까 두려웠다. 그는 1엔을 지불하고 바삐 그곳을 떠났다. 일본인이 한 명도 없는 많은 사람들의 눈이 모두 눈, 눈, 눈의 장벽이고, 그 풀숲 우거진 시골의 흰색 맷돌 같은 엉덩이를 한 농촌 아낙들의 눈의 장벽과 다를 바 없었다. 왜인 같다…… 왜인 같다…… 문득 그늘에서 여자 거지가 소매를 잡아당겨 그는 깜짝 놀라서 손을 뿌리치고 도망쳤다. 왜인 같다……고 말하며 말라빠진 손을 쑥 내밀었기 때문이다. 나이 든 백발이 성성한 거지가 호호호, 하고 소리 내어 웃었다.

7월의 오후 태양 아래에서 거의 식은땀을 흘리며 김태조는 동대문 차고 앞으로 나왔다.

그때 이상한 소리가 울려 퍼졌다. 돌아보니 말이 달려왔다. 오른쪽 동대문 성문 벽 너머에서 대여섯의 기병이 모래 먼지를 자욱하게 피워 올리며 돌진해 왔다. 방약무인의 기세로 다가왔다. 왼쪽에 경성부 전차 차고의 안전지대에서 이쪽 철로를 향해 조선옷을 입은 노파 한 명이 건너왔다.

단숨에 거리를 좁혀 다가온 기병대는 앗! 하고 외칠 틈도 없이 김태조 앞을 지나갔다. 힘차게 발로 차며 공중으로 튀어 오른 말 위에서 한 기병이 소리쳤다.

"에잇, 조선 놈!"

기병이 절규하면서 노파를 향해 채찍을 휘둘렀다. 노파는 마치 개처럼 재빠르게 말 아래에서 튀어나온 것처럼 순간 뒹굴 듯이 철로에 도달했다. 노파를 내려친 기병의 채찍은 허공에서 소리를 내며 헛돌았다. 기병들은 바람과 함께 그대로 돌진해 사라졌다. 완전히 눈 깜짝할 사이에 일어난 일이었다. 노인치고는 매우 민첩했다. 아니, 운이 좋았을 뿐인지도 모른다. 모래 먼지가 옅어져가는 건너편으로 허리를 구부리고 몸단장을 하고 있는 노파의 모습이 보였다. 그녀는 아무 일도 없었던 것처럼 백의의 등을 보이며 걸어갔다.

김태조는 망연히 그 노인을 바라보고 있었다. 이 무슨 일인가. 아랫입술이 아프다는 것을 알아차렸을 때 그는 입술에 이를 세워 힘을 주고 있었다. 눈이 눈물로 흐릿했다. 문득 흐려진 눈으로 옆의 전신주를 보니 포스터가 붙어 있었다. 상하로 줄지어 붙여놓은 것이 묘하게 눈에 새겨졌다.

---

본토결전 부민대회
와서 들어라
일시: 7월 ×일 오후 2시
장소: 덕수궁 내 광장(무료개방)
　제1부: 선언 결의 연설
　제2부: 국민의용대 노래, 국민의용대 찬가, 취주악, 합창
주최: 조선언론보국회 매일신보사 경성일보사
　시음 무적전대회(武敵前大會)
　　　방청 환영 오늘
　　　입장 무료
　　　12시 30분 개회 부민관 강당

---

특별강연 :

"오키나와 다음에 오는 것" 조선군보도부 고토 중좌(中佐)

참입(斬入)체조 발표 : 쓰마키 세이린(妻木正麟, 경성지방교통국 여
 객과장)

주최 : 경성일보사

후원 : 국민총력 조선연맹, 조선군 관구(管區) 보도부, 조선방송
 협회, 조선시음(詩吟)연맹

김태조는 가만히 포스터를 바라보고 있었다. 포스터 앞에 서 있
는 자신과 이를 바라보는 같은 조선인의 눈, 또 어딘가에서 보고
있을 관헌의 눈, 이렇게 이중의 눈을 의식했다. 그러나 몇 시간을
서서 바라봐도 헌병대에 연행될 염려는 없었다.

참입체조라니! 사람을 죽이는 체조를 달리 부르는 이름이다. 김
태조는 풋 하고 웃으며 바로 표정을 가다듬고 주위를 살폈다. 그
리고 다시 걷기 시작했다. 몸이 지쳐서 돌아가는 길은 전차를 타
고 가려 했는데, 지금은 전차를 탈 기분도 나지 않았다.

6

김태조는 정좌한 자세로 고개를 숙인 채 가만히 기 선생님이 말하
는 이야기를 듣고 있었다. 긴장해서 굳어진 몸이 움직이질 않았다.

"초부(草夫)[20] 선생님도 자네 이야기를 들어보고 싶다고 하시네. 일본으로 돌아간다는 생각을 버리기 어렵다면 그 이유를 다시 한 번 여기에서 이야기해보면 어떤가."

절의 본당 건물 안의 주지 방이다. 장판 바닥이 미끄러질 듯이 빛나고 다다미 8장 정도 넓이의 구석에 검은 박달나무로 만든 앉은 책상이 뒷마당을 향해 놓여 있었다. 뚜껑을 덮은 벼루 상자가 그 위에 놓여 있고 한서가 몇 권 쌓여 있었다. 책상 옆의 벽에 '망상을 내려놓다[妄想放下着]'라고 쓴 액자가 걸려 있다. 쨍쨍 햇빛이 내리쬐는 오후의 정원 나무들이 우거진 속에서 매미 우는 소리가 드문드문 떨어졌다. 매미 소리가 김태조의 마음을 공격했지만 때때로 정원을 넘어 불어오는 바람이 땀이 밴 이마에 닿아 기분이 상쾌했다.

법명을 초부 선생이라고 하는 유대현(柳大鉉) 주지는 책상 옆에 등을 돌리고 앉아있고, 오른쪽에 걸린 액자 아래 상좌에 기 선생님이 앉아 있었다. 그리고 두 사람을 향해 김태조가 정좌해 있었다.

머리털을 바싹 깎은 기 선생님과는 다르게 둥근 얼굴을 하고 그보다 조금 젊은 그야말로 승려다운 모습이었다. 극단적으로 말하면 달마 같은 인상을 주는 사람이었다. 일본 오사카에서 왔을 때, 김태조는 어머니가 다니던 조선 절의 주지에게 이 스님을 찾아가보라는 말을 듣고 이 절의 주소와 주지의 이름을 적은 종이쪽지를 받아왔다. 지난 3월 하순, 그 한 장의 종이쪽지를 손에 들고 경성

---

**20** 선학원의 이사장을 역임한 초부적음(草夫寂音, 1900~1961) 스님을 가리킴.

에 와서 절의 대문을 두드린 김태조를 이른바 건사해준 사람이 기 선생님이었다. 절의 주인인 유대현 주지는 여행 중이어서 부재했다. 주지가 절에 돌아왔을 때, 기 선생님을 따라간 김태조는 주지에게 신세를 진 것에 대해 사과와 감사의 뜻을 전하며 인사를 했다. 무뚝뚝한 표정이 흐트러지지 않는 주지는 이런 일에는 신경 쓰지 않는다는 듯이 그저 김태조라는 인간을 관찰하듯이 가만히 응시했다. 그리고 일본의 공습 상황이나 민심의 움직임 등을 물었을 뿐이다. 달마처럼 크고 무뚝뚝한 표정에 어울리지 않는 조용한 눈동자가 인상적이었다. 주지가 사람을 바라보는 눈은 쏘아보듯이 깊은 곳에서 빛을 발하는 기 선생님의 눈과 달랐다.

곧바로 대답이 나오지 않는 불과 잠시 동안의 숨 막히는 침묵이 김태조의 몸에 막을 둘러치며 서서히 죄어왔다. 그러나 그가 대답할 때까지 아무도 말을 끼어들지 않았다. 재촉도 하지 않았다. 가만히 앉아 자신의 몸을 죄어오는 대로 맡기고 있었다. 자신의 말을 기다리는 따뜻하면서도 엄격한 분위기를 견디기 힘들었다. ……그래도 역시 할 말이 없었다. 그저 일본으로 돌아가고 싶다. 설령 퇴보하는 것이라고 해도 돌아가기로 마음먹었다.

"정말로 신세를 많이 졌는데 죄송합니다."

김태조는 간신히 입을 떼어 말했다. 그것은 천 근의 바위를 들어 올리는 힘이 필요했다.

"저는 역시 일본의 오사카로 돌아가고 싶습니다."

그는 기 선생님 쪽을 바라보고는 곧 고개를 숙였다. 기 선생님의 시선을 견디기 어려웠다. 그러면 안 된다고 생각하면서도 숙인 고개가 아무래도 틀에 끼인 것처럼 굳어져 올라가지 않았다. 아쉬운 대로 일본 오사카라고 말한 것은 자신이 일본 자체가 아니라 어머니나 형이 있는 오사카에 간다는 의미를 전하고 싶었기 때문이다. 즉, 일본으로 가는 것이 아니라 가족이 있는 곳으로 돌아가겠다는 의미였다. 억지에 지나지 않는 말로 받아들여질지 모르지만, 김태조는 자신의 생각을 드러내 보였다.

"신세를 지고 안 지고는 중요하지 않네. 일본에서 자란 자네가 조선인으로서 일어서려는 그 뜻이 고마워서 절에 머물도록 한 것이네. 다른 이유는 없어. 자네를 승려로 만들 생각은 있을 리도 없고……. 초부 선생님, 어떻습니까?"

기 선생님은 일부러 주지 쪽으로 얼굴을 돌리고 씁쓸한 미소를 지었다. 김태조는 그의 미소를 살짝 엿봤다. 순간, 단순한 미소가 아닌 씁쓸한 미소라는 것만으로 노인의 주름 잡힌 표정이 신경 쓰였다. 이 불의의 감정은 그를 놀라게 하기에 충분했다. 김태조는 갑자기 떳떳하지 못한 자신을 느꼈다. 기 선생님의 씁쓸한 표정에는 자신의 일본행을 반대하는 뜻이 완고하게 드러나 있었다. 마음이 고양되면 얼굴은 자신 안의 혐오스러운 감정조차 표출할 수 있다. 자신의 결정이 설령 잘못된 판단이라 하더라도 기 선생님이 인정해준다면 그의 조금 경련된 미소도 빛나 보였을 것이다.

주지는 조용히 웃으며 고개를 끄덕였지만, 대답은 하지 않았다. 눈은 웃고 있지 않았다.

"자네는 이미 결론을 내린 것 같은데, 어째서 그렇게 된 것인지 그렇게 된 사정을 이야기해주지 않겠는가?"

"특별히 말씀드릴 정도의 일은 없습니다. 다만 어머니 곁으로 돌아가고 싶습니다."

"설마 젖먹이 아이도 아닐 테고, 왜 갑자기 그렇게 된 건가? ⋯⋯. 괴로운 이유가 먹는 것이 입에 안 맞아서인가?"

"아니오, 그렇지 않습니다. 먹는 문제가 아닙니다."

김태조는 놀란 듯이 얼굴을 들고 부정했다. 먹는 문제를 원인으로 생각하게 하고 싶지 않았다. 물론 전시 중에, 그것도 절에서는 제대로 된 것을 먹을 수 없다. 강렬한 기아감과 어머니의 이미지가 연결되어 있는 것은 사실이지만, 그래도 그의 대답은 거짓말이 아니었다.

"야단맞을 각오는 되어 있습니다만, 지금은 그저 어머니가 계신 곳으로 돌아가고 싶은 생각뿐입니다."

"태조, 그렇다면 말해보게. 자네가 일본을 떠나 이곳에 왔을 때 나에게 한 말은 무엇이었나?"

"⋯⋯일본이 패하고 조선이 독립할 때까지는 다시 오사카의 어머니 곁으로 돌아가지 않겠다고 제 스스로 다짐했습니다."

"어머니께는 뭐라고 말씀드린 건가?"

"스스로에게 다짐한 것과 같은 말을 말씀드렸습니다."

"오사카에서 받아야 할 징병검사를 자네는 무리해서 일부러 이 조선에서 받기 위해 찾아왔네. 그것도 성묘를 한다는 구실로 본적지에서 검사받을 허가를 받은 거지. 그런데 자네는 고향의 묘를 그냥 지나쳐서 경성에 바로 온 것 아닌가? 조국을 찾아 경성까지 온 것 아닌가? 그러나 조국이라는 것은 공기와 같아서 잡을 곳을 잃으면 그 목소리도 형태도 알 수 없게 되는 법이지. 자네는 조국의 목소리를 들을 수 있었는가?"

"……"

김태조는 말문이 막혀 나오지 않았다.

"……그런데 어머니는 자네가 돌아오는 것을 기다리고 계신가?"

"기다리고 있는 건 아닙니다만, 어머니는 역시 병치레하고 난 자식이 돌아오는 것을 기쁘게 맞아주실 거라고 생각합니다."

"그건 물론 그렇겠지. 세상에 어머니만 한 존재는 없는 법이니까……. 다시 묻겠는데, 금강산에 가지 않겠는가? 금강산 깊숙이 계곡에 있는 절에 들어가 있으면 좋을 거야. 거기 있으면 징병 통지서도 도착하지 않을 걸세. 누구의 눈에서도 벗어날 수 있어. 그곳에 몸을 감추고 건강하게 몸을 회복해야지. 때가 되면 이쪽에서 연락하겠네. 초부 선생님이 보살펴줄 거야."

"우리 조선은 젊은이의 목숨이 중요해. 목숨을 헛되이 하면 안 되네. 지금 일본은 도쿄도 오사카도 거의 불에 타버렸네. 연일 밤마다 공습이 계속되고 있다고 하더군. 다음은 오키나와를 기지로 해서 미군기가 날아갈 것이네. 김태조 군, 그곳이 비록 어머니나 육친이 있는 곳이라고 해도 지금 이런 시국에 다시 일본으로 돌아간다는 것은 무슨 생각인가? 목숨을 잃게 될지도 모르네. 할 수 있으면 오히려 일본에서 벗어나 있어야 할 때야……. 어떤가? 기선생님이 말씀하셨듯이 금강산에 가 있지 않겠는가? 금강산에는 곳곳에 몇 명인가 젊은 청년들이 있어. 뜻을 세운 젊은이들이지. 많은 것을 이야기할 수는 없지만, 이런 시국에 일본으로 간다는 것은 목숨을 버리러 가는 거나 진배없네."

초부 선생님은 조용하고 큰 눈으로 김태조를 바라봤다. 그 부드러운 눈빛이 볼을 찔렀다. 아니, 눈빛이 아니다. 김태조 자신이 비참하게 무너지는 마음 자체가 볼을 찌른 것이다. 매미 울음소리가 볼을 찔렀다.

그리고 이런 배려에 감사하는 마음의 비참함이 밑바닥에서 부글부글, 패배, 패배…… 중얼거림의 거품이 일었다. 일본은 지금 하늘이 찢기고 거대한 불덩어리가 연일 밤마다 낙하하고 있다. 지축이 깨지고 대지가 연기를 뿜으며 포효하고 있다……. 동대문 노천시장의 붐비는 속에서 닭머리 관상을 한 노인의 늙은 쥐 같은 작은 두 눈이 사람 얼굴을 들여다보며 한 말이다. 아, 나는 대지가 찢기는 일본으로, 오사카를 출발할 때 이 눈으로 그 땅 전체에 처참하게 녹을 뿜어내며 갈색으로 불탄 잔해를 확인한 그 일본으로 다시 돌아갈 각오를 이미 정했다. 감사하는 마음이 지금은 패잔병이 된 기분이다. 나는 티푸스에 발목을 잡혀 뒤집히고 만 것이다. 병원의 어두운 구멍을 빠져나온 나는 마치 날개를 빼앗긴 새처럼 되어버렸다. 아, 경성. 이제는 경성 안에서 내 꿈은 사라지고 빛바래고 말았다. 오, 왜인 같다…… 왜인 같다…… 나는 조선에서 도망치는 것이 아닌가? 나를 완전히 빨아들여 존재를 무화시켜버릴 듯한 수풀 우거진 대지의 충실감이 무서운 것은 아닌가? 오, 왜인 같다…… 왜인 같다…… 무녀처럼 그녀의 주문을 외는 목소리로부터 어머니의 힘을 빌려 도망치려고 하는 것 아닌가? 그건 그렇고, 뭔가 먹고 싶다. 위의 팽창감을 빌려서라도 자신의 존재의 중거를 확인하고 싶다.

그의 마음은 혼돈된 상태였다. 상대의 정당성에 굴복해 자신의 패배감이 깊어지고, 어찌할 수 없는 기분이 역으로 오사카행을 합리적인 것으로 만들었다. 그는 자신의 약한 마음을 인정했다.

그러나 이러한 그도 일본의 전쟁 시국이 지금 어떤 단계에 이르렀는지, 그에 대한 충분한 판단력이 있다면 조선에 머물렀을 것이 틀림없다. 그는 정세를 정확히 보는 눈도 판단할 재료도 없었다. 배후의 어둠에 전모가 매몰되고, 겉으로는 불과 계기밖에 보여주지 않은 기 선생님 일행의 움직임도 김태조는 파악할 수 없었던 것이다.

그저, 일본은 패할 것이다, 그러나 앞으로 2, 3년은 계속될 것이라는 정도의 근거 없는 막연한 심정적인 판단밖에 할 수 없었다. 금강산에 들어간 후에 앞으로 몇 년을 계속해야 할지 모르는 세월의 생활은 상상만 해도 지금 자신의 건강상태로는 무겁게 생각되었다. 이런 그를 향해 기 선생님과 주지 두 사람은 마지막까지 그를 설득하면서 동시에 아마도 그의 뜻을 확인하려고 한 것 같았다.

그래서 다시 아무래도 오사카에 가고 싶다고 김태조가 말했을 때, 방 안의 공기가 물리적인 변화를 일으킨 것처럼 갑자기 변했다. 지금까지 부드럽고 부처님처럼 자비심에 싸여 있던 방 안의 공기가 갑자기 소름 돋게 느껴졌다. 마치 냉장고에서 흘러나온 바람 같은 차가운 기운이 일었다.

기 선생님과 주지 두 사람의 자세가 순간 석고상처럼 경직되었다. 다시 한 번 생각할 시간을 달라고 말하지 않은 김태조도 그렇

지만, 적어도 두 사람의 경우는 다만 하루의 유예라도 청해줬으면
하고 바라고 있을 것이 틀림없었다. 결과적으로 김태조가 두 사람
을 당황하게 만든 꼴이 되었다.

　고개를 숙이고 긴장해서 떨고 있는 김태조를 앞에 두고 두 사람
은 이윽고 얼굴을 마주하며 조용히 고개를 끄덕였다. 그러나 얼굴
윤곽이 확실히 눈에 띌 정도로 평정한 가운데 격한 실망의 빛이
비쳤다.

　"그렇다면 하는 수 없지."

　기 선생님이 말했다. 그 한마디를 말한 입가에 어찌해볼 수 없
는 고뇌의 표정이 남았다. 눈빛에는 노기도 서려 있었다. 김태조
는 얼굴을 들었을 때 그 표정을 봤다. 가슴을 치고 올라오는 감사
하는 기분조차 무참히 깨지고 말았다. 동시에 눈에 보이지 않는
채찍으로 이 방에서, 그리고 이 절에서 쫓겨나는 자신을 느꼈다.
그는 공손히 양손을 장판에 대고 머리를 숙여 인사하고 방을 나왔
다. 복도까지 매미소리가 미끄러질 듯이 뒤쫓아 왔다.


　어딘가 중국풍을 연상하게 하는 파란 기와지붕의 건물 종로경
찰서에서 김태조는 징병검사를 받고 돌아간다는 이유로 일본으로
가는 도항증명서를 발급받았다. 그것을 보여주자 구청에서 간단히
승차증명서를 내주었다. 잠시 중단된 관부연락선이 운항하고 '내
지'행 여행 제한이 해제된 것도 거들어 증명서는 의외로 손쉽게 손
에 넣을 수 있었다.

　김태조는 요 며칠간 참담한 가운데 휘어버린 자족감을 맛보았

다. 문득 오사카에 계시는 어머니 곁으로 돌아갈 수 있다는 희망으로 가슴이 밝게 부풀어 오르는 자신을 발견하고 소년처럼 기묘하게 변하는 마음의 움직임이 당황스러울 정도였다. 비참하게 박살난 마음이 확 밝아지는 것은 어떻게 된 것인가? 김태조는 자신의 떳떳치 못한 마음속에 느껴진 밝음에 부족하나마 다가가려고 했다.

아침에 삼식이가 자신이 만든 도시락을 갖고 경성역으로 나와 배웅해 주었다. 아마 기 선생님이 시켰을 것이다. 삼식이는 헤어질 때 한 번은 꼭 일본에 가보고 싶다고 김태조의 얼굴을 부러운 듯이 바라보며 말했다. 백발노인의 떡은 먹었냐고 물어보자, 큰 숟가락으로 쌀을 세어서 될 수 있는 한 떡을 크게 만들어 먹었다면서 김태조를 웃게 만들었다.

8시 출발 신징(新京)-부산 간 급행열차는 이미 거의 일본인 승객으로 가득 차 있었다. 앞으로는 승하차 고객의 교체도 없이 이대로 부산까지 갈 것이다. 그리고 사람들은 일본으로, 자신의 나라로 건너간다. 그 무리에 섞일 자신에 대해 김태조는 생각해봤다. 통로 측에 빈 좌석을 발견했는데, 그는 덜컥 놀라 멈춰 섰다. 창가 쪽에는 일본인 같은 중년 남자가 머리를 기대고 있었다. 눈을 감고 있는 것은 잠이 부족한 탓인지 더운 날씨에도 불구하고 전투모를 깊숙이 눌러쓰고 깃을 제친 국민복을 다른 사람들과 마찬가지로 입고 있었기 때문에 한 번 봐서는 뭘 하는 사람인지 알 수 없었다. 까닭도 없이 놀란 것은 빈 좌석 옆에 앉은 젊은 남자가 김태조가 알고 있던 총독부의 조선인 관리 요시다(吉田)처럼 내성적인 인상이었기 때문이다. 딱히 문제될 것은 없지만 가능하면 그 장소를 피하고 싶었다. 그런데 둘러보니 가까운 곳에 빈자리가 없었다.

"여기 앉으세요. 비어 있어요."

앞자리의 중년 여자가 트렁크를 들고 망설이고 있는 김태조를 향해 상냥하게 말했다. 그는 얼떨결에 인사를 하고 여자가 가리킨 자리에 앉았다. 이상하게 오사카 역을 출발했을 때와 마찬가지로 여자 손님과 맞은편에 앉게 되었다. 연령은 마흔 전후일 것이다. 얼굴이 길고 조금 뼈가 앙상한 어딘가 농민 같은 서민적인 느낌의 사람이었다. 옅은 다갈색 바탕에 갈색 줄무늬가 그려진 뭔가 고급스러운 천의 일바지를 입고 있었다. 아마 장시간의 여행으로 피곤해 지쳐있는 것이리라. 눈 가장자리가 거뭇하고 얼굴에 기운이 없었다. 기차에서 파는 70전짜리 도시락인 조식 빵을 사기는 했지만 식욕이 없는지 무릎 위에 놓아둔 채였다. 식당차는 4월부터 폐지되었다.

기차가 경성역을 출발해 곧 한강 철교를 굉음을 내며 흔들리면서 유유히 흐르는 강 위를 한동안 달렸다. 이윽고 경성 외곽의 영등포를 통과할 무렵에 여자는 지루했는지 기차에 올라탄 김태조에게 선뜻 말을 걸었다. 창 건너편으로 아침 햇살에 물들며 멀어져 가는 경성 거리와 남산, 북악산의 모습이 지나가는 것을 망연히 보고 있던 김태조는 조금 놀라 여자의 얼굴을 바라봤다.

"어디까지 가세요?"

마흔의 여자가 물었다.

"오사카까지 갑니다."

김태조가 대답했다.

창가에 앉은 남자들은 아직 눈을 감고 있는 듯했다. 조금 전의 인상은 아무 근거도 없는 것이지만, 어쨌든 이야기할 때는 주의해야 한다. 조선인은 자신의 나라 안에서 기차를 타도, 그리고 배를 타도 말 하나하나에 신경 쓰고 경계심을 늦춰서는 안 된다. 그런데 이 아주머니와 이야기하는 것은 안심할 수 있을 것처럼 김태조는 느꼈다. 아니, 될 수 있으면 이야기하는 것이 좋을 것 같았다.

"그렇습니까? 저는 시즈오카(靜岡)까지 갑니다. 신징부터 계속타고 왔어요. 긴 여행은 힘드네요. 댁은 경성입니까?"

"아니오, 오사카입니다."

"아, 오사카……. 그럼 이곳은 뭔가 일을 보러……"

"네, 징병검사를 받으러 조선에 왔습니다."

"징병검사? 오사카에서?"

"네, 그렇습니다."

김태조는 이 여자가 자신을 일본인으로 생각하고 있다는 것을 알아차렸다. 그러자 움찔 하고 가슴이 욱신거렸다. 일전에 수풀 우거진 고원에서 풀의 열기가 가득해 숨이 막힐 듯했던 기억이 떠올랐다. 왜인 같다…… 왜인 같다…… 그때 들렸던 주문이 다시 되살아났다. 너는 왜인과 함께 기차를 타고 왜인과 친하게 서로 이야기하며 일본으로 가고 있구나. 호오, 왜인 같다…… 그는 단단히 마음을 먹고 순간적으로 자신은 조선인이라고 되뇌었다.

"오사카에서도 받을 수 있습니다만, 출정 전에 아버지 묘에 인

사라도 드릴 생각으로 일부러 조선까지 온 겁니다."

여자는 감탄한 듯이 눈을 둥글게 뜨고 말했다.

"훌륭하십니다. 반도 사람인 줄 몰랐습니다. 저는 내지인인 줄 알았어요……. 그래도 지금은 같은 일본인이잖아요……. 어디 몸이라도 안 좋습니까? 병을 앓고 난 것 같은데요……."

지금은 같은 일본인이잖아요, 같은 일본인……. 무심코 나온 여자의 말이 김태조의 가슴을 찔렀다. 일본인은 이런 말을 가볍게 말한다. 그것도 선의를 담아서. 그녀는 상냥한 사람이었다. 이전에 오사카 역에서 출발했을 때 열차의 창 측에 마주 앉았던 얼굴이 둥글고 뭔가 신경질적이고 까다로워 보이던 중년 여자와는 다르게 가시가 없는 느낌이었다.

"네, 맞습니다……. 징병검사는 이미 4월에 마쳤습니다만, 그 후 병이 나서……. 발진티푸스에 걸려 한 달 정도 입원해 있었습니다."

"아, 그렇습니까. 그것 참 고생 많으셨겠네요. 지금 만주에서 발진티푸스가 크게 유행하고 있다던데……. 무슨 이유인지 올해는 지금까지 전례 없이 크게 유행하고 있다고 하네요."

"그렇습니까?"

"네, 그렇답니다."

처음 듣는 말이었다. 조선과 만주에서만 이 병이 예년과 다르게 창궐하고 있다니, 어떻게 된 일인가? 뭔가 식민지라고 하는 것과 관계가 있는 것일까? 지금 경성뿐만 아니라 조선 전 영토에 이가 범람하고 있다……. 이런 현상은 전쟁 시국이 힘겨워졌다는 것을 반영하고 있다고 봐도 무방할 것이다. 김태조는 퇴원하던 날 절의 경내에서 기 선생님이 했던 말을 떠올렸다. 가슴이 아파왔다. 점점 안 좋아지는 전쟁 국면으로 치닫고 있는 일본을 향해, 자신은 일본인과 함께 가고 있는 것이다. ……12, 3명에 한 사람이 사망하는 비율. 아, 그래도 나는 살아남았다. 목숨을 건진 것이다…….

"그렇지만 다행이네요. 퇴원할 수 있어서…….'

여자는 신징에서 잡화상을 경영하고 있는데, 남동생의 결혼식이 있어 시즈오카에 돌아가는 참이라고 했다.

부산에 도착할 때까지 차장이 표를 검사하는 한편, 몇 번인가 사복경찰과 헌병이 차 안을 순시하며 다녔다. 그때마다 김태조는 여자에게 넌지시 말을 걸면서, 등 뒤에 멀리서 수풀 우거진 두툼한 대지에 피어오르던 왜인 같다…… 왜인 같다…… 주문을 들으며 그들의 시선을 따돌렸다. "영광스러운 제국 군인이 되기 위해" 징병검사를 받고 돌아가는 자신의 신분에 뭔가 의심할 만한 틈은 없지만, 그래도 그들에게 걸리면 성가신 일이 생길 수 있다. 조선인이라고 하면 우선 신체가 먼저 혐의의 대상이 된다. 그리고 소지품을 검사한다. 사람의 눈을 들여다보고 그 안에 인간의 사상을, 특히 반일 사상을 찾아내려고 한다. 사실 김태조도 한 꺼풀 벗기면 그런 인간이다.

김태조는 열차가 부산에 가까워지자 다시 관부연락선에 탑승할 일이 신경 쓰이기 시작했다. 엄중하게 경계를 하고 있는 적진을 돌파하는 듯한 긴장감을 조선인 승객은 계속 갖고 있어야 한다. 더욱이 수상경찰서에서 도항증명서 검인을 받기 위해 장사진을 이룬 줄의 길이에 따라 승선 시간을 맞추지 못할 경우도 생긴다. 그러나 무엇보다도 철저하게 소지품을 검사하고 심문하는 것을 견딜 수 없었다. 상상만 해도 몸이 떨렸다. 도항증명서를 소지한 합법적인 승선이 이 정도였다.

그는 내지까지 함께 동반할 그녀에게 사정을 이야기하고 미리 양해를 구해놓았다. 그러자 그녀는, "아, 그렇군요" 하고 무슨 생각이라도 떠오른 듯 말했다. 그리고 애초에 반도인만 짐 검사를 하는 것은 이상하다고 한마디 덧붙이는 바람에, 김태조가 긴장돼 주위를 슬쩍 둘러볼 정도였다. 그는 필요가 있어 이런 검사를 하는 것일 거라고 둘러댔지만, 그녀는 곧 그 의미를 알아차린 것 같았다.

잠시 그녀는 잠자코 있었다.

이윽고 묘안이 떠올랐는지 눈을 반짝이며 그에게 귀띔질이라도 하려는 듯 얼굴을 가까이 갖다 대고 말했다.

"일본인이 되세요. 그래요, 일본인이 되는 거예요……. 도대체가 이상하지 않아요? 저는 반도인이 취조받는 것을 몇 번이나 봤는데요, 죄가 없는 사람의 짐까지 조사하더라고요. 그런 조사받기 싫잖아요. 너무한 것 같아요. 음, 당신은 괜찮아요. 징병검사와 아버지에게 성묘하러 온 사람이 조사를 받는 일은 없을 거예요. 그래요, 일본인이 되는 거예요. 일본인이 되세요."

일본인이 되라고? 일본인이 되라! 지금은 같은 일본인이잖아요. 여자가 일본인이 되라고 한다. 그는 정신이 번쩍 들었다. 여자가 귓가에 속삭이던 그 말의 울림에 상반신이 뒤로 젖혀졌다.

가슴의 고동을 조금 느꼈다. 매진하는 기차 바퀴소리가 금세 귓가에서 울리는 것 같았다. 그녀가 말했다.

"당신이라면 완전히 일본인인 체 행세해도 충분히 통할 테니 도항증명서로 승선 수속을 밟지 말고 그대로 저와 같이 배에 타요. 아니, 저를 따라 오세요."

나에게 일본인이 되라고? 그런 말도 안 되는 소리를. 그는 살짝 웃으며 가볍게 고개를 옆으로 흔들었다. 그런데 이때 그의 머릿속에 부산 부두에 바싹 댄 관부연락선의 광경이 넓게 펼쳐지고, 일본인이 되든 되지 않든 상관없이 특고의 심문을 받지 않고 통과할지도 모르는 승선에 대한 기대감이 강하게 일었다.

조금 전에 여자가 뜻밖에 제안한 선의에 가득 찬 표정이 떠올랐다.

'바보 같군요, 걱정할 필요 없어요.'

탁한 데가 없는 여자의 눈빛이 그렇게 말하는 것 같았다. 아니 어쩌면, '사양할 것 없어요'라고 말했는지도 모른다.

"저……."

그녀는 사람을 부를 때처럼 오른손을 조금 흔든 다음, 손을 무릎 위에 올리고 얼굴을 더 가까이 갖다 대고 말했다.

"저는 혼자 하는 여행이니, 내지까지 함께 가시죠. 배 타는 것은 제게 맡기면 괜찮을 거예요. 일 년에 몇 번이나 왕복하기 때문에 관부연락선은 충분히 파악하고 있어요. 절대로 내지인 승객한테는 손을 대지 않으니까 걱정할 것 없어요. 제 성은 고시카와(越川)인데, 만일의 경우를 대비해 기억해두는 것이 좋겠어요. 원래는 그럴 필요도 없지만요."

거의 상황이 결정된 것처럼 여자는 선의를 강요했다. 그녀가 속삭이는 말을 들으며 김태조는 고개를 끄덕였지만, 동시에 당황스러웠다. 더욱이 이런 뭔가 비밀스러운 인상을 주는 듯한 대화는 피해야 한다.

이때 장화 소리가 들렸다. 저쪽에서 헌병이 다가오고 있었다. 김태조는 순간 얼굴 피부가 경직되며 긴장감을 느꼈다. 자신의 표정이 변하지는 않을까 걱정되었다. 응, 응 하고 턱을 크게 흔들어 보였다. 건너편에서 이쪽을 향해 걸어오는 헌병의 눈에 띄었을 것이 틀림없다. 입고 있는 옷이 모두 몸의 피부를 찌를 것처럼 다가온 장화소리가 눈앞에서 멈추더니 시커먼 구름이 일었다. 김태조는 아, 하고 마음속에서 외쳤다. 헌병이 걸음을 멈추려고 했을 때, 여자가 "그것 참 잘 됐네요" 하고 조금 부자연스럽게 맞장구를 쳤다. 헌병은 여자 쪽을 한 번 힐끗 보고는 그대로 지나쳐 갔다. 헌병이 지나가고 나자, 이마에 식은땀이 고여 있었는지 땀이 배어 나왔다. 등을 흥건히 적신 식은땀은 멀리 수풀 우거진 초원의 먼곳에서 들려오는 왜인 같다…… 왜인 같다…… 예의 목소리를 전해주었다. …… 뭐가 왜인 같다는 것인가. 나는 어엿한 조선인이다. 놈들의 눈을 가리기 위해 때로는 변신도 필요하다. 일본인으로 되는 것이 아니다. 일본인으로 변신할 뿐이다. 다만 일본인으로 변신해 놈들의 눈을 속이는 것뿐이다.

그러나 김태조는 지금부터 일본에 도착할 때까지 완전히 일본인이 되려고 하는 자신에게 떳떳치 못한 그림자가 드리워져 있음을 뿌리칠 수 없었다. 아니, 나는 이제 와 새삼스레 마음이 혼란해질 일은 없다. 처음부터 예정된 대로 도항증명서를 소지한 조선인으로 밀어붙이면 되는 거다……. 그러나 그는 흔들리고 있었다. 내지까지 함께 동반하겠다는 여자의 목소리가 분명 조력자처럼 들렸다. 마음이 흔들리는 대로 편승해볼까 생각했다. 또다시 머릿속에 선명하게 펼쳐진 관부연락선 광경이 그를 위협하기 시작했다. 놈들에게 붙들리지 않을 방법이 있다면 그 이상 좋은 것은 없다. 이건 우연히 찾아온 기회다. 좋다, 일본인으로 둔갑해서 특고 놈들의 눈을 속이는 거다. 그는 마음속으로 결심했다. 그의 마음은 한 번 크게 회전해 흔들렸다가 이내 멈췄다.

김태조는 마음속으로 그녀에게 감사했다. 일본인의 힘을 빌려 일본 관헌의 눈을 속이면 된다. 정말로 그들에게 붙들리지 않고 트랩을 통과할 수 있다면 얼마나 시원하겠는가.

밤에 부산 선착장에서 그녀와 함께 승선객 행렬에 줄지어 서 있을 때, 김태조는 일본인이 되어 있었다. 조선인이 서 있는 줄에서 벗어나 도항증명서가 필요 없는 일본인 줄에 서 있었다. 희미하게 귀 안쪽에서 뭔가 톱니바퀴 같은 소리가 났다.

선착장은 승선 입구 주변이 매우 밝았다. 개미 한 마리 놓치지 않으려고 햇빛에 반짝이는 강렬한 조명이 선착장 높은 천장에서 불타듯이 비추고 있었다. 옆에 바싹 갖다 댄 배부터 트랩 주변까지 라이트가 비추고 있었다. 연락선의 거대한 몸뚱이는 뒷부분의 배의 어둠에 묻혀 전체의 윤곽이 형체를 다 드러내고 있지 않았다. 그저 중앙의 승선 입구 주변의 밝은 부분만이 노출되어 일그러진 느낌이었다.

밤은 주위의 여분의 그림자가 어둠에 묻혀버려서 일본의 대륙

침략의 동맥인 부산과 시모노세키 두 선착장이 자아내는 분위기가 같다고 해도 좋을 정도로 비슷했다. 무엇보다도 승객들의 줄 양쪽으로 일정한 간격을 두고 서 있는 특고나 수상경찰의 사복형사 무리, 뱃전을 따라 칼을 차고 있는 헌병이 줄지어 서 있는 배치까지 비슷했다. 그 수는 부산 역전의 연락선 입구에서 선착장에 이르기까지 아마 십 수 명을 풀어놓은 것 아닌가 싶었다. 그리고 그 대상이 되는 사람은 우선 누구보다 조선인이었다.

김태조는 엄중히 경계하는 모습을 보고 있는 사이에 전에 시모노세키 선착장에서 붙들렸던 때의 일을 떠올렸다. 잘못해서 혹시나 탄로 날 경우에는 어떻게 될까. 나는 밀항하는 것이 아니다. 정정당당히 도항증명서를 소지하고 있고 징병검사를 받고 돌아가는 길이라는 대의명분이 있으니 일부러 자진해서 모험을 무릅쓸 필요는 없다. 생각해보면 트렁크를 조사하고 심문한다 한들 뭐가 나오겠는가. 결과적으로는 그쪽이 안전하다. 그는 문득 이 중년 여자의 권유에 넘어간 것을 후회했지만, 이미 때는 늦었다. 김태조의 도항증명서에는 부산 수상경찰의 검인이 찍혀 있지 않았다.

"괜찮을까요?"

김태조는 앞에 서 있는 여자의 귓가에 속삭이듯 말했다.

"쉿, 괜찮아요. 그렇게 걱정하는 게 오히려 좋지 않아요. 제 뒤를 따라오면서 보조를 맞추면 돼요. 이제 시작이니 우물쭈물하고 있으면 안 돼요."

여자는 뒤를 돌아보며 김태조를 진지하게 바라보며 말했다. 그녀는 나름 진지했다. 누나 혹은 어머니 같은 무서운 얼굴로 노려보는 시선을 보고 김태조도 이윽고 자신감도 붙고 배짱도 생겼다.

행렬이 움직이기 시작했다. 트랩 건너편의 바다에 떠 있는 배가 밝게 빛났다. 순간 별세계의 멋진 광채로 보였다.

"자, 뛰면서 저를 따라오세요. 뭔가 말을 하세요. 거리가 떨어지면 안 돼요."

줄이 계속 움직였다. 그녀는 재빨리 여러 이야기를 하고 줄이 진행되는 속도에 맞춰 김태조를 재촉하며 총총걸음으로 앞으로 나아갔다. 그는 긴장한 아이처럼 그녀의 뒤에서 거리가 멀어지지 않도록 신경 쓰며 따라갔다.

"자, 꾸물거리지 말아요."

앞에 걸어가는 여자는 일부러 큰 목소리로 뭔가 말을 계속 걸었다. 김태조도 넌지시 사람들의 눈에 띄도록 머리를 흔들며 괜찮다고 응답했다.

눈앞에 트랩이 보였다. 움직이기 시작한 행렬이 간단히 트랩을 올라가 배 안으로 계속 빨려 들어갔다. 이 줄이 만약 조선인 행렬이었다면 지금보다 몇 배나 시간을 잡아먹었을 것이다. 쥐어짜는 듯한 심장의 고동을 느끼며 김태조는 앞으로 나아갔다. 좌우, 그리고 전방의 배 옆에 서 있는 사복경찰들의 눈이 자신만 뚫어져라 보고 있는 것처럼 순간순간 긴장감이 느껴졌다.

"빨리, 어서요."

그녀가 말했다. 앞으로 걸어가면서 일부러 뒤를 돌아보며 김태조를 재촉하는 것은 누가 봐도 동행자가 아니면 할 수 없는 일이었다. 더욱이 그녀는 트랩 입구에서 표를 보여주며 일부러 한 걸음 내딛고 뒤에 따라오는 동행자를 보호하려는 듯이 뒤돌아봤다.

"멈춰 서지 말고 계속 걸어오세요."

하얀 제복을 입은 선원이 재촉했다. 그 틈을 타서 별 문제없다는 듯이 가볍게 몸을 날려 김태조의 발이 트랩을 밟았다. 표를 주머니에 넣은 그는 여전히 그녀의 뒤를 쫓아가듯 경사진 트랩을 뛰어 올라갔다. 손에 트렁크가 있는지 없는지 감각이 없을 정도로 갑자기 가볍게 느껴졌다.

맥이 빠질 정도로 간단히 넘을 수 있는 트랩이었다. 이럴 리가 없다고 생각될 정도로 아무 문제없이 간단히 끝났다. 믿을 수 없었다. 김태조는 갑판 위의 선실 쪽으로 발걸음을 옮기며 문득 뒤를 돌아봤다. 빌딩 위에서 내려다보는 것처럼 선착장의 사람들 행렬이 작게 보였다. 멀리 뒤쪽으로 조선인 행렬이 대기하고 있을 터였다.

"뒤돌아보지 마세요."

그녀는 소리를 줄여 그에게 말했다. 김태조는 정신을 차리고 이끌리듯 그녀의 뒤를 따랐다. 그의 눈앞에는 일바지를 입은 일본 여자의 뒷모습이 보였다. 옅은 다갈색 바탕에 갈색 줄무늬의 무수한 선이 분명하게 보여 놀랐다. 바로 조금 전까지 선착장의 긴 줄에 서 있을 때는 전혀 의식하지 못했다. 돌아보지 말고, 그래. 뒤돌아본 사람들 행렬 끝에는 조선인들만 서 있는 줄이 이어졌다. 그는 일본인으로 둔갑해 특고의 눈을 잘 속인 자신의 어깨 위에 털썩 하고 피곤이 시커멓게 밀려오는 것 같았다.

호오, 왜인 같다…… 왜인 같다…… 왜인과 똑같아. 너는 왜인이다. 왜인, 왜(倭), 왜, 왜……. 끼끼 마찰음을 내며 귀 안쪽 어두운 곳에서 주문처럼 목소리가 되살아났다. 김태조는 아무것도 들지 않은 왼손으로 다른 한쪽 귀를 감싸듯이 하고 삼등 선실로 내려가는 계단을 향했다.

# 출발

## 1

  전쟁이 끝나고 한 달 남짓 지나자 벌써 거리는 나름대로 움직이기 시작했다. 전쟁 중에는 귀축(鬼畜)의 나라로 불리던 영국과 미국. 전쟁이 끝나자 미군 병사의 모습이 현실적인 것으로 눈앞에 나타났다. 지프라고 하는 굉장한 마력의 만능 소형차가 바삐 뛰어다녔다. 헤이! 느닷없이 엉뚱한 소리를 지르며 GI가 던져주는 추잉 껌을 받으려고 애들이 몰려들어 패전국의 전후 풍경의 한 장면을 만들어내고 있었다. 얼빠진 듯이 밝은 미군 병사들이 씩씩하게 걷는 광경을 여기저기 흩뿌리고 다녔다. 한편, 검은 위장의 빛을 남긴 채 오사카의 현관인 역을 통해 복원병 무리가 불탄 폐허로 완전히 변해버린 시가지를 향해 토해내듯 연일 쏟아져 나왔다. 그리고 빈 깡통을 든 부랑아들의 모습이 거리의 풍경으로 정착되어 갔다. 그 속을 사람들이 개미처럼 뭔가를 찾아 길을 걸어 다니는 모습이 흘러넘쳤다. 물론 이들 중에는 패전을 평화의 도래로 받아들이고 굶주림을 넘어 기쁨을 음미하고 있는 사람들도 많을 것이다. 그리고 복잡한 전쟁 종결을 맞이한 재일조선인도 독립한 민족의 일원으로서 소생할 길을 향해 움직이기 시작했다. 재일조선인들은 이를 위해 조직 구성에 착수하고 '일본인'에서 조선인으로 전환하기 시작했다.

김태조가 살고 있는 I구의 K동네 안에도 나름대로 움직임이 나타나기 시작했다. 그런데 그는 하필 이와 같은 시기에 불면증에 시달리고 있었다. 밤에 빈대가 다다미에 뿌려놓은 살충 분말제의 방어선을 뛰어넘어 모기장 안까지 기습해올 수도 있지만, 김태조가 잠 못 이루는 것은 그 때문만은 아니다. 더욱이 지금은 B29의 공습도 없어졌다. 공습이 없는 것이 너무 당연한 이 상태가 얼마나 사람들의 기분을 해방시켜 줬는지. 8월 15일 밤부터 필요 없는 전등도 며칠 동안 밝게 계속 켜놓았다. 노란색 가로등 전구가 여름날 골목에서 마치 포옹하는 남녀라도 비쳐주려는 것처럼 언제까지나 반짝였다. 백주 대낮에도 그대로 수줍은 듯이 볼을 붉게 물들이고 서 있었다. 이렇게 패전이라는 힘든 현실 속에 있으면서도 사람들은 오랜만에 손발을 펴고 느긋하게 잠들 수 있게 된 것이다. 더욱이 김태조의 경우는 일본의 패전 자체가 그가 원해 온 조국 조선의 독립을 의미하는 것이 아닌가. 조선의 독립은 자신의 전 존재를 걸 만한 값어치가 있는 것이 아니었던가. 그렇다면 그의 수면을 방해하는 방해물은 제거된 셈이고 자신 앞에 남아있을 리 없었다. 그야말로 8월의 작열하는 태양이 눈이 돌 정도로 반짝여서 사람들을 압도한 8·15 해방이었다.

분명 조국의 해방은 그의 전 존재를 걸 값어치가 있는 것이었다. 그는 스스로 이를 위해 조선으로 갔던 것이다. 자신의 전 존재를 건다는 것은 얼마나 멋진 말인가. 김태조는 스스로 몇 번이나 이런 생각을 곱씹었다. 그러나 만약 지금 그가 이 말을 자신의 입에 담는다면 이는 그야말로 너무 속이 빤히 들여다보이는 말이 될 것이다. 김태조는 현재 이 말의 주인이 될 자격을 갖고 있지 않았다. 이 말은 지금의 그와는 인연이 없는 말이 되어버렸다. 아니, 멀리 건너편으로 도망가 버렸다. 그리고 이제는 조국의 해방조차 그에게 굴절된 빛을 던지고 있었다.

무엇보다도 기 선생님이 전에 냉소적으로 일그러진 미소를 지어보이며 말해준 8·15의 빛이 부끄러워 더욱 눈이 부셨다. 조국의 독립이 매우 소중한 기쁨이기 때문에 더욱 잠자코 있을 수 없는 자기혐오의 나락으로 김태조는 떨어졌다. 중국으로 탈출하겠다는 생각은 너무 치기어린 공상이었다. 작열하는 사막에 알몸으로 뒹굴고 있는 것 같았던 경성의 전염병원. 그 심했던 풀의 열기가 타올라 머리 심까지 아팠던 초원의 절에서 보낸 밤낮의 시간. 손을 깊숙이 집어넣어야만 알 수 있는 텅 빈 동굴 안으로 바람처럼 빨려 들어가 버릴 것 같은 무서운 흡인력. 쥐어짜는 듯한 의식. 호오, 귀여운 얼굴을 하고, 왜인 같다…… 왜인 같다…… 그때 꿈속에서 안경을 쓴 기 선생님이 중년의 간호사와 함께 초원 속으로 자신을 쫓아왔다. 다시 묻겠는데 금강산에 가지 않겠는가? 금강산 깊은 곳 계곡에 있는 절에 들어가 있으면 괜찮을 거야……. 호오, 왜인 같다…… 왜인 같다……. 주문소리에 쫓겨 도망쳐 돌아온 일본……. 어머니……. 8·15. 그 정오 12시의 묵도……. 일본 이상으로 신들렸던 경성의 질서가 하룻밤 사이에 붕괴하다니 어떻게 된 일인가? 경성이 뭔가를 감추고 있을지도 모른다고 상상하면서도, 결국 겉 표면만 만진 것에 지나지 않는다. 경성에서 있었던 일들이 지금 그의 의식 속을 스쳐가는 것만으로 8월의 태양빛에 녹슨 색을 드러내고 있었다.

이러한 방황의 상흔만 없었다면 해방의 기쁨이 얼마나 자신을 격한 힘으로 고양시켰을지 김태조는 생각했다.

그래도 투명한 공기가 불에 탄 폐허를 덮고 청천의 밝은 태양은 우러르면 눈물을 자아낼 정도로 반짝여 그를 충족감으로 가득 채웠다. 설령 자신이 조선에서 일본으로 비참하게 돌아왔다고 해도, 사람들을 환희의 도가니로 열광시킨 조국의 해방 그 자체에는 변함이 없었다. 조국의 해방은 정신이 아찔해질 것처럼 퍼져가는 동시에, 그의 내면에서 가만히 응시하고 있는 충족감이었다.

그럼에도 불구하고 잠들지 못하는 날이 찾아왔다. 수면의 경계선을 넘는 것이 이렇게 어려운 일인가 싶을 정도로 눈을 감으면 한탄이 나왔다. 수면의 경계선은 종이 한 장의 찰나의 순간으로, 그 너머에 의식이 죽는 상태와 별반 다르지 않은 수면의 깊은 세계가 있다. 강한 흡인력을 갖는 수면의 구멍에 의식이 뚝 떨어져 빠져버리면 그만 잠들 수 있다. 더 이상 아무것도 필요 없다. 그런데 그 어둠 속으로 떨어지는 순간, 문득 의식이 깨어나 몸을 조금 움직이며 구멍을 벗어나 버리곤 했다. 무서웠다. 수면의 구멍 아래에는 우주만한 크기의 넓이에 연결된 공포가 있었다. 같은 조작이 반복된다. 그 사이에 수면과 종이 한 장 차이의 투명한 경계가 불투명한 벽이 되어 결국 뛰어넘을 수 없게 만들어버린다. 수면은 구멍을 오므린다. 전전반측하면서 몸은 피곤한 채 정신은 깨어있는 상태가 계속되었다. 그리고 아침 출근시간을 의식할 때에는 수면은 협박이라도 받는 것처럼 절망적인 상태로 된다. 이윽고 빈대살충제 분말에서 마른 곰팡이 냄새가 어둠 속에서 떠다닌다. 불쾌한 냄새, 오래된 다다미 냄새……. 아니다. 그보다도 잡초를 태우는 듯한……. 아, 불탄 폐허에서 풀의 열기가 의식을 자극해 뭔가가 도래할 것을 알려주려는 듯 배 아래쪽에서 발기가 시작되었다. 무지근하게 욱신거리는 발기의 밑바닥에서 외풍처럼 마음을 갉아먹는 공허감이 스치고 지나갔다. 그 공허감이 달밤의 불에 탄 폐허에 가로누운 이행자의 몸을 눈앞에 갖다 놓았다. 달빛을 받은 두 개의 하얀 다리가 크게 파도치며 풀숲을 넘어뜨렸다. 저, 왜 그래요? 울고 있어요? 싫어요, 싫어. 이런 곳에서는 싫어요. 식어가는 불탄 폐허의 지열을 빨아들이며, 이런 곳이니까 나는 하는 거다……. 다만 뭔가에 자극을 받아 정상까지 올라가 육체의 내부가 아니라 공중에 오색찬란한 불꽃을 폭발시킨 채 절정에 달했다……. 텅 빈 공허감이 밀려왔다. 왜 나는 여자를 안고 울었을까? 전후에 불에 탄 폐허에서 그녀와 한 행위는 자신의 공허감을 채우기 위한 것이었는지도 모른다. 어머니와 둘이서 살고 있는 초라한 집에 모기장 너머 활짝 열어놓은 이층 창문으로 별빛이 새어 들어왔다. 하늘이 무서웠다.

이런 때에 잠자리를 나란히 하고 있는 그의 어머니는 결코 먼저 잠드는 일이 없었다. 꾹 참고 있는 김태조가 옆에서 보기에는 잠들어 있는 것처럼 보여도 잠들지 못하고 있다는 사실을 어머니는 눈치 채고 있었다. 그리고 이내 자상한 목소리로 말을 걸었다.

"태조야, 아직 잠이 오지 않니?"

그러면 신기하게도 어머니의 목소리가 마치 최면술이라도 되는 것처럼 곧 졸음이 밀려오는 것이다.

그러나 오늘은 아무래도 좀처럼 잠에 들지 못하고 누워 있었다. 그는 어머니 쪽으로 등을 돌리고 이윽고 자는 것처럼 숨을 내쉬었다. 일단 떨어지면 다시 기어오르지 못하도록 밤하늘의 넓이를 갖고 있는 깊은 어둠. 김태조는 수면의 구멍 아래에서 소용돌이치는 어둠의 흐름 속에 현기증을 일으키며 끌려가는 자신을 느꼈다. 이윽고 그의 귓가에 울리는 잠을 방해하는 불투명한 벽을 두드리면서 외치는 소리가 어둠의 감각을 내동댕이치고 말았다.

조선 독립 만세! 조선 자유해방 만세! 경성 시가지를 메운 조선 방방곡곡에 흘러넘친 사람들의 기뻐하는 목소리. 8·15로부터 불과 한 달 남짓 전까지만 해도 그는 그 자리에 있었다. 조선의 대지를 흔들며 폭발하는 환희와 눈물의 외침소리였다.

"조선 독립 만세……"

오늘밤 회합에서 한 만세 삼창을 떠올리며 김태조는 곧 혐오감으로 몸을 떨었다. 벌떡 일어나고 싶은 충동이 일었다. 어머니가 안 계신다면 이불과 모기장을 발로 걷어차고 일어나 창문 밖으로 침이라도 뱉었을 것이다. 아, 불결하다. 불결해!

김태조는 불쾌감 속에서 우선 우메바라의 얼굴을 떠올렸다. 그는 협화회 지도원으로 활동한 '내선일체'론자이다. 옷 소맷자락에 먼지 하나라도 붙어 있으면 손가락으로 튕겨내는 신경질적인 그였다. 조금씩 자리 분위기에 익숙해지면서 기분이 풀어지는 순간, 그가 어쩐지 추레해 보였다. 자타가 공인할 정도로 대단히 힘을 주고 다니던 그도 요즘의 변화에는 조금 살이 빠졌는지 볼품없는 얼굴을 하고 있었다. 전쟁이 끝나고 보니 오사카 역의 붐비는 속에서 우연히 만나 역장실에서 표를 구해줬을 때의 씩씩한 태도가 우스꽝스럽게 느껴졌다. 그 당시에 김태조는 진지했고, 우메바라를 우스꽝스럽게 볼 여유 따위 없었다. 우메바라는 그 나름대로 '애국'주의에서 나온 행위였을 것이다. 그래서 자신이 알고 있는 김태조에게 친절하게 대해준 것이다. 이런 일들이 종잇조각에 적힌 낙서처럼 의미가 없어져버리다니, 어떻게 된 일인가. 아니면 아직 의미가 있는가? 그것도 아니면 그저 친절한 행위로만 남는 것인가? 우메바라는 지금 그때의 일을 어떻게 생각하고 있을까? 김태조는 생각해봤다. 오늘 동네 조선인 회합이 있어서 열 몇 명이 모였는데, 생각지도 못하게 우메바라가 이 자리에 나온 것이다. 생각지도 못하게, 라고 한 것은 새로운 시대를 마주하고 일어설 조선인 조직을 만들자는 모임이었기 때문이다. 우메바라 조타로는 8·15 직후부터 신슈(信州)에 있는 친척집에 간다면서 큰길에 있는 라디오 가게를 닫고 잠시 모습을 감췄었다.

그런 그가 자리에 조금씩 익숙해지자 8·15 전까지 해온 씩씩한 표정으로는 돌아가지 않았지만, 잡담도 같이 하며 숙달된 일본어로 말을 꺼냈다.

"야, 정말이지 시골에서는 굉장했어요. 내가 볼일이 있어 도쿄에 나갔다가 신슈로 돌아갔을 때인데요, 굉장했어요. 신슈가 지방이라고는 하지만 넓어서 역이 많이 있는데, 각 역에 정차할 때마다 어디든 똑같았어요. 사람들을 가득 태운 기차가 정차할 때마다 기다리고 있던 사람들이 개찰구로 잔뜩 몰려와 개찰구를 나가려고 하는 우리를 붙잡고 놓아주지 않는 거예요. 비통하게 간절히 비는 듯한 얼굴로……. 그것도 젊은 여성이 거의 대부분이어서 그럴 때 창백한 여자의 표정이라고 하는 것은 묘하게 요염하게 보이거든요. 나는 가미스와(上諏訪) 역에서 내렸지만, 개찰구에 사람들이 잔뜩 몰려와 나갈 수 없을 정도였어요. 젊은 아가씨나 분명 전쟁미망인이 틀림없어 보이는 여자들이 소맷자락을 붙들고 말을 걸더군요. 도쿄에서 오셨나요? 지금 도쿄는 어떻게 되었나요? 앞으로 어떻게 될까요? 도쿄에 상륙한 미군 병사가 한낮에 길에서 부녀자를 강간하거나 집에 들어와 난폭하게 군다는데, 그것 정말이에요? 곧 신슈에도 미군 병사가 와서 여자들에게 난폭한 짓을 할 거라는데…… 정말이에요? 이런 질문을 진지한 표정으로 물어봤어요. 도쿄나 오사카의 도시에 사는 사람들은 굶어죽는다고 하는데 역시 시골은 식량이 있는 만큼 걱정거리가 다르더라고요. 기차를 타고 있는 사람들의 거의 대부분이 전쟁 중과 다를 바 없이 식량을 사러 시골까지 와서 그 사람들도 나와 마찬가지로 똑같은 경험을 했을 거예요. 난 말해줬어요. 아니, 걱정할 것 없어요. 도쿄는 평화롭고 미군은 질서 있게 행동하고 있다. 신문에도 적혀 있듯이 결코 그런 야만적인 행동은 하지 않는다. 전쟁이 끝나기 전에는 일본군이 귀신과 짐승의 나라 미국과 영국이라고 말하곤 했는데, 사실은 그렇지 않았던 거죠. 미국은 신사적이다. 나는 이 눈으로 실

제로 봤으니까 안심하라고 말해줬어요. 그러자 어떻게 됐을 것 같
아요? 곧 안심된다는 표정을 짓더군요. 단순하더라고요. 그야말로
나도 비틀비틀 지치는 기분이었어요. 그래서 감사합니다, 감사합
니다 하고 머리 숙여 인사했어요……. 패전국의 여자는 입으로는
이러쿵저러쿵 말들을 하면서 벌써 어딘가에서 자신의 성(城)을 내
주고 말 생각을 하는 경향이 있어요……."

누군가가 우메바라 아저씨, 오사카 사투리 쓰세요, 우리에게 도
쿄 말로 이야기해봐야 겨드랑이가 간지러워지니까요, 하면서 혜살
을 놓기도 했지만, 그가 참석한 것을 비난하는 사람은 없었다.

오히려 그의 이야기를 재미있게 듣고 있는 느낌이었다. 더욱이
그는 이전 같으면 누가 혜살 놓는 것을 잠자코 보고 있을 사람이
아니었다. 큰 소리는 지르지 않지만 자신이 불리하지 않다고 생각
하면 끈질기게 상대방을 붙잡고 놓아주지 않았다. 그야말로 예의
바른 듯 보이지만 건방지게 트집을 잡으면서 상대방을 괴롭히는
구석이 있었다. 그러나 그런 그도 오늘은 조심스럽게 웃는 얼굴로
응대했다. 그리고 신중히 주위를 살펴보고 한 걸음 뒤로 물러서
자신이 할 말은 다 해버렸다. 김태조는 신슈의 역에서 우메바라의
태도가 상상이 돼 기분이 나빠졌다. 조금 도쿄를 보고 온 주제에
공포의 상상으로 겁에 떨고 있는 부녀자들에게 마치 평화의 복음
을 갖다 줄 사도 같은 태도로 행동했을 것이 틀림없다. 8월 14일
까지는 황국신민화의 복음을 말하고 다니던 우메바라였다. 그리고
보면 우메바라의 이와 같은 발언 자체가 조선인으로서의 자신의
복권이라는 조건을 포석으로 하고 있는 계산이 포함되어 있는 낌

새도 느껴졌다.

누구의 눈에도 우메바라가 이곳에 있는 것이 분명 기이하게 느껴져야 할 터였다. 그러나 그렇지 않다고 해서 사람들을 비난할 수는 없다. 분명 이곳에는 통렬한 자기비판이나 상호비판은 없었다. 이는 서로가 다소 시국에 순응해 일본인으로 살아낼 수밖에 없었기 때문이다. 대체로 협화회 시절의 인간관계가 그대로 8·15 이후에도 넘어온 것 같아 서로 찌르는 일도 없었다. 그리고 오늘 모인 것은 어제까지 어쩔 수 없이 일본인으로 살 수밖에 없었던 사람들이 지금 일본제국주의가 패배해 새로운 독립민족의 일원이 되어 앞으로 조국 건설을 위해 준비하려는 것이다. 그래서 여기에서 한 주장은 나름의 진실성이 있었다. 그렇지만 같은 조선인들이 마음을 새롭게 다져 사이좋게 해나가자든가, 또 이제는 일본인이 아니니까 하는 등의 '마음을 새롭게 다져' 혹은 '일본인이 아니니까'라는 당연한 말이 김태조에게는 속이 빤히 들여다보이는 소리로 들려서 참고 듣고 있기 힘들었다. 적어도 조선의 독립을 지향해온 자신조차 스스로의 연약함 때문에 상처를 받고 있는데, 이들은 상처의 통증이 너무 없는 것 같았다. 게다가 무엇보다도 이들의 말에서는 '8·15'가 당연 갖고 있을 터인 현기증이 날 정도로 어지러운 충격이 전해지지 않았다. 오히려 김태조는 이곳에서 어른들의 교활한 지혜조차 간취했다. 어제까지의 일은 코를 풀어 던져버리듯 암묵적으로 익숙해져 있는 공기에 혐오감이 들었다.

그에 비하면 다카야마(高山) 아저씨가 조선어를 모르는 청년들을 배려해 일본어로 자못 심각한 표정을 지으며 이야기한 모습이 훨씬 감동적이었다.

"여러분, 36년 긴 세월동안 우리 조선민족은 일본제국주의의 압박을 받았지만, 우리 민족은 망하지 않았다. 우리는 훌륭한 나라를 세워……"

애초에 김태조를 이 회합에 강제로 데려온 사람은 예의 '공십 대비' 선생님인 그였다. 그렇지 않았다면 김태조는 오늘도 나오지 않았을 것이다. 다카야마, 즉 고서방은 도나리구미의 방공반장을 했을 때, 방공연습이나 진짜 공습이 있을 때 긴급사태에 대처하지 못할 정도로 느긋한 목소리로 '공십 대비(공습 대피)'를 메가폰을 들고 외치면서 돌아다녀 사람들을 웃게 만들었다. 8·15까지는 동네 방공포 만들기에 힘을 쏟으면서 한편으로는 이를 구실로 협화회 쪽은 잘 피해 다닌 민족적인 감정을 갖고 있는 남자였다. 그렇다고 해서 그가 딱히 지식인인 것은 아니다. 다카야마 아저씨라고 불리는 극히 보통의 평범한 사람이다. 자전거로 도살장을 다니며 소와 돼지의 내장 같은 소위 호르몬 종류를 팔고 있는 중년 남자일 뿐이다. 이런 극히 평범하고 느긋한 성격을 김태조는 좋아했다. 더욱이 이런 느긋한 그는 8·15 다음날부터 큰 망치와 삽을 짊어지고 도나리구미의 범위를 넘어 동네 전체에 자신이 만들어놓은 튼튼한 자작 방공호를 무너뜨리는 일에 바로 착수했다. 이제 전쟁이 끝났기 때문인데, 단지 무너뜨리는 것뿐만 아니라 방공호가 있던 터를 메워 평탄한 땅의 일부분으로 잘 꾸며놓았다. 텅 빈 방공호가 곳곳에 입을 벌리고 있는 불에 탄 폐허와 비교해보면 공습을 면한 오사카 동부지역에서 금세 방공호가 사라져버린 이 지역에 찾아온 평화에는 적어도 비참한 그림자는 드리워지지 않은 것이다.

김태조에게는 우메바라 조타로와 같은 인간이 다시 떼를 지어 조선인 조직을 만드는 데 모여들 수 있는 일본이라는 땅이 역겹게 느껴졌다. 이는 관대한 불결함이라고 그는 생각했다. 자신에게 그들을 단죄할 만한 자격이 있는지 자문해 봐도 충분한 대답을 갖고 있지는 못했다. 그래도 역시 불결한 감정이 생기는 자신의 정당성을 확인하고 싶었다. 그는 조선에서 지내는 생활을 따라갈 수 없었고, 또 생활의 근거지인 오사카에서 자신의 주변에 있는 조선인 사회에도 친숙해지지 못해서 이쪽도 저쪽도 아닌 딜레마에 빠져있었다. 그래서 그는 더욱 입을 꾹 다물고 발언하지 않았다. 이렇게 해서 회합은 마지막으로 2층 방의 천장이 날아갈 정도로 '조선 독립 만세!' 삼창을 외치고 끝났다. 그러나 집을 뒤흔드는 동포들의 외침소리는 김태조에게 혐오감을 느끼게 했다. 만세를 선창하는 목소리가 협화회 청년반장을 하고 있던 가네모토 에이이치의 입에서 나왔을 때 그는 반사적으로 전신이 경직되고 손과 입이 돌연 움직여지지 않았다. 그가 최근에 길에서 가네모토와 만났을 때, 가네모토는 친한 사이처럼 가까이 다가와 도요카와 소위의 소식을 모르냐고 갑작스럽게 물었다.

"자네가 알고 있지 않나?"

김태조가 되물었다.

"아니, 그렇지 않아. 중학교 동창인 자네가 알고 있겠지. 이상한 걸 묻는군."

가네모토는 이렇게 대답하고 나서 무슨 속셈인지 우메바라에 대해 말을 꺼냈다.

"조선인이 병대가 된 것은 하는 수 없었다고 하지만, 지원해서까지 장교가 된 것은 사정이 다르지 않나?"

전에 갑종 육군 간부 후보생이 되는 것을 꿈꿔온 당사자가 마치 이 세상에 그런 사람 따위 있지도 않은 것 같은 말투였다. 이때 김태조는 그가 도대체 무슨 말을 하고 있는지 의미를 바로는 알 수 없었다. 그 말은 듣기에 따라서는 협화회의 반장 정도는 병대와 마찬가지로 어쩔 수 없었다는 식으로도 생각되어 금세 기분이 나빠졌다. 그리고 앞으로 이 녀석과는 일절 이야기를 하지 않으리라 생각했는데, 김태조는 그때의 일이 떠올랐다. 숲속의 화석처럼 우두커니 서 있는 그의 옆을 외침소리가 바람처럼 스쳐갔다. 아니, 전신의 피부가 거북이 등껍질처럼 되어 사람들의 외침소리와 시선을 튕겨내고 있었다. 김태조는 뭔가 얼룩으로 물든 것 같은 가벼운 기분으로 만세를 외치고 싶지 않았다. 비록 자신이 조국의 대지를 두드리며 환희하는 사람들에게 떳떳치 못한 기분을 갖고 있다고 해도 눈앞의 그들과 타협할 수는 없었다.

이것은 그의 오만이다. 그는 거북이 등껍질을 뒤집어쓰고 침묵을 지키는 것으로 사람들에 대한 우위를 지키려고 했다. 이것이 일그러진 주관적인 태도라는 것을 김태조 자신이 모를 리 없지만, 돌연 몸이 그리고 손과 입이 말하는 것을 듣지 않으니 하는 수 없었다. 그리고 그는 조국에 그대로 머물러 남아있지는 못했지만, 그래도 손은 더럽혀지지 않았다고 생각했다. 아니, 그렇게 생각하고 싶었다. 적어도 만세를 외치는 더러움 없는 손을 갖고 있다고 생각하고 싶었다. 물론 조국에 있는 사람들 사이에 지금의 자신을 갖다 놓으면 뭔가를 말할 수 있는 입장이 아니라는 것을 그는 알고 있었다. 그 관계를 생각해보면 비록 이들 많은 사람들이 협화회의 적극 분자였다고 하더라도 김태조가 오만해도 된다는 이유는 되지 않았다. 그래도 김태조는 생리적인 통증 같은 것을 내면에 갖고 있어서 상처입지 않은 이들과 분명히 선을 긋고 싶었다.

그 역겨운 외침이, 아이도 지를 수 있는 무책임한 외침이 지금 귀에 되살아와 견딜 수 없었다. 오히려 조국의 대지에 타오르는 신성한 외침을 없애버릴 것만 같아 괴로웠다.

8·15, 8·15, 왜 나는 일본으로 돌아왔는가. 일본이 패배함으로써 드디어 도래한 8·15 해방! 기 선생님이 경련이 이는 듯한 미소를 띠며 씁쓸한 표정을 지었던 표정이 바다 건너 경성 선학원의 경내로 그를 이끌었다. 생각해보면 금강산의 절에 들어가 병이 나은 후의 섭생을 겸해 몸을 숨기고 있으라고 권유해준 것을 뿌리치고 오사카에 돌아온 자신의 무지함이 무엇보다도 부끄러웠다. 자신의 무지함 때문에 일본으로 다시 돌아와 버린 것이 견딜 수 없이 후회스러웠다. 그래서 이 더러운 속에 자신도 몸뚱이를 들이밀고 만세 소리를 들어야만 한다. 김태조는 잠든 어머니를 보고 문득 안심이 되어 깊은 숨을 토해냈다. 그리고 창문 너머로 펼쳐진 밤하늘의 깊은 곳으로 잠들지 못하는 눈길을 향했다.

김태조는 경성에서 일본으로 돌아온 지 채 한 달이 안 된 사이에 일본의 전면항복의 날을 맞이했다. 8월 8일에 소련이 참전해 이제 결정적 순간이 목전에 닥친 것으로 보였지만, 그러나 아직 2,

3년은 계속 싸우지 않을까 막연히 생각하고 있었다. 애초에 포츠담 선언도 몰랐으니까.

8월 15일에 일본의 항복이 현실화되었을 때, 김태조는 앉아 있던 곳에서 튀어 올라 광희의 기쁨을 느낀다든지 소리쳐 외친다든지 하지 않았다. 그저 숨죽인 소리로 드디어 올 것이 왔구나! 하는 칼날 같은 날카로운 중얼거림을 목구멍에서 서서히 쥐어 짜냈다. 비록 그가 일본으로 다시 돌아가 조국 독립을 위한 싸움에 참여할 수 없었다고 해도 조국의 해방을 기뻐하는 마음에는 변함없었다. 그는 아무런 감동을 느끼지 못한다고 사람들이 생각할 정도로 평정한 마음을 유지했다. 스스로 생각해도 이상하게 생각될 정도로 평정했다.

……미쓰야마 군, 자네는 전혀 아무것도 느끼지 못하는가? 핫하하. 그럴 리가 없다. 자네라면 오늘 같은 날 뭔가 한마디 말해보면 어떤가? ……아, 딱히 없어요. 간신히 공장 주인에게 대답한 그 한마디가 8월 15일 정오의 방송을 다 들었을 때 그가 한 말의 전부였다. 8월 15일은 마침 한 달에 2회, 즉 1일과 15일의 공휴일에 해당하는 날로 도요카와 금속제작소는 쉬는 날이었다. 휴일이 아니어도 김태조는 공장의 일을 쉬었을 것이다. 그는 오전 중에 텅 빈 이발소에서 오늘 손님은 당신 혼자뿐이라며 장사가 전혀 안 된다는 주인의 농담을 들으며 머리를 깎았다. 이미 전날 밤부터 예고된 '중대방송'의 내용은 바야흐로 전쟁의 종결을 의미하는 것이 명백했다. 전날 밤부터 결국 올 것이 오고야 말았다고 몇 번이나 중얼거렸던가! 아침에 한 이발은 정오 방송의 결과에 대해 김태조

가 보여준 자세라고도 할 수 있었다. 그리고 이발소 문턱을 넘어 쨍쨍 내리쬐는 8월의 태양에 맨살이 하얗게 비치는 **빡빡** 깎은 머리를 드러냈을 때, 아, 이것으로 우리 조선은 일본과 영원히 이별했다는 감상이 그의 몸속을 서서히 통과해 지나갔다. 그렇지만 그 운명적인 정오가 불과 1시간 남았을 때 이발소의 대머리 아저씨는 이발소 만담 같은 의외로 밝은 목소리로 말을 걸었다. 더욱이 정오를 전쟁 종결의 시간이라고 예측해 보이면서 하는 이야기는 그를 당혹시켰다. 비단 이발소의 주인만이 아닐 것이다. 정오의 항복을 예측한 거의 대부분의 일본인은 역시 천황의 방송을 듣고 나서 그에 촉발되어 비통한 눈물을 흘렸다. 전쟁 종결을 예상하면서 오전 중에는 웃고 있던 이발소 주인도 반전주의자가 아닌 이상 다른 보통의 일본인처럼 정오에는 눈물을 흘렸을 것이 틀림없다.

김태조는 내친 김에 재일조선인이 밀집해 살고 있는 I지역의 공장 주인집에 '중대방송'을 들으러 갔다. 그의 방에는 라디오가 없었다. 천장 가까이에 있는 선반에서 내려놓은 라디오를 방 한가운데에 놓고 그 주위를 빙 둘러 앉은 형태로 열 명 정도의 사람들이 방송을 들었다.

1945년 8월 15일 정오. 바로 지금부터 폐하의 옥음방송이 있습니다. 바로 지금부터 폐하의 옥음방송이 있습니다. 아나운서가 반복하는 목소리 자체가 비통함에 젖어 있었다. 삼가 들어주십시오. 이윽고 기미가요. 매우 상징적인 기미가요였다. 패배를 고하는 기미가요인 것이다. 이렇게 해서 침잠해 들어가는 작은 소리지만 높고 날카로운 새된 목소리의 천황의 방송이 시작되었다.

알아듣기 어려운 그 떨리는 목소리의 방송이 끝나자마자 주인은 라디오 스위치를 끄고, 음, 하고 깊게 숨을 토해냈다. 그리고 자, 모두 들었지? 하고 물었다. 의외로 누긋한 목소리로 안정된 느낌이었다.

"조금 알아듣기 어려웠지만 이것으로 전쟁이 끝나고 일본이 진 것은 분명해. 그러나 잘 생각해야 해. 전쟁에 진 것은 일본이지, 조선이 아니란 말이야. 알겠어? 이제야 겨우 우리는 조선이라는 나라를 되찾은 거야……. 지금까지는 하는 수 없이 일본인으로 살아왔지만 앞으로는 달라……. 음, 그래서 나도 지금까지는 협화회 고문으로 동포들을 위해 활동했지만, 앞으로는 명실상부하게 조선인으로 우리 동포를 위해 서로 노력해야 한다고 생각해……."

분명 패전을 예측하고 벌써 생각해둔 말임에 틀림없다.

"천황폐하, 무슨 말을 하는 건지 전혀 모르겠네."

누군가가 말했다.

"정말로 전혀 모르겠어. 하지만 일본이 졌다는 사실은 확실하지 않나?"

훌쩍훌쩍 여자아이 울음소리가 들렸다. 돌아보니 주인집 딸인 여학교 3학년 아이가 눈가의 눈물을 닦고 있었다. 주인집에서 더부살이하면서 일하고 있던 동포 직공이 2, 3명 같이 있었는데, 이들도 이상하게 일그러진 얼굴을 하고 슬픔을 견디고 있는 듯했다. 주인은 혼자서 차를 마시며 여유로워 보였지만, 그 표정은 말로할 수 없을 정도로 딱딱했다. 오히려 그의 아내나 같이 모인 근처 여자들 쪽이 '패전의 비보'를 비보로 듣지 않는 밝은 모습과 성품을 지니고 있었다.

"아빠, 앞으로 일본은 어떻게 될까요?"

축 처진 눈에 귀여운 얼굴을 일그러뜨리며 딸이 물었다. 딸의 눈물이 다소 감상적으로 억지로 짜낸 듯이 보였지만, 귀엽고 단순한 얼굴 탓인지도 모른다.

"……일본 걱정은 할 것 없단다. 우리는 조선인이야. 방금 전에 말했듯이 앞으로는 우리나라를 걱정해야 하거든."

주위에서 사람들이 보고 있는 것을 감안해 한 발언이 틀림없다. 그의 어색한 말투로 알 수 있었다.

"아빠, 그렇게 말해도 저는 잘 모르겠어요. 우리는 일본인이잖아요. 피는 조선인이어도 일본국민이잖아요. 갑자기 그런 말을 하니 잘 모르겠어요……."

"음……, 지금 라디오에서 듣지 않았니? 일본이 전쟁에 져서……. 뭐, 됐으니까 2층으로 올라가라!"

무뚝뚝한 표정으로 일어서 마루로 나온 주인이 작은 뒷마당에서 비단잉어가 헤엄치고 있는 연못을 향해 목구멍에 걸린 침을 뱉었다. 어른 키 정도 되는 칸나 꽃이 연못 건너편에서 새빨갛게 타오르고 햇빛이 수면을 찌를 듯이 하얗게 반짝이며 부서지고 있었다. 그 온화한 수면을 어지럽히며 잉어가 크고 둥근 입을 벌리고 주인이 뱉은 침을 꿀꺽 삼켰다.

마치 아무런 감동도 없는 것처럼 부모 자식 간의 대화를 보고 있던 김태조의 위치에서 그 모습이 보였다. 조금 웃음이 나왔지만 기분 나쁜 광경이었다. 잉어가 불쌍하게 생각되었다. 김태조는 조금 전부터 돌연 뭔가 절규하며 밖으로 뛰쳐나가 똑바로 달려가고 싶은 충동이 가슴속에서 일었는데, 방금 전의 광경이 이러한 그의 마음을 진정시켜 주었다. 한마디도 하고 싶지 않았다. 입을 열면 자신 안에서 부풀어 오른 것이 금세 흘러 떨어질 것만 같아서 입을 굳게 다물고 있었다. 침묵의 열기로 혀가 말라버렸다. 패전의 허탈감으로 말을 하는 것도 우울한 사람들의 기분과 어딘가 반대의 극점에서 통하고 있는 묘한 기분이라고 할 수 있을 것이다. 주인이 물었다.

"왜 그런가? 뭔가 한마디라도 할 말 없나?"

주인이 의아해하는 것도 무리는 아니었다. 외견상으로는 전적으로 아무런 감동도 느끼지 못하는 것처럼 보였을 테니까.

"아니오, 특별히 할 말 없습니다. 다만 드디어 올 것이 왔다는 생각이 듭니다."

듣기에 따라서는 얄밉게 들릴 수 있는 말에 주인은 웃음을 섞어가며 씁쓸한 표정을 지어보였다.

I지역의 협화회 고문인 도요카와, 즉 이기선의 태도 자체를 전반적으로 김태조는 깨끗하다고 생각하지 않았다. 아무래도 준비해 둔 것을 이야기한 듯한 그의 말에 보조를 맞춰 말을 하지도 않거니와 사람들과 똑같이 이야기하고 싶지도 않았다. 천황의 라디오 방송을 들을 용건이 끝나면 곧장 돌아가면 되는 거다. 적어도 8월 14일까지 도요카와 기선은 딸의 질문에 농담이라도 대답할 자격이 없었다. 그러나 한 걸음 더 물러나 생각하면, 거의 대부분의 조선인이 그 전날 밤인 14일 밤 동안에 일단 자기비판 혹은 지금까

지 자신이 살아온 방식을 씻어내 버리면 어떨까 하는 생각을 했을 것이다. 무서운 상상에 잠을 이루지 못한 사람도 분명 많았을 것이다. 그리고 15일 정오를 기다릴 것도 없이 자신이 어떻게 처신해야 할지 대략 결정해 놓았을 것이다. 예를 들면 적어도 같은 무렵에 이발소에서 머리에 가위질을 하고 있던 I지역에 살고 있는 김태조의 형 태명도 마찬가지였다. 그는 결코 스스로 원해서 일제에 협력한 것은 아니었지만, 그러나 군수공장의 하청을 받아 동네의 작은 공장을 경영하고 있었던 것은 사실이다. 게다가 패전으로 인해 납품한 돈을 수금할 수 있을지 없을지 고민이 많았다. 그런 그도 조국의 독립을 마음속에서 기뻐하는 것과 당혹해하면서 맞이하는 모순 사이에서 패전 후의 공장 처리 수순을 밟아 자신을 새롭게 씻어내야 했을 것이다.

아무튼 거의 대부분의 조선인이 살아가기 위해서는 무슨 일이든 일본 제국의 전시 체제와 관련 있는 일에 손을 댔어야 했던 것이 사실이다. 그러나 그렇다고 해서 일본의 패색이 재일조선인을 비관적으로 만들었다고는 할 수 없다. 이는 묘한 일인데, 이치로 따질 문제가 아니라 뭔가 육체적으로 느끼는 것이라고 해도 좋다. 조선인 가정의 일상생활을 책임지고 관리하는 많은 여자들의 표정에는 전쟁 말기의 '애국심'에서 오는 어두운 기색은 보이지 않았다. 대체로 '황민화정책' 속에서도 변변히 일본어를 말할 줄 몰랐던 조선의 어머니들에게 대일본애국부인회 식의 애국심이 좀처럼 생길 리는 만무하다. 입으로 말은 하지 않았지만 그것은 기묘한 공기의 흔들림처럼 퍼져서 사람들의 생활을 지배하고 있었다. 물론 모든 조선인이 그런 것은 아니다. 어느 시대이든 어느 곳에서든 있을 수 있는 일이지만, 의식적으로 일제의 앞잡이가 된 자도 있거니와 또 황민화교육에 물든 대다수의 청소년들도 있다. 그러나 일제가 외치는 본토결전, 죽창결전을 이들은 한결같이 육체로 웃어넘겼다. 도나리구미의 일본인 중에는 8월 15일 정오의 방송이 본토결전의 호소일지도 모른다면서 비장한 마음을 다지는 사람도 있었지만, 이러한 것들은 조선인의 육체 안으로는 들어오지 못했다. '일본인'이면서 민족이라는 육체의 심연에서 천황을 정점으로 하는 일본인과의 사이에 균열을 갖고 있었고, 이것이 천황의 방송을 항복이라고 감각적으로 직감하게 했다고 할 수 있을 것이다.

김태조는 마침 그곳에 같이 있던 여자 직공인 시게야마, 즉 이행자와 함께 밖으로 나왔다. 라디오를 들으면서 그녀가 시종 자신 쪽을 바라보고 있는 것을 김태조는 의식했다. 그녀는 김태조의 동작을 가만히 바라보면서 눈물을 참고 있었다. 그에게는 그녀의 이러한 기묘한 감정이 전해지는 것 같았다. 생각해보면 조선인이 눈물을 흘리다니 이 무슨 바보 같은 짓이란 말인가. 울어야 하는 사람은 도요카와 육군소위님에게 맡기면 된다. 불쌍한 도요카와. 특별간부 후보생 출신 조선인 육군소위 도요카와 나리히로, 즉 이성식 너는 어찌하여 이와 같은 날이 언젠가 오리라는 것을 상상하지 못했느냐. 네가 충성을 맹세하고 군복을 입기 시작해 진정한 일본인이 될 수 있었던 그 황국 일본은 이렇게 해서 패망했다. 김태조는 중학교 동창이자 주인집 친척인 도요카와 소위를 떠올리면서 곧 분노도 슬픔도 아닌 격한 마음이 부글부글 끓어오르는 것을 느꼈다.

도요카와와는 기선의 집에서 치른 제삿날 우연히 만난 이후 보지 못했는데, 그로부터 반년이 지났다. 언젠가 만날 수 있을 것이다. 예전과는 달라진 시대에 언젠가는 만날 수 있을 것이다…….

골목에서 한가한 버스길로 나와 그녀와 나란히 걸으면서 김태조는 조선인이 울 필요 없다고 강하게 말해주고 싶을 정도로 화가 났다. 일바지로 몸을 감싼 이행자는 이상할 정도로 밝은 목소리로 물었다.

"저, 일본이 졌는데 딱히 우리가 슬퍼할 필요는 없는 거죠?"

그녀는 마치 기선을 제압하려는 듯이 질문을 걸어왔다. 김태조는 그녀의 말이 기분 좋았다. 이행자는 또 한마디를 덧붙였다.

"히데짱은 학교에 다니는 주제에 조금 이상해."

히데짱은 히데코(秀子)를 가리키는데, 주인집 딸의 이름이다.

"하하. 모두 학교에 다녔다간 오히려 머리가 이상해질지도 모르겠군. 핫하하."

김태조는 웃었다. 딱히 그녀를 향해 한 말은 아니었다. 태양이 압도해오는 한여름 하늘의 끝없는 속으로 눈이 빨려 들어가는 것만 같았다. 그 하얗게 반짝이는 태양 주변의 하늘은 검푸른 거울처럼 빛나고 있었다. 끝이 없는 거울처럼 빛나고 있었다.


## 2

8월 15일 그날은 아무튼 어째서 그 이후까지 불에 탄 폐허에 마음이 이끌렸던 것일까. 8월 15일의 오후 김태조는 이행자와 헤어진 후 혼자서 폐허가 펼쳐진 지역을 계속 걸어 다녔다. 일본 천황이 전쟁종결을 선언한 그 직후에 본 폐허지역은 김태조에게 선명하고 강렬한 녹빛을 띤 전면항복의 증거였다. 그래서 지평선까지 터무니없이 펼쳐진 곳을 덮고 있는 한여름의 열기가 그의 마음을 충족감으로 가득 채워주었다.

애초에 불에 탄 폐허를 바라보는 김태조의 마음에는 그 비참함을 넘어 그저 일본이 패배했다는 사실을 각인시키고 싶은 냉정한 거리감이 있었다. 그러나 8월 15일 정오부터 폐허의 의미는 달라졌다. 8·15 이전에는 폐허는 종말을 예측하면서도 또한 태동하고 있었다. 그러나 패전으로 인해 숨통이 끊어진 폐허는 종말 그 자체로 드러났다. 소나기구름이 피어오르는 여름 염천하에 펼쳐진 폐허는 이미 말라버린 죽음이었다. 정신이 아찔해질 듯이 펼쳐진 속에서 그는 충족감에 흠뻑 젖어 있었다.

사람들의 원한과 희생의 산물인 폐허로 왜 발길이 향하는가? 자신이 조선인이고 또 이재민이 아니기 때문인가? 그러나 반세기 가까이 조선을 지배한 가공할 일본제국이 패배한 각인을 분명히 확인하고 싶어서만은 아닌 것 같았다. 왜 폐허는 겨울의 햇빛이 아니라 한여름의 염천하에서 숨통이 끊어진 것인가? 가로누운 폐허는 공허함조차 거부했다. 이와 같은 감정은 이상하게 8·15 이전의 폐허를 보는 눈에서는 느껴보지 못한 감정이었다.

김태조가 이행자와 다시 만나 밤의 땅의 열기로 쓰라린 폐허가 된 거리를 걸어 다닌 것은 8월 말에 접어든 이후였다. 8·15 이후 잠시 휴업했던 도요카와 금속제작소가 일을 재개한 날이었다. 경성에서 돌아온 후에 전에 일했던 공장에서 다시 일하게 된 김태조는 시대가 변한 지금 과연 언제까지 일할 수 있을지 멍하니 생각하며 출근했다.

먹고 살기 위해 일을 해야 한다. 조국이 독립되었다고 해서 일하지 않고 지낼 수는 없다. 그래도 이 역사를 둘로 크게 가른 8·15를 경계로 하면서도 역시 같은 공장에서 일한다고 하는 것은 기분 좋은 일은 아니었다. 모든 것이 신생의 기쁨으로 뜨겁게 재출발을 도모할 때인데, 뭔가 소극적으로 자신의 삶의 방식을 타협하고 있는 것 같아 견딜 수 없었다. 도대체 무엇을 해야 하는가? 스스로 추구해 그 실현이 언제가 될지는 모르지만 몇 년인가 후의 미래에 꿈꿔온 조국의 독립이 맥없이 급격히 도래하고 보니, 돌연 강렬한 빛에 눈앞이 캄캄해질 뿐이고 어떻게 대처해야 할지 알 수 없었다. 즉 그는 앞으로 어떻게 살아야 할지 명확히 알 수 없었다. 그는 어떻게 해야 할지 고민했다.

김태조는 그날 공장에서 우연히 만난 이행자로부터 오늘밤 집 근처에서 조선 청년남녀의 모임이 있으니 노래를 부르러 오지 않겠냐고 권유를 받았다. 모임 시간 전에 김태조가 있는 곳으로 가겠다고 했다. 그는 자신의 성미에 맞지 않는다며 거절했다. 그리고 그 전에 오늘밤 둘이서 만나자고 이야기를 다른 방향으로 갖고 갔다. 그러나 그녀는 거절하지 않았다. 다만 결석할 수는 없으니 일단 얼굴을 내밀고 나서 도중에 빠져 나오겠다고 하면서 그녀는 만날 약속을 정했다. 두 사람은 밤 8시에 근처 전철 M역 구내에서 만나기로 했다.

공중폭격은 오사카 시의 동부를 남북으로 달리는 전철을 표적으로 행해진 것처럼 이상하게 그 동쪽에 속하는 많은 조선인들이 사는 I구 등은 전혀 상흔 없이 남았다. 폐허가 된 대부분은 그곳에서 서쪽을 향해 전 오사카 시에 펼쳐졌다. 이와 같은 현상을 보고 적기 B29와 지상의 지역 사이에 어떤 암호가 교환되고, 그 암호를 교환한 것은 조선인이라는 유언비어가 유포되기도 했다. 실제로 조선인 스스로도 미 공군이 조선인을 의식해서 공중폭격을 피한 것은 아닌가 하는 일말의 기대를 했을 정도로 폭격에서 완전히 벗어나 있었다.

M역의 가드 아래를 뚫고 지나가는 동쪽 상가가 밝은 분위기를 되찾은 것에 비하면, 서쪽은 숲처럼 어두웠다. 역 주변은 사람들로 붐볐다. 비교적 밝은 상가 쪽으로 사람들의 통행이 이어지고 있었다. 전철이 도착할 때마다 큰 배낭을 메고 물건을 사러 나온 사람들로 좁은 구내가 넘쳐흘렀다. 그중에는 아이까지 짐을 짊어진 부모자식도 있었다. 역 구내의 구석진 곳에서 짐을 내려놓고 재빨리 거래를 끝내버리는 사람들은 쌀 등 곡물류를 팔러 온 그룹이다. 두 개의 빈 깡통을 찬 아이가 어른들의 주위를 약삭빠르게 돌아다니며 땅에 떨어진 곡물과 담배꽁초를 분류해 주워 모았다. 혼잡한 구내를 피해 가드 아래에 서 있던 김태조가 하현달에 비친 어두운 폐허 쪽으로 시선을 돌려 보고 있을 때, 등 뒤에서 미안하다는 목소리가 들렸다. 이행자가 10분 정도 늦게 왔다.

김태조는 그녀를 정면으로 맞이하지 않고, 오느라고 고생했다고 말하며 고개를 끄덕였다. 그리고 바로 완만하게 경사진 어두운 언덕길을 걷기 시작했다. 뒤에서 두 사람에 대해 이야기하는 소리가 들렸다.

"야, 저기 좀 봐, 여자와 남자가 단 둘이 어두운 폐허 속으로 가고 있어. 야, 음란하군. 어디 좀 볼까……."

돌아보니 가드 아래에 나타난 서너 명의 부랑아 같은 아이들이 묘하게 어른 같은 목소리로 히히 웃으면서 금방이라도 도망칠 것처럼 자세를 취하고 떠들고 있었다. 김태조는 갑자기 볼이 붉어지며 분노를 느꼈다. 일단 멈추긴 했지만 그대로 발걸음을 크게 하고 다시 걷기 시작했다.

"정말 이상한 애들이네요……. 미쓰야마 씨, 어디 가는 거예요?"

이행자가 물었다.

"아, 글쎄. 딱히 어디에 가려는 건 아니야. 특별히 정한 곳이 있는 것도 아니고……. 삿짱은 어딘가 가고 싶은 곳이라도 있어?"

"아니오, 저도 그런 건 아니지만……. 불에 탄 폐허는 싫어요."

"그건 그렇군. 싫다면 하는 수 없지. 하지만 상가로 들어가도 별 것 없지 않을까? 삿짱, 방금 거기 지나온 것 아냐? 불에 타 폐허가 되어버린 곳을 걸어본 적 있어?"

"그런 데는 가본 적 없어요. 그래서 좀 무서워요."

"무섭다고? 마치 어린애 같은 말을 하는군."

"하지만 미쓰야마 씨, 기분이 나빠지지 않아요? 폐허로 된 곳은 어두울 뿐이잖아요. 그, 여러 가지…… 사람이 타서 죽기도 하고 집이 타버리기도 해서 여러 가지 원한이 깃들어 있을 거예요. 부정 탈 거예요."

"바보 같은 말 하지 마. 부정 같은 것을 탈 리가 없잖아. 나는
조금도 기분 나쁘지 않아……. 핫하하."

김태조는 웃으며, 삿짱이 있으니까, 하는 말을 덧붙이고 싶었지
만 그만뒀다. 그 말이 순간적으로 마음에 걸렸기 때문이다. 그 말
이 눈에 빤히 보이는 거짓말이어서라기보다 의식적으로 마음에 걸
리는 말을 꺼내 그 말이 두 사람의 정감을 높여주기를 바라는 정
도까지 김태조가 바라고 있는 것은 아니었기 때문이다. 조금 전부
터 의식하고 있었지만 가만히 가슴의 고동을 들어봐도 딱히 그녀
를 만나 기분이 변하거나 하는 낌새는 없었다. 그렇다면 왜 그녀
와 만난 것일까? 게다가 전차를 탈 것도 아니면서 폐허가 된 곳과
경계를 이루고 있는 역 앞에서 왜 만나기로 한 것인가? 목적도 없
이 그저 만나는 것 자체가 목적인 것처럼 만났다고 한다면 조금
가슴이 두근거려도 괜찮을 법한데, 실제로는 그렇지 않았다.

"미쓰야마 씨, 어디로 가는 거예요?"

그녀의 말 그대로다. 도대체 어디로 가려는 것인가?

"미쓰야마 씨라고 부르는 것 그만둬줘."

"왜요?"

"왜냐니…… 그 정도 알고 있잖아. 본명으로 불러줘."

"아, 그러네요. 알겠습니다. 미쓰야마 씨답군요……. 앗, 또 말
해버렸네요. 미안해요. 본명이 뭐에요……? 에, 미, 쓰, 야, 마는
뭐라고 하죠?"

"김(金)이야. 나는 김씨. 삿짱은 어떻게 되지? 자신의 성씨 알고

있어? 시게야마라는 성이 원래 뭐였는지 알고 있냐고."

"물론 저도 그 정도는 알고 있어요. 바보 취급하지 말아요. 제 성은 이(李)씨에요. 이라고 불러줘요."

이행자는 조금 뒤틀린 그렇지만 애교 있는 목소리로 샐쭉해져 말했다. 두 사람은 어느새 완만한 언덕을 다 올라 평탄한 길을 걸으면서 이런 대화를 나누고 있었다. 두 사람이 가려고 한 곳은 어딘가로 사라져버리고 보이지 않았다. 그곳은 큰 저택이 마주하고 있던 곳인데, 이미 불에 타버리고 폐허 속으로 난 길이 보일 뿐이었다.

등 뒤에는 아직 밝은 등불이 보였다. 이행자는 더 이상 무섭다는 말을 하지 않았다. 두 사람은 그대로 계속 걸었다. 어두운 오사카 시 전차 거리로 나오자 오가는 사람들은 없는데 가끔 볼 수 있는 구식 노면전차가 머리와 꼬리를 흔들면서 달려갔다. 문이 없는 앞뒤 두 개의 승강구에 서 있는 운전수나 차장의 전신 모습이 마치 그림자놀이처럼 보여 조금 동화적인 느낌을 주었다. 그리고 어두운 폐허 속을 어슴푸레한 빛을 도로 좌우에 흘리면서 비척비척 사라져가는 전차가 뭔가 별세계의 빛을 운반하는 작은 동물처럼 보였다.

두 사람은 오사카 시 전차 거리를 전차가 사라져간 방향과는 반대인 오른쪽으로 꺾어서 올라갈 때는 숨이 헐떡일 정도로 높은 언덕을 곧이어 내려갔다. 다 내려간 길가 주변에 여러 채의 집이 불에 타지 않고 남아서 어두운 모퉁이 구석에서 촛불 같은 부드러운 불빛이 새어나왔다. 그 앞을 지나자 작은 술집이 있었다. 안에서 여자의 권태로운 웃음소리와 남자들의 목쉰 웃음소리가 들렸다. 드문드문 가로등 불빛을 받아 레일의 빛나는 교차로를 왼쪽으로 돌아 언덕을 계속 올라갔다가 잠시 후 언덕길을 내려 시 전차 거리를 따라 걸었다. 이윽고 폐허로 이어지는 평탄한 길로 나왔다. 말을 잘 하지 않는 김태조에 비하면 언덕길을 오르락내리락 하는 사이에 의외로 잘 떠들어대던 행자가 평탄한 길이 이어지자 갑자기 입을 다물었다. 지면을 스치는 운동화 소리가 귀에 선명하게 들려 입을 다물고 걸어가는 공기가 숨이 막힐 것 같았다. 긴장으로 침묵해서 서로의 마음이 한층 더 뜨겁게 부풀어 오를 사이도 아니라고 김태조는 일부러 자신에게 변명하듯 되뇌었다. 분명 그녀에게 강하게 이끌린 적은 있지만, 그러나 그뿐이었다.

불에 탄 폐허에는 냄새가 났다. 불은 오래 전에 사라졌는데 뭔가 계속 연기가 나고 있는 듯한 냄새를 풍겼다. 벌써 몇 개월 전에 폐허가 된 불탄 자리에 아직 계속 살아있는 냄새 따위가 있을 리 없는데, 달빛 아래에 웅크린 잔해더미 속에서 열기처럼 냄새가 피어오르는 것 같아 참기 힘들었다.

두 사람은 적당히 거리를 두고 나란히 걸어갔다. 그래도 가끔씩 어깨와 어깨가 닿을 때까지 거리가 좁혀질 때가 있었다. 서로 몸이 닿은 채 서로의 압력을 서서히 강화해가는 듯한 상태로 몸을 내맡겼다. 그러나 땀이 밴 살이 닿는 채로 뭔가 이야기를 계속하는 것은 무엇보다도 자기기만적인 순간일 것이다.

"폐허 냄새는 사라지지 않는군……."

"냄새?……"

그녀는 김태조의 얼굴을 올려다보며 몸을 떼었다. 시 전차 거리
에 타지 않고 홀로 외로이 남아 서 있는 가로등 불빛에 그녀의 당
혹해하는 표정이 비쳤다.

"냄새 같은 건 나지 않는데요, 미쓰야마 씨⋯⋯. 아니, 김태조
씨⋯⋯. 아니야, 김태조 씨, 하고 부르는 건 역시 좀 이상해요. 뭔
가 먼 곳에 있는 김태조 씨 같아서⋯⋯. 김태조 씨라니 조금도 미
쓰야마 씨 같은 느낌이 안 들어요. 김태조 씨라고 부르면 어딘가
먼 곳으로 가버릴 것 같아서 싫어요⋯⋯. 그래도 그렇게 부르는
것이 맞겠죠? 익숙해질 때까지 하는 수 없죠. 김태조 씨는⋯⋯.
아, 이상해. 호호호. 오늘만 미쓰야마 씨라고 부를게요. 괜찮죠?"

"응, 괜찮아."

"미쓰야마 씨는 그런 냄새가 나는 거예요? 연기에 그을린 냄새가?"

"응, 냄새나."

"흥, 거짓말이죠?"

"거짓말? 거짓말 아니야. 냄새 안 나?"

"내 코가 이상한가? ⋯⋯."

"콧구멍과 달라서 머릿속에서 나는 냄새야. 어쩌면 빈대 퇴치하
는 노란색 가루약 냄새 탓인지도 몰라."

김태조는 웃었다.

"뭐라고요? 농담도 하고."

그녀는 농담이라고 말했다. 김태조는 상관없었다. 자신이 웃는
것은 그 농담이라는 말을 긍정하는 것이 될 것이다. 실제로 머릿
속에서 나는 냄새는 얼마든지 있다. 아니, 냄새는 분명 났다. 잡초

냄새가 길가의 달빛에 씻긴 빌딩 잔해 안쪽에서 부드러운 바람을 타고 흘러나왔다. 그것이 묘하게 김태조의 머리 심까지 자극했다. 뭔가 내면의 기억의 수첩을 펼치려는 듯이 공격해 왔다.

어느새 다시 어깨와 어깨가 서로 닿아 맞닿은 어깨를 가만히 지탱한 채 걸어갔다. 땀이 밴 팔 위쪽의 맨살 부분, 그리고 팔 전체가 걸을 때 딱 달라붙었다. 어딘가에서 한여름 풀밭에 키를 넘을 정도의 잡초 속에서 풀의 열기가 되살아났다. 어떻게 된 것일까. 김태조에게 이행자의 손을 잡고 싶은 욕망이 없었다고 한다면 거짓이다. 그녀가 닿은 손을 뒤집어 손가락을 살짝 감았다. 그리고 순간 당황해서 경직된 그의 손을 그녀의 손바닥이 감쌌다. 김태조는 패기 없이 내심 당황해 손을 뿌리치려고 하면서도 그녀의 반응에 감동했다. 그녀의 동작에 조금도 혐오를 느끼지 않고 이번에는 그가 천천히 그녀의 손을 꼭 쥐었다. 작은 돌부리에 걸려 넘어질 듯 비틀거린 그녀가 자세를 바로 했을 때, 김태조는 그녀의 허리에 팔을 감았다. 서로 허리를 단단히 밀착시켜 걷기 불편했다. 갑자기 심장의 고동이 심하게 뛰기 시작해 그녀의 육체에 전해질 것만 같았다. 그녀와의 사이에 분명 아무 일도 없었는데, 갑자기 하나의 사태가 열리기 시작했다. 김태조는 숨을 죽였다. 손가락에 힘을 넣었다. 손가락이 탄력 있는 살에 파고 들어가 힘을 빼면 곧 튕겨 나왔다. 하얀 블라우스 옷자락을 단정히 집어넣은 회색 스커트를 통해 안에서 흔들리는 잘 발달된 몸이 전해졌다. 아니, 지저분한 일바지를 벗어던지고 오랜 동안 감추고 있던 다리가 쑥 드러났을 뿐인데, 그것은 눈이 부실 정도로 아름다웠다.

김태조의 머리 심까지 공격한 풀의 열기가 타올라 정신이 아찔해질 것 같은 여름 냄새 속에 그녀가 있었다. 아니, 그곳은 문이 기계 기름으로 검게 얼룩진 변소에서 그 변소라는 장소와 어울리지 않게 현란한 맨살이 하얗게 빛나 주위를 가득 채우고 있었다. 실 한 오라기 걸치지 않은 엉덩이부터 대담할 정도로 성숙한 육체를 보여준 그때의 하반신이 눈부셔 지금도 기억이 생생하게 손가락 끝에 살아나 열이 나고 후끈거렸다.

그녀의 맨살이 발한 빛은 변소를 둘러친 담을 벗겨내고 풀밭에서 반짝였다. 멀리 바라보이는 끝도 없는 풀숲을 메운 수풀 열기 속에서 하얀 몸이 되살아났다. 김태조는 오른팔을 두른 그녀의 허리를 비틀 듯이 가까이 갖다 대고 서로 다리를 밀착시키며 전차 거리에서 왼쪽 작은 길로 꺾어 들어갔다. 그녀가 목소리를 죽여 무섭다고 말했다. 조금 상기된 목소리로 무서워할 것 없다고 김태조가 말했다. 흐린 달빛 아래에 하얗게 내비친 어두운 콘크리트 길 양쪽에는 각진 무수한 잔해가 마치 이제 막 움직임을 정지한 순간처럼 가만히 숨을 죽이고 웅크리고 있는 모습이 아이 키만큼 되는 수풀 냄새가 밤에 불어오는 바람에 흔들리면서 코로 밀려들어왔다.

"돌아가요."

"잠깐 앉을까?"

김태조는 앉으라고 권했다. 두 사람은 맨살에 느껴지는 풀잎 끝의 간지러운 감촉을 의식하면서 잡초 속에 앉았다. 그녀는 거절하지 않았다. 아니, 그녀는 앉으려고 하다가 맨발에 달라붙어 스커트 아래로 손을 들이미는 잡초 탓인지 곧바로 자세를 곧추 세우고 일어섰다. 그 바람에 두 사람의 위치가 조금 불안정했다. 김태조는 무기를 빼앗긴 포로처럼 수동적인 모습으로 그녀를 올려다봐야 하는 자신의 위치가 불안정하게 느껴졌다. 눈앞에 보이는 발달된 허리를 자랑하는 그녀의 몸이 압도적인 존재로 손이 닿는 곳에 있었다. 그때 문득 전차 길 쪽으로 고개를 돌려 보고 있던 그녀가 발의 위치를 바꾸었다.

김태조는 그녀가 그대로 곧장 걸어가 버리지는 않을까 돌연 두려움이 밀려와 자리에서 일어섰다. 그리고 동물이라도 잡는 것처럼 그녀의 땀이 밴 팔을 누르고 풀숲 쪽으로 서서히 쓰러뜨렸다. 그녀는 저항하지 않고 천천히 누웠다. 위를 향해 누운 그녀의 하얀 얼굴에 달빛이 흘러 한층 창백하게 빛났다. 그는 어둠 속에서 활짝 뜨고 있는 눈부신 두 눈을 위에서 내려다보았다. 그리고 그의 늑골이 드러난 평평한 가슴으로 탄력 좋은 그녀의 돌출된 가슴을 압박하며 목덜미에 얼굴을 파묻었다. 바람에 실려 얼굴을 쓰다듬고 가는 풀냄새에 그의 몸은 절정에 이르렀다. 자신을 어둠의 장막처럼 완전히 덮고 그녀 안으로 몸을 밀어 넣었다. 아니, 그녀가 손을 뻗어와 손가락 하나만 대도 구제받은 것처럼 절정에 이르렀다.

"너무 서두르지 말아요."

여자는 고개를 비스듬히 경직시킨 채 신음소리를 냈다. 그러나 무서울 정도로 침착하게 말했다. 이 잔혹한 표현을 수반한 거절의 양식이 절정에 이른 그의 마음에 괴로운 독을 주입했다. 그리고 묘하게 평온함을 안겨줬다. 그는 가만히 얼굴을 묻은 채 눈을 감았다. 콧구멍을 덮은 땀이 밴 살갗에서 뿜어 나오는 체취가 코를 뚫고 머리 심까지 울리면서 몸 구석구석까지 스며들며 퍼져나갔다. 그녀의 체취가 수풀의 열기도 또 폐허가 된 땅의 열기가 뿜어내는 냄새도 지워 버렸다. 아니, 그녀의 체취가 그의 존재를 부풀어 오르게 했다. 어둠 속으로 녹아들어간 밤이슬을 머금은 풀의 열기, 땅의 열기가 내뿜는 냄새, 그리고 그녀의 냄새 속에 그는 몰입했다.

조용, 조용. 잠, 잠. 성숙하고 육중한 목소리가 되살아났다. 왜인 같다……. 호오……. 왜인 같다. 귀여운 얼굴을 하고, 당신은 왜인과 똑같다……. 귓가에 성숙한 여인의 숨소리를 불어넣으며 어둠 속에서 그림자가, 아니 부드러운 실체가 덮쳐왔다. 정신이 아찔해질 것처럼 펼쳐진 수풀, 두통이 일 듯한 격한 수풀의 열기에 싸인 작은 절의 방에서 조선 땅의 숨결을 머금은 여인이 여자처럼 반항하는 그를 어둠 속에서 눌렀다. 그리고 이윽고 배가 출항할 준비를 하듯이 그를 서서히 태우고 멀리 대양으로 노를 저어갔다. 그는 몹시 취해 있었다. 쉿, 조용, 조용. 잠, 잠. 그는 조선의 대지에 호되게 당했다. 호오, 왜인 같다…… 왜인 같다…… 이 울림소리는 그를 마지막까지 집요하게 쫓아와 그에게 패배를 확인이라도 시켜주려는 듯이 주문을 거듭했다. ……다시 돌아오지 않겠다고 결심하며 탈출한 일본으로 뻔뻔스럽게 돌아온 패배감. 그것이 지금 확실히 8월 15일 일본의 패전과 조국 독립의 놀라운 해방감으로 거품이 이는 빛에 반사되어 보였다. 이들의 겹친 패배감이 지금 절정에 이르러 경직된 발기된 힘에, 되살아난 주문의 힘에 밀려올라가 그곳에서 바로 날아오르려 했다. 그는 자신이 위에서 덮치고 있기 때문에 주문을 외던 자의 위치에 있음을 깨달았다. 그러자 상대를 단단히 죄어버리고 싶은 가학적인 충동을 느꼈다. 아, 그녀는 내 밑에 있어야 한다. 그녀를 범해야 한다.

"저, 왜 그래요? 울고 있어요?"

그는 그녀의 목을 적신 얼굴을 들고 달빛 어슴푸레한 베일을 쓴 여자의 얼굴을 가만히 응시했다. 아름다웠다. 목덜미에 손을 갖다 대자 입맞춤과 눈물자국으로 젖은 피부에 흐트러진 그녀의 긴 머리칼이 바싹 달라붙어 떨어지지 않았다. 하복부의 발기된 것에 그녀가 몸을 비틀었다. 그녀는 깨끗한 이를 드러내지 않으려는 듯 입술을 다물고 웃었다. 양손으로 김태조의 볼을 감싸고 아래쪽에서 쳐다봤다. 그는 그녀의 얼굴에 입술을 갖다 붙이고 서서히 목을 죄었다.

"싫어요, 싫어."

"정말로 싫어?"

"등에 돌멩이 하나가 걸려서 아파요."

여자는 평정을 유지했다. 제기랄, 돌멩이라니. 그렇다면 나는 돌멩이 위에, 아니 잔해더미 위에 달빛을 먹으며 잠이나 자버릴까 하는 생각도 해봤다.

"싫어요, 싫어. 이런 곳에서는 싫어요. 흰색 블라우스가 더러워지면 곤란해요."

풀이 차례로 쓰러지는 소슬대는 소리, 그녀의 거친 숨소리가 귀를 때렸다. 수풀 냄새가 그의 얼굴을 감쌌다. 이런 곳이니까 더욱 나는 당신 위를 덮치고 있는 것이다! 김태조는 열심히 마음속으로 소리쳤다. 한쪽 손이 땅을 붙잡고 한쪽 발은 풀을 발로 차고 있었다. 두 사람은 완전히 수풀 속에 파묻혀 보이지 않았다.

"당신, 사람이 달라진 것 같아요……."

여자는 신음하며 마지막 말을 했다. 그는 대답하지 않았다. 당신도 마치 어른처럼 변하지 않았나? 조개처럼 딱 닫고 있던 아랫도리가 점차 열리기 시작하는 움직임이 그의 몸에 전해져 살의로 변했다. 그는 절정에 달했다. 그리고 극도로 경직된 그것이 경련을 일으킨 순간, 후두부에서 장절한 불꽃이 일직선으로 몸을 관통해 자신의 몸이 날아가 버릴 듯이 공중에 뜨는 것을 느꼈다. 그의 몸도 공중에 떠올랐다. 그러나 눈 깜짝할 사이에 와르르 소리를 내며 떨어졌다. 아. 그는 고개를 숙인 채 떨어져 내린 자신을 아직 알 수 없었다. 그녀의 검은 옷이 완전히 벗겨지기 전에 싸움은 어이없이 끝나고 말았다. 이미 변화된 상황에 빨리 적응이 안 되는지 그녀의 열린 몸이 대지에서 서서히 몸부림치고 흔들리며 그의 좌절을 비웃었다. 성에 차지 않는다고, 격화소양(隔靴搔癢)이라고 비웃었다. 아니, 그 정도가 아니다. 그녀의 열린 육체는 화를 냈다. 그는 마치 거북이 등껍질을 애무하고 등껍질을 더럽힌 것 같은 볼품없는 모습으로 잠시 동안 일어나지도 못했다. 그리고 순간 몸을 관통하고 지나간 전격적인 상쾌함이 오히려 무참한 패배감이 되어 중첩되었다.

더러움, 더러움, 그녀의 내부로 물밀듯이 침투해 들어가야 할 것이 폐허의 공기를 접촉한 순간 왜 이토록 추한 오물로 변해버린 것일까. 그리고 왜 자기 자신도 추한 존재로 변해버린 것일까. 김태조는 폐허의 땅 위에 짓밟힌 오물처럼 찌부러진 자신을 느꼈다. 일본이 패배한 증거인 폐허의 냄새 위에 지금 자신의 비참함을 중첩시키는 것은 견디기 어려웠다.

그녀의 침묵의 눈빛을, 그 육체가 발하는 실망과 분노의 표정을 조금이라도 감춰준 어둠에 그는 감사했다.

바로 조금 전까지 달빛 아래에서 반짝이던 그녀의 두 눈을 들여다보고, 볼을 애무하고, 목덜미에 얼굴을 파묻고 눈물지은 것이 완전히 흥이 깨지고 말았다. 무자비한 상처만 기억 속에 남기고 지나갔다. 지금 그의 눈에는 그녀의 존재가 전체를 볼 수 없는 엄청난 거인으로 보였다. 그는 내일 다시 그녀의 얼굴을 정면으로 바라볼 수 있을지 하는 걱정조차 들었다. 김태조는 이때 갑자기 까닭 없이 이 땅에서 벗어나고 싶어졌다. 되돌릴 길 없는 무참한 기분의 밑바닥에서 마치 두꺼운 수증기에 올라탄 것처럼 그의 혼이 공중으로 떠올랐다. 그리고는 다시 날아 내려와 폐허의 대지에 비친 자신의 추한 모습을 보고 싶지 않다고 그의 혼이 반동을 붙여 한층 높게 하늘로 날아올랐다. 이 땅을 벗어나 어디에 가려고 하는가. 어디로 갈까? 조국, 신생 조국의 대지로 가려는 것일까? 나를 굴복시킨 조국에? 호오, 왜인 같다…… 왜인 같다…… 울림소리에 놀라 패잔병의 모습으로 도망쳐 온 조국의 대지로 다시 가려는 것인가? 뭘 위해서? 그녀에게 얻어맞은 이 비참한 기분으로부터 도망치려는 것인가? 너는 얻어맞아 도망치려는 것이냐? 아니,

그렇지 않다. 그렇지 않다. 나는 이 땅에서 높이 더 높이 하늘로 날아오르고 싶다.


## 3

얼마 안 있어 이행자가 결혼할 것 같다는 소문이 공장에 퍼졌다. 패전 직후에 결혼 이야기가 진행되는 것도 조선인 사회가 아니고선 볼 수 없는 특징이었다. 김태조는 소문을 확인해야 할 자신의 입장이 무엇인지 생각해봤다. 본인에게 확인한 결과, 사실이었다. 상대는 착실한 금속공장의 돌림판 직공으로 주형(鑄型)을 만드는 사람이라고 했다. 이 공장의 구레모토(吳本)도 그렇지만, 주형 만드는 사람은 성질이 급하고 성미가 비뚤어진 사람이 많다. 그의 경우는 그렇지 않기를 바란다고 말하자, 그녀는 의외로 순진하게 웃으며 그렇지 않다고 대답했다. 그 대답이 진실인지 어떤지는 알 수 없다. 그러나 어쨌든 김태조의 말을 가볍게 부정하고 있는 것만은 사실이었다. 그는 그것을 알 수 있었다. 그녀는 그날 밤 달빛 아래에서 나눈 것을 잊어버린 듯이 태연하게 응수했다. 그뿐만 아니라 그런 질문을 하는 그에 대해서도 여느 때와 마찬가지로 밝게 허물없이 대해주었다. 그녀는 변한 모습을 보여주지 않았다.

그녀에게 상처 하나 입히지 않았다 하더라도 김태조는 열등감 같은 것을 느꼈다. 김태조는 이것으로 됐다고 생각했다. 그는 이 땅이 한층 더 싫어졌다. 마치 여행지에서 임시 거처에 머무르고 있는 것 같은 착각조차 일었다. 이행자와 관계를 봐도 그는 그날 밤 이후 두 번 다시 그녀와 기회를 갖지 못한 채 지냈다. 이제 와 새삼스럽지만 그녀에게 상처를 준 것처럼 생각되었다. 그런 생각이 들자, 그는 그때의 좌절감에서 도망치고 싶지 않았다. 실제로 천천히 생각해보면 그랬다. 그것이 현실적으로 폐허에서 비참함을 얼버무리는 데 조금 작용한 부분이 있었다. 그가 전에 일본으로부터 탈출을 결심하고 두 번 다시 돌아오지 않을 생각을 했을 때에도 그녀에게는 그저 징병검사를 받기 위해 일시적으로 귀향하는 거라고 말해두었다. 게다가 엽서 한 장도 보내지 않았다. 더욱이 일본에 돌아와서도 자신은 모르는 척하면서 다시 그녀가 접근해 오는 것을 가만히 기다릴 정도로 교활했다. 이는 그녀가 자신에 대해 호의를 갖고 있다는 사실을 알고 여자가 어떻게 나오는지, 여자 쪽에서 해오는 유혹을 기다리는 그런 치사한 마음이 있었던 것이다. 어딘가 초연히 여자한테 관심 없는 듯한 얼굴을 하고 매우 소심하게 굴었던 인간이 자기 자신이라고 김태조는 생각했다.

김태조는 다시 한 번의 기회를 살펴 그날 밤에 느낀 비참함에서 해방되고 싶었다. 그러나 폐허에 달빛이 떠 있던 그날 밤의 기억은 마치 몽환처럼 흔들흔들 공중에 매달려 흔들리면서 폐허의 공기를 접촉한 정액처럼 김태조의 주변에 끈덕지게 들러붙어 떨어지지 않았다. 공기가 정액처럼 빛나면서 그를 협박했다. 그것이 그녀와의 사이를 가로막았다. 그날 밤 자신이 절정에 달했을 때 그녀의 몸 안에서 폭발이 일어나 그녀의 몸속이 체액으로 젖어 있었다면 얼마나 아름다운 밤이 자신의 기억 속에 그려졌을지 생각해봤다. 이제 그녀의 몸을 다시 만져볼 기회는 오지 않을 거라고 생각하니 그녀의 존재가 김태조의 내면에 통증을 남기고 지나갔다. 이렇게 해서 그녀와의 사이에는 서로 손을 흔들며 스쳐가듯이 금세 먼 거리가 생겨버렸다. 씻어도 씻어낼 수 없는 손바닥에 들러붙은 정액의 감촉을 남긴 채.

그는 주위의 조선인들이 허둥지둥 움직이는 것에 아랑곳하지 않고 자신 안에 갇혀 있었다. 청년조직의 동료들이 몇 번이나 함께 가자고 찾아왔지만 나가지 않았다. 청년조직의 동료들이라고 해도 이들은 과거 협화회 청년반 시절의 일당들이었다. 종국에는 집요하게 설교를 연신 해대서, 자네들이 그런 말을 할 자격이 있냐고 김태조는 화를 냈다. 결국 그들은 김태조를 더 이상 상대해주지 않았다. 상대해주지 않는 것은 상관없지만 김태조는 짜증이 나 화를 낸 후의 자신이 싫어서 견딜 수 없었다. 그리고 어느새 자신은 조국으로 돌아가겠다고 자기변명을 자주 하게 되었다. 이 변명은 자신을 향해 하는 것이라기보다 상대를 향한 변명의 중얼거림이었다. 그러나 다른 사람의 말처럼 들린 이러한 중얼거림은 그 자신을 놀라게 했다. 조국으로 돌아간다고? 설령 상대에 대한 자기변명의 말이라고 해도 도대체 어느 틈에 이런 마음의 중얼거림을 듣게 된 것일까? 즉 김태조는 자신의 주위 사람들을 향해 자네들은 불순하고 조국에서 싸웠던 사람들이야말로 순수하다고 마음속에서 외치고 있었다. 그는 분명 외곬이긴 하지만 단순히 감정적으로 결론짓는 방식밖에 할 수 있는 게 없었다. 그의 좌절감 탓도 있을 것이다. 그는 자신의 좌절감을 사람들에게 밝히지 않았다. 사람들은 그가 일부러 조선까지 징병검사를 받으러 갔다고 생각했다.

어머니는 그가 병에 걸려 돌아온 것을 오히려 기뻐하는 분위기였다. 김태조는 패배감을 자신 안에 조용히 감추고 있었다. 그래서 마음 한구석에서는 청년조직의 동료들이 말하는 것처럼 뭔가 그들과 함께 일을 해야 한다고 생각했다. 그들의 권유를 너무 단칼에 거절해서는 안 된다. 그러나 이상하게도 마음은 안으로 더 안으로 침잠해 들어갔다. 사람의 얼굴을 보는 것도 이야기하는 것도 마음이 내키지 않았다. 그리고 의외로 모나지 않은 외견과는 다르게 실제로는 내면으로 공격해 들어가는 성향이 강해 자신이 생각해도 왜 이렇게 급속히 사회적인 관심이 없어져 버렸는지 생각해봤다. 왜일까? 신생 조국의 건설을 위해 매진해야 할 이 시기에 자신의 구멍 속으로 빠져들어 가는 것이 꺼림칙했다.

김태조는 전쟁이 끝나고 조국이 독립했다는 해방감 속에 한껏 빠져 있었다. 그러나 한편에서는 이와는 반대로 자신 안에 갇혀 가는 모순으로부터 벗어날 수 없었다. 이것이 사람들의 흐름에 자신을 좀처럼 합류시키지 못한 이유이다. 그의 모순은 좌절감이 초래한 굴절된 마음과 관련되어 있을지도 모른다. 게다가 이 모순이 8·15 독립의 해방감과 함께 일종의 긴장이 풀린 상태 속에서 나왔다는 것이 신기했다. 즉, 지금까지 억눌러 온 긴장된 주장이 8·15 해방과 함께 어느 틈엔가 풀어져 버린 것일까? 청년기에 갑자기 엄습해오는 인생에 대한 부정적인 심정과 연결되어 버렸는지도 모른다. 이는 또한 그에게 해방감 그 자체가 그늘져 있어서, 그가 뜻을 두고 스스로 참여해서 쟁취한 자부심 높은 것이 아니라고 하는 심정과 연결되어 있는지도 모른다.

이런 변명을 벗어버리고 나오는 타성적인 심정을 참기 어려웠다. 조국도 이런 심정이 개입하면 마치 허공에 뜬 실체가 없는 것으로 변질되어 버린다. 고향도 조국도 다 뭐란 말인가. 더욱이 도대체 무슨 가치가 있다는 말인가. 인간의 삶에 의미가 없다고 한다면 이 세계에 의미 따위 있을 리 없다. 이런 의식보다 이를 받아들이는 심정이 참을 수 없었다. 게다가 한편에서는 역시 조국에 대한 강한 지향이 여전히 있었다. 그 딱딱한 껍질 속에 감춰진 뭔가를 만지지 못하고 멀어져버린 경성이지만, 그렇기 때문에 더욱 허락해주기만 한다면 조국에 역시 가고 싶다고 생각했다. 가지 말라고 말리는 사람이 있는 것은 아니지만, 그는 조국에 가고 싶다는 생각을 하고 있었다. 조국은 그의 내면에서 청정한 땅으로 완성되어 갔다.

이러한 때에 그는 우연히 교토에서 들은 '인민전사 출옥 환영대회'에 가게 되었다.

늦가을의 어느 날 밤의 일이다. 벌써 11월이 되어 가을빛에 때로는 석양에 물든 폐허에, 한여름의 격심했던 고독보다 다 타지 않고 남은 검은 나무 그림자에 차가운 정적이 감돌기 시작했다.

이날 김태조는 오사카에서 일부러 길이 익숙하지 않은 교토에 열정을 안고 가보았다. 소위 '옥중 18년'을 계속 싸워온 공산주의자들의 환영대회였다. 천황제 권력에 굴하지 않고 계속 싸워온 이러한 인간의 존재는 김태조로서는 조금 상상하기 힘들었다. 조선인이면서 일제의 앞잡이가 되거나 황국신민화에 분주히 다니던 일당이 넘쳐나는 항간에서 조선인 공산주의자를 포함한 이들의 존재는 매우 충격적인 사실로 그를 육박했다. 더욱이 이미 한 달 남짓 전에 도쿄 후추(府中) 형무소에 그들을 면회하러 간 일이 이 환영대회를 뭔가 친근한 것으로 생각하게 했다. 김태조가 그 형무소를 방문한 것은 전적으로 우연한 일이었다. 형인 태명이 군수공장 하청의 공임을 수금하기 위해 몇 번인가 도쿄까지 왔었다. 일본이 패전하면 패전하는 대로 받을 돈은 받아야 했다. 그런데 수금이 좀처럼 진척되지 않아 밤만 되면 술에 빠져 사는 날이 많았다. 설령 군수공장의 말단 하청을 했다고는 하지만, 그렇다고 일제와 함께 자멸해야 한다는 법은 없다. 김태조는 친구 송태완(宋太完)과 함께 수금을 위해 도쿄에 가는 형을 따라가곤 했다.

송태완은 김태조의 형과 같은 연배의 32, 3세로 키가 작고 둥근 얼굴의 절반을 넓은 이마가 차지하고 있었다. 도수 높은 안경 안쪽에서 작은 눈을 반짝이며 소곤소곤 이야기하는 사람으로, 풍채가 좋아 보이는 사람은 아니었다. 한마디로 말하면 관념적인 경향이 강한 자의식 과잉의 이른바 주위의 세속적인 것에 익숙해지지 않는 대중운동가로서는 실격인 인간이었다. 주위의 동년배 조선인의 속물근성을 혐오하며 점점 편협해 가는 성격의 그가 도쿄에 함께 간 것은 태명과는 일맥상통하는 곳이 있어서이다. 그는 학생시절에 체포되어 8년간 투옥된 과거를 갖고 있었다. 오랜 동안 옥중에서 공산당 간부들과 함께 생활했다. 그리고 해방되기 1년 정도 전에 폐결핵으로 보석되어 나왔을 때, 그를 집에 데리고 와서 한동안 동거한 사람이 태명이다. 보석되었다고는 해도 시국을 생각해보면 사람들이 그를 위험하게 보고 경원시하던 시절의 일이다. 자신의 내면을 공격하는 성향을 고민하는 그가 이러한 태명의 성격에 끌렸을지도 모른다. 그리고 김태조에게 도스토예프스키를 읽으라고 추천해준 것도 그였다. 김태조는 우연히 형 태명을 따라갔다 형무소에 면회하러 가게 된 것이다.

출옥하는 날을 며칠 앞두고 가을의 밝은 햇빛이 형무소의 벽을 따뜻하게 비추던 9월 말이었다. 사람들은 감방이 아니라 그때는 이미 기숙사 풍의 건물 다다미방 개인실을 할당받았다. 물론 간수가 있는 것도 아니어서 자주적인 분위기 속에서 소박한 옅은 청색 작업복을 입은 사람들이 한가히 출옥할 날과 출옥 후의 활동을 기다리고 준비하는 모습이었다. 따라서 면회는 면회실처럼 간수가 입회한 곳이 아니라 각각의 작은 개인실을 방문하거나 혹은 밖에 햇볕이 잘 드는 곳에서 자유롭게 할 수 있었다.

김태조는 그때 면회했을 때의 일을 떠올리고 있으면 금방이라도 얼굴이 붉어지는 느낌이 들었다. 면회는 공산당 지도자인 T의 방에 들어가서 했다. 깊이 머리 숙여 인사를 나누고 오랜 동안 고생했다며 황송해하며 인사를 했을 때였다. 물론 상대방도 동시에 머리를 숙였는데, 이윽고 이 정도면 됐겠지 생각한 김태조가 머리를 들었는데 깜짝 놀랐다. 상대방은 아직도 다다미에 이마를 붙인 채 인사를 하고 있는 것이 아닌가. 이마에서 머리 꼭대기 쪽으로 완만한 해안처럼 멋지게 벗겨진 머리가 김태조의 눈앞에서 창에 비친 가을 햇빛에 반사되어 반짝였다. 당황한 김태조는 허둥대며 다시 한 번 머리를 푹 숙였다. 그리고 상대방이 머리를 들기를 가만히 기다렸다. 이것은 어찌된 일일까. 나중에 사람들에게 이날 일을 이야기하면 좀 연극 같다고 했다. 왜 연극 같은지, 그리고 또 왜 T가 연극을 해야 하는지 김태조는 생각했다. 공산당 지도자인 쉰 살의 남자가 스무 살 청년과 인사를 하는데 오래 이마를 다다미에 붙이지 않아도 되는 것 아닌가? 조금 머리를 숙이면 될 터이다. 아무튼 이는 전향하지 않은 강철 투사라는 이미지와 잘 어울리지 않는 느낌과 당혹감을 김태조에게 보여준 순간이었다. 그런 그는 김태조가 내민 가와카미 하지메(河上肇)의 『마르크스주의 경제학 입문』이라는 포장의 문고본 표지 안쪽에 '레닌주의 수립을 위해'라는 글을 써서 서명해 줬다. 그리고 또 한 명의 간부가 '국제공산주의 운동을 위하여', 전향한 M이 '조선 독립 만세'라고 써 주었다.

돌아갈 때 김태조 일행은 아치 형태의 형무소 문을 들어간 곳에 있는 정원의 작은 건물을 배경으로 한 양지에서 열 몇 명이 무리를 지어 미국 통신사의 카메라로 사진을 찍으려고 하는 것을 봤다. 김태조 일행은 이것을 옆에서 바라보고 있었다. 그런데 사람들이 정렬하는 과정에서 한 사람이 쓰러지듯 우르르 무너지는 것이 눈에 보였다. 키가 작은 예리하고 사나운 얼굴을 한 사람은 방금 전에 만난 사람으로, 전에 순사를 하다 올라온 간부 M이었다. 선별적으로 제외된 그는 카메라에 찍힌 비전향 공산주의자들의 자신감에 찬 광경을 정렬에서 벗어난 곳에서 가만히 바라보고 있었다. 그렇게 생각해서 그런 건지 그는 왠지 풀이 죽어 보였다. 문득 김태조는 가슴이 아팠다. 같이 넣어주면 좋을 텐데, 하는 생각이 들었다. '조선 독립 만세'라고 김태조에게 가장 친숙한 말을 써준 그 사람에게 동정을 느꼈는데, 이러한 생각은 역시 잘못된 것이리라. 옥중에서 전향과 비전향이라고 하는 차이는 굉장하다. 즉, 자신이 조금 전에 한 생각은 국가권력과의 싸움에서 격렬함을 모르는 자가 할 수 있는 생각이다. 이런 대수롭지 않은 풍경에도 격렬함이 반영되어 있는 기분이 들어 김태조는 다다미방에서 T의 온화한 언행에 끝을 알 수 없는 엄격함이 들어 있음을 새삼 깨달았다. 김태조의 형도 송태완도 이들을 가만히 바라보고 있었다. 사진을 다 찍고 나서 박수를 쳤다. 김태조도 박수를 쳤는데, 주위를 보니 M도 그리고 그 외에 정렬하지 않은 사람들도 박수를 보내고 있었다.

형무소 문을 나온 김태조는 송태완에게 질문을 했다.

"왜 그는 함께 사진을 찍지 않았을까요?"

김태조는 그 이유를 알면서도 그러나 왠지 그를 향해 물어봤다. 그는 혈색이 좋지 않은 얼굴 표정을 한층 더 무겁게 가라앉히고 간단히 대답했다.

"그럴 수는 없지, 김 군."

이 말의 분위기는 자신이 선별하는 측이 아니라 선별되는 측의 입장에서 봤을 때, 말하자면 설령 자신이 그런 대접을 받아도 하는 수 없지, 김 군, 이라고 말하는 것 같았다. 송태완도 또 김태조의 형도 각각 그때 느꼈던 통증이 지워지지 않는 상흔으로 가슴에 남아 있는지도 모른다. 세 사람은 잠시 아무 말도 하지 않고 잠자코 걸어갔다.

이와 같은 일이 있어서 김태조는 일부러 교토에 가게 된 것이다. 그러므로 이번 환영대회는 어떤 의미에서는 그의 조국과 그곳

을 청정의 토지로 생각하는 '순수'를 향한 갈망을 일본에서 치유해
주는 의미로도 생각해볼 수 있을 것이다.

교토에 가까이 왔을 때는 이미 어두워져 있었다. 잿빛 폐허로
변한 시가지에서 초록 짙은 상흔 없는 곳으로 들어간다는 감각은
김태조의 마음에 미묘한 동요를 안겨줬다. 전쟁이 끝나고 보니 자
신들이 공습으로 불에 타서 집을 잃지 않았다는 단순한 결과가 더
할 나위 없는 행복으로 느껴졌다. 그러나 교토의 밤이 밝은데다
빌딩 위에서 반짝이는 하늘의 별, 안정된 기분 속에서 있으려니
묘하게 감정의 균형이 무너져가는 자신을 느꼈다. 이런 풍경은 오
사카의 폐허를 목전에 보고 온 탓도 있을 것이다. 조선인인 자신
이 우연히 전쟁의 폐허 속에서 살아남아 이러한 행복을 향유할 수
있는 것은 어떤 의미에서는 당연한 것 아닌가? 국토를 빼앗긴 민
족말살 직전까지 내몰린 우리 조선인이 일본인과 마찬가지로 전쟁
의 폐허 속에 희생될 필요까지 없는 것 아닌가? 그러나 일본인의
경우는 다르다. 다르지만 일본인 사이에서도 교토처럼 왜 이렇게도
태연히 상처 하나 없이 있을 수 있는 곳이 있는지, 김태조는 자신
이 질투에 가까운 감정의 눈으로 교토를 보고 있다는 사실을 깨달
았다. 조선인 자신이 그저 오사카에서 왔다는 이유만으로⋯⋯.

김태조가 가와라초(河原町)의 Y회관에 도착했을 때, 모임은 이미
시작한 것 같았다. 회장 입구나 로비에서 회장 안으로 들어가는
문에는 조선인 청년조직인 보안대 완장을 두른 청년들이 경비 겸
장내 정리를 하고 있었다. 누구나 얼굴 어딘가에 자부심에 차 있
으면서도 긴장해 있는 것이, 신생 조국 건설에 대한 의지를 반영

하고 있었다. 아마도 오늘 밤의 의미 깊은 집회의 운영 당사자라고 하는 자부심이 이들의 얼굴을 밝게 하고 있는 것 같았다. 민첩하고 분명하게 요령을 터득한 동작은 자유로워 보였다. 김태조는 이들 대부분이 8·15까지는 협화회의 청년반에서 '황국신민'이 되기 위해 천황폐하 만세를 외친 무리가 틀림없다는 사실을 생각해 봤다. 그런 이들이 지금은 새로운 무대에 올라 활발히 움직이고 있는 모습이 비꼬는 말이 아니라 행복해 보여서 부러울 정도였다. 조선의 청년들이 장내 정리를 하고 있었던 것은 이 집회 자체가 제일 먼저 성립된 조선인 단체에 의해 조직되었다고 하는 사정이 있어서일 것이다.

이미 막이 오른 단상의 의자에는 몇 명인가 관계자의 모습이 보이고 칠팔백 명을 수용할 수 있는 좌석은 거의 꽉 차 있었다. 뒤쪽 문을 열고 회장 안으로 들어간 김태조는 약한 근시의 눈을 가늘게 뜨고 소학생이 마음속에 가질 법한 지각한 자의 떳떳치 못함으로 조금 얼굴을 붉히면서 한가운데의 통로를 지나 앞으로 나아갔다. 그리고 한가운데 통로 측을 따라 오른쪽 끝 좌석을 발견하고 자리에 앉았다. 확실히 보이는 단상의 사람들 중에는 일찍이 후추 형무소에서 서명해준 사람들도 당연히 있었다. 전향자로서 그날 사진촬영에서 제외된 M의 모습이 보이지 않은 것도 또한 당연한 일이었다.

이윽고 주최 측의 인사가 끝나고 조선인 청년 한 명이 연단에 섰다. 사람들은 박수로 맞이했다. 김태조가 살짝 살펴본 즉, 박수 치는 사람들의 얼마간 상기된 표정에는 지금까지 길거리나 붐비는 사람들 속에서 볼 수 없었던 뭔가 신선한 분위기가 있었다. 불에 탄 폐허의 색에 완전히 물들지 않은 것이 반짝이고 있었다. 아마 공산당 간부들의 연설이 나중에 이어질 것이다. '치안유지법'으로 검거된 오사카 사카이(堺) 형무소에서 2년 남짓을 보내고 8·15 해방으로 석방되어 나왔다고 소개한 윤(尹)이라는 서른 가까이 보이는 남자는 키가 크고 아직 짧게 깎은 머리 그대로 영양실조에 걸린 것처럼 마른 몸을 옅은 청색 작업복으로 감싸고 있었다. 얼굴을 자세히 볼 수는 없었지만 이것만으로도 김태조는 가슴에 뭉클하게 밀려오는 공감을 느껴 열렬한 박수를 보냈다. 그는 정열적이고 빠른 말투로 이야기를 했다. 2년간의 옥중생활도 조금 언급하며 조선을 지배하고 민족을 멸망시키려 한 일본제국주의에 대해 타오르는 증오를 드러냈다. 그리고 조선독립의 멋진 여명의 반짝임에 대해 감탄하며 어조를 높여 주먹을 휘두르며 외쳤다. 그의 말은 김태조의 민족적인 감정을 크게 흔들었다. 그의 말에 공감되어 부르르 몇 번이나 몸이 떨리는 흥분을 느꼈다. 그는 감동했다. 괴로운 옥중생활을 보낸 존경할 만한 조선인 선배의 연설에 조금도 반발할 만한 것은 없을 터였다. 그런데 김태조는 그의 연설 도중에 야유를 퍼붓고 말았다.

변사는 말이 많아져 동양과 세계의 정세를 논했다. 그리고 앞으로 세계는 우리 조선을 중심으로 움직여 갈 것이다, 이것은 마치 수레바퀴가 축을 중심으로 회전하는 것과 마찬가지로 세계는 우리 조선을 중심으로 움직일 것이다…… 운운했을 때였다. 돌연 김태조는 마치 열차의 연결기가 마주칠 때처럼 덜커덕 하고 몸이 가볍게 앞으로 고꾸라질 뻔했다. 그때 벌써 큰 소리를 힘껏 지르고 있었다.

"관념적인 말 하지 마!"

앞쪽 좌석에서 몇 개의 머리가 동요하고 그가 앉은 쪽을 돌아봤는데, 김태조가 조금 영웅처럼 소리친 기분이 경감되지는 않았다. 이것은 건방진 언동이라고 할 수 있을 것이다. 어설프게 좌익에 물든 자가 독이 퍼진 것처럼 전신이 경직되는 순간이었다. 변사는 아무 일도 없는 것처럼 계속 떠들었다. 아니, 몇 개의 머리가 동요한 외에는 아무 일도 일어나지 않았다. 이것으로 된 거다. 다만 자신이 외친 목소리가 귀에 들어가 너무 '관념적'인 말을 하지 말아주면 그것으로 충분했다. 조선, 조선이 세계의 중심이라니, 오글거리는 말이 아닌가. 2년이나 유치장에 갇혀 있었으면서 이런 말을 부끄러워하지도 않고 어떻게 입에 담을 수 있는가!

별다른 아무런 일도 일어나지 않았다. 그러나 아무 일도 없지만 그러면서도 뭔가를 기다리는 긴장된 순간이 시시각각 이어졌다. 긴 공백을 허용하지 않고 뭔가 움직이기 시작할 것 같은 분위기의 연속이었다. 야유를 보낸 후에 흥분이 남아 어찌할 바를 모르는 기분과 갑자기 생긴 옆 좌석과의 위화감에 김태조는 찡 하고 몸이 뜨겁게 타오르는 느낌이 들어 몸이 굳어졌다. 이때 공기가 눈에 보인다면 공기가 움직이는 낌새를 김태조는 알아차렸을 것이다. 회장 안의 정면 오른쪽 문 주변에서 무대를 따라 통로를 지나 세 사람의 보안대 청년이 다가왔다. 설마 생각했는데, 확인할 여유도 주지 않고 불길한 예감은 현실이 되어 눈앞에 닥쳤다. 무대 정면의 통로를 이쪽으로 돌아 두 명의 덩치 큰 남자와 키가 작은 남자 총 세 명이 마치 개사냥이라도 하듯이 좁은 통로를 막고 김태조 쪽으로 다가왔다. 김태조는 순간 몸을 뒤로 빼며 경계했다.

"야유한 사람 당신이오?"

김태조 앞을 가로막고 선 검은 피부의 근육질의 남자가 물었다. 이미 그 목소리에는 폭력의 분위기가 서려 있었다.

조금 전의 기백은 어디에 가버렸는지, 김태조는 일말의 후회스러운 마음에 몸이 물리며 그렇다고 대답했다.

"잠깐 따라 오시오!"

"무슨 일이죠?"

"무슨 일이든 나오라고. 당신이 야유했죠?"

갑자기 맨 앞에 서 있던 남자의 표정이 살기를 띠고 김태조의 오른팔을 잡아 비틀었다. 본능적으로 위험을 느낀 김태조는 상반신을 비틀며 따라가지 않겠다며 버텼다. 사람들 면전을 벗어나면 어딘가 사람들이 보지 않는 밀실이라도 데려갈 것 같은 예감이 들었다. 그러나 상대는 세 명이었다. 팔을 붙들려 몸이 콘크리트 통로에 버티지 못하고 정면으로 질질 끌려갔다. 무대에 막다른 통로는 좌우로 나뉘어 있었다. 김태조는 오른쪽에 그들이 걸어온 문쪽으로 끌려갔다. 모퉁이를 돌 때, 그는 통로 오른쪽 모서리에 앉은 사람의 의자 다리에 볼품없이 매달려 저항했다. 그는 이제 회장 안의 일은 알 수 없었지만, 뜻밖에 생긴 일로 청중의 주의가 자신에게 집중되는 것을 느꼈다. 그래도 연설은 계속되었다. '적의 방해'에 굴하지 않고 그대로 연설을 계속하는 것도 또한 싸움이다.

세 명의 남자는 의자에서 김태조를 떼어내 통로로 끌고 가면서 이놈! 하고 두세 번 발로 찼다. 일단 폭력이 시작되면 멈추지 않았다. 계속 발길질을 해댔다. 김태조는 잡아당긴 팔로 얼굴을 감싸려다 오히려 자신이 매달리는 것처럼 되어버려 그 반동으로 마치 돼지처럼 질질 끌려갔다. 사람들이 보지 않는 밖으로 끌려 나가면 어떻게 될지 알 수 없다. 그는 필사적이었다. 아픔보다 새까만 어둠 속 공포가 자루처럼 그의 주위를 푹 덮었다.

문 밖에는 아무도 없고 텅 비어 소리가 울리는 복도였다. 건너편에서 발소리를 내며 일고여덟 명의 사람이 뛰어왔다. 그리고 새롭게 몇 명이 가세해 사냥감을 밟아 넘어뜨리고 발로 찼다. 선취권을 아직 놓지 않겠다는 듯이 여전히 처음 세 명이 폭력의 주역이었다. 몇십 개의 다리가 가세한 것처럼 생각될 정도로 교대로 그것도 한꺼번에 연속적으로 힘껏 새까만 벽에 떨어질 때, 아, 나는 찌그러진다, 찌그러진다고 김태조는 마음속으로 외쳤다. 그는 자신이 무슨 소리를 외쳤는지 기억하고 있지 않다. 그저 들리는 것은 이제 찌그러져 버릴 거라는 의식의 소리뿐이었다. 눈 깜짝할 사이에 큰 검은 벽이 떨어져 몸을 눌렀다. 어찌해볼 수 없는 상태로 축 늘어져 있었다. 퍽! 하고 발에 차인 머리 꼭대기가 울렸다. 폭력이 멈췄다. 누군가가 급히 겁먹은 소리를 냈기 때문이다. 그러나 김태조는 죽지 않았다. 그는 이곳 콘크리트 복도에서도, 또 4, 5년 전에 경찰서 내의 협화회 사무소 마룻바닥에서도 특고에 구타당했을 때와 마찬가지로 등을 새우처럼 구부리고 양손으로 머리를 감싼 불쌍한 모습으로 누워있을 뿐이었다.

이윽고 김태조는 양팔이 붙들린 채 일어났다. 구타는 안면에 집중되어 눈을 뜨면 부은 얼굴이 코 높이까지 부풀어 올라있는 것이 보였다.

폭력이 멈춘 지금, 육체의 아픔보다 뿜어내는 강렬한 슬픔 같은 분노를 견딜 수 없었다. 절뚝거리는 발을 끌고 가는 김태조의 몸이 작게 흔들렸다. 이전에는 경찰서에서, 그리고 올해 4월에는 고향에서 징병검사를 받을 때 일본군대에 구타당하지 않았던가. 그런데 지금 조선이 독립한 시점에 황국 일본을 찬양했던 조선인에게 죽을 정도로 구타를 당한 것은 도대체 어떻게 된 일이란 말인가! 입안에서 피 맛이 났다. 복도에 일부러 토해놓은 새빨간 침은 피였다. 입안이 찢겨 있어도 이상할 것 없었다. 김태조는 빨간 침을 운동화로 뭉개면서 책임자를 만나게 해달라고 말했다. 왠지 갑자기 목소리가 뒤얽혀 마치 감기라도 걸린 것처럼 비참하게 콧소리를 냈다.

"너희들, 사정도 들어보지 않고 폭력을 휘두르는 것은 일본의 특고경찰과 마찬가지 아니냐?"

김태조는 잡혀서 형장으로 끌려가는 사람이 부르는 노래처럼 읊조렸다.

"너, 아직 불만 있어? 혁명적인 오늘의 대회를 방해한 죄를 아직 모른단 말이냐?"

김태조의 오른팔을 붙잡고 있는 처음 남자가 여전히 주제넘게 참견했다.

"어이, 뭐 그 정도로 된 거 아니야? 지금부터 대장한테 데려갈 테니 걱정하지 마."

뒤따라오는 무리 속에서 말소리가 들렸다. 김태조는 붙들린 오른팔을 그대로 둔 채 손을 주머니에 찔러 넣어 갖고 있던 문고본을 꺼내고는 말했다.

"이것 봐."

"뭔데?"

왼쪽에 있던 키가 크고 각진 얼굴의 입이 큰 남자가 김태조의 말을 듣고 뭐냐고 물었다.

"뭐냐니……. 마르크스주의 경제학 입문……. 가와카미 하지메……."

"이것 네 거야? 흠……."

전후에 서적이 바닥나서 이런 전전에 나온 포장이 견고한 문고본은 귀중본이 되었다.

이 책은 후추 형무소에 그를 데려가 준 송태완이 준 것이다. 흠…… 하고 감탄하며 팔을 빼내 표지를 넘겨서 보고 있는 왼쪽의 남자. 그를 들여다본 사람들을 놀라게 한 것은 책 안에 소중히 펜글씨로 적혀 있는 문구와 지금 단상에 앉아있는 공산당 지도자들의 서명이었다. 갑자기 멈춰서 서로 얼굴을 마주본 것은 분명 놀랐다는 증거였다.

"지금 단상에 있는 본인에게 물어봐라. 나는 10월 10일에 출옥하기 전에 이미 후추 형무소로 면회 가서 그들과 이야기를 나눴다니까."

김태조는 조금 과장해서 말했다. 보안대 청년들은 완전히 얼굴이 창백해져 겁먹은 상태였다.

어느새 뒤에 따라온 자들은 사라지고 처음 세 명만 있는데, 그 태도가 금세 정중해지더니 안절부절못했다. 이들은 너무 갑작스러운 변화를 일으킨 자신들을 어떻게 해야 할지 모르고, 대응할 방법을 찾지 못하고 있었다. 사태가 이렇게 되고 보니 그들은 벌벌 떨 정도로 태도가 변했다. 그리고 자연스럽게 그 중의 한 사람이 맨 앞으로 나왔다. 그는 처음에 김태조를 끌어낸 살기 띤 피부가 검은 남자도 아니고, 키가 큰 왼쪽 남자도 아닌 또 한 명의 얼굴이 홀쭉한 남자였다. 가장 키가 작았다. 그는 모두를 대신해 실례했다고 말하며 고개를 숙였다. 그리고 명찰이 없다고 양해를 구하고 수첩 한 장을 뜯어 거기에 주소와 이름을 일부러 조선 본적지까지 길게 적고는 자신은 이런 사람이라고 말했다. 그는 부끄러운 듯이 오늘밤은 보다시피 바쁘니 다음에 교토에 오면 꼭 들러달라고 하면서 여러 이야기를 나누고 싶다고 덧붙였다.

보안대의 대기실 같은 방은 로비 왼쪽 계단을 올라간 안쪽에 있었다. 생각지 못한 문고본의 위력을 눈앞에서 확인한 김태조는 좋다, 대장 녀석에게도 이것을 보여주고 한 방 먹여주겠다고 생각하면서 대기실 앞에 서 있었다. 그가 문고본을 보여준 것은 그저 자신의 신분을 증명하기 위한 것으로, 소극적인 방어일 뿐이었다. 그런데 예기치 못한 효과를 가져 온 것이다.

이윽고 문이 열리고 안으로 들어간 김태조는 앗, 하고 나오려는 소리를 삼키고 그 자리에 우뚝 섰다. 도요카와가 그곳에 있었다. 도요카와! 무대 뒤처럼 네다섯 평의 어수선한 방의 책상에 혼자서 앉아 있는 남자가 도요카와라고는 믿어지지 않았다. 육군 특별 간부 후보생 출신의 육군소위 도요카와 나리히로가 그곳에 앉아 있으리라고는 정말로 믿기 어려웠다. 왜 우연은 늘 부정하기 어려운 사실의 형태로 나타나는가. 우연이지만 우연을 꼼짝 못하게 하는 기계처럼 무섭지만 분명한 사실로 도요카와는 책상 앞에 앉아 있었다.


4


도대체 어떻게 된 것일까? 이곳은 어디인가? 오늘은 며칠인가? 여러 크기의 각재(角材), 여러 가지 폭의 긴 나무판, 통나무 등의 목재를 벽 가득히 세워놓은 무대 뒤쪽처럼 주변이 난잡했다. 천장 재료가 떨어져 나간 방은 뭔가 질서 감각을 잃은 느낌이었다. 이 기묘한 방에 혼자 앉아 있는 도요카와의 존재가 이미 장소와 시간의 감각을 흐트러뜨렸다. 이곳은 어디인가? 이곳은 전시하의 도쿄인가? 오늘은 1943년 11월 ×일. 지금 여기에서 무슨 대회가 열리고 있는 것인가? 익찬 정치의 시국 강연회에서 도조 히데키(東條英機)가 히틀러를 방불케 하던 큰 사자의 우렁찬 울부짖음이 들릴 것만 같았다.

이 녀석은 분명 도요카와가 틀림없다. 분명 도요카와이다. 이 녀석은 언제 군대에서 돌아온 것일까? 전쟁터에 가지 않고 패전이 된 것이 틀림없다. 지금도 복원병 모습 그대로인 이 녀석은 학생복을 벗어 던지고 군복을 입었을 때 비로소 일본인이 된 실감이 나서 눈물지었다는 조선인 장교이다. 완전한 일본인으로 되는 것이 조선민족이 행복해지는 길이며, 내선일체야말로 내지인과 평등하게 살아가는 길이라고 어른스러운 장교 목소리로 연설했던 도요카와. 친척인 도요카와 기선의 집에서 제삿날 밤에 칼을 차고 장화를 신고 온 도요카와 육군소위가 어째서 이런 곳에 앉아 있는 것인가? 이곳은 어디인가? 오늘 여기에 모인 사람들은 적어도 스스로를 선택한 인간이 아닌가? 그때는 2월이었다. 그 제삿날 밤에 네 등 뒤에서 대기하고 있던 무서운 힘을 의식하게 하는 제국육군 장교의 군복차림, 그리고 그 입에서 나온 우리들의 힘으로 어찌해볼 수 없는 천황의 군대의 말. 지금 눈앞에 있는 자는 얼굴을 가만히 보고 있으면 보고 있을수록 틀림없이 중학교 동창생인 바로 그 도요카와 나리히로였다.

"어이, 도요카와."

김태조는 간신히 말을 꺼냈다. 도요카와는 김태조가 문을 열고 들어온 순간 감자처럼 볼품없이 부어오른 그의 얼굴을 보고 있었다. 김태조는 자신의 얼굴에 쏟아지는 일직선의 뜨거운 시선과 이상한 태도에 잠시 망연히 도요카와를 바라보고 있었다.

"어이, 도요카와."

김태조는 대답을 재촉하듯이 다시 불렀다. 도요카와는 곧바로 김태조라는 것을 알아차리지 못한 것 같았다. 이윽고 어른스러운 척하던 표정이 추하게 일그러지고 시선을 푹 떨어뜨리고는 당황한 안색으로 한 번 훑어봤을 때, 김태조는 그가 자신을 알아차린 것을 직감했다.

"자네는 누군가?"

"누구라니?"

김태조는 웃었다.

"미쓰야마를 모르겠는가? 김태조야."

"아, 미쓰야마였군……. 나는 그 이성식이다. 얼굴이 왜 그래? 심하게 부어 있잖아. 전혀 몰랐어."

일단 모르는 척 시치미를 뗀 후에 상대방이 누구인 줄 확실히 알아차리고 도요카와는 벌떡 일어나 여기 앉으라면서 김태조 앞에 있는 의자를 권했다. 그의 기립하는 방식에 군대생활의 습관이 남아 있었다. 일단 발꿈치를 모으고 똑바로 서서 책상 모서리에 손을 대고 몸을 돌렸다. 그리고 서서히 악수를 청했다. 그러나 이런 그의 모습에는 일찍이 공포를 불러일으킨 제국육군장교의 위력은 없고 오히려 남아있는 군대 분위기가 골계적인 느낌을 주었다.

아, 미쓰야마였군. 나는 그 이성식이다…… 라고? 김태조는 악수를 뿌리칠지 말지 순간 망설였다. 내심 반사적으로 일어난 혐오감과 섞여 묘하게 반가움이 일어 자신도 모르게 악수를 하려던 참이었다. 그때 도요카와가 장화를 신고 있는 것이 보였다. 장화는 마룻바닥을 무겁게 짓밟으며 김태조의 등골을 차갑게 어루만지는 가죽 스치는 소리를 한 번에 이중 삼중으로 불러일으켰다. 아, 그때 이 녀석의 마음은 장화 모습을 하고 있다고 생각했었다. 분명하고 그리고 묘하게 생생히 둔중한 빛을 발해 주위의 빈약한 구두 무리를 노려보고 있는 갈색 새 장화의 오만한 모습이 어슴푸레한 현관에 보였다. 이는 전에 제삿날 밤에 공장주인 도요카와, 이기선 집의 현관에서 본 풍경이었다. 이 무슨 허구인가! 김태조는 갑자기 어이가 없어 웃음이 터질 것 같았다. 아니, 뭔가 흉악하고 난폭한 것이 몸속을 힘차게 달려 몸이 꿈틀하고 움직였다. 문득 오른쪽 벽의 목재와 함께 세워 놓은 칼이 번뜩이며 맹렬한 기세로 눈에 뛰어 들어왔다가 순간 상대방의 정수리에 떨어지는 광경이 머릿속에서 작렬했다. 김태조는 놀라서 순간 뒷걸음질 쳤다. 그리고 상대방의 얼굴을 다시 바라봤다. 상대방은 의아해하는 표정으로 김태조를 쳐다보고 있었다. 물론 상대방은 얼굴도 정수리도 피로 물들어 있을 리 없었다. 상처 하나 없었다. 김태조는 시선을 푹 떨어뜨렸다. 분노도 슬픔도 그리고 웃음도 아닌 쥐어짜낸 듯한 허무한 감정이 지나갔다. 그리고 얻어맞은 통증과 함께 검은 연기를 뿜어 올렸다.

김태조는 악수를 거절하고 의자에 앉아 간신히 흥분을 가라앉혔다. 그리고 크게 숨을 내쉬자 몸 여기저기의 관절이 욱신거렸다.

"얼굴이 왜 그러냐니? 몰라서 묻는 거야? 바로 조금 전에 아래층 복도에서 당신 부하들한테 죽을 만큼 얻어맞았잖아. 악수는 나중에 해도 되겠지?"

부하들이라고 한 세 명에게 잘 들리도록 김태조는 고양된 목소리로 말했다.

"자네가 싫다면 하는 수 없지."

도요카와는 모처럼 내민 손을 거두면서 말했다.

"어째서 자네는 그렇게 어깨를 펴고 으스대고 다니나?"

출발　319

"내가 으스댄다고? 전혀 으스댈 생각 없어. 그런데 자네는 왜 여기에 앉아있는 건가? 뭔가 목재로 가득하고 표백한 것처럼 방이 좀 이상하군."

"내가 왜 여기 앉아 있냐고? 그 질문 제법 철학적인 물음이군. 방이 표백한 것처럼 보인다는 말도 조금 어렵군. 이 방은 그냥 변변찮은 다락방이나 다름없는 방일 뿐이야."

"비꼬는 거야?"

"그럴 생각은 없어. 다만 그런 말투는 좀 이상한 것 같아서 말했을 뿐이야."

"비꼬는 것이 아니라면 이야기를 얼버무리지 말아줘. 나는 뭔가 이 세상을 착각하고 있는 것 아닌가 하는 기분이 요즘 계속 들어서. 그래서 눈이 이상해진 거야."

"나는 오랜만에 만난 자네 중학교 동창생 이성식이야……. 착각할 일이 뭐가 있어?"

도요카와는 두 사람의 이야기에 농락당한 것처럼 몸을 좌우로 돌리면서 옆에 우뚝 서 있는 세 사람에게 이제 괜찮다고 하면서 방 밖으로 내보냈다.

문이 닫히고 2층의 좁은 복도에 인기척이 사라졌을 때, 마치 작전장교 같은 모습으로 책상 옆을 빙빙 돌고 있던 도요카와는 김태조와 우연히 만난 것이 뜻밖이라고 소리를 낮춰 말했다. 기세를 낮춰 말하는 그의 목소리는 조금 전까지 약간 거들먹거리던 울림도 같이 잦아들어 고분고분하게 들렸다.

"나는 설마 야유를 한 사람이 자네일 줄은 몰랐어. 대회를 방해하는 언동이라고 생각했거든. 왜 그런 야유를 보낸 거지? ……아무튼 심하게 대해서 미안해."

김태조는 벽에 걸어놓은 타월을 손에 들고 물에 적셔 갖고 오겠다는 도요카와를 만류하며 자리에서 일어났다. 화장실에 가는 김에 거울 속의 자신의 얼굴을 확인해두고 싶었기 때문이다. 복도를 가로질러 맞은편에 있는 변소는 물은 잘 나왔지만 거울이 떨어져 걸려있던 흔적만 남아 있었다. 김태조는 조금 실망했다. 그래도 옷의 먼지를 털고 더러워진 손을 씻으며 긴장을 풀 수 있었다. 양손으로 수도꼭지에서 나오는 물을 받아 부풀어 오른 뜨거운 얼굴을 천천히 물에 적시자 서늘한 냉기가 아픈 곳을 자극했다. 침에는 아직 옅은 피가 섞여 있었다. 입을 물로 헹구자 혀끝이 닿는 볼 안쪽 살이 울퉁불퉁하게 도려낸 것처럼 느껴져 기분이 불쾌했다. 얼굴에 갖다 댄 젖은 타월을 보니 아마 내출혈로 아픈 것 같았다. 피가 살짝 배어있는 외상은 큰 상처는 아닌 듯 보였다. 그보다 타월에서 나는 남자의 땀 냄새가 불쾌했다. 누구의 것일까? 도요카와의 것일까? 그 녀석, 제 분수도 모르고 반동이라는 말을 잘도 썼겠다. 조금 후에 타월 돌려줘버릴 테다.

"음, 정말로 우연히 만났네. 설마 이런 곳에서 자네와 만나리라곤 생각 못 했거든."

김태조가 돌아오는 것을 기다리기라도 한 것처럼 도요카와는 방안에서 장화소리를 내며 말했다.

"그건 내가 하고 싶은 말이야. 나는 여기가 도대체 뭐하는 곳인지 전혀 실감이 나지 않아. 마치 구름 위에 떠 있는 것 같아서 어쩐지 불안하기도 하고. 조금 전에 변소에 거울이 있었다면 자신을 확인해보고 싶은 기분이 들었을 정도야. 오늘 일은 자네를 만난 것도 또 뭇매질을 당한 것도 실제로 일어난 일 같지도 않고……. 어이, 미안한데 가만히 앉아있어 주겠나? 그 장화 가죽이 스치는 마찰음이 묘하게 상처에 스며들어서……. 그런데 자네는 도대체 전쟁에 갔었나? 가지 않았나?"

"나는 와카야마(和歌山)의 연대에서 종전을 맞이했어."

도요카와는 담배와 성냥을 주머니에서 꺼냈다. 그리고 김태조와 조금 방향이 엇갈린 비스듬한 곳에 있는 책상 앞에 앉았다.

"그때로부터 4개월이 지났군. 세상이 변할 수 있다는 것을 나는 자신의 몸으로 알게 되었지. 분명 자네가 중학 시절에 바란 시대가 되었고……. 그러나 이 4개월이 나에게는 절망과 고통의 연속이었다는 것을 자네는 모를 걸세. 나는 어쩌면 권총으로 머리를 쏴서 자살했어야 했는지도 몰라. 나는 살아 있어서는 안 되는 거였어. 일본인이라는 절대적인 가치관이 완전히 뒤집혀 버린 이상으로 사실은 내 존재가 완전히 뒤집혀 버렸거든……. 나를 충성스럽고 선량한 일본인으로 만들려고 철저하게 교육시키고 나 자신이 완전한 일본인이 되려고 열심히 노력한 가치체계는 어떻게 되는 거지? 솔직히 일본제국의 패전은 나에게 전쟁에서 패배한 것보다 그 가치가 패배하고 붕괴한 것이 더 무서웠어. 그러나 누구도, 또 나 자신도 스스로에 대해 책임을 가질 수 없게 되어버렸어. 무리도 아니지. 이것은 개인이 짊어지기에는 조금 규모가 너무 큰 가치붕괴잖아……. 나는 어떻게 되는 건가. 나는 죽을 수밖에 없다고 생각했어. 대일본제국의 멸망과 동시에 이 정신도 그리고 육체도 멸망했어야 했어……. 핫하하. 그러나 일본인 중에도 무서운 놈이 있더라고, 정말이지. 같은 중대의 소위 동료로, 이 녀석은 도쿄의 대학에서 소집되어 온 이치카와(市川)라는 자야. 조선인 같은 얼굴을 하고 있지. 그자가 그러더군. 어이, 도요카와. 자네가 대일본제국의 패배와 함께 동반자살이라도 할 비장한 각오를 할 리도 없을 테지, 네 조국은 독립했으니까. 너희들 조선인 제군과도 이별이다. 너는 독립 조선의 국민이다. 우리 일본인은 앞으로 폐허의 뒷정리를 해야 한단 말이야. 자네는 뭐에 홀린 듯한 얼굴을 하고 있군. 목숨을 건진 것만으로도 천우신조라고 생각해. 이치카와는 이렇게 지껄이더라고. 이런 자를 의식분자라고 할 테지. 이제껏 모르는 체하며 시치미를 떼고 있던 녀석이 말이야. 그런데 처음에는 그 말이 무슨 뜻인지 농담으로 들렸어. 허탈해있는 내 정신에 아무런 힘도 작용하지 않았지. 그런데 정신을 차리고 보니 나 스스로 이치카와가 한 말을 무의식중에 입속에서 중얼거리고 있더라고. 4, 5일 지나자 같은 중대의 일본인 장교가 지적한 충격적인 의미가 내 머리를 마구 휘젓기 시작했어. 아니, 패전이라는 현실 속에서 내가 느낀 절망 자체를 휘젓기 시작했지. 네 조국은 이것으로 독립했다. 단 한 명의 일본인 이치카와가 한 말은 마치 신의 계시처럼 내 텅 빈 머리 안에서 쩡쩡 울리며 나를 괴롭혔어. 내 조국은 일본제국이 아니었던가? 나는 죽는 편이 깔끔했을지도 몰라. 그러나 내가 죽지 않은 것은 이 이치카와 소위 탓이라고도 할 수 있지……."

문 손잡이에 시선을 계속 보내던 도요카와는 김태조를 똑바로 보면서, 자, 뭔가 할 말이 있으면 해봐……, 하고 말하는 것처럼 한숨을 돌렸다. 김태조는 미지근해진 타월로 왼쪽 뺨을 누른 채 잠자코 고개를 끄덕이며 듣고 있을 뿐이었다.

"담배는 안 피우나?"

"안 피워."

"그렇군……. 술도 안 마시고?"

"응, 안 마셔."

"여전히 건빵이군……."

도요카와는 입술을 일그러뜨리며 웃고는 담배를 연거푸 잘도 피워댔다.

"결국 내가 조선인으로 살아갈 결심을 한 동기는 이치카와와 부친 때문이야."

"이치카와라는 일본인, 대단하군."

"음, 자네도 그렇게 생각하나……?"

"응, 대단한 것 같아……. 부친이라면 자네 아버지를 말하는 건가?"

"맞아. 이것도 재미있는 현상인데, 전쟁 중에는 그렇지도 않았던 아버지가 전쟁이 끝나자 갑자기 진정한 민족주의자가 돼버렸지 뭐야. 그 전까지는 조선인이 일본인을 받드는 것은 하는 수 없는 일이다, 예전의 중국을 봐라, 한민족은 청조 밑에서 삼백 년이나 받들고 살지 않았느냐. 몽고가 중국을 지배했을 때도 마찬가지지만, 이것이 역사라는 것이다, 한 사람만의 힘으로 장교가 될 수 있는 것이 아니다. 하물며 역사를 움직이는 것은 불가능하지, 때야,

때가 무르익지 않으면 안 된다고 하던 사람이 아버지였어. 그런데 일본이 패하자 바로 아버지는 정말로 흥분한 것 같았어. 조선이 독립할 때라고 하는 것이 너무 빨랐다고, 뜻밖이라고 생각한 모양이야. 즉, 조선을 둘러싼 역사의 진보가 옛날 한(漢) 민족을 지배한 몽고나 청조의 붕괴보다 좀 더 빨랐다는 논리야. 그래도 독립이 된 이상은 그것이 역사의 흐름이고, 생각지 못한 민족적인 기쁨이라는 거지. 나는 아버지의 그런 소박함에 감동을 받았어. 말하자면 아버지는 아버지 나름의 논리로 의외로 시대의 변화에 순응할 수 있었던 거야. 원래부터 민족적 감정이 강한 구시대의 노인이라서 그렇기도 하지만. 그 아버지에게 나는 가르침을 받았어. 내가 군대에서 일본제국에 순직하려고 생각한 것을 돌아와서 말하자, 아버지는 눈물을 흘리며 나를 타이르셨지. 그리고 어머니는 어머니대로 전쟁이 끝나서 목숨을 건진 것만으로도 하늘에 감사해야 하는데, 무슨 말도 안 되는 미친 짓이냐며 계속 우셨어⋯⋯."

이야기를 듣고 있던 김태조의 머릿속에 배당된 일본옷을 입은 조선의 노모가 자식을 위해 천인침을 들고 가두에 서 있던 모습이 떠올랐다. ⋯⋯그러나, 김태조는 생각했다. 내 어머니도 자식을 위한 일이라면 그렇게 했을지도 모른다.

"잘 된 일 아닌가. 무슨 바보같이 죽는다는 둥 그런 말 하지 말게. 게다가 자네는 원래부터 효자잖아."

김태조가 도요카와를 향해 말했다. 비꼬는 말이 아니다.

"사실 인간은 산다는 것이 필요하긴 하지."

도요카와는 기특한 말을 했다.

"인간의 생에 특별한 의미가 있을 거라고는 생각하지 않지만 말이야. 그래도 일본의 천황을 위해 죽을 필요는 없지……. 자네도 이제 살아남았으니 전후는 일종의 전향을 한 것이 되겠군."

"전향?"

"그래, 전향."

김태조는 상대방의 얼굴을 되돌아보며 말했다.

"그건 무슨 의미지?"

"……자네가 조선인이 되어 지금은 보안대의 대장이 되었으니, 여기에 있는 것이 전향이 아니겠나?"

"이것이 전향이라면 그렇긴 하군. 자네는 그걸 부정하는 건가?"

"부정? 부정할 리 없지. 그런 건 아니지만 전향이라는 거야."

"내가 일본인으로 힘껏 살아왔는데 일본 국가도 일본인 누구도 나한테 책임을 져주지 않았어. 나 자신도 책임질 수 없었지. 책임을 질래야 질 수가 없었어……. 일본의 천황이라는 것이 조선인에 대해서 무슨 책임을 진다는 거야! ……그래서 나는 스스로 조선인이 되려고 한 거야. 이것이 어째서 전향이라는 거야?"

김태조는 말문이 막혔다. 그러나 솔직히 말하면, 이 녀석 이제 와 새삼 무슨 소리를 하는 건가 싶었다. 자기 좋을 대로 이야기하는 정도의 응답밖에 못 하는 구석이 있었다. 이는 혈기랄까, 주관적인 기세 때문일 것이다. 아니, 뭇매질을 당했다는 충격적인 사실이 그로 하여금 한층 기를 쓰게 해서 편협하게 만든 것은 사실이다. 그는 야유를 보낸 자신에 대한 반성과, 연설 내용에 반발했다고는 해도 왜 자신의 행동을 억제하지 못했는지 자신에 대한 자문도 할 수 없었다. 다만 자신을 구타한 폭력에 관련된 일체를 허용할 수 없는 기분밖에 들지 않았다.

"빡빡하게 들릴지 모르지만 자네는 일본이 전쟁에 졌기 때문에 일본인에서 조선인으로 된 거니까 나는 전향이라고 생각하는 것뿐일세."

"음……, 그런 견해가 있다는 것을 내가 무턱대고 부정하는 건 아냐. 그러나 만약 그렇다면 원래 조선인이었던 내가 드디어 이 사실을 자각하고 조상의 피를 찾아 조선인으로 돌아가려고 한다는 식으로 자네는 이해해줄 수는 없나?"

도요카와는 다시 똑바로 일어섰다. 김태조보다 2살 위인데다 체격이 큰 도요카와가 걸어가자 다시 마룻바닥이 삐걱거리는 소리와 장화 스치는 소리가 났다. 이제와 새삼 뻔뻔스러운 말을 하는 놈이군. 네가 말한 대로다. 그런데 왜 그 무서운 일제강점기에는 다른 말을 하고 조선인이라는 것을 자각하지 못했는지……. 김태조의 마음은 완고했다.

"전향이든 뭐든 말의 문제보다 기분 문제인 거지. 감정의 문제가 나한테는 있어. 4개월간 자네는 괴로웠겠지만. 나도 …… 핫하하. 하고 싶은 말이 많아서 본격적으로 이야기하기 시작했다간 끝이 없어. 나는 8·15 훨씬 전부터 계속 괴로웠거든."

김태조는 이제 돌아가야겠다고 생각했다.

"전향 이야기는 자네가 꺼낸 거잖아."

도요카와는 일단 멈춰 서서 등을 쭉 펴고 말했다. 갑작스럽게 예기치 못한 가슴이 뜨끔한 말투였다.

김태조는 의식적으로 대답하지 않았다. 그 말이 귀에 불쾌하게 울려 찐득찐득 달라붙어 떨어지지 않았다. 얼마나 더럽고 집요한 녀석인가. 이 녀석이 도대체 내 앞에서 뭘 뻔뻔하게 떠들 자격이 있다는 말인가. 아, 적당히 하고 돌아가야지.

갑자기 불결하다는 말이 되살아났다. 언젠가 동네에 조선인 조직을 만들자는 집회에서 협화회 지도원이었던 우메바라 조타로의 얼굴이 두둥실 풍선처럼 떠올랐다. 언젠가 이기선의 집에서 제삿날 밤에 원탁을 둘러싸고 앉아 막 씻은 야채처럼 산뜻한 것 이상으로는 별것도 아닌 새침 떠는 얼굴로 턱을 내밀고 있던 얼굴이 떠올랐다. 또 철저하게 일본인이 되어 내지인과 당당하게 어깨를 나란히 하고 일본 국가를 위해 목숨을 바치겠다고 말한, 자못 분별 있어 보이는 얼굴이다. 원탁을 둘러싼 고리 중 하나는 도요카와 육군소위요, 조선시대에 과거에서 무과급제한 것에 비유한 그의 부친이었다. 그리고 육군 예비사관학교 입학을 꿈꾸던 협화회 청년반장 가네모토 영일이었다. 그들이 둘러싼 밤의 원탁이 큰 고리가 되어 보였다. 그 원탁의 화제는 도요카와 소위를 중심으로 움직였다. 얼마나 불결한 얼굴들인가. 김태조는 이곳을 나와 돌아가고 싶었다.

"나는 그만 실례하겠네."

"돌아간다고? 음……, 우연히 만났는데 느긋하게 이야기도 못하고 유감이군……. 하는 수 없지. 후일을 기약하세. 그건 그렇고, 괜찮나?"

유감스럽다는 목소리가 아니었다. 뭐 아무래도 좋다. 김태조는 괜찮다고 대답했다. 그리고 잠자코 문을 열고 나가서 타월을 깨끗하게 물에 씻어 들고 왔다.

두 사람은 목재로 가득한 천장이 떨어져나간 기묘한 느낌의 방 밖으로 나왔다. 계단을 내려가면서 도요카와는 집에 놀러오라고 말했다.

"이런 시대야말로 자네가 바라던 시대 아닌가. 자네가 나와서 일할 차례야."

도요카와가 김태조에게 말했다. 과연, 간살부리는 말 한마디라도 덧붙이지 않을 수 없는 것이 그의 입장일 것이다. 아직 다카스키(高槻) 시에 살고 있다고 했다. 다카스키……, 아. 김태조는 소리도 제대로 나오지 않는 괴로운 신음소리를 냈다. 그리고 얼굴에 대고 있던 손수건으로 이마를 누르며 소름이 전신을 싹 끼치고 지나가는 것을 느꼈다.

싫다, 싫어. 누가 가겠느냐. 아. 그의 말은 일장기를 생각나게 했다……. 도요카와가 간부 후보생으로 입대하는 환영회에서 본인을 포함해 열 몇 명의 학우들의 바지에 어깨끈을 걸친 복장, 일장기 머리띠, 일장기 부채, 깃발, 일장기가 좁은 집에 난무하는 미친 축하연이 지금도 또렷이 떠올랐다. 단층집 지붕의 낮은 천장이 날아갈 듯이 박수와 환성, 군가, 그리고 시끄러운 노랫가락……. 와 하고 일어나는 환성과 주위의 유리창을 깨버릴 듯한 박수치는 소리가 장내를 메웠다. 계단을 다 내려간 김태조는 문득 멈춰 서서 회장 안으로 통하는 문 쪽으로 시선을 보냈다. 공산당 T의 연설이 시작된 것 같으니 듣고 가라고 도요카와가 말했다. 그런데 그의 말은 김태조에게 흥이 깨진 입 발린 말로밖에 들리지 않았다. 문을 열고 회장 안의 열기에 파묻힌 T의 모습이라도 잠깐 볼까 생각했지만, 그대로 이별을 고하고 밖으로 나왔다. 나올 때 올려다 본 로비의 둥근 전기시계는 10시 5분을 가리키고 있었다. 출구의 어두운 유리문에 손수건으로 감싼 자신의 얼굴이 비치는 것을 김태조는 힐끗 보고는 시선을 돌렸다.

정면에서 불어오는 밤바람이 차가웠다. 바람이 얼굴 상처에 스며들었다. 전차는 다니고 있지만 김태조는 등불 아래에서 사람들 눈에 얼굴을 드러내고 싶지 않았다. 그래서 사철(私鐵)의 첫차가 출발하는 역인 시조오미야(四條大宮)까지 2, 30분 거리를 걸어가는 것도 마음에 걸리지 않았다.

오사카 우메다(梅田)행 사철은 구내도 차 안도 텅 비어 있었다. 김태조는 전차가 움직이기 시작하자 아픈 개처럼 긴 좌석에 몸을 눕혔다. 그리고 가만히 눈을 감고 있었다. 눕기 전에 유리창에 비쳐보니 얻어맞은 권투선수처럼 부어오른 자신의 얼굴이 보였다. 그곳에 새카만 벽이 우르르 연속적으로 떨어져 내렸다……. 김태조는 눈을 크게 떴다. 눈을 뜨고 차량의 진동에 피곤한 몸을 맡겼다. 팔베개를 한 몸이 힘없이 흔들리자, 몸 안에 있는 것이 흩어져 사방에 흩날릴 것 같았다. 그리고 검은 구름 같은 분노가 몰려들었다.

그 검은 분노가 조금 전의 뭇매질을 당한 현장을 눈앞에 재현했다. 이 무슨 일인가. 게다가 과거 두 번에 걸쳐 당한 폭력이 배후에 터무니없는 권력을 수반하고 하나가 되어 덮쳐오는 것을 참을 수 없었다. 1941년 어느 날, 협화회 훈련을 빼먹었다고 불려나가 협화회 사무소 마룻바닥 위에서 마치 통나무처럼 크게 업어치기를 당하고 흠씬 얻어맞았다. 그리고 시도 때도 없이 내선(內鮮) 담당의 특고인 구로키(黑木)의 가죽구두가 마루 위에서 뒹구는 소년의 몸과 혼을 계속 발로 차서 흙투성이로 만들었다. 올해 4월에 징병검사를 받으러 갔을 때, 턱뼈가 부러질 정도로 좌우로 두 번 뺨을 세게 맞아 코피가 튀었다. 네 이놈, 여기가 어딘 줄 아느냐! 예, 저는 충성스러운 제국신민입니다! 얼빠진 말도 안 되는 소리를 외쳤다. 코피는 조금도 무섭지 않았지만, 너무 공포에 질린 나머지 튀어나온 외침소리였다. 얼마나 바보 같은 작태인가. 전후가 된 지금, 과거에 일제를 떠받들던 그것도 같은 조선인이라는 사람들에게 또 다시 폭력을 당하다니, 이것은 도대체 어찌된 일일까? 이것이 자신 안에서 함께 폭력의 기억으로 합쳐지는 것을 김태조는 참을 수 없었다.

김태조는 얼굴의 상처가 스며드는 것을 느꼈다. 정신이 들고 보니 눈물에 젖어 있었다. 아, 나는 울고 있었구나. 어둠 속을 내달리는 텅 빈 전차 안에 자신이 누워 있었다. 병든 개처럼 홀로 누워 있는 텅 빈 전차가 어둠 속을 엄청난 강철 불꽃을 튕기면서 내달렸다. 왜 당신은 누워 있습니까? 사람들이 물어보면 뭐라고 답해야 할지 김태조는 생각에 빠졌다.

비참했다. 나는 찌부러져 있었다. 왜 나는 그들 밑에 시체처럼 누워서 비참하게 있어야 하는가. 불에 탄 폐허에서 이행자와 나눈 행위의 결과는 비참했지만, 거기에는 어둠이 없었다. 그런데 그 사실이 오히려 한층 더 비참하게 생각되었다. 이행자의 기억이 방금 전의 일과 함께 뒤엉킨 모습으로 되살아오는 것은 어째서인가?

왜 나는 밤의 전차 좌석에 혼자 찌부러져 누워 있는 것일까? 그는 중얼거렸다.


# 5

김태조는 교토에서 겪은 일을 세 번째의 폭력이라고 생각했다. 이런 말도 안 되는 일이 김태조의 몸에 일어난 것이다. 자신이 야유를 보냈기 때문에 얻어맞은 거라고 분명 알고는 있었다. 그렇다고 해서 일제강점기에 더럽혀진 그들 손에 걸려 얻어맞은 사실이 납득될 리 없었다. 그는 완고하게 자기 심정의 틀 밖으로 나가려고 하지 않았다. 그런 것은 너무 바보 같아서 웃음과 함께 눈물이 나올 정도로 충격적이었다.

이 사건이 그의 마음을 조국 귀국으로 몰아세운 것은 부정할 수 없었다. 그는 이번에 받은 타격을 가만히 참고 견뎌야 한다고 생각하는 것만으로는 버틸 수 없었다.

왜 내가 그들에게 얻어맞아야 하는가? 왜 자신이 이 땅에 있어야만 하는가? 왜 나는 독립한 조국으로 돌아가면 안 되는 것인가? 도대체 경성에서 일본으로 돌아온 것이 지금의 나를 판가름할 무슨 근거가 된다는 것인가? 무엇이 이렇게까지 나를 질책하는가? 가자. 나는 조국을 판 것이 아니다. 가자. 조국 속으로 들어가 현실 속에 자신을 맡겨보는 거다.

　물론 그가 귀국을 생각했다고 해도 그곳에 생활의 기반이 있는 것은 아니다. 그곳이 식민지에서 해방되어 이제 막 독립된 조국이기 때문에 돌아가려는 것이다. 이제와 선학원의 기 선생님을 볼 면목도 없었다. 그렇다면 어떻게 해야 하는가? 그렇다고 영원히 조국에 돌아갈 수 없는 것인가? 얇은 얼음을 밟는 것처럼 떨면서 자신의 구멍 안에 틀어박혀 있는 불안한 혼을 조국의 격동하는 현실 안으로 던져야 한다는 생각이 들었다.

　"어머니……, 이번에는 아들이 멀리 가도 많이 슬퍼하지 않으실 거죠?"

　"너는 부모 마음도 모르는 애구나. 세상에 자식이 곁에서 떠나는데 슬퍼하지 않을 부모가 어디 있겠니? 네가 하는 말은 잘 알겠다. 알고말고. 8·15 해방이 오지 않았다면 너는 일본의 병대에 붙들려가서 어떻게 됐을지 몰라."

　김태조의 어머니가 웃으며 말했다.

　"8·15 해방으로 나라도 되찾고, 자식도 돌아왔어……. 정말로 인간이라는 것은 살아보지 않으면 모르는 거야. 전쟁에서 죽어간 사람들만 불쌍하지."

　"안심하세요. 이번에 우리나라가 된 경성에 가는 것이니 걱정할 필요 없어요. 곧 저도 어떻게든 생활의 토대를 세울 수 있을 테고, 그럼 어머니를 경성으로 모셔갈게요. 그리고 조금 더 경성 생활이 안정되면 어떻게든 생활의 토대를 만들어 형들과 함께 조국으로 돌아가야죠……."

김태조가 다시 조국으로 돌아갈 결심을 어머니에게 말했을 때, 아들의 생각을 짐작하고 있었다는 듯이 어머니의 태도는 의외로 담담했다.

김태조는 곧 귀국준비를 시작했다. 마침 형의 지인이 3, 40톤급의 작은 어선을 한 척 입수해 그 출발이 12월 초반으로 예정되어 있었다. 그 배로 가려고 한 것은 어떻게든 연내에 조국으로 건너가 경성에서 자리를 잡고 싶은 기분이 강했기 때문이다. 8·15를 조선에서 맞이하지는 못했지만, 아쉬운 대로 1946년 해방 후 첫 신년을 조국독립을 이룬 조선에서 맞이하고 싶었다. 질질 끌고 있다가는 일본에서 그대로 맞이할지도 모른다고 생각하니 한시가 급했다.

조선의 겨울은 빨리 찾아온다. 어머니는 우선 이것을 걱정했다. 그리고 자식을 위해 빨간색과 초록색을 배합한 소박한 비단천의 새 이불을 깁기 시작했다. 그 옆에서 김태조는 책을 취사선택해서 귤 상자에 넣느라고 여념이 없었다. 전쟁이 끝나고 벽장의 고리짝 바닥에서 꺼내왔을 때 했던 생각을 새롭게 떠올리면서 조선사 관련 책을 조국에 갖고 가는 짐 상자에 넣으니 감개무량하고 또한 즐거웠다. 그중에서도 조선사학회가 편찬한 『조선사강좌』 3권은 어느 것이나 사전처럼 두꺼웠다. 이것만으로도 상당히 무거워 들어 올리자 귤 상자가 기울었다. 그 외에 『이조 오백년사』와 이것저것 해서 10권 가까이 조선사 관련 책이 있는데, 어느 것이나 조선의 독립을 주장하는 위험한 책이 아니었다. 그렇지만 해방 전에 이들을 밖에 꺼내 놓을 수 없었던 것은 조선의 역사 그 자체가 식민지 조선에 독자적인 역사가 있다는 내용이 적혀 있다는 사실 이전의 문제였다. 즉, '조선 역사'라고 하는 글자 자체가 터부시되던 시절이었다. 조선민족을 부정하는 것은 역사를 부정하는 것이고, 황국 일본사가 조선의 역사를 대체했다. 김태조는 이들 서적을 구하기 위해 열정적으로 고서점을 찾아다녔다. 특히 불에 타기 전에 니혼바시(日本橋) 근처의 고서점 거리를 돌아다니며 조선사 관련 서적을 꼼꼼히 찾아다녔다. 용돈을 아껴서 의외로 고가의 책을 손에 넣었다. 물론 이 책들을 모두 읽은 것은 아니다. 그러나 가난한 생활과 어두운 시대의 숨결 속에서 이들 서적이 조국을 향한 그의 상상력을 얼마나 해방시켜 줬던가.

아무튼 며칠간 어머니와 자식이 좁은 방에서 서로 일할 장소를 다투듯이 지냈다. 김태조가 귤 상자나 책을 아무렇게나 놔둬서 어머니는 자유롭게 이불을 기울 수가 없었다. 집 안에서는 때때로 심하게 제멋대로 행동하는 그는 이불을 그렇게 펼쳐놓으면 자신이 앉을 곳이 없다는 식으로, 자신의 이불을 기워주고 있는데도 어머니에게 불만을 이야기했다. 어머니는 어머니대로 방이 좁으니 하는 수 없지 않느냐, 네가 책을 한곳에 정리해놓지 않으니까 이렇게 된 거다, 이불을 빨리 꿰매야 한다, 언제까지나 이불만 꿰매고 있을 수는 없다면서 송곳니로 실을 뚝 끊으며 약간 정색하며 반격했다. 그러면 아들 쪽은 어떻게 된 것인지 늘 하던 버릇이 나와 별 이유도 없이 잠자코 있을 수 없게 된다. 결국 모나게 말대꾸해 버린다. 어머니는 어머니대로 또한 호들갑스럽게 탄식하며 슬픈 목소리를 내는 것이다. 너는 이제 곧 조선으로 가겠다면서 끝까지 부모한테 말대꾸하는 버릇을 고치지 않고 나를 슬프게 할 생각이냐. 예, 그렇고말고요. 내가 여기에서 사라져 조선으로 가버리면 말대답하는 미운 놈이 없어지니 얼마나 시원하시겠어요, 하면서 일부러 싫어할 말을 한다. 어머니는 마침내 울음을 터뜨릴 것처럼 너하고는 말도 하지 않겠다고 하면서 아래층 방을 이틀 정도 빌려 이불을 완성했다.

김태조는 이렇게 어머니에게 응석을 부리면서 조금 뻔뻔스럽고 그러나 평안한 기분으로 서서히 책이나 일기 등을 정리했다. 대체로 집주인 아주머니는 어머니가 이불 깁는 것을 보고, 형님, 뭘 그리 좁은 데서 옹색하게 하고 있어요, 아래층에서 하세요, 그렇게까지 해서 다 큰 자식 옆에 있을 것 없잖아요, 라고 말하곤 했다. 그의 어머니가 아래층으로 내려가지 않은 것은 딱히 주인집을 조심하는 마음에서가 아니다. 자식 옆에서 마음 가는 대로 이야기라도 하고 싶었던 것인데, 결국에는 말다툼을 하며 장소를 바꿔버렸다. 그래도 김태조는 이렇게 제멋대로 굴고 싸움이라도 할 수 있는 상대도 이제 없겠구나, 하고 내심 어머니에 대해 깊게 감사하면서 방 가득히 어질러놓은 짐 속에 털썩 주저앉았다. 그리고 『황국 이천육백년사』 등, 일찍이 관부연락선 안에서 변장하기 위한 역할을 해주고 전후에는 벽장 안에서 먼지를 뒤집어쓰고 있던 모든 책들을 다 폐기하고 필요한 것만 정성껏 짐을 쌌다.

일본에서 독립한 조국이라는 정도만 알고 있을 뿐 그 이상의 것은 몰랐지만, 김태조의 노모는 그저 이것만으로 이전보다 더 아무렇지도 않은 듯이 자식을 보내주었다. 어머니는 가까운 역까지 따라가는 것을 그만뒀다. 그 대신 현관에서 조심해서 다녀오라고 한 마디 하고는 문턱을 넘은 김에 골목 끝까지 따라와 다시 한 번 조심해서 다녀오라고 아들을 배웅했다.

배는 12월 초순 맑게 갠 어느 날 오후에 오사카 항의 덴포(天保)산 선착장을 출발했다. 다음날 밤은 시모노세키에서 하룻밤 묵고 아침 일찍 현해탄으로 나아갈 예정이었다. 작은 어선에 지나지 않았지만 돛대에는 수제 태극기를 달고 독립호라고 새로 바꾼 배이름을 일부러 한자와 조선어 두 가지로 빨간색 페인트를 사용해 분명하게 써넣었다. 작지만 조선인 배 주인의 뜻을 반영한 듯한 배에 몇 명의 귀국하는 사람들과 함께 김태조는 형의 주선으로 배를 탈 수 있었다.

지금까지 몇 번인가 현해탄을 건넜지만, 3, 40톤급의 목조선으로 선체보다 거대한 파도가 일렁이는 바다를 건너는 것은 상상만 해도 무서웠다. 실제로 현해탄에 접어들자 지금까지 평온했던 항해가 계속되기를 바라는 이른바 어딘가에서 요행을 바라는 기대가 산산이 부서지고 말았다. 겨울이라고는 해도 세토나이카이(瀬戸内海)의 햇빛에 반짝이는 밝은 바다의 파란 세계는 검고 음산한 바다에 완전히 거꾸로 뒤집혀 버렸다. 그 안에서 자신의 존재 자체가 믿을 수 없는 순간의 연속이 시작되었다. 바람과 파도에 대항하며 언제 끝날지 모르는 배의 고독한 싸움이 필사적으로 펼쳐졌다. 배가 좌우로 옆질하는 것과 앞뒤로 흔들리는 뒷질이 함께 일어난 것처럼 배는 몸부림치며 흔들리면서 자꾸만 앞쪽으로 빌딩이 쓰러지는 것처럼 파도 사이에 머리를 들이밀고 떨어졌다. 아, 모처럼 조국으로 가는 도중에 인생이 끝나고 마는 건가. 이와 같은 감개가 의외로 서서히 눈앞을 스쳐가니 이상한 일이었다. 더 이상 바다 위에서 도망칠 수 없게 된 인간의 생명이 숙명적인 것으로 느껴지는 순간이었다. 그리고 비록 생에 의미가 없다고 해도 이런 곳에서 공포에 질려 죽어야 하는 생명은 아닐 텐데, 하는 괴로운 자기변명을 뱃멀미하는 사이에 해봤다. 그런데 뱃멀미가 심해지자 자기변명은커녕 사고하는 자체가 정지해 버렸다. 배의 바닥이 수직으로 기울어 식기도 짐도 그리고 사람들도 고정되지 않은 모든 것이 있던 장소에서 내던져졌다. 삐걱삐걱 들보가 삐걱거리며 비명을 지르고 사람들은 그 지옥의 목소리에 귀를 막았다. 금방이라도 못이 쑥 빠져 배가 산산조각으로 해체되기 직전의 순간의 연속이었다. 아니, 설마 가라앉지는 않겠지. 실제로 가라앉지 않고 있으니 그렇게 생각하는 것이다. 지금 설마 가라앉지는 않겠지. 이 순간을 넘기기만 하면 우리 목숨은 구제되는 것이다. 검은 구름을 드리운 험악한 하늘이 바다를 스칠 정도로 아슬아슬하게 덮으면서 달려, 구름이 갈기갈기 찢겨 흩어졌다. 밤처럼 어두운 바다 위에서 빛나는 것이라곤 하늘을 발로 차면서 선체를 두들기는 성난 흰 파도뿐이었다. 바다 위에 있는 자신의 존재조차 믿을 수 없는 순간의 연속이었다. 끝도 없고 출구도 없는 거대한 파도 사이에서 배가 계속 농락당했다. 신을 믿지 않는 김태조는 신의 이름을 부르지는 않았지만 괴로운 나머지 위액을 입에서 토해내며 몇 번이나 마음속에서 살려달라고 외쳤는지 모른다. 걱정할 것 없다. 배는 가라앉지 않도록 만들어져 있다. 이 단순한 말이 두꺼운 밧줄

같은 힘으로 몸을 묶어주는 것은 이런 때일 것이다. 이는 선장이 말한 것인데, 배의 운명을 짊어진 선장의 바닷바람에 새카맣게 그을린 얼굴이 얼마나 힘 있게 생각됐는지 모른다.

바람이 가라앉고 구름 사이로 새어나오는 은빛 햇살이 퍼져 밝게 열린 건너편에 수평선이 보였을 때의 마음은 기도에 대한 찬가이고 신을 믿지 못하는 자도 신의 은총을 찬양하는 순간이었다.

부산에서 간신히 기차를 탔다. 그것도 화물차였다. 화물차니 객차니 골라서 탈 수 있는 때가 아니었다. 연기를 뿜으며 앞으로 움직이면 그것이 기차인 것이다. 중요한 것은 거기에 탈 수만 있으면 되는 것이다. 게다가 부정기적으로 운행하고 만원이어서 한 차례 차를 보내고 나면 다음은 언제 올지 알 수 없다. 만원 승객 중에는 일본에서 온 인양자들이 많았다. 그것도 거의 징용으로 끌려가 있던 사람들이었다. 그들은 인양선을 타고 돌아왔지만, 승선지인 하카타(博多)에서는 배를 나누어 배치하는 것이 정해지지 않아 며칠이든 몇 주든 발이 묶여 마치 거지 같은 모습으로 조국에 상륙했다.

만원인데다 부정기적으로 운행하는 기차가 이번에는 만사태평하게 움직였다. 기차는 도중에 역뿐만 아니라 연선의 작은 부락을 발견하면 정차했다. 정차할 뿐만 아니라, 기관사들이 기관차에서 모습을 감추었다. 뒤숭숭한 이야기이지만, 목이 마른 기관사나 기차 보일러에 불 때는 자들이 기관차에서 내려 막걸리 한 잔 걸치기 위해 선로를 건너 가버렸다. 기관사뿐만이 아니다. 좀처럼 돌아오지 않는 기관사들의 비밀스러운 즐거움을 알아차린 승객들도

만만치 않다. 마찬가지로 화물차에서 뛰어내려 부락 안으로 사라져 갔다. 부락으로 사라진 몇 명의 승객들 그림자와 교대로 이번에는 여자나 아이가 물동이에 물을 떠 와서 사발이나 깡통 한 그릇 단위로 물을 팔았다. 여자들은 선로의 낮은 제방을 메뚜기처럼 떼 지어 올라가 열차 길이만큼 흩어져서는 있는 힘껏 소리를 지르며, 물 사이소, 물 사이소, 하고 연선의 지방 사투리로 필사적으로 외쳤다. 술도 마시지 못하고 열차, 아니 화물차 안에 머물러 있던 사람들은 기관사들을 욕하면서 그다지 깨끗하지 않은 물을 사서 마셨다. 기차가 멈출 때마다 겨울 들판에 물을 파는 여자들의 외침소리가 울리는 광경은 패전국 일본에서도 볼 수 없었던 풍경인 만큼 가슴이 아팠다.

이윽고 막걸리를 마신 기차가 김태조의 생각과 상관없이 유쾌한 노랫소리를 싣고 느릿느릿 달려갔다. 마치 가난한 악단을 태우고 달리는 넝마기차였다. 기관차에 올라탄 사람들도 절도를 지키며 밝은 목소리로 노래하면서 석탄을 통 안에 던졌다. 기차는 신음하듯 달렸다. 아니, 신음하고 있는 것은 사실은 기차만이 아니었다. 신음, 아니 침묵이, 아니, 사람들 자체가 신음하고 있었다. 바야흐로 해방의 땅을 검게 덮기 시작한 정치와 생활의 파탄에 신음했다. 악취가 스민 화물차에 마치 가축처럼 밀어 넣어도 노래를 부르는 마음은 잊지 않았다. 그렇지만 위는 굶주린 상태였다. 너덜거리는 복장에 생기 없이 마치 부랑자 같은 모습을 하고 어떤 자는 가만히 웅크린 채 민요나 유행가를 섞은 노래를 불렀다. 김태조도 무릎을 껴안은 채 거북스러운 자세로 조국 열차의 기쁨인지 슬픔인지 잘 구분되지 않는 기묘한 분위기의 노래를 가만히 듣고 있었다.

대체로 모리배들 탓이다. 민족이 독립했다고 하는데 놈들은 애국심도 뭣도 없다. 자기 혼자 돈을 벌기 위해 민족도 나라도 팔아치울 놈들이다. 8·15 직후의 경성에서 없는 것이라고는 고양이 뿔과 스님의 상투뿐이라고 하지 않던가. 풍부한 물자는 도대체 어디로 갔는가? 왜놈들이 전쟁 때문에 숨겨둔 물자는 전부 적발하지 않았는가. 그 방출된 물자는 도대체 어디로 도망갔다는 말인가? 모리배들이 쌀이나 식료품을 전부 사들여 가격을 열 배고 스무 배고 계속 올려 더 이상 어떻게 해볼 수 없을 정도로 만든 것이다. 모리배들은 이쪽이 굶고 있는데도 일본으로 밀수출을 한다는 이야기이다. 놈들이 이승만 박사의 귀국을 야단법석을 떨며 기뻐한 것은 무슨 꼴이냐? 무엇보다 이승만 박사에게 폐를 끼치는 것 아닌가? 모리배 놈들을 죽여 버리지 않으면 안 된다! 낡은 방한모를 쓴 마흔 정도의 한 남자가 얼굴이 새빨개져 술 냄새 나는 숨을 토해내며 으르댔다.

경성까지 가는 도정이 매우 길게 생각되었다. 오사카를 출발해 엿새 되는 날에 도착했다. 정상에 도달한 등산은 그때까지의 도정 자체에 가치나 의의를 찾지만, 그에 비하면 경성 도착은 앞으로의 출발에 지나지 않는다. 도착했을 때 흥분과 피로로 약간 지쳐 버렸다.

경성에 도착했을 때는 아침이었다. 전날 오후 2시 지나 간신히 부산을 출발해 열일고여덟 시간 만에 도착했다. 밤에는 전등이 없는 새카만 화물차 안에서 외투에 몸을 감싸고 무릎을 껴안은 채 잠을 청했지만 추워서 잠들 수 없었다. 결국 모자를 쓰지 않은 빡빡 깎은 머리를 마치 여자 목도리처럼 싸보았지만 마찬가지였다. 화물차 문은 잘 닫혀 있었지만 마룻바닥 곳곳이 한 자 정도 길이로 찢겨 있어 낮에는 아래 선로가 보이고 그곳으로 차가운 바람이 가차 없이 불어 닥쳤다. 그러나 추위 속에서도 피곤에 지친 몸은 이윽고 잠에 곯아 떨어졌다. 그래서 불면의 밤도 수면의 구덩이 아래를 흐르는 어둠의 세계도 상관없었다. 잠에서 깨었을 때는 벌써 아침이었다.

몸 전체에 스미는 레일소리와 함께 잠에서 깨어났을 때, 볼을 찌르는 차가운 공기가 불어와 옆의 마룻바닥이 찢긴 구멍 아래를 달리는 궤도가 새하얗게 보였다. 눈을 문지르고 잘 보니 하얗게 눈이 내려 있었다. 자갈 위를 덮고 있는 부드럽고 울퉁불퉁한 눈의 감촉을 구분할 수 있을 정도의 속력으로 기차가 달렸다. 흙탕물이나 검은 기름때에 더럽혀지고 바닥의 날카롭게 찢긴 곳을 통해 보이는 눈의 하얀색이 정신이 바짝 들 정도로 청결했다. 어쩐지 마음에 스미는 것처럼 아름다웠다. 김태조는 무릎을 세워 턱을 그 위에 올린 자세로 찢긴 구멍 아래로 하얗게 흘러가는 구름을 질리도록 바라보고 있었다. 아, 드디어 조국에 왔구나, 하는 생각이 복받쳤다. 정신이 들고 보니 밝은 화물차 안에는 이미 아침 햇살이 비스듬히 비추고 있었다. 바깥세상은 이미 눈을 뒤집어쓴 세상이었다. 사람들은 하차 준비를 했다. 다음 역은 영등포라는 안내방송이 나왔다. 영등포, 벌써 경성이다. 이윽고 한강 철교를 건너면 경성 시내이다.

그러나 겨우 찾아온 조국에서는 해방된 나라의 인간이 도시에서 거지가 되어 있었다. 또 거지로 넘치는 부산에서 출발한 마치 가축열차 같은 기차가 사람들을 부랑자처럼 실어 나르고 있는 것이 현실이었다. 부산에서 경성까지 가는 화물열차 안에는 비록 전후의 혼란기라고는 해도 신생 독립국을 달리는 기차 안이라고는 도저히 생각할 수 없을 정도였다. 물론 김태조도 일본의 지배에서 해방된 순간 그곳이 바로 낙원으로 될 것이라고 생각했던 것은 아니다. 그러나 아무리 그렇다 해도 해방된 조국에 약간 달콤한 꿈을 너무 꾸고 있었다는 사실을 비로소 깨달았다.

개찰구를 나와 검은 트렁크를 역에 맡기고 몸을 가볍게 하고 나니, 김태조는 갑자기 공복과 추위가 겹쳐 피곤하고 현기증이 일었다. 눈에 반사된 하얀 눈빛 탓인지도 모른다. 아니, 역의 구내에 메아리치는 사람들의 싸움 소리나 역 앞을 흘러가는 사람들의 개방적인 술렁거림 탓일지도 모른다. 도로나 지붕에 남은 눈, 살을 에는 듯한 공기, 잘 닦인 유리창처럼 차갑고 투명한 파란 하늘. 아, 이곳이 조국이다. 여기는 일본이 아니라 신생 독립의 내 조국이다. 이런 생각이 새로운 힘을 몸에 불어넣었다. 김태조는 경성의 현관에서 기 선생님의 약간 경련된 듯이 미소를 흘리는 얼굴을 떠올리며 눈앞을 흘러가는 사람들의 얼굴, 얼굴, 얼굴을 바라보고 있었다. 지금 조국으로 돌아왔다고 선학원으로 즉시 전화를 해볼까? 아니야. 그보다는 큰 소리로 야단을 맞아도 직접 찾아뵈러 가자. 그러기 위해서는 우선 배를 채워야 한다.

외투 깃을 세운 김태조는 붐비는 사람들 속을 빠져나와 전차 길을 건너 눈이 얼어붙은 완만한 언덕길을 남대문 쪽을 향해 걸었다. 길이 미끄러워 자꾸만 뒤쪽으로 미끄러져 내려갔다. 어딘가에서 연기가 피어올라 눈에 스몄다. 바라보니 찻길 끝에서 실업자처럼 보이는 무리들이 모닥불을 둘러싸고 신문을 펼쳐들고 있었다. 다시 발밑이 미끄러졌다. 그중 한 사람이 넘어질 듯한 순간의 김태조를 바라보며 풋 하고 하얀 숨을 내쉬며 웃었다. 그는 곧 그 옆을 얌전한 얼굴로 통과했다. 그들이 어떤 사람들이든 무서운 권력을 배후에 가진 일본의 관헌이 아닌 것은 확실하다. '일본인'이 아니라는 사실이 얼마나 멋진 일인가! 인도 오른쪽에 처마를 나란히 하고 늘어선 대중식당이 있어서 그중 하나인 간이식당으로 머리를 들이밀며 그는 생각했다. 왜나막신을 신고 대로를 활보하던 일본인 모습이 보이지 않는다는 사실이 얼마나 멋진 일인가. 쇠솥에서 뭉게뭉게 피어오르는 김이 가게 안을 따뜻하게 느끼게 했다. 아무런 장식이 없고 면류만 파는 가게였다. 큰 사발에 가득 담아준 뜨거운 면을 사람들이 선 채로 맛있게 후루룩 먹고 있었다. 가게 안을 메운 사람들 모두가 지게를 옆에 세워놓은 하역부로, 보면 바로 알 수 있는 옥외 노무자들이었다. 그리고 행상인 듯한 중년의 여자, 혹은 실업자들이었다. 사람들은 그저 자신만을 위해서 식사를 하고 있었다. 아니, 연명하기 위해서 먹고 있는 듯한 그 절실한 모습이 고독하게 보였다. 김태조도 별반 다르지 않았다. 그는 큰 사발을 양손으로 들기도 하고 좁은 탁자 위에 내려놓기도 하면서 되살아난 기분으로 뜨거운 국물을 위 속으로 흘려보내 깊은 속까지 차가워진 몸이 풀려가는 것을 느꼈다. 그러나 그는 어떻게 된 영문인지 서로 그저 고독한 모습으로 먹고 있을 수밖에 없는 제각기 뿔뿔이 앉아 있는 사람들이 조선어로 웅성거리며 복닥거리고 있는 감각 속에서 누구에게랄 것 없이 감사하는 기분이 솟구쳤다. 코가 찡 하고 울리고 눈가가 뜨거워졌다. 그는 부끄러운 생각으로 식어가는 얼마 남지 않은 면을 입 안으로 쓸어 넣었다.

분명 조선은 해방된 나라인데, 사람들의 생활이 비참한 지경에서 조금도 구제받지 못한 상태였다. 38도선으로 동체가 남북으로 나뉘어, 남쪽은 미군정하에 들어갔고 9월에 창건 선언을 한 조선인민공화국이 해산되었다. 김태조가 여행하는 도중에 눈으로 본 것만으로도 조국의 모습은 폐허로 변한 일본과 별반 다르지 않을 뿐만 아니라, 오히려 더 심하다고 말할 수 있는 상태였다. 이것이 해방된 조국이란 말인가! 솔직히 말해 부산에 상륙해서 기차에 올라탔을 때 벌써 그런 느낌이 들었다. 아니, 경성에 도착한 순간 역시 그 느낌은 달라지지 않았다. 이것이 바로 조국에 대한 첫인상이었다. 현실은 독립된 조국을 너무 미화한 그의 공상을 무너뜨리는 데 충분한 힘을 갖고 있었다.

그러나 조국의 비참한 현실을 다시 깨는 것이 이 나라에는 있다고 생각되었다. 거리 모퉁이마다 보이는 태극기는 이 나라에서 몇십 년 만에 볼 수 있는 광경이었다. 역전의 노동조합 관련 민주단체의 건물 위에 펄럭이는 붉은 깃발, 거리를 오가는 사람들의 밝은 표정에는 일제의 총검하에서 일종의 식민지인 내부에 깃들어 있던 험악함이 보이지 않았다. 그런 것은 어딘가로 싹 사라지고

8·15 이전에는 볼 수 없었던 해방된 자유가 있었다. 웃으면 사람들은 입만 움직이는 것이 아니라 눈도 함께 편안하게 웃고 있었다. 경성 시내에는 적어도 동물적인 감각으로 대해야 했던 험악한 총검의 빛이 서린 긴장된 공기가 없었다. 봄이 오면 봄바람은 가로막히지 않고 부드럽게 경성 시내를 어루만져줄 것이다. 봄은 다시 얼어붙는 일은 없을 것이다. 그리고 눈이 녹아 물이 작은 흐름이 되어 반짝이며 금빛으로 흔들리는 햇빛도 8·15 이전과는 다른 의미를 갖고 있었다.

이렇게 상쾌한 생각을 하며 배를 채우고 났더니 금세 기운이 솟았다. 김태조는 큰 소리로 야단맞을 각오를 하고 안국동의 선학원으로 향했다. 기 선생님을 만나야 한다. 조국에 왔다는 기분이 들어서인지 이상하게 일본에서 끙끙거렸던 생각은 사라졌다. 우선 무엇보다도 귀국 인사를 해야 하는데, 경성에서는 그곳을 빼고는 갈 곳이 없었다.

그는 조선인 운전수가 운전하는 전차를 탔다. 해방 후 처음으로 타는 전차에 타는 기분을 맛보는 느긋한 기분을 즐기고 있을 여유가 없었다. 선학원 문을 두드린 후에 기 선생님과 만날 장면을 상상하니 긴장되는 것이 사실이었다. 당연한 일이지만 차장이 역 이름을 본정(本町), 황금정(黃金町)이라고 부르고, 또 종로라고 불렀다. 그렇다, 정(町)이라는 호칭도, 또 혼초 등의 일본식 이름도 머지않아 없어질 것이다. 그리고 '쇼로'가 아니라 '종로'인 것이다. 물론 조선인은 일반적으로 황국신민주의자가 아닌 이상, 옛날부터 종로라고 불러왔다. 그러나 처음으로 듣는 차장의 안내방송이 마치 신선한 울림으로 귀에 날아 들어오는 것 같았다. 김태조는 허둥지둥 종로 교차로에서 전차를 뛰어내렸다.

그는 교차로를 건너 막 개점한 화신백화점 옆에 아직 해가 비추지 않은 얼어붙은 길을 걸어가며 길을 헤매었다. 기 선생님과 만났을 때 무슨 말을 해야 할지 명확히 생각이 정리될 때까지 어디든 어슬렁거려볼까도 생각했다. 그러나 곧 이렇다 할 생각이 정리될 리가 없다. 현실적으로 절의 문을 두드려서 기 선생님이 나오면 만나는 수밖에 없다. 다녀왔습니다, 하고 인사하며 있는 그대로의 모습으로 임하는 외에는 방법이 없었다.

그런데 절의 문을 두드리고 쪽문이 열린 순간, 모처럼 했던 고생도 무참히 종잇조각처럼 쓸모없어졌다. 절의 분위기가 변해 있었다. 무엇보다도 쪽문을 열고 나온 사람이 자신과 동년배의 스무 살 정도 되어 보이는 젊은 승려여서 놀랐다. 아니, 뭐 그리 놀랄 정도의 일은 아니다. 그렇지만 그의 출현이 의외였던 것은 김태조가 그때 이미 공상 속에 빠져 있었기 때문이다. 올해 이른 봄에 여행객으로 이 절의 문을 두드렸을 때 쪽문 안에서 나와 맞이해준 사람은 기 선생님이었다. 절까지 찾아가는 도중에 김태조의 공상은 어느새 그때의 장면을 연결 짓고 있었던 것이다.

"기석구(奇錫九) 선생님 계십니까?"

수도승 같은 엄격한 태도로 쌍꺼풀눈이 빛나는 젊은 승려가 기 선생님이 없다고 대답했다. 어디에 가셨느냐고 물어보자, 누구냐고 되물었다. 김태조는 어눌한 조선어로 대답했다. 경성을 잘 모르는 청년이 일제 강점기에 기 선생님의 보살핌을 받아 이곳에 살

왔던 것과 일본에서 지금 찾아온 사실 등을 알리자 젊은 승려는 안으로 안내해 주었다.

"기석구 선생님은 지금은 절과 관계가 없으십니다."

젊은 승려는 벽을 따라 이전에 김태조가 있었던 방이 있던 사무소 건물 쪽으로 돌면서 표정 없는 담담한 목소리로 말했다. 건물 앞 경내는 아직 눈이 녹지 않은 상태였다. 오른쪽 비스듬한 곳에 경내를 마주하고 있는 본당 건물이 무표정하게 서 있었다. 느티나무 거목이 주위를 그늘지게 하면서 서 있었다. 고요했다. 기 선생님이 이제 절과 관계가 없다니 무슨 말인가? 얼음처럼 단단해진 눈을 밟으며 김태조는 현기증이 일 것 같은 충격을 느꼈다. 젊은 승려가 말한, 기석구 선생님이 이제 절과는 관계가 없다는 말이 무슨 의미인지 알 수 없었다. 그렇다면 주지인 유대현(柳大鉉) 선생님은 계시냐고 물었다. 젊은 승려는 고무신을 벗고 먼저 사무소 쪽으로 올라가며, 주지 스님은 부재중이라고 대답하며 김태조에게 들어오라고 권했다. 김태조는 갑자기 불안에 휩싸여 그간의 사정을 알고 있을지도 모를 밥 짓던 동자 삼식이를 찾았으나, 그도 역시 이곳에 없었다. 김태조는 이마에서 식은땀이 흘러내렸다. 상황 판단이 잘 안 된 채로, 뭔가 정신이 번쩍 뜨이는 사태에 직면한 기분이 들었다.

젊은 승려는 친절했지만 불필요한 말은 하지 않았다. 첫 대면이라서 그럴 거라고 생각은 하면서도, 태도는 의외로 친절한데 말을 아끼는 것을 보면 성격인지도 모른다. 이 승려는 화로에 끓고 있는 주전자를 들어내고 뜨거운 보리차를 끓여주면서 자신이 먼저 말을 걸지는 않았다. 예를 들면 일본의 전후 상태가 어떤지 정도의 질문은 시간을 때우기 위해서라도 할 법한데, 그는 말을 아꼈다. 젊은 승려는 압박감으로 김태조가 점점 숨쉬기 힘들어질 정도로 입을 다물고 화로 건너편에 앉아 있었다. 물론 여러 가지로 질문을 해도 부자연스러운 자신의 조선어 실력으로 대응해야 하는 상황을 생각하면 김태조 역시 그와 대화를 나누는 것은 괴로운 일이지만, 그래도 침묵보다는 나을 것 같았다. 게다가 건방지게 같은 또래의 이 젊은 승려가 태연하게 자신을 관찰하고 있는 것 같아 더 힘들었다.

이윽고 젊은 승려는 깊이 생각에 잠겨 있다 일어서서, 벗은 외투를 의자에 앉은 무릎 위에 올려놓고 어찌해야 할지 모르고 있는 김태조 앞에서 기 선생님에게 전화를 했다. 김태조가 연락할 방법이 없는지 부탁했기 때문이다.

기 선생님이 전화를 받은 모양이었다. 기둥에 설치한 갈색 전화박스의 수화기를 귀에 바싹 대고 젊은 승려는 스승에게 대하듯이 황송해하는 모습으로 이야기를 했다. 도중에 자기를 바꿔줄 것으로 내심 기대하고 있던 김태조는 철컥 하는 소리와 함께 수화기를 내려놓는 것을 보고 뭔가 절망적인 쓸쓸함에 마음이 순간적으로 어두워졌다.

전화로 용건을 끝낸 승려는 수화기 건너편의 기 선생님께 간단히 인사를 하고 자리로 돌아왔다. 기 선생님이 매우 기뻐하고 계신다고 하면서 그제야 비로소 웃음을 보이며 말했다. 김태조는 순간 어안이 벙벙해져 이두웠던 얼굴이 금세 아이처럼 펴졌다.

"당(黨) 쪽으로 와달라고 하십니다."

젊은 승려가 말했다.

"당?"

김태조는 자신도 모르게 고개를 흔들며 말했다.

"당이라고 하는 것은 정당의 당을 말하는 겁니까?"

"예, 인민당을 말하는 겁니다. 가는 방법을 알려드리겠습니다. 종로니까 여기에서 멀지 않습니다."

"인민당? …… 기석구 선생님이 그 인민당에서 뭘 하고 계십니까?"

"당의 조직부장을 하고 있습니다."

"조직부장?"

정말로 이해할 수 없는 말이었다. 조직부장? ……그는 반복해서 중얼거렸다. 이해할 수 없다기보다 김태조가 알고 있던 기석구라는 인물과 인민당 조직부장이 같은 사람이라는 것이 현실적으로 믿어지지 않았다. 그의 내면에 살아있는 기석구 선생님은 경성을 떠나 일본으로 갔던 반 년 전까지 선사(禪寺)의 승려였다. 그런데 왜……? 이런 말도 안 되는 이야기는 없을 것이다. 기 선생님은 지금 절과는 관계없이 지내고 계십니다…… 조직부장…… 승려를 그만두고 인민당의 조직부장이 됐다는 말인가? 승려가 바로 정당의 간부가 될 수 있는가? 김태조는 알 수 없는 뭔가가 자신이 모르는 곳에서 맹렬한 기세로 빙빙 돌고 있는 듯한 느낌이 들었다.

"기 선생님은 도대체 무엇을 하는 분입니까?"

김태조는 현기증을 느끼며 물어봤다. 그리고 순간, 이런 질문은 좋지 않은 말투라는 생각이 들었다.

"뭘 하는 사람이라뇨? 설마 살생을 하는 사람은 아니겠죠? 그런 말투는 좋지 않습니다."

젊은 승려는 김태조를 똑바로 쳐다보면서 바로 대답했다. 웃으면서 한 이야기는 그가 처음으로 한 농담이었다. 아니, 빈정거리는 말인지도 모른다.

"기석구 선생님은 혁명가입니다. 일제시대에는 중국이나 국내에서 지하생활을 하신 분이고요."

"아, 실례했습니다."

아, 실례했습니다. 이 얼마나 비참한 말인가. 누구에 대해 실례하고, 누구에게 사죄하고 있는가? 도대체 이 젊은 승려는 어떤 자인가? 혁명가인가? 혁명가! 지하생활……. 김태조는 눈앞에 있는 상대방에게 꽉 눌려있는 듯한 자신을 느꼈다. 눈앞의 공간이 서서히 흔들리고 상대방이 꽉꽉 압박해오는 것 같았다. 그가 한결같이 추구해왔다고 생각한 조국이 그와 관계없는 곳에서, 더욱 깊은 곳에서 딱딱하고 견고한 등껍질 저 안쪽에서 움직이고 있었다. 그가 알 수 없는 힘에 의해 움직이고 있었다. 김태조는 아무것도 모르면서 혼자 우쭐해져 있었던 것이다. 게다가 아무것도 모른 채 홀로 남겨졌다는 자각이 더욱 그를 안절부절 못하게 만들었다. 지하생활, 조국. 조국……. 아, 혁명가가 몰려온다. 뒷걸음질 치지 못하게 몰려오고 있다. 아, 실례했습니다. 몇 번이나 사죄하게끔 하면서 몰려오고 있다. 아, 실례했습니다. 아, 기 선생님, 실례했습니다. 벽이, 검고 두꺼운 벽이 몰려온다. ……젊은 승려가 눈앞에 앉아 있었다. 아니, 어느새 노승으로 변해 있었다. 자신은 억눌리고 빈혈을 일으킬 것처럼 현기증이 이는 가운데 작은 소인이 되어버린 것을 느꼈다. 노승의, 아니 혁명가의 무릎 위에 자신이 새우처럼 등을 구부리고 누워 있는 것을 느꼈다. 아니, 아니야. 혁명가의 큰 손이 추하고 괴이한 주름투성이의 소인을 잡아 누르는 것 같았다. 종이인형처럼 짓눌려 버릴 것이다. 몇 개인가 벽이 연속적으로 그것도 한 번에 뭉친 강력한 힘이 되어 떨어졌다. 나는 찌부러진다. 찌부러진다. 혁명가, 조국, 혁명가, 조국, 저엉 저엉. 고막 바로 옆에서 저엉 저엉, 혁명가, 혁명가! 조국, 조국! 징소리가 울렸다. 저엉, 저엉…….

김태조는 눈을 잠시 감고 현기증을 떨쳐냈다. 이윽고 겨우 일어나서 가는 길을 가르쳐달라고 했다. 사실은 길이 문제가 아니었다. 길을 따라 가서 기 선생님과 만나기 전에, 이미 혁명가의 큰 손의 일격을 받아 전신이 박살나서 일어서는 것조차 불안정했다.

"안색이 좋지 않아 보입니다만, 괜찮으세요?"

함께 자리에서 일어선 젊은 승려가 길을 가르쳐주기 전에 걱정스럽다는 듯이 상냥하게 말했다.

"괜찮습니다. 조금 피곤할 뿐입니다."

누군가에게 밀려서 경내에 굴러 떨어지기 전에 스스로 이곳을 나가야 한다. 땀이 이마를 서늘하게 적셨다. 땀이 부끄러웠다. 다시 이곳에서 살아보려고 가볍게 생각하고 온 자신이 부끄러웠다. 기 선생님의 정체를 모르고 대해 온 자신이 부끄러웠다. 이 절 건물을 나가야 한다. 어디로 가야 하나? 주전자가 다시 슈숫 하고 물이 끓기 시작해 뚜껑이 덜덜 울렸다. 김태조는 재촉당하는 느낌이었다. 아, 이 얼마나 비루한 거지 근성인가. 싫다, 싫다, 자신이 싫다. 혁명가, 혁명가, 조국, 조국, 저엉 저엉, 빛이 들어가지 않는 귓구멍의 깊숙한 안쪽에서 저엉 저엉 하고 징소리가 울렸다. 저엉 저엉, 부웅 부웅, 하며 기분 나쁜 귀울음이 연속해서 들리고 머릿속을 두드려 두통을 불러일으켰다. 감기에 걸린 것 같았다.

김태조는 쫓기듯, 아니 밖에서 끌어내기라도 한 것처럼 절 문을 나왔다. 인민당 사무소는 안국동 입구에서 조금 전에 걸어온 화신백화점 옆 도로를 돌아가는 것이 아니라, 비스듬하게 종로 거리쪽으로 파고다공원을 빠져나가는 길로 가면 됐다. 도중에 고서점 거리가 있는 근방이다.

목조 2층 건물로 창이 많았다. 건물 현관이 넓었다. 이전에는 무엇에 사용된 건물일까? 마치 소학교 교정의 건물 일부를 떼어낸 듯한 모습으로 서 있었다. 일본인 관련한 뭔가 사무소였던 것을 접수한 것인지도 모른다. 김태조는 부질없는 생각을 하면서 많은 사람들이 출입하는 곳을 겁내는 사람처럼 현관 옆에 잠시 멍하니 서 있었다. 그중에서도 청년들이 눈에 띄었다. 빡빡 깎은 머리를 한기에 드러낸 채 자신과 동년배 정도로 생각되는 자가 중절모나 사냥모자를 깊숙이 눌러쓴 모습이 제법 보기 좋아 보였다. 그리고 밝은 눈길을 밟고 마치 하얀 통처럼 숨을 내쉬는 표정이 자신감에 넘쳐 있었다. 거기에는 사람이 하고 싶은 일을 할 때의 자신감이 뒷받침된 여유로운 분위기가 있었다. 이전에 교토에서 보안대 무리에게 당했던 사위스러운 밤의 분위기와는 다른, 뭔가 안정된 본국인의 자부심 같은 것이 보였다. 김태조는 이들이 부러웠다.

이윽고 현관의 접수대를 통과해 2층에서 27, 8세의 젊은 남자가 내려왔다. 거무스름한 낯빛에 날카로운 눈빛이 두드러진 훌륭한 체격을 한 키가 큰 남자였다. 그가 어서 오라고 하면서 2층으로 안내했다. 이곳은 복도를 방 두 칸 정도 지난 곳에 있는 건물 안쪽의 한 평 남짓한 작은 방으로, 책상과 낡은 소파가 있을 뿐이었다. 응접실에 사람들이 있으므로 잠시 이곳에서 기다려달라고 남자가 말했다. 창이 없어 음산하고 오두막 같은 방에 갇혀 있느니 복도에서 기다리는 편이 나을 것 같았다. 그러나 시키는 대로 해야 할 것이다. 무엇보다도 조금 전부터 길을 걸어도 계속 뭔가에 눌려있는 듯한 강한 맞바람 속을 걸어가는 듯한 압박감에서 도망칠 수 없었다. 그리고 당연한 일이지만 이 키 큰 남자가 조선어를 잘하는 대장부라는 사실이 또다시 자신을 눌러오는 듯한 압박감을 느꼈다. 아, 눌리고 눌려서…… 김태조는 불기가 없는 차가운 방 안으로 …… 눌리고 눌려서 잠자코 들어갔다.

혁명가, 혁명가, 지하활동…… 김태조는 이 건물 안에 있는 기선생님의 모습을 아무래도 상상할 수 없었다. 선학원의 젊은 승려가 말한 혁명가 기석구의 모습을 열심히 틀에 맞춰보려고 했지만, 그의 상상력의 촉수에 걸리지 않았다. 다시 한 번 묻겠는데, 금강산에 가지 않겠나? 금강산 깊은 곳의 계곡에 절이 있으니 그곳에 들어가 있으면 되네, 그곳은 징병 통지도 배달되지 않고 누구의 눈에도 띄지 않으니, 그곳에 몸을 숨기고 우선 건강을 회복하게, 때가 되면 이쪽에서 연락하겠네……. 그리고 주지인 유대현도 말했었다. ……금강에도 곳곳에 몇 명인가 젊은 청년들이 있다, 뜻을 세운 사람들이다, 많은 것을 말할 수는 없지만 이 시기에 일본으로 건너가는 것은 목숨을 버리러 가는 꼴이다.

이제야 비로소 그때 들었던 이런 말들이 갖는 강렬한 메시지가 몸을 때렸다. 김태조는 비로소 이 말들을 자신의 말로 중얼거렸다. 통렬한 회한을 수반하면서 두 사람 앞에 엎드려 사죄하고 싶은 기분이 밀려 올라왔다. 스스로 중얼거려본 말이 채찍이 되어 자신을 내리쳤다. 그렇다, 껍질이 벗겨지고 살이 튀어나와도 좋으니까 채찍을 내리쳐라. 아, 채찍을 내리쳐라! 얼굴을 파묻고 단단히 죄고 있던 양손을 내렸다. 김태조는 벽의 기둥을 쓸어내리며 그곳에 이마를 부딪쳤다. 쿵! 다시 한 번 부딪쳤다.

아, 그렇지, 그렇고말고. 많은 것을 말할 수 없었을 것이다. 어떻게 말하겠는가. 많은 것을 말하지 않아도 그것을, 배후에 있는 의지를 어째서 너는 알아차리지 못했느냐. 때가 오면 이쪽에서 연락하겠다……. 몇 명인가 뜻을 세운 젊은 사람들이 있다……. 이 말은 지하생활자의 말로, 극도로 응축되어 절약된 말이다. 상대방의 무지에 대해 절망적으로 분노하며 일러준 말이었는데, 너는 그걸 몰랐던 것이다. 때가 오면……. 그 때가, '8·15'가 두 사람의 눈에는 확실히 보였던 것이다. 그것을 자신은 몰랐다. 주지를 포함해 선사 자체가 지하활동의 아지트였다는 사실을 그곳에서 지낸 자신은 전혀 몰랐다. 더욱이 천 근의 무게를 지닌 말을 뿌리치고 일본으로 다시 돌아간 것이다……. 그리고 한 달도 채 안 되어 패전……. 쿵! 기둥에 이마를 부딪쳤다. 아프다, 아프다. 아, 꼴좋다! 조국으로 돌아온 지금, 기 선생님은 승려가 아니라 혁명가, 혁명가였다니……. 나는 얼마나 무지했던가. 그때 거의 절에 있지 않았던 기 선생님이 지하활동의 투사였다니!

이러한 상상, 아니 사실이 갖는 무게에 김태조는 견딜 수 있는 허리의 힘을 갖고 있지 못했다. 더 이상 견디지 못하고 이젠 틀렸다는 무력감이 천천히 전신을 돌아 발쪽으로 내려갔다.

김태조는 기둥에 이마를 부딪친 채 눈을 감았다. 도대체 나는 지금까지 무엇을 해온 것일까. 분명 너는 청결했다. 그러나 그저 그것뿐이지 않느냐. 너는 아무것도 하지 않은 것이다. 중국으로 망명하겠다는 치기어린 공상, 그것도 도중에 포기하고 일본으로 돌아가 버린 녀석이 다시 뻔뻔스럽게 찾아온 것이다. 도대체 너는 무엇을 한 것이냐!

김태조는 기둥을 등 뒤로 하고 잠시 기대고 있었다. 그리고 어슴푸레한 빛 속으로 붉은 소파가 보여 다가가 앉았다가 놀라서 일어섰다. 낡은 소파는 노란색 짚이 삐져나와 있었는데, 스프링이 망가졌는지 푹 하고 엉덩이가 꺼져 들어가 몸이 순간 나락에 떨어져 끌려가는 듯한 공포에 휩싸였다. 그는 천천히 소파 가장자리에 양손을 짚고 조심조심 다시 앉아 보았다. 몸이 가라앉는 듯한 감각과 함께 부르릉 부르릉 붕 하고 벌레 날개소리가 귓가에 울렸다. 머릿속을 뭔가 나선형의 벌레가 달려가 그것이 순간 편두통을 불러일으켰다. 제기랄. 감기라도 걸린 건가 생각하면서 가만히 눈을 감고 귀가 울리는 것을 눌러 가라앉혔다. 이윽고 벌레 날개소리의 귀울음이 사라진 후에 마치 몽환처럼 흔들흔들 공중에 매달려 자신의 주위를 돌아다니는 달밤의 폐허에서 조소하던 목소리가 되살아났다. 이미 열린 채로 지열이 식지 않은 대지에서 천천히 몸부림치며 흔들리던 당당한 육체를 가진 이행자가 조소하던 목소리. ……문득 코를 간질이는 폐허 속 공기의 흔들림, 아니 그렇지 않다. 김태조는 무의식적으로 소파의 붉은색 천에 뚫린 손바닥만큼 찢긴 곳을 통해 짚 내부로 왼손 손가락을 집어넣어 짚을 만지작거렸다. 그곳에서 피어오르는 먼지 낀 마른 풀냄새가 콧구멍에서 흔들렸다. 땀이 밴 풀냄새, 불에 탄 폐허에 아이 키만큼 자란 잡초에서 나오는 냄새였다. 왜 소파의 짚더미에서 불에 탄 폐허의 냄새가 피어오르고 있는지 그는 알 수 없었다.

그저 김태조는 승려가 아닌 기 선생님의 존재를 인정함으로써 완전히 무력화된 자신을 느꼈다. 지금이다. 설령 현실적으로 기 선생님과 만나지 못한다 해도 그가 승려가 아닌 것은 분명하다. 김태조의 내면에서 이미지화되어 있던 이전의 기 선생님과 분리된 완전히 별개의 인간이 기석구라는 같은 이름을 갖고 있는 사람이 이 건물 공간의 어딘가에 있는 것이다. 조금 전 선학원 사무실에서 눌리고 눌려서 종이인형처럼 몹시 구겨져 찌부러진 김태조에게 혁명가 기석구라는 존재의 압도적인 느낌이 하나가 되어 이중으로 김태조를 때려 눕혔다. 기 선생님의 압도적인 존재감이 김태조의 존재를 근저에서 뒤집어 버렸다.

김태조는 생각했다. 아, 나는 완전히 찌부러졌구나. 완전히 충격적이었다. 실제로 지금까지 세 번에 걸친 폭력이 그의 육체에 가해졌다. 이는 땅에 내팽개칠 수는 있어도 그 존재를 부정하는 것은 불가능했다. 그러나 기석구가 혁명운동의 늙은 투사였다는 사실이 갖는 충격적인 힘에는 김태조의 존재조차 부정하는 힘이 있었다. 그 앞에서는 그가 지금까지 가져온 스스로의 정당성의 근거가 부질없이 무너져 버렸다. 도대체 너는 무엇을 한 것이냐!

방을 안내해준 키 큰 남자가 다시 왔을 때 김태조는 반시간 채 안 되는 짧은 사이에 뭔가 하나의 인생의 큰 경험을 한 것 같았다. 그는 남자를 따라 오두막 같은 방을 나왔다. 손목시계를 차고 있지 않아서 정확히 반 시간인지 아닌지 잘 몰랐다. 그러나 기다리는 시간이 길다는 생각은 조금도 들지 않았다. 그는 뭔가 실험하기 위해 상자에 넣어두었던 것을 지금 뚜껑을 열고 다 꺼내놓은 듯한 모습으로 방을 나왔다.

그는 계단 옆의 응접실에 갈 때까지 심장이 세게 죄는 듯한 기분이었다. 이것만으로도 푹 하고 몸이 피곤해진 것처럼 괴로웠다.

외투를 벗고 '국민복' 차림이 된 그는 응접실로 들어갈 때 발이 붕 떠 있는 것 같고 마루를 밟고 있는 감각이 없었다. 그가 방으로 들어가자 먼저 들어간 키 큰 남자가 방 밖으로 나갔다. 그와 동시에 기 선생님이 의자에서 일어났다. 방 안은 스토브 열로 팽창한 공기층이 느껴질 정도로 따뜻했다.

"조국으로 돌아왔습니다."

김태조는 네다섯 평의 그다지 넓지 않은 소박한 방의 한가운데까지 걸어가 고개를 깊게 숙였다. 고개를 숙인 채 몸이 굳어져 좀처럼 고개를 들 수 없었다.

큰 소리로 야단맞을 것을 각오한 그의 머리 위로 기 선생님의 목소리가 들렸다.

"음, 잘 돌아왔네, 잘 돌아왔어."

기 선생님은 미소를 머금고 반겨 주었다. 기석구는 그윽한 인품이 깃든 눈을 주름 사이로 내보이며, 몇 번이고 고개를 끄덕이면서 간신히 고개를 든 김태조의 어깨를 따뜻하게 어루만졌다.

큰 소리로 꾸지람을 들을 거라고 생각하고 있었는데, 이것은 김태조가 멋대로 생각한 공상에 지나지 않았다. 그는 갑자기 맥이 빠진 자신을 느끼면서 뭔가 계속해서 이야기하려고 했던 말이 나오지 않았다. 갑자기 감정이 고양되어 중요한 이야기가 계속 달아나 버리는 것 같았다. 일단 말을 해버리면 자신이 무너질 것 같았다. 그래서 권해주는 대로 테이블을 사이에 놓고 안락의자에 앉으면서 패기 없이 눈물이라도 흐를까봐 억누르고 있을 뿐이었다.

그는 갑자기 근육이 이완된 듯한 뭔가 비현실적인 기분이 되어 기 선생님을 보고 있는 자신을 느꼈다. 분명 회색 양복에 같은 계통의 색을 한 넥타이를 매고 기 선생님이 자신 앞에 앉아 있었다. 반백의 짧은 머리카락, 바깥쪽으로 젖혀진 큰 귀, 일그러진 입가에 여전히 조금 경련된 듯한 미소를 띠면서 갸름한 얼굴의 기 선생님이 똑바로 앉아서 자신을 보고 있었다.

그러나 이상하다. 잘못되지 않았는가. 눈앞에 있는 사람은 자신이 알고 있는 승려 기석구 선생님이었다. 혁명가 기석구 선생님이라는 사람은 그와는 다르지 않은가? 뭔가 눈부신 것을 올려다보는 이상한 기분이 들어 새삼 그의 모습을 바라보니, 그렇게 상상 속에서 자신을 공격하고 누르고 한결같이 무력감에 몰아넣은 혁명가의 존재가 아니라, 예전과 다르지 않은 승려 기 선생님 바로 그분이었다. 이것은 어떻게 된 일일까? 김태조는 자신의 존재를 누르고 괴롭혀온 지금까지의 압박감이 일시에 사라지는 것을 느꼈다. 승려가 아닌 혁명가 본인을 눈앞에서 보고 있는 지금, 혁명가의 이미지가 사라져 버리는 것은 왜일까?

"식사는 했는가?"

"예, 하고 왔습니다."

"어디에서 먹었는가?"

"남대문 앞에 대중식당이 많이 늘어서 있는 곳에서 먹었습니다."

"무엇을 먹었는가?"

"국밥을 먹었습니다."

"그렇다면 배가 고플 때가 됐군. 음, 점심은 나랑 함께 하세."

기 선생님이 자리에서 일어섰다.

김태조는 공복을 느끼고 있지는 않았지만 기 선생님의 말에 이끌려 응했다. 사각 벽시계가 벌써 12시에 가까웠다. 문득 12시에 묵도하던 예전 생각이 나서 살짝 웃음이 나왔다.

"뭘 혼자서 웃고 있는가?"

기 선생님이 물었다. 그리고 자신도 입가를 일그러뜨리며 웃었다. 밝은 웃음이었다.

"아, 맞다. 자네가 발진티푸스에 걸렸을 때 찾아간 혜인의원 기억하고 있나?"

"예."

"지금 박 군이 사무소에 와 있어서 자네가 돌아온 이야기를 했더니 반가워하더군. 곧 이쪽으로 올 걸세."

기 선생님은 김태조에게 잠시 기다리라고 말하고 방을 나갔다.

혜인의원의 박 선생님이……. 크고 불그스레한 얼굴에 듬직한 체격으로 응접실 문을 열고 들어오는 모습이 눈에 보이는 것 같았다. 그도 기 선생님 그룹에 속해있는 것이 틀림없다! 그러나 이제 이런 것들은 더 이상 충격적인 이야기가 아니다. 대신에 뭔가 철썩철썩 마음으로 밀려오는 것이 있었다.

아, 누구도 자신을 압박하지 않았다. 뒷걸음질할 수 없도록 배수진을 치자, 아무도 압박해오지 않는 것이다. 그렇지만 순간 김태조는 갑자기 자기붕괴의 감각 속으로 떨어졌다. 현기증이 나고 눈을 감고 있으면 스토브 탓인지 이마에 땀이 배고 삐걱삐걱 하고 나선형으로 울어대는 이명이 들렸다. 뭔가 지금까지 긴장되어 있던 것이 저절로 무너져가는 듯한 느낌이 들었다. 자신의 내면에 단단히 만들어져 있던 것이, 교토에서, 아니 오사카에서 닷새 걸려서 갖고 온 것이 와르르 무너지는 느낌이 들었다. 그러나 이 붕괴감은 이제 자신을 무너뜨리려는 압박감을 수반하지는 않았다. 오히려 밑바닥에서부터 희미한 충족감조차 생기는 것을 느꼈다. 뭔가 재생하는 생명의 탄생처럼 움직였다. 김태조는 문득 중얼거리듯, 이것으로 자신이 한 걸음 앞으로 나아갈 수 있을지도 모른다는 생각이 들었다.

눈을 뜨자 넓은 창이 한층 더 밝았다. 창밖은 겨울 햇빛이 들어와 유리창 너머로 보이는 지붕의 눈이 따뜻하게 느껴졌다. 눈이 녹기 시작한 길을 사람들이 하얀 숨을 내쉬며 어깨를 조금 움츠리고, 하지만 얼굴을 똑바로 쳐들고 걷고 있었다. 아, 이곳은 경성이다. 이곳은 독립 조국의 수도 경성이다. 혼자 중얼거리며 소파에서 일어난 김태조는 밝은 창 쪽으로 걸음을 옮겼다.

# 옮긴이의 글

　『1945년 여름』은 일제로부터 해방된 지 25년이 지난 시점에서
일본어로 문학 활동을 재개한 재일조선인 김석범이 '해방'과 '패전'
이라는 관념과 현실의 교차를 넘어 역사적 기억을 어떻게 이야기
해갈 것인지 일본과 한국사회를 향해 묻고 있는 소설이다.

　김석범(金石範, 1925~ )은 일본의 오사카(大阪)에서 태어났기 때
문에 생물학적으로는 재일(在日) 2세대이지만, 조국과 민족에 대한
문제의식을 가지고 제주도 4·3항쟁을 창작의 원형으로 견지해오
면서 1세대적인 문학 성향을 보이는 재일조선인 작가이다. 그동안
김석범 문학은 『화산도』 등, 제주도 4·3항쟁을 둘러싼 저작물을
중심으로 한국에 소개되었고 최근에 관련 논의도 활발히 이루어지
고 있다. 김석범이 필생의 과업으로 계속 집필해온 제주도 4·3항
쟁은 일제강점기부터 해방공간, 그리고 이후 여전히 남은 한일 근
대사의 얽힌 문제를 그리고 있기 때문에 재일조선인 문학의 원형
을 담아내고 있다고 할 수 있다. 그런데 『화산도』가 제목만으로
독자에게 강한 인상을 주고 있듯이, 『1945년 여름』이 제기하는 의
미 또한 그 이상으로 강렬하다. 작중인물 김태조가 해방과 패전을
가로지르며 한반도와 일본열도를 왕래하면서 힘겹고 때로는 집요

하게 묻고 있는 '8·15'의 의미는 무엇인가?

1945년 8월은 재일조선인 문학의 원점이다. 일제강점기의 기억은 이 시점에서 거슬러 오르고, 해방 후의 일은 이 시점에서 상기된다. 기억 환기의 기점(起點)인 것이다.

「까마귀의 죽음」과 「간수 박서방」을 발표해(1957.8) 제주도 4·3 항쟁을 소설화하면서 작가활동을 시작한 김석범은 단편 「관덕정(觀德亭)」(1962.5)을 발표한 후, '재일본조선문학예술가동맹(문예동)'에 참여하면서 기관지 『문학예술(文學藝術)』의 편집을 담당했다(1964). 그리고 '조선어'로 몇 개의 단편과 장편 『화산도』를 『문학예술』에 연재했는데, 1967년에 건강상의 문제도 있어 연재를 중단하고 조선총련 조직에서 벗어나게 된다. 그리고 7년 만에 다시 일본어로 쓴 작품이 단편 「허몽담(虛夢譚)」(『世界』, 1969.8)이다. 김석범이 「허몽담」 이후 본격적인 일본어 작가로서 활동을 재개하면서 다시 일본어로 글을 쓰는 것에 대해 고민한 사실을 연보를 통해 확인할 수 있다. 그리고 나온 작품이 바로 『1945년 여름(1945年夏)』(1971~73, 1974년에 단행본으로 간행)이다. 작자 김석범은 왜 해방으로부터 25년이 지난 시점에서 『1945년 여름』을 썼을까?

『1945년 여름』은 네 번에 걸쳐 발표한 단편을 모아 장편으로 간행(筑摩書房, 1974.4)한 작품이다. 네 단편은 각각 「장화(長靴)」(『世界』, 1971.4), 「고향(故鄉)」(『人間として』, 1971.12), 「방황(彷徨)」(『人間として』, 1972.9), 그리고 「출발(出發)」(『文藝展望』1973.7)이다. 소설의 내용상으로 보면, 「방황」까지가 해방 이전의 시기를 다루고 있고, 「출발」은 해방 이후의 시기를 배경으로 하고 있다.

『1945년 여름』에서 화자는 같은 재일 속에서 분열과 갈등을 보이는 해방된 조국의 동시대적 모습과, '해방'과 '패전'을 가로지르지만 한국과 일본 어느 쪽에도 쉽게 가담하지 않는 '8·15'의 의미를 묻고 있다. 이러한 문제제기가 작자 김석범이 본격적으로 일본어문학 활동을 재개하려는 시점에서 나왔다는 점은 중요하다.

소설의 내용을 간단히 소개하면 다음과 같다. 오사카의 조선인 부락에 살고 있는 김태조는 미군의 공습이 본격화된 1945년 3월, 중국으로 탈출할 생각을 하며 징병검사를 구실로 식민지 조선으로 도항하면서 다시 일본으로 돌아오지 않을 결심을 한다. 우선 경성으로 가서 잠깐 머물다 4월 초 제주도에서 징병검사를 받고 다시 경성으로 가는데, 5월에 발진열에 걸려 한 달 가량 입원한 후, 강원도의 산 속 절에서 요양하면서 중국으로 탈출하려는 자신의 생각이 낭만적인 공상에 지나지 않았음을 깨닫는다. 일본의 패망이 몇 개월 후에 오리라고는 생각할 수 없었던 그는 6월 말경에 쇠약해진 몸으로 가족이 있는 오사카로 돌아온다. 그리고 김태조는 패전으로부터 한 달 지난 시점에서 변한 일본의 모습과 일본 내에서 사회주의를 표방하는 재일조선인들을 보면서, 새로운 조국 건설의 의미를 생각하며 다시 독립한 조국의 수도로 돌아와 새로운 출발을 다짐하는 장면에서 소설은 끝이 난다.

그런데 이 소설에서 매우 흥미로운 것은 1945년 8월 15일의 기록이 소설에 표현되어 있지 않다는 점이다. 네 개의 단편을 묶어 하나의 장편 단행본으로 구성했기 때문에, 각각의 내용에 8월의 기록이 없다고 하더라도 장편화하는 과정에서, 예를 들면 단편 「방황」과 「출발」 사이에 얼마든지 8월의 기록을 가필할 수 있었을 것이다. 그런데 장편화 과정에서 8월의 기록을 쓰고 있지 않다. 그러면서 군이 '1945년 여름'이라는 제명 아래에 전후(前後)의 내용을 배치해 장편으로 구성하고 있는 것이다.

또, 1945년 8월로부터 한 달여 시간이 흐른 뒤에 '그날'의 단상이 기억의 형태로 조금씩 이야기되는 형태도 주의를 요한다. '8·15'의 내용이 내러티브의 시간 순서에 따라 이야기되는 대신에, 과거 '기억'의 형태로 나중에 추인되는 서술 방식을 취하고 있는 것이다. '1945년 여름'의 표제를 취하면서도 이날의 기록을 동시간대로 적고 있지 않는 것은 현실적으로 조국의 해방을 작자인 김석범 스스로 체험하지 못한 데서 오는 이유가 가장 클 것이다. 실제로 김석범은 1945년 6월에 일본으로 돌아가 해방을 일본에서 맞이했다. 연보에도 8월의 기록은 매우 간략하게 "일본 항복, 조선 독립. 조국의 독립을 환희 속에 맞이"했다는 사실을 언급한 정도에 머무르고 있다.

그렇다고 해서 1945년 8월 당시에 작자 스스로 체험한 일본 패전의 날을 딱히 서술하고 있는 것도 아니다. 또, 작자가 실제로 체험했든 체험하지 않았든 관계없이 소설 속에서 얼마든지 '그날'의 일을 허구로 구성해 넣을 수 있다. 그런데 작품 속에서 조선의 독립과 일본의 패망을 전후한 4개월간을 블랙홀로 만들어버린 것이다. '8·15'에 대해 구체적인 언급을 하고 있지 않기 때문에 오히려 그 속으로 모든 것을 흡인해버리는 이 시기의 무게가 김석범 문학에서 차지하는 의미는 클 수밖에 없다.

관념으로서의 조국의 '해방'과 현실로서의 일본의 '패전'을 가로지르면서 그 어느 쪽에도 쉽게 가담하지 않는 '8·15'의 의미는 관념과 현실 너머의 제 삼의 공간에서 투시된 환기와 소거의 미학이다.

소설 속에서 작중인물 김태조가 '8·15'를 전후해 겪는 세 번에 걸친 폭력과 언어 갈등 문제가 이를 잘 보여주고 있다. 『1945년 여름』은 폭력으로 점철되어버린 '8·15' 전후의 기억과 이를 지연시키는 언어의 문제를 통해, 재일조선인의 일본어문학이 갖는 의미를 그리고 있는 것이다.

"좋은 번역 작품이 될 것으로 믿고 있습니다"라고 달필의 편지를 보내주시고 번역을 흔쾌히 허락해주신 김석범 선생님께 이 자리를 빌려 감사하다는 말씀을 드린다. 평소 존경하는 김석범 선생님의 작품을 번역할 수 있어서 개인적으로 매우 기쁘고 영광스러운 시간이었다. 그리고 재일동포 문학기금을 지원해주신 김종태 님께 심심한 감사의 말씀을 드린다. 또 본 소설을 번역할 수 있도록 배려해주시고 후학에 고무적인 선례를 보여주신 동국대학교 김환기 교수님께도 감사드린다. 『화산도』를 완역하신 김환기 교수님의 노고 덕분에 김석범 문학을 비롯해 재일조선인 문학이 한국사회에 많이 알려지게 되었다. 이번 기회에 『화산도』 못지않은 감동의 역작 『1945년 여름』이 많이 읽혀져 한일 근대사에 얽힌 문제를 한국과 일본을 아우르는 재일(在日)의 시각에서 새롭게 생각해볼 수 있는 계기가 되기를 바라마지 않는다. 마지막으로 『화산도』를 비롯해 『1945년 여름』까지 김석범 선생님의 문학을 출판해주신 보고사 김흥국 대표님께 감사 인사를 드린다.

2017년 4월
김계자

저자 김석범(金石範, 1925~ )

일본 오사카(大阪) 출생. 「까마귀의 죽음」과 「간수 박서방」을 발표해(1957.8) 제주도 4·3항쟁을 소설화하면서 작가활동을 시작한 때부터 제주도 4·3항쟁을 창작의 원형으로 견지해왔다. 「관덕정(觀德亭)」(1962.5)을 발표한 후, '재일본조선문학예술가동맹(문예동)'에 참여하면서 기관지 『문학예술』의 편집을 담당했고(1964), '조선어'로 몇 개의 단편과 장편 『화산도』를 『문학예술』에 연재했는데, 1967년에 건강상의 문제도 있어 연재를 중단, 이후 조선총련 조직에서 벗어나게 된다. 그리고 7년 만에 다시 일본어로 단편 「허몽담(虛夢譚)」(『世界』, 1969.8)을 발표한 이후 본격적인 일본어 작가로서 활동을 재개했다. 본서 『1945년 여름(1945年夏)』(1971~73, 1974년에 단행본으로 간행)도 일본어문학의 재개 시점에서 나왔다. 대표작에 1976년부터 20년간 집필기간을 거쳐 나온 대하소설 『화산도(火山島)』를 비롯해, 주박(呪縛)으로서의 일본어가 문학 속에서 개별 국가의 언어를 초월해 보편성으로 나아갈 수 있음을 주장하는 『민족·언어·문학』(1976), 통일된 조국을 갈망하며 남과 북 어느 한쪽이나 일본에 귀속되는 것을 거부한 『'재일'의 사상』(1981) 등의 평론이 있다.


역자 김계자(金季杍)

고려대 일문과를 졸업하고, 동 대학원 일문과와 일본 도쿄대학 일본어일본문학과에서 석사, 박사학위를 받았다. 현재 고려대학교 글로벌일본연구원 연구교수로 재직 중이다. 주요 논저에 『근대 일본문단과 식민지 조선』(역락, 2015), 「번안에서 창작으로-구로이와 루이코의 『무참』-」(『일본학보』95, 2013.5), 『일본 프로문학지의 식민지 조선인 자료 선집』(역서, 문, 2012) 등이 있다.